KNAUR

KATJA BOHNET

FALLEN UND STERBEN

THRILLER

KNAUR

Besuchen Sie uns im Internet:
www.knaur.de

Aus Verantwortung für die Umwelt hat sich die Verlagsgruppe Droemer Knaur zu einer nachhaltigen Buchproduktion verpflichtet. Der bewusste Umgang mit unseren Ressourcen, der Schutz unseres Klimas und der Natur gehören zu unseren obersten Unternehmenszielen. Gemeinsam mit unseren Partnern und Lieferanten setzen wir uns für eine klimaneutrale Buchproduktion ein, die den Erwerb von Klimazertifikaten zur Kompensation des CO2-Ausstoßes einschließt.
Weitere Informationen finden Sie unter:
www.klimaneutralerverlag.de

FSC
www.fsc.org
MIX
Papier aus verantwortungsvollen Quellen
FSC® C083411

Originalausgabe März 2020
Knaur Taschenbuch

Ein Imprint der Verlagsgruppe
Droemer Knaur GmbH & Co. KG, München

Der Abdruck des Zitats aus Sara Gran, »Das Ende der Lügen« erfolgt mit freundlicher Genehmigung des Heyne Verlags.
Covergestaltung: Annette Conrad
Coverabbildung: pexels.com / Johannes Rapprich,
Adobe Stock / max_776
Satz: Adobe InDesign im Verlag
Druck und Bindung: CPI books GmbH, Leck
ISBN 978-3-426-52436-7

2 4 5 3 1

für Lola

»Wissen Sie, Männer sehen Frauen überhaupt nicht. Je berühmter man ist, desto weniger wird man gesehen.«

Sara Gran, »Das Ende der Lügen«

»Die Hexen haben rote Augen und können nicht weit sehen, aber sie haben eine feine Witterung wie die Tiere und merken's, wenn Menschen herankommen.«

»Hänsel und Gretel«, »Kinder- und Hausmärchen« gesammelt durch die Brüder Grimm

»I wanna end me«

Billie Eilish, »Bury a friend«

UNTEN

Als ein Deckel über das Loch geschoben wurde, ahnte ich, dass es das Ende war. Noel verhielt sich mucksmäuschenstill. In der Dunkelheit spürte ich, wie seine kleinen Hände nach mir tasteten. Er schien okay zu sein. Wir rappelten uns auf. Ich streckte meine Glieder vorsichtig, um zu testen, ob etwas gebrochen war. Dabei sagte ich etwas Beruhigendes. Für ihn und für mich. Keine Ahnung, ob Noel es hörte. Celine schrie immer noch wie am Spieß. Es dröhnte in meinen Ohren. Zwei Stunden später sollte ich etwas milder über sie urteilen. Sie ging uns immer maximal auf die Nerven. Aber jetzt hatte sie einen guten Grund, zu schreien. Viele Gründe. Normalerweise regte sie sich über alles auf. Egal was wir sagten: Maman und Papa gaben ihr meistens recht. Ich wartete darauf, dass sich mein Herzschlag beruhigte. Aber in meiner Brust explodierte etwas fast. Ich musste nachdenken. Panik hatte noch nie etwas gebracht. Nicht beim Handball, wenn die anderen zuverlässig trafen, wenn das Spiel immer schneller wurde. Auch nicht in der Schule, beim Rechnen an der Tafel, wenn ich nicht gelernt hatte. Nicht beim Fahrradfahren, wenn ich schneller ankommen wollte als die anderen. Celine schrie genug für uns alle. Wenn jemand in der Nähe war, würde er sie garantiert hören. Falls er sie hören wollte. Aber wer verirrte sich schon hierher? Wir kannten das Feld, aber kaum jemand spielte hier. Von dem alten Schacht hatten wir auch nichts gewusst. Hätte ich auch nur eine Vorstellung davon gehabt, was noch passieren würde, hätte ich auch geschrien. Aber nur Versager ließen sich gehen. So wie

Celine. Ich machte Dinge auf meine Art. Noel wusste das, weshalb er sich jetzt auch an meine Hand klammerte und nicht an die von Celine. Gott! Selbst in diesem Moment habe ich sie gehasst. Ungerecht. Vermutlich war sie die Einzige von uns, die sofort kapierte, was mit uns geschehen war.

I
SPRINGER

Leben war tödlich. Keiner wusste das so gut wie Viktor. Er galt als ein Experte in Sachen Tod. Er hatte sich nie viele Gedanken gemacht. Weder über die nächste Mahlzeit, seine Lebenssituation noch, wie er sterben wollte. Wenn es nach ihm ging, hatte er ein Monopol auf die Unsterblichkeit. Eine beeindruckende Leistung für einen ehemals Todkranken, einen Menschen, der immer die Konfrontation gesucht hatte, einen Mann, dem nicht mehr viel am Leben lag. Viktor war der eine Kunde, dem Schnitter Tod das Ende einfach vorenthielt. Viktor rätselte, ob er einen Pakt mit dem Teufel geschlossen hatte. In einem schwachen Moment, von denen es schon viele gegeben hatte. Schon wieder verweigerte sich ihm der Tod.

Wie eine Laune,
wie die Missgunst des Dealers,
wie ein eingeschnapptes Kind.

Viktor konnte sich nichts Schlimmeres vorstellen, als nicht sterben zu dürfen. Warum hatte er es schon so unendlich viele Male versäumt, abzutreten? Er hatte es wahrhaftig oft genug versucht.

Das Ende winkte einen nach dem anderen durch. Männer, Frauen, Kinder. Viktor hatte neben ihren Leichnamen gestanden. Gestürzt, erstickt, erschossen, aufgeschlitzt, erwürgt. Kaum stand Viktor auf der Schwelle, schüttelte der Tod den Kopf. Viktor konnte sich nicht erinnern, wann er dieses Urteil unterschrieben hatte. Wie, warum oder an welchem Ort. Seine Verstrickung war ihm ein Mysterium. Jetzt hätte er alles gegeben, um den Deal rückgängig zu machen. Aber der Teufel galt als geschickter Handelsreisender, der jeden übervorteilte.

Der Dezemberwind riss an Viktors Kleidung. Er ließ keinen Zweifel aufkommen, dass der Herbst in Berlin längst Geschichte war. Dass der Winter bleiben würde. Dass er bereit war, alles einzufrieren, mit einer Eisschicht zu bedecken, ausnahmslos. Viktors Kopfhaut zog sich fühlbar über seinem Schädel zusammen. Die Kälte drang in seine Poren ein. Unter Viktors Schuhspitzen fuhren Spielzeugautos vorbei. Spielzeugmenschen kreuzten die Straße, eilten über Bürgersteige. Spielzeugbauarbeiter zogen Mützen ins Gesicht. Die Ecke des Gebäudes, auf dem Viktor stand, wies wie eine düstere Prophezeiung in die Hauptstadt. Ein paar trockene Blätter, die sich wie Überlebende bis zuletzt noch an den Ästen festgehalten hatten, segelten vor Viktors Augen vorbei. Kapitulation. Aber Viktor fühlte keinen Schwindel. Ausgerechnet jetzt, wo Schwindel eine natürliche Reaktion auf die Höhe gewesen wäre, versagte das Symptom, das ihn in den vergangenen Monaten immer wieder überfallen hatte. Hinterrücks, Voraussage unmöglich, mit maximalem Überraschungseffekt. Gehirntumore verhielten sich unberechenbar wie Spieler. Viktors Existenz hatte sich schlagartig in einen Zustand der Unsicherheit verwandelt. Er war entweder krankgeschrieben, absent oder suspendiert. Manchmal war er unsicher, ob er sich seine Arbeit beim Landeskriminalamt Berlin nur eingebildet hatte. Die Marke, seine Dienstwaffe gaukelten ihm sein Gehirn vielleicht nur noch vor. Viktor war dem Verrücktsein häufig näher als der Normalität. Die Grenzen zwischen diesen Zuständen verschwammen zunehmend. Aber war das nicht auch das Wesen von Mordermittlungen? Die Entgrenzung von Gut und Böse? Eine Welt in Grauschattierungen. Einzig Schwarz und Weiß fehlten als Bezugspunkte.

Viktor sah an sich hinab über den Sims des Gebäudes und verspürte absolute Gewissheit. Ein kleiner Schritt, der ihm vorher noch nie eingefallen war. Unter ihm: Berlin, dieser vertraute Planet. Dieser Fixpunkt angesichts einer sich bewegenden Welt, die sich von nichts davon abhalten lassen würde, sich zu drehen. Von keinem atomaren Schlag, keinem Polumschwung, keinem Selbstmord einer traurigen Gestalt von einem Dach der Berliner Charité.

Viktor hatte nie bewusst über diese Selbsttötung nachgedacht. Er hatte sich nicht informiert. Weder bei anderen Patienten noch im Internet. Selbstmord war ihm vertraut. Er hatte in seiner Zeit als Polizist die Resultate zahlreicher erfolgreicher und erfolgloser Suizide gesehen. Körper, die bewegungslos an einem kurzen Seil baumelten. Befestigt an einem Querbalken auf irgendeinem Dachboden. Verdrehte Körper auf dem Asphalt. Meter darüber offene Fenster oder ein leerer Sims. Blutspritzer an Zimmerwänden, die ein ganz eigenes Muster bildeten. Davor ein zusammengesackter Körper. Offener Mund, der Hinterkopf ein Brei aus Knochen und Gewebe. Im Tod war der Mensch nur noch unbelebtes Material. Viktors eigene Regung erschien ihm eher spontan, Folge einer inneren Überzeugung, die sich erst jetzt manifestierte. Viktor wollte nicht um Hilfe rufen. Es war auch niemand anwesend, der ihn gehört hätte. Diesen einen Schritt hatte er nie bewusst geplant.

Im Sommer galt der mit einem Zaun abgegrenzte Bereich auf dem Dach der Psychiatrie als ein beliebter Treffpunkt. Manchmal grillten die Patienten mit dem

Personal. Der Blick über die Stadt war spektakulär. Die Raucher fühlten sich frei, aschten in die laue Brise. Springer mussten unten bleiben. Jetzt waren die Stühle an der Wand gestapelt, die Tische lehnten zusammengeklappt daneben. Sonnenschirme lagen zusammengeschnürt am Boden. Die bunten Stoffkanten flatterten am Boden wie müde Falter. Die Stahltür war hinter Viktor zugeschlagen. Endgültig, wie ein letzter Schicksalsschlag.

Könnte auch einfach hier erfrieren, dachte Viktor. Aber ein Erfrierungstod benötigte Zeit, die Viktor nicht hatte. Sein Entschluss stand fest. So schnell er ihn gefasst hatte, so definitiv fühlte er sich an. Viktor sah wieder nach unten. Der Geruch nach Abgasen und Winterluft. Frische, verdreckte Luft. Die Aussicht, auf der Luisenstraße oder der Großen Hamburger Straße zu sterben, schien ihm nur konsequent. Selbst der Stadtplan Berlins, Viktors unmittelbarer Bezugspunkt in dieser Stadt, sein sicheres Netz, schmolz zu einer trivialen Kinderzeichnung zusammen. Straßen, Namen, nichts schien mehr Sinn zu ergeben. Asche zu Asche, Staub zu Staub. Viktor gehörte zu dieser Stadt. Folgerichtig kehrte er nur zu ihr zurück.

Der Wind pausierte, eine nachfolgende Böe versetzte Viktor einen Stoß. Er strauchelte, überantwortete sich der Luftströmung, ließ sich einfach fallen. Da war sie wieder: die Natur. Sie nahm ihm die Entscheidung ab. Womit hatte er gerechnet? Mit freiem Fall? Mit Luft, die an ihm riss, dass er kaum Atem schöpfen konnte? Mit ultimativer Orientierungslosigkeit? Verwirrung? Mit Angst? Furcht? Mit einem brutalen Schlag, der alles beendete? Mit Schmerz? Viktor war sich sicher, dass kein Schmerz auch nur annähernd dem glich, der ihn seit Wochen quälte.

Als sein Körper auf der Kante aufschlug, nahm es Viktor den Atem. Er spürte tausend Nadeln, die seine rechte Seite perforierten. Schulter, Arm und Bein. Mit einem Stöhnen rollte er sich auf die Seite. Was ausblieb, war ein weiterer Fall. Was ausblieb, war wieder einmal der Tod. Er lag an einer halbhohen Mauer, vier Meter über ihm der Sims. Der tückische Wind. Heute sein Feind. Viktor begriff, dass Unsterblichkeit ein Fluch war, dem er nie zu entgehen schien.

Als er die Augen öffnete, erkannte er sie, eine Scheibe ein paar Meter weiter trennte ihn von ihr. Sie presste ihre Hände von innen gegen das Glas. In ihrem Blick lagen Mitleid oder Verachtung? Man konnte nie genau sagen, auf wie viele Arten sie ihre Mitmenschen missbilligte. Aber seine Mutter war tot. Genauso wie Siska. Ihr Blick sagte Viktor, was er ohnehin wusste: Er hatte ein weiteres Mal versagt.

2
SCHON DA

Angesichts der Tatsache, dass Gunnar von mehrfachem Mord sprach, klang seine Stimme entspannt und kühl. Lopez erwartete auch nicht, dass sich eine Malerin noch über Eitempera erregte oder ein Lehrer über Schultafeln. In der Abteilung des LKA Berlin »Delikte am Menschen« geriet kaum einer in Wallung, wenn ein Mensch gewaltsam starb. Es gab Abläufe. Geschäft war Geschäft. Einer musste es abwickeln, erledigen, tun. Eine davon war Rosa Lopez. Gunnar Scholz war ihr Chef. Er konstatierte nüchtern »mehrere Opfer«, »am Alex«, nannte den Namen eines Kongresszentrums und den Ansprechpartner der Schutzpolizei vor Ort.

Rosa Lopez fror. Atemschwaden formten sich vor ihrem Mund. Auf der B1 bildete sich an der Ampel ein Stau, weil die Autos nicht in die Alexanderstraße einbiegen konnten. Abgesperrt. An der Kreuzung graue Plattenbauten, deren Fassaden man neu verkleidet hatte, um Berlin das Trabantenhafte zu nehmen, mit dem die Architektur im Osten Deutschlands so viele Großstädte prägte.

Wohnmaschinen, Wohnungsbau, Baukastensysteme, System. Die Funktionalisierung dieser Welt.

Menschen, die weite, betonierte, ungeschmückte Plätze wie Puppen bevölkerten. Chemnitz, Jena, Berlin. Weiß, Hellgrau, Mittelgrau, die Farbe Grau in allen nur möglichen Schattierungen. An der Ecke Alexanderstraße hatten Bauarbeiter wieder einmal den Bürgersteig aufgerissen. Junge Männer, deren Muskeln sich unter den dicken Arbeitsjacken wölbten, knieten auf dem kalten Untergrund. Mit behandschuhten Händen legten sie Steine. Lopez wunderte sich, dass der Frost sie nicht in die Winterpause gezwungen hatte. Die Arbeiter wirkten wie zu große Kinder, vertieft in ein riesiges Puzzlespiel. Mehrere Polizisten hatten sie inzwischen von ihrem Spiel- und Arbeitsplatz verbannt. Der blaue Bauwagen war geschlossen. Absperrband flatterte im Wind. Im Hintergrund heulte jemand laut und klagend. Der Platz, auf dem Lopez stand, wirkte wie ein Stillleben. Oder wie eine Coppola-Filminszenierung einer Oper in Weiß und Rot, die ihrem Mann Bernhard sicherlich gefallen hätte. Am Ende, auf der Treppe, kurz nachdem der Vorhang gefallen war.

Lopez wusste, dass Gunnar Scholz ihre Handynummer vermutlich häufiger wählte als die seiner Ehefrau. Rosa Lopez war Gunnars bester Mann. Noch vor einigen Wochen hatte sie sich diesen Titel mit einem anderen Mitarbeiter geteilt. Lopez schob den Gedanken beiseite. Seitdem Viktor Saizew nicht mehr zusammen mit ihr Fälle bearbeitete, hatte seine mentale Präsenz die körperliche einfach ersetzt. Lopez bevorzugte Viktor in Fleisch und Blut. Seine Projektion in ihren Gedanken hatte ein ausgefranstes Loch in der Brust. Oder einen blutenden Riss am Oberarm. Der Spuk-Viktor lag in einem Bett, er stotterte, suchte nach Worten oder stieß unverständliche Laute aus, seine linke Hand hing verkrümmt und leblos hinab. Manchmal sackte der riesige Körper urplötzlich in sich zusammen. Während er am Boden zuckte, rutschten seine Pupillen weg. Mal hielt er sich eine Waffe an den vernarbten, kahlen Kopf und drückte wieder und wieder ab, und sie vermochte es nicht zu verhindern. Immer aber sah er sie reglos an. Ruhig und gelassen. Eigenschaften, die sich denselben Wohnraum mit der explosiven Brutalität teilten, die in Viktor schlummerte. Wesenszüge, die Lopez fürchtete und schätzte. Auf eine seltsam verquere Art. Dieser Geist von Viktor konkurrierte mit den Gedanken an die Öffnungszeiten der Kindertagesstätte, den Gedanken an ihre zerstörte Ehe, den Gedanken an Bernhard, der wie ein Fremder in der Küche ihrer gemeinsamen Wohnung saß,

den Gedanken an das nächste Opfer, dessen gewaltsamen Tod es aufzuklären galt.

Und den Gedanken an die Inserate auf »Zimmerscout« (zu klein oder zu schnell vergeben) und »Immo2000« (zu kostspielig), auf denen sie seit Wochen nach einer Wohnung suchte. Lopez hasste ihr Leben in diesem Moment mit einer Intensität, die sie selbst irritierte. *Solange ich noch hassen kann, bemitleide ich mich noch nicht,* dachte sie.

Als Gunnar irgendwann sagte, was er immer sagte, dass sie nämlich kommen müsse, jetzt sofort, da erwiderte Lopez etwas, das Gunnar überraschte. Sie schaute auf den zerfetzten Oberkörper, an dem Haut und Hemd blutig ineinander übergingen, auf den fast abgetrennten Unterarm, der nur noch an einigen Sehnen hing, und das Gesicht, dessen Ausdruck den gewaltsamen Unfrieden der letzten gelebten Augenblicke noch widerspiegelte. Gunnar befeuerte ihr Trommelfell mit Fragen. Lopez' Blick wanderte über den abgeschlachteten Mann zum nächsten Opfer, das nur zwei Meter weiter entfernt lag, zu vier anderen, die im Umkreis von vielleicht zwanzig Metern auf dem mit Blut benetzten Platz dunkle Inseln bildeten, bis zu der dramaturgisch geschickt platzierten Leiche auf der Treppe zum Kongresszentrum. Sie sagte: »Lass mal, Gunnar! Ich bin schon da.«

3
DREIMAL

Navid Muchtari begrüßte Viktor mit den Worten: »Da sind Sie ja schon wieder.«

Was sollte Viktor antworten außer dem Offenkundigen? Also sagte er nichts. Mit einem unterdrückten Stöhnen nahm er Platz.

Muchtari beobachtete ihn schweigsam. Das Aufnahmegerät lief leise. Jedes ihrer Gespräche zeichnete der Arzt auf. Viktor versuchte, sich möglichst wenig zu bewegen. Einen Augenblick verweilte der Blick des Arztes auf den zwei Plastikflaschen, die Viktor wie eine bizarre Herrenhandtasche an zwei Gazebändern über der Schulter trug. Die Flaschen baumelten neben dem Sessel hin und her. Ihr Inhalt folgte träge.

Mit einem Fingerzeig fragte Muchtari: »Sie haben die Prellungen punktieren lassen?«

Viktor nickte müde. Die Hämatome, die er sich bei seinem Sturz zugezogen hatte, breiteten sich über den halben Oberschenkel, seine linke Rumpfseite und den Arm aus. Unter den Rippen sowie in seiner Oberschenkelmuskulatur steckten Katheter, die das Blut aus den geplatzten Gefäßen saugten. Das Abfließen des Sekretes sollte ihm Erleichterung verschaffen. Erleichterung von den Schmerzen, die ihn bei jeder leichtesten Bewegung quälten. Aber Erleichterung war ein relativer Begriff. Viktor wusste genau, was ein Vakuum bedeutete. Er verspürte es seit Wochen jeden Tag.

»Wie viele Tage brauchen Sie die noch?«, fragte Muchtari und meinte damit die Blutflaschen.

»Zwei«, antwortete Viktor. Er hatte noch nie viele Worte gemacht, aber seit seinem erbärmlich gescheiterten Selbstmordversuch wog er jedes Wort mit der Goldwaage ab. Selbst das Sprechen bereitete ihm Schmerzen. Er bezahlte diese spontane Eingebung und sein Scheitern mit Zins und Zinseszins.

Muchtari sagte etwas von Bettruhe, und Viktor sagte etwas von keine Ruhe finden. Der Zeiger der Standuhr mit den römischen Ziffern rückte hörbar vor. Navid Muchtari schlug Viktors Akte auf, und Viktor schalt sich für die dumme Idee, die Therapie schon einen Tag nach »dem Vorfall« wieder aufzunehmen.

Er konnte sich nicht erinnern, jemals in der Charité ein derart geschmackvoll eingerichtetes, mit antiken Möbeln ausgestattetes Arbeitszimmer gesehen zu haben. Dr. Mehringer und Dr. Nowak hatten in gesichtslosen Behandlungsräumen praktiziert. Ihre Büros waren zweckmäßig vor zwanzig Jahren von einer sparsamen Krankenhausverwaltung eingerichtet worden. Viktor fielen abwischbare Oberflächen ein, weiß und steril. Kunstdrucke an den Wänden von minderer Qualität. Landschaftsdarstellungen oder Stillleben. Bevorzugt Aquarelle. Ein Inventar ohne Inspiration oder Leidenschaft, zweckdienlich und belastbar. So wie die Diener ihrer Zunft.

Viktor las an einer Plakette an der Wand: Dr. Dr. Navid Muchtari und fragte sich, wie sein Therapeut es geschafft hatte, sich derart persönlich in einem städtischen Krankenhaus zu verwirklichen.

*

Dr. Navid Muchtari war Ende der Zweitausendzehnerjahre aus dem Iran nach Berlin gekommen. Er machte keinen Urlaub oder besuchte einen Kongress, er war aus seinem Heimatland geflohen. Er hatte die Proteste nach dem Wahlsieg Ahmadineschads unterstützt, Listen unterschrieben, Demonstrationen besucht und sich für die Opposition politisch engagiert. Nur ein paar Monate zuvor hatte er sein Studium der Medizin beendet. Einen Abschluss in Psychologie hatte er bereits seit sechs Jahren in der Tasche. Viele im Land wussten, dass die Fortschrittlichen und Weltoffenen mehr als nur eine Wahl verloren hatten. Nach einer Protestveranstaltung in Teheran wurde Muchtari vom Geheimdienst vorgeladen. Nie vergaß er die kühle Zweckmäßigkeit dieses Verhörs, die Drohungen. Zwei Stunden danach saß er regungslos allein am Küchentisch seiner Verlobten. Sie spielte gerade bei einem Tennisturnier in ihrem Verein. Wie immer würde sie alle Spiele gewinnen. Sie war sehr ehrgeizig. Ihr Aufschlag tödlich, fast jeder Schlag ein Ass. Ein Schreiben lag vor Muchtari auf der Tischplatte. Kurz entschlossen steckte er ein paar Fotos und Dokumente in eine Umhängetasche und verließ das Haus, als wolle er Freunde besuchen. Er hob von seinem Konto einen überschaubaren Betrag ab und verließ das Land über die Türkei. Es zog ihn nach Lyon, wo er Verwandte hatte. Diese aber warnten ihn, dass eine direkte Spur von ihnen zu seiner Familie und Verlobten wies. Oppositionellen verzieh der Staat ihr Handeln nicht. Ihre Angehörigen nahm er deshalb gern in Sippenhaft. Sollte der lange Arm des iranischen Geheimdienstes tatsächlich bis in ein demokratisches europäisches Land reichen? Muchtari zweifelte, aber seine Zweifel reichten aus, um besonnen und überlegt zu handeln. Er entschied sich für einen kompletten Neuanfang. Als er in einem Auffanglager in der Nähe Augsburgs landete, hatte er einen falschen Pass in der Tasche, Heimweh im Herzen und Läuse auf dem Kopf. Er erreichte Berlin vier Monate später. Seine Ersparnisse waren mittlerweile aufgebraucht. Acht Jahre nach seiner Flucht besetzte er eine gut dotierte Stelle in der Charité, bewohnte eine Altbaumaisonette in Schöneberg, war immer noch Single und spielte samstags Squash mit anderen iranischen Exilanten. Die Telefonate mit seiner Freundin hatte er sechs Jahre zuvor eingestellt. Sie konnte ihm die unangekündigte Flucht nicht verzeihen. Mittlerweile hatte sie einen regimetreuen Zahnarzt geheiratet. Ihrem Hang zu Akademikern war sie treu geblieben.

*

Neben Viktor hing ein Stadtpanorama an der Wand, was er jetzt betrachtete. Eine Grafik von beinahe verstörender Präzision. Darauf ein Wappen, das Viktor nicht zuordnen konnte.

Der Arzt sah von den Akten auf. Sie lagen dick wie die Gerichtsakten eines strafrechtlichen Prozesses auf seinem übergroßen Biedermeierschreibtisch. Er erhob sich, um in einem Sessel gegenüber von Viktor Platz zu nehmen. Leder, cognacfarben.

Viktor bemerkte, wie die Zeit verging, und fragte sich, ob Ärzte auch durch Schweigen Geld verdienten.

Um ihn eines Besseren zu belehren, stellte Muchtari fest: »Das war das zweite Mal.«

Obwohl Viktor nicht entging, dass Muchtari das Was nicht benannte, verstand er ihn genau. Er überlegte kurz, diese Behauptung zu ignorieren, entschied sich aber aus einem unerfindlichen Grund, sie geradezurücken. Vielleicht, weil Viktor etwas an der Wahrheit lag. »Das dritte Mal«, sagte er mit Betonung auf dem zweiten Wort.

Muchtari zog die Augenbrauen hoch. »Drei Mal?«, fragte er und: »Was habe ich verpasst?«

Sekunden vergingen hörbar.

Viktor antwortete: »Tabletten. Am letzten Besuchstag. Musste sie wieder herauswürgen.«

Musste. Muchtari machte sich eine Notiz. »Wer besuchte Sie an diesem Tag?«, fragte Muchtari.

Viktor erkannte, dass er diesen kleinen, feingliedrigen Arzt unterschätzte. In einem Verhör öffnete eine scharfsinnige Frage wie diese Türen. Viktor zögerte die Antwort dennoch heraus. Es war das Wesen jeder anständigen Therapie, dass sie einen früher oder später zu unbequemen Bekenntnissen zwang. Das hatte diese Gesprächsform mit den Befragungen gemein, die er selbst durchführte. Jedem gelungenen Verhör sollte ein Geständnis folgen. War er bereit für einen solchen Akt der Selbstentblößung? Wollte er sich helfen lassen? Er benötigte Heilung, aber nicht um diesen Preis.

*

Muchtari betrachtete seinen Patienten, der offensichtlich darauf wartete, dass die Zeit schneller verging. Er wunderte sich, woher Viktor genug Tabletten für eine Selbsttötung erhalten hatte. Die Medikamenteneinnahme der Patienten wurde streng kontrolliert. Aber die Antwort darauf musste warten. Muchtari erinnerte sich an ihre erste Begegnung. Auf die Frage, warum er sich selbst eingewiesen habe, antwortete dieser Riese von einem Mann, dass seine Großmutter es von ihm verlangt habe. Muchtari hatte gelernt, Patienten nicht vorschnell zu beurteilen. Jeder Mensch, mit dem er sich in diesem geschützten Raum unterhielt, offenbarte Überraschungen. Aber nur den wenigsten gelang das in der ersten Sitzung. In Viktor Saizews Gesicht hatte das Leben Spuren hinterlassen. Rote Narben, die auffällige Striche von der Schläfe über das rechte Ohr zeichneten, zogen den Blick wie selbstverständlich an. Auch rein klinisch war der Hauptkommissar des Berliner Landeskriminalamtes nach der Entfernung seines Gehirntumors ein interessanter Fall. In Viktor Saizews Blick lag die Erfahrung eines Menschen, der schon viel gesehen hatte, den nicht viel schockierte. Muchtari fand darin auch eine Sturheit, die ihresgleichen suchte. Und etwas Weiches, dass sich hinter einer hohen Mauer aus Stein verbarg. Der Blick, den Viktor Saizew aussandte, besagte: *Leg dich besser nicht mit mir an!* Man machte sich diesen Mann mit den rohen Gesichtszügen eines Schlägers, dessen abgetragene Kleidung über Muskelbergen spannte, besser nicht zum Feind. Kurz hatte Muchtari darüber nachgedacht, ob es für ihn als Arzt gefährlich werden würde, mit diesem Patienten über das Persönlichste zu sprechen. Frontlappenstirndefekte galten als persönlichkeitsverändernd. Sie förderten aggressives Verhalten, brachten es bei manchen lammfrommen Menschen erst hervor. Niemand konnte Saizew bei seiner Krankengeschichte einen Vorwurf machen, wenn er Muchtari in einem schwachen Moment bis zur Unkenntlichkeit verprügelte. Für diese Patienten waren Selbst- und Impulskontrolle oft nur noch Fremdworte, die sie niemals mehr ganz verstehen würden. Aber Saizew verhielt sich ungewöhnlich kontrolliert. Außer in Situationen, in denen ihm das Leben nichts mehr zu bedeuten schien. In denen der Selbsthass die Oberhand gewann. In

Muchtaris Vorstellung materialisierte sich die schwarze Druckschrift der Einträge in Saizews Akte. Er hatte sich der Waffe eines Polizisten in Moskau bemächtigt. Es hatte mehrerer Menschen bedurft, ihn davon abzuhalten, sich selbst zu erschießen. Muchtari wusste aus dem Studium der Akte, was an Viktor Saizews Innerstem nagte wie der Adler, der sich von der Leber des Prometheus ernährte. Muchtari stand auf, durchquerte den Raum. Fünf weitere Minuten war der Zeiger der Standuhr vorgerückt. Der Geruch von Mittagessen drang zu ihnen herein. Die Mitarbeiterinnen der Kantine bereiteten sich auf den Andrang vor. Muchtari vermerkte zufrieden, dass der Vormittag außergewöhnlich still verlaufen war. Er tippte auf seiner Tastatur, scrollte durch einige Dokumente, deren Buchstaben auf seinem Bildschirm vorüberzogen. Als er fand, was er gesucht hatte, lehnte er sich in seinem Stuhl zurück.

»Rosa Lopez«, sagte er. Viktor Saizews Gesicht blieb absolut regungslos. »Wollte Sie am letzten Besuchstag hier aufsuchen. Aber Sie hatten angeblich keine Zeit.« Muchtari beobachtete den Mann. Er hätte schwören können, dass dessen Mundwinkel leicht zuckten. »Was hatten Sie Dringliches zu tun?«

Die Standuhr schlug zwölf Mal.

»Ich denke«, sagte Navid Muchtari nachdenklich, »das nächste Mal sollten wir über die Frauen in Ihrem Leben sprechen.«

»Die Frauen in meinem Leben«, sagte Saizew nach einer kurzen Pause, »sind entweder meine Großmutter, verheiratet, minderjährig oder tot.«

4
HERZSCHLAG

Weißt du, how difficult it is, einen Menschen mit einer Machete umzubringen?«, kauderwelschte Morris vor sich hin.

Es war zumindest Morris' Stimme, die unter dem grauen Schutzanzug hervordrang. Es war auch Morris' gedrungener Körper, der sich unter dem beschichteten Kunststoff abzeichnete.

»Nicht wenn man die Halsschlagader trifft«, mutmaßte Lopez.

»Oder die Bauchschlagader«, ergänzte Morris, »so wie bei dem da.« Unbestimmt deutete der Rechtsmediziner über den Platz. »But«, betonte er, »not easy!« Er stand auf. »Vorab: Diese Verletzungen hier«, erklärte er, »waren not deadly. Not at all.«

»Und warum ist diese Frau dann tot?«, fragte Lopez gehorsam, die sich wie eine billige Stichwortgeberin im Theater fühlte. Lopez fand, dass die wüsten Wunden an Schulter, Oberschenkel und Gesicht durchaus für einen Tod gereicht hätten. Oder für zwei. Aber der Mensch war ein zähes Tier. Er überlebte die unglaublichsten Verletzungen. Er fiel von Hochhäusern, wurde angefahren, mehrfach angeschossen und überlebte.

»How about Herzschlag?«, fragte Morris. »Wenn jemand mit einer Machete auf mich zukäme, würde ich guaranteed einen bekommen.«

»Du bist heute überzeugender als jedes Horoskop«, frotzelte Lopez.

»Tomorrow werde ich es dir genau sagen können.«

Damit drehte er sich um, klappte seinen Koffer zusammen und bahnte sich den Weg zwischen den anderen Kollegen der Spurensicherung. Noch im Weggehen rief er Lopez zu: »Herzschlag! Mark my words.«

Lopez murmelte leise »Jaja« und konnte sich nicht entschließen, wem sie folgen sollte: Morris, der ihre Fragen zu diesem Zeitpunkt ohnehin nicht verlässlich beantworten konnte, oder Gunnar, der vor ein paar Minuten angekommen war und jetzt am Rande des Geschehens telefonierte. Morris' Schnelldiagnose Herzschlag war angesichts des sich vor ihr ausbreitenden Schlachtfeldes so absurd, dass sie beinahe gelacht hätte. Aber laut herauszulachen fiel ihr nach all den Jahren immer noch schwer. Sie hatte acht Jahre lang nicht gelacht. Irgendwann hatte sie es verlernt.

Ihr Chef stand plötzlich neben ihr. Er telefonierte laut und zwang sie damit, ihm genau zuzuhören. Ab und an schaute er sie bedeutungsvoll an. Jeder Mord in Berlin, der unter offenem Himmel stattfand, zwang Gunnar dazu, danach erst einmal Drohnen abzufangen. Früher Journalisten, heute neugierige Technikfreaks. Erst vor ein paar Monaten waren Bilder einer verbrannten Frauenleiche auf YouTube aufgetaucht. Gunnar litt jetzt noch unter Schweißausbrüchen, wenn das Gespräch darauf kam. Bei jedem zweiten Satz strich er sich die hellen Haare aus dem Gesicht. Gunnar Scholz war ein großer, schlanker Mann. Stets in einfarbigem Hemd und Anzug gekleidet, reagierte er auf die meisten Vorkommnisse in ihrem Beruf nervös und aufgeregt. Immer schien er unter Strom zu stehen. Herzschlag. Genau genommen war Gunnar der ideale Kandidat. Mittlerweile entwickelte auch er einen leichten Bauchansatz, den seine Kleidung geschickt kaschierte.

»Täter?«, fragte er sie jetzt.

»Auf der Flucht«, antwortete Lopez.

»Zeugen?«

»Jede Menge. Da!« Lopez deutete zu mehreren Krankenwagen, neben denen sich eine Ansammlung von Menschen ballte. »Und dort. Der hier«, sagte sie, »hat es leider nicht mehr geschafft.«

Betroffen betrachtete Gunnar den Leichnam, den ein vermummter Kollege gerade mit einer Plane bedeckte. Der ein paar Meter weiter liegende Bauhelm erhielt jetzt einen Sinn. Polizisten bauten Sichtbarrieren um die Opfer auf.

»Tatwaffe?«

Lopez unterstrich das eine Wort, das sie sagte, mit einem Fingerzeig: »Da!«

Gunnar kniff die Augen zusammen. Energisch schritt er aus, kniete sich hin und beäugte die blutbeschmierte Machete argwöhnisch, die vor ihm neben einem Schild mit der Nummer sieben auf dem Boden lag. Hartholzgriff, gekrümmte Klinge aus rostfreiem Stahl, circa fünfzig Zentimeter lang. Aber diese Details würde er erst später erfahren. Jetzt sah er nur ein scharfes Werkzeug, das einem Menschen den Tod gebracht hatte. »Wo war das?«, fragte er ohne Zusammenhang.

Lopez wartete, bis sich ihr Chef erklärte.

»London, oder? Wurde da nicht einer auf offener Straße geköpft?«

»Beinahe«, antwortete Lopez. »Ein Soldat.«

»Waren das nicht Islamisten?«

»Sie riefen den Namen Allahs und haben danach noch per Video ein Statement abgesetzt.«

Gunnar überlegte. »Islamistischer Terror. Wir sind angehalten, diese Bezeichnung erst zu verwenden, wenn wir

Gewissheit haben.« Er klang wie ein Student der Linguistik, der gezwungen wurde, die Bedienungsanleitung für ein Gerät zu übersetzen, dessen Funktion er weder kannte noch verstand. »Was wissen wir?«, fragte er Lopez.

»Nicht viel.«

»Sag mal«, fragte Gunnar, als habe ihn Lopez' Bemerkung völlig aus dem Konzept gebracht, »wieso warst du eigentlich so schnell hier?«

Ihr Chef brauchte zwar immer lange, kam aber schlussendlich auf das Wesentliche. »Fortbildung«, sagte sie.

Gunnar schaute sie an, als rede sie Spanisch. Oder Denglisch wie Morris. Erst jetzt schien er zu bemerken, dass sie keine Uniform trug. Gunnar wusste, wie ungewöhnlich das für Lopez war.

»Interpol. Cyber-Crime-Conference.«

Der Gesichtsausdruck ihres Chefs klarte unmittelbar auf. »Heilige Scheiße!« Dann öffnete er überrascht den Mund. »Interpol! Heißt das, die meisten Opfer könnten Polizisten sein? Womöglich auch noch ausländische Kollegen?!«

»Gut möglich«, antwortete Lopez, »aber so weit sind wir noch nicht.«

Gunnar stammelte: »Aber … aber falls doch … warum hat sich keiner von ihnen mit einer Waffe gewehrt?«

»Ein Kongress, Gunnar. Kein Jahrestreffen der Mafia. Die Teilnehmer tragen keine Waffen. Sie würden damit gar nicht reinkommen.«

»Wäre etwas für Viktor gewesen«, sagte Gunnar nachdenklich.

»Tja«, bemerkte Lopez, die verstand, was ihr Chef meinte. Viktor, der sich immer geweigert hatte, eine Waffe zu tragen. Weil er selbst eine Waffe war. »Aber Viktor ist nicht da.«

Sie schwiegen, als habe sie Viktors gedankliche Manifestation am Tatort völlig aus dem Tritt gebracht. Als dränge er sich zwischen sie, obwohl er nicht anwesend war. Viktor blieb dem gewaltsamen Tod treu. Sogar in der Psychiatrie.

»Die müssen doch einen Sicherheitsdienst haben«, stellte Gunnar schließlich fest.

»Natürlich«, sagte Lopez. »Drinnen.« Sie sah, wie Gunnar langsam das Ausmaß dieses Verbrechens begriff. Und die behördlichen Verwicklungen, die es mit sich bringen würde.

Ihr Chef griff erneut zum Handy. Sie hörte die Worte »dringend«, »Fahndung« und »BKA«. In Kürze würde entschieden werden, wer die Lage führte. Bevor die Antiterroreinheiten auftauchten, würde Lopez das tun, was sie im Schlaf beherrschte: Erbsen zählen, Fleißarbeit. Sie sah auf die Uhr. Eine halbe Stunde Zeugenbefragung. Auf Glück und den Richtigen hoffen. An diesem Platz zählte sie vier Überwachungskameras. Sie musste Detlev aus der Kriminaltechnik anrufen. Es war noch ungewiss, welche Behörde die Bilder auswertete. Lopez hasste die Stabstreffen. Die Meetings zum Informationsaustausch, in der sie in einem gesicherten, fensterlosen Raum tagten und sich in Telefonkonferenzen über Lautsprecher mit den anderen Behörden verständigten. Ein beklemmendes, anstrengendes Szenario.

Als Betreiber der Kameras kamen die Stadt Berlin oder CongressBerlin infrage. Mehrere Telefonate. Eilige Gerichtsbeschlüsse. Bei dieser Sachlage jedoch kein Problem. Sie brauchte Hilfe. Rosa Lopez hatte den Namen noch nicht zu Ende gedacht, als sich die Person bereits vor ihr manifestierte. Lopez lächelte gezwungen.

Mette Hansen war völlig außer Atem. Selbst abgehetzt

wirkte sie wie aus dem Ei gepellt. Akkurater Pferdeschwanz. Modische Hornbrille. Die Uniform saß wie eine zweite Haut. Es fiel Lopez immer noch schwer, zu akzeptieren, dass sie zusammen mit ihr arbeitete. Dass sie de facto Viktor vertrat. Ausgerechnet die Kollegin aus Dänemark, die sie vor ein paar Monaten kennengelernt hatte, kam als Hospitantin zum LKA. Hansen war Fachfrau für Daktyloskopie. Was sie in ihrer Abteilung »Delikte am Menschen« suchte, war Lopez rätselhaft. Wie sich die Sorgen doch wandelten. Damals hatte sich Lopez im Mutterschutz gesorgt, Hansen könnte sie vielleicht ersetzen. Dass es ausgerechnet Viktor geworden war, glich dem abgründigen Humor, den das Schicksal gelegentlich besaß. Gunnar hatte Hansen und sie zusammengesteckt wie zwei Teile, die nicht richtig passten. Aber Teamwork war wichtig. Ohne gute Kolleginnen ging es nicht. Teamwork war bei der Polizei noch wichtiger als Hierarchie. Das hatte Lopez seit der Polizeiakademie in der Zusammenarbeit mit Viktor gelernt. Die neue Kollegin hatte Talent. Sie war ehrgeizig. Das hatte sie bei den Ermittlungen in Dänemark bewiesen. Lopez grüßte Hansen kurz, sah auf die Uhr. Nur noch vier Stunden, bis sie die Kinder abholen musste.

5
AM WALDRAND

Was wollen Sie?
Arbeiten.
Was brauchen Sie?
Therapie.
Viktor hatte diesen Dialog zwischen ihm und seinem Arzt nicht vergessen. Kein Entweder-oder. Nur Schwarz, kein Weiß, nicht einmal Grautöne.
»Ich habe mit Ihrer Kollegin telefoniert.«
»Mit welcher?«, fragte Viktor, obwohl er sehr gut wusste, um wen es sich handelte.
Muchtari verzog das Gesicht zu einer Grimasse. »Sie müssen mir nichts vormachen. Das hier ist kein Verhör.«
Viktor hatte man schon vieles vorgegaukelt. Was nicht bedeutete, dass er glaubte, was man ihm erzählte.
»Es könnte da eine Lösung geben.«
»Passend zu meinem Fall?«, schob Viktor bissig ein.
»Wenn Sie gesund werden wollen, sollten Sie zumindest für eine Zeit lang diesen Sarkasmus abstellen.«
Was Viktor nicht unbedingt einleuchtete, hatte ihm doch dieser Sarkasmus oft genug das Leben erträglicher gemacht. Eine Eigenschaft, die er im Übrigen mit Lopez teilte.
»Rosa Lopez. Sie sagt, Sie bräuchten eine Aufgabe.«
»Wie ein altes Zirkuspferd?«
Muchtari machte ein nachdenkliches Gesicht. »Ich verstehe Ihre Beziehung zu dieser Frau nicht.«
Viktor seufzte. »Warum sollte es Ihnen besser als mir ergehen?«

»Na gut. Wollen Sie zuerst die gute oder die schlechte Nachricht hören?«, fragte Muchtari, während er eine der Kanülen aus Viktors Oberschenkel entfernte.

Viktor verzog das Gesicht. »Ist mir scheißegal«, antwortete er.

»Halten Sie bitte mal!« Während Viktor den Tupfer auf die Wunde presste, trennte Muchtari Nadel und Drainageschlauch. Die Spitze warf er in eine Kunststoffbox. Schlauch und Flasche mit Viktors Blut gefüllt, lagen wie bizarres Inventar auf der Untersuchungsliege. Viktors Haut hatte die Farbe gewechselt. Lilafarbene Schattierungen wechselten sich mit grünlichen Flecken ab. Er sah aus wie ein Hooligan, der bei einer groben Schlägerei nach Strich und Faden verprügelt worden war.

»Die Untersuchungskommission«, fuhr Muchtari fort, »hat nach Ihrem gewalttätigen Angriff auf den Mann Ihrer damaligen Ärztin entschieden, dass Sie sich für mindestens drei Monate in einer geschlossenen psychiatrischen Abteilung einfinden müssen.«

Damalige Ärztin.

Leander Nowak.

Geschlossene Abteilung.

Gewalt war Gewalt. Sie kannte keine Graustufen. Nicht im Fall einer misshandelten Frau, die zufällig auch Viktors Ärztin gewesen war. Nicht im Fall von Viktors körperlicher Zurechtweisung ihres Peinigers, der zufällig der Mann seiner Ärztin gewesen war. Man machte nichts recht, indem man unrecht tat. Viktor schien diese Lektion nur schwer zu lernen. Viktor überlegte, was er von der Nachricht seines Arztes halten sollte. Ob sie die schlechte oder die gute war. Er war nach den Erfahrungen der letzten Monate wachsam geworden. »Werden mir die Wochen hier angerechnet?«

»Das muss ich noch klären. Therapie statt Strafe. Sie sind als Polizist hier sozusagen ein Sonderfall.«

Sonderfall. Viktor kannte sich mit dem Attribut bestens aus. Schon während seiner Kindheit hatte er sich anders als die anderen verhalten, behauptete zumindest seine Babuschka. In seiner Jugend hatte er sich aufgelehnt. Streit gesucht und auch gefunden. Schlägereien warteten an jeder Ecke, und er kostete sie aus. Bis der andere am Boden lag, bis Zähne wackelten, bis er sich keuchend und mit wunden Fingerknöcheln abwandte. Viktor schwänzte die Schule ab einem Zeitpunkt konsequent. Er klaute, wenn er etwas brauchte. Viktor fühlte sich niemandem verpflichtet, seitdem seine Mutter gestorben war. Ihr Gesicht kannte er nur von alten Fotografien. Das Gesicht seines Vaters nur aus Erzählungen seiner Großmutter Mila. Dass ihr Enkel ausgerechnet das Aussehen des Mannes geerbt hatte, der ihre Tochter verlassen hatte, als sie schwanger war, schien Mila ihm in schlechten Augenblicken zu verübeln. Wie eine negative Erinnerung, die sich nicht verdrängen ließ. Viktor hatte aber auch die braunen Augen seiner Mutter geerbt. Das erinnerte Mila jeden Tag daran, was Verantwortung bedeutete. Dass sie sich übertrug. Von einer Generation zur nächsten. Sie heftete sich an Viktors Fersen wie ein Ermittler an einen schwierigen Fall. Mila holte ihn von der Schule ab und brachte ihn morgens wieder hin. Sie zwang ihn, sich bei anderen zu entschuldigen, wenn er sie verletzt hatte. Die Liste war lang. Sie bestrafte ihn, wenn ihre Gutmütigkeit versagte. Viktor bemühte sich, weil er ihr enttäuschtes Gesicht nur schwer ertrug. Weil sie ihn unterstützte und begleitete und umsorgte, während Freunde einfach abstürzten. Ohne Beistand ihrer Familie, ohne Netz im freien Fall. Viktor würde ihn dennoch nie ganz verlieren, diesen Hang zur Gewalt. Die süchtig machende Anspannung vor einem Konflikt, das Entladen der Brutalität, das Abebben des Adrenalins nach dem Kampf, die Schmerzen, die jeden Triumph begleiteten.

Es war eine Auseinandersetzung von so vielen, die Viktor zwingen sollte, sein Heimatland Russland zu verlassen. Ein Mitbewohner seiner Kommunalka, der ihn provozierte und nicht damit aufhörte. Viktor, der – einen mittelmäßigen Schulabschluss in der Tasche – mittlerweile in der Nachbarschaft konsultiert wurde, wenn es etwas zu reparieren gab, weil er ein natürliches Talent dafür besaß, Zerbrochenes zu flicken, konnte nicht widerstehen. Noch einmal, nur ein letztes Mal, ließ er sich gehen. Er schlug den Kontrahenten, bis er sich nicht mehr rührte. Noch konnte er im Rausch des Kampfes nicht ahnen, dass sein Leben gerade eine Wendung nahm. Dass ihn der Kampf fünfundzwanzig Jahre später einholen würde. Dass manche Siege Niederlagen waren. Dass manche Pechsträhnen nie endeten.

Mila zwang ihn in einer Nacht-und-Nebel-Aktion, das Land zu verlassen, bevor die Polizei ihn verhaftete. Sie suchte ihn bereits. Sein Gegner lag mit ernsthaften Verletzungen im Krankenhaus. Viktors Steckbrief hatte die Grenzen noch nicht erreicht, als sie außer Landes flohen. Diese Schuld würde immer an ihm kleben.

Dieses Gewicht am Bein sollte ihn immer daran erinnern, wem er sein Überleben verdankte. Anfang der Neunziger reiste er mit seiner Babuschka nach Deutschland ein. Es verschlug sie nach Marzahn. Marzahn. Polabisch für Sumpf. Viktor hatte Sankt Petersburg nie als reiche Stadt empfunden. Nur das Zentrum seiner Heimat prahlte an jeder Ecke mit dem Gold einer Zarenstadt. Es waren also nicht die Hochhäuser in Marzahn, die Viktor irritierten. Auch nicht die kahlen Plätze, die der Wind als Durchgangsstraßen nutzte. Es war die Anonymität.

Mila drängte Viktor zu einer Ausbildung bei der Polizei. Dieses Zugeständnis verlangte sie ihrem Enkel ab als Akt der Läuterung. Also bewarb er sich. Er lernte Deutsch. Ackerte russisch-deutsche Wörterbücher durch, las laut Texte aus alten Schulbüchern, die seine Babuschka auf Flohmärkten erwarb. Den russischen Akzent verlor er jedoch nie. Die slawische Herkunft sah man Viktor an. Die körperlichen Voraussetzungen für die Ausbildung bei der Polizei erfüllte er. Für praktische Prüfungen musste er nicht trainieren. Er war ein junger starker Mann, der nicht wusste, wohin mit seiner Kraft. Eine saubere Weste zu behalten, darin bestand Viktors Ziel. Zumindest während der ersten Jahre in dieser fremden Stadt. Nur unter dieser Bedingung hatte sich Mila bereit erklärt, das Land überhaupt wieder zu betreten, dessen Führer und willige Vollstrecker sie noch mehr hasste als den Krieg. Mila verachtete Deutschland mit einer Wucht, die Viktor überraschte. Zu spät erfuhr er von diesem Teil ihrer Vergangenheit. Viktor musste sich eingestehen, dass sein Leben auf Versprechungen basierte. Immer wieder verpflichtete er sich seiner Babuschka. Auch jetzt hatte eine Abmachung ihn hier in die Psychiatrie gebracht. Das Zirkuläre dieser Welt. Wenn Viktor es recht bedachte, schien Mila ihn nur durch Verhandlungsgeschick vor dem Niedergang zu bewahren. Oder er sie. So sicher konnte sich Viktor da niemals sein. Seine Großmutter war sein Schutzengel. Alt, stur und weißhaarig. Obwohl Mila keineswegs ein Engel war.

»Litt jemand in Ihrer Familie unter Depressionen?«, wollte Muchtari wissen.

»Wer nicht?«, fragte Viktor zurück.

»Hat sich ein Verwandter deshalb umgebracht?«

»Niemand«, antwortete Viktor nach einigem Nachdenken »den ich besonders gut kannte.« Dieser Satz schien das Verhältnis zu seiner Mutter präzise zu beschreiben.

»Die gute Nachricht ist, dass ich da ein Projekt habe«, brach Muchtari in Viktors Überlegungen ein. »Darf ich?« Mit diesen Worten klebte Muchtari ein Pflaster auf Viktors Haut.

Viktor erinnerte sich an Marita Nowak, die auch ein Projekt gehabt hatte. Eine ärztliche Studie. Viktor hatte keine guten Erinnerungen daran. An ihr Haus in Dänemark. An den Keller, in dem er auf dem nackten Zementboden fast gestorben war.

Muchtari zog sich die Gummihandschuhe von den Fingern, rollte auf seinem Hocker zum Mülleimer und entsorgte das Verbandsmaterial, das noch an Viktors Sturz erinnerte. Er bat Viktor, sich wieder anzuziehen. »Falkensee.« Mit diesem Wort unterbrach Muchtari Viktors Tätigkeit, »Das Haus liegt am Wald. Großes Grundstück. Geschlossene Einrichtung mit Park. Am Stadtrand, ein ruhiger Ort.«

Aha, dachte Viktor. *Waldrand, mit Park.* Nur Urlaub konnte schöner sein.

»Eine kleine Therapiegruppe. Ausgesucht. Nur Männer.«

»Sie wissen«, sagte Viktor, »dass das keine gute Werbung ist.«

»Bei Ihrer Kranken- und Lebensgeschichte bin ich mir da nicht so sicher«, antwortete Muchtari schnell.

Viktor musste zugeben, dass dieser Arzt es verstand, Widerspruch im Keim zu ersticken. Falkensee. Bürgerlicher Appendix Berlins. Viktor erinnerte sich an die Leiche eines Medienberaters, der an einer Überdosis vor seinem Flachbildschirm dort gestorben war. Falkensee.

Waldrand. Park. Männer.

Viktor bemerkte, dass ihm alles egal war. Dass er nichts fühlte.

6
SHERLOCK HOLMES

Lopez fühlte sich müde. Das Baby kam alle vier Stunden, in manchen Nächten sah die Bilanz etwas besser aus. Nicht aber für die letzte Nacht. Der Mann redete, aber Lopez verstand ihn nicht. Tränen fielen auf seinen offensichtlich sehr teuren, rosafarbenen Kaschmirpullover. Aus dem V-Ausschnitt quollen nicht nur ein blütenweißer, offener Hemdkragen, sondern auch schwarze Brusthaare. Er hatte sich in seinen – welche Marke war das? – Burberry-Mantel eingehüllt, trug aber keinen Schal. Dass er heulte, unterstrich nur Lopez' Müdigkeitsgefühl. Wo war der psychologische Dienst? Nicht jeder konnte zügig am Tatort eintreffen. Diese Dienste wurden beauftragt, Mitarbeiter entsandt. Manchmal reichte der kurze Dienstweg. Wenn es der lange war, konnten Stunden vergehen.

»Wir brauchen einen Dolmetscher«, stellte sie fest. »Moment.« Mit Gesten gab sie dem weinenden Menschen vor ihr zu verstehen, dass sie kurz telefonieren musste.

Erleichtert wandte sie sich ab. Sie hörte noch den Warteton ihres Diensthandys, als sie Hansens Stimme vernahm. Ihre neue Kollegin sprach kein Deutsch mit dem schluchzenden Mann. Wie Dänisch hörte sich das, was sie sagte, auch nicht an. Der Zeuge, den Lopez mit ihrem Schulfranzösisch nicht verstand, hörte ihrer Kollegin konzentriert zu. Tränen liefen noch aus seinen Augen, aber er wirkte ruhiger als zuvor. Ablenkung, die Königin aller Ermittlungsdisziplinen. Und doch ganz anders als bei Sherlock Holmes. Lopez steckte ihr Handy wieder ein, ohne weiter auf die Verbindung zu warten.

»Er sagt, dass sie seine Kollegin war«, dolmetschte Hansen, »dass sie zusammen gestern Abend den Nachtzug nahmen. Heute Morgen ankamen. Dass er gerade, während sie vorging, noch kurz bei einem Plakat stehen blieb. Irgendeine brasilianische Trommlertruppe, die im Admiralspalast auftritt.«

Lopez wusste, welche Litfaßsäule der Zeuge meinte. Sie stand direkt neben der Ampel. Gut sichtbar mit ihren Anschlägen für Autofahrer, die dort warteten. Die Europawahl stand an. Die ganze Stadt war plakatiert. Der Name Gideon Berlichinger tauchte überall auf. Niemand kannte den Mann. Europa war groß. Und der Politiker nur einer unter vielen. Auf einem Plakat von vielen. Wie das der brasilianischen Trommler. Manchen rettete Kunst das Leben. Einfach so. »Du sprichst Französisch?«

Hansen zuckte mit den Schultern. »Selbstverständlich, sagte sie. »Seine Kollegin ist … war Beamtin bei Interpol.«

»Name?«

»Seiner?« Hansen richtete eine elegante Wortkombination an den Mann, der jetzt wieder schluchzte.

Lopez suchte nach einem Taschentuch. Und musste sofort wieder an Viktor denken. Es war sein Job, Taschentücher an Zeugen und Angehörige zu verteilen. Sie hingegen hatte nie welche dabei. *Eine Mutter ohne Taschentücher*, dachte sie. *Wie ein Hund ohne Schwanz zum Wedeln, ein Haus ohne Tür zum Eintreten, eine Bank ohne Geld zum Verleihen.*

»Sie hieß Isabelle Meunier.«

Lopez notierte sich den Namen. Die Identität eines Opfers. Fehlten noch fünf.

»Lopez! Er möchte wissen, ob er seine Kollegin später noch identifizieren muss.« Hansen wirkte unsicher, ob hier die gleichen Gepflogenheiten galten wie bei der Københavns Politii.

Lopez hätte gern gesagt, dass Angehörige in Leichenhallen, die vor zugenähten Leichnamen standen, von deren Gesichtern Rechtsmediziner ein Laken zurückschlugen, weder die Regel noch die Ausnahme waren. Dass diese Szenen Filmen und nicht der Wirklichkeit ihres Berufes entstammten. Sie fragte sich, inwiefern man es den Kollegen bei Interpol anmerkte, dass sie nicht aktiv ermittelten. Dass sie nur Informationen sammelten, um sie europäischen Behörden zur Verfügung zu stellen. Interpol. Die Herrscher über Datenbanken. Sie hätte das Häufchen Elend vor ihr gern gefragt, wie oft er seine Kollegin noch identifizieren wollte. Stattdessen beschränkte sie sich auf ein simples Nein.

Neben ihr erschien Gunnar auf den Stufen. Normalerweise blieb er nie lange an einem Tatort. Er zog den Platz hinter seinem Schreibtisch vor. Dort telefonierte er und zog im Hintergrund die Fäden. Gunnar Scholz wusste, wie Behörden funktionierten. In Lopez' Augen benahm er sich wie ein Opportunist. Aber wenn es darauf ankam, schützte er seine Mitarbeiter. Lopez hatte das oft genug erlebt. Viktor provozierte ihren Vorgesetzten regelmäßig zu einem Verhalten, das Lopez überraschte. Auch hier blieb sich ihr Chef treu. Sein Laden lief am besten, wenn er die zwei Außenseiter umwarb, die alles für ihn taten. Zu jeder Nacht- und Tageszeit. Die keine Überstunden scheuten, bis ein Fall zu den Akten gelegt werden konnte. Es gab nicht viele Polizisten, die der Behörde diesen Dienst erwiesen. Zu Recht existierten Gewerkschaften, die dafür sorgten, dass Beamte nicht ausgebeutet wurden. Lopez wusste, dass nur wenige sich so bedingungslos verausgabten wie Viktor und sie. Viktor brauchte diese Arbeit genauso sehr wie sie. Sie hatten beide nie etwas Besseres gelernt. Nur wenige gingen in der Verbrechensbekämpfung auf wie sie. Lopez war sich des Abgrunds, an dem sie entlangbalancierte, durchaus bewusst. Wer sich über Mordaufklärung definierte, brauchte Morde. Diese Perversion nahmen Viktor und sie bereitwillig in Kauf. Sie wehrten sich nicht aktiv dagegen.

Lopez fühlte sich in ihrer Familie fremd. Dazu die langen Jahre, in denen die Schuld sie innerlich zerfressen hatte. In denen sie nur an eines denken konnte: an den Verlust ihres zweiten Kindes, das eines Tages auf einem Berliner Spielplatz verschwunden war.

Viktor liebte seinen Job. Lopez konnte sich nicht erinnern, dass er während der ersten Jahre ihrer Bekanntschaft jemals eine ernsthafte Beziehung eingegangen war. Dass jemand oder etwas mit seinem Dienst konkurriert hatte. Diese Besessenheit verband sie, seitdem sie sich das erste Mal getroffen hatten. Lopez war in der Ausbildung, und Viktor war ihr Ausbilder. Seelenverwandte erkannten sich sofort. In Lopez' Augen wurden sie beide erst vollständig, wenn sie gemeinsam arbeiteten. Das wusste Gunnar Scholz. Hier kreuzten sich ihre Interessen. Für ihren Chef stellten sie den Hauptgewinn dar. Sie bescherten ihm einen Ermittlungserfolg nach dem anderen. Viktor verstieß zwar ständig gegen die Auflagen seiner Behörde. Und Lopez wusste, dass sie niemand leiden konnte. Genauso wie die Leute Viktor mieden, machten sie auch um Lopez einen Bogen. Viktors schiere Größe, seine grobschlächtigen Gesichtszüge, seine wortkarge Art erschreckte andere. Lopez gab nicht viel auf ihr Äußeres. Sie arbeitete konzentriert. Auch das befremdete die meisten. Gunnar wusste: Als Menschen verhielten sich Viktor und Lopez schwierig bis abseitig, aber als Angestellte gehörten sie ganz ihm.

»Was gibt's Neues?«, fragte Gunnar.

Lopez holte Luft, aber Hansen kam ihr zuvor. »Hier entlang«, sagte sie und wies ihrem Vorgesetzten galant den Weg. Wie selbstverständlich schritt sie neben Gunnar aus. Lopez bewunderte ihr Selbstbewusstsein. Hansen verhielt sich nicht wie jemand, der hospitierte. Sie verhielt sich wie eine Beamtin aus dem höheren Dienst. Der scharfe Wind blies ihnen ins Gesicht. Er hob Gunnars Mantelschöße an. Es roch nach Winter. Kälte, verbrannter Kohle, Abgasen. Hansen kam Gunnar leicht zuvor, nur um vor ihm das flatternde Absperrband anzuheben. Das Plastik sirrte im Wind. Gunnar duckte sich darunter weg, und Lopez musste sich beeilen, um hinterherzukommen.

Hansen nickte aufmunternd. Gunnar begegnete ihrer Aufforderung mit einem skeptischen Gesicht. Hansen öffnete die Tür des blauen Bauwagens wie die Assistentin eines Zauberers den Kasten, in dem ein durchtrennter Mann steckte. Lopez fühlte sich wie eine Freiwillige aus der ersten Reihe. Nicht wirklich freiwillig und eher am Rande des Geschehens. Hinter den beiden herzudackeln wollte so gar nicht zu der Rolle passen, die sie in Gunnars Team sonst bekleidete.

Aus dem Bauwagen schlug ihnen warme Luft entgegen. Abgestanden, aber gewürzt mit einer Prise Kaffee. Der Duft weckte sofort Begehrlichkeiten bei Lopez. Sie betrat einen erstaunlich weißen Raum.

Vier Sitzbänke, zwei Tische. Darüber zwei kleine Fenster. Eine kurze Küchenzeile, Mikrowelle, Haken an der Wand, an denen karierte Jacken hingen. Daneben

Baupläne, ein Auszug aus dem Grundregister, mit Reißzwecken festgepinnt. Schmutzige Arbeitsschuhe ordentlich aufgereiht. Regale, einige kleine Schließfächer. In jeder Ecke Werkzeuge. Ein Stapel Rucksäcke am Boden. Dieser Wagen wirkte von innen groß, von außen klein. Drei Männer am Tisch. Zwei davon trugen noch die gelben Schutzhelme. Hansens Aufforderung, sich zu den Arbeitern zu setzen, lehnte Gunnar mit einem Kopfschütteln ab. Hansen nahm mit einem strahlenden Lächeln neben einem der Arbeiter am Tisch Platz. Vertrauen bilden. Hansen verstand das instinktiv. Obwohl sie alle wussten, dass es eigentlich keinen Grund zum Lächeln gab. Lopez beneidete die Neue um ihre beinahe jugendliche Schönheit. Um die Leichtigkeit und Unbefangenheit, die sie ausstrahlte. Neben Gunnar lehnte sich Lopez an die Arbeitsplatte. Im Kopf notierte sie die beinahe akribische Ordnung im Wagen. Schmuddelige Bauarbeiter, die im Chaos lebten. Wieder ein Vorurteil, mit dem sie aufräumen konnte. Sie stellten sich als Polizisten vor, zeigten Marken, Ausweise. LKA Berlin.

Die drei Männer nickten wortlos.

Der Arbeiter ohne Helm stellte sich vor: Vorarbeiter, Wilhelm Kurz. Einer von ihnen, Stanis Lem, fehle. Es sei ihm klar, was das bedeuten könnte.

Lopez zuckte bei der Erwähnung des Namens leicht zusammen. Bernhard liebte Lems Romane. Dass ein Toter dessen Familiennamen trug, erinnerte sie an ihre kaputte Ehe. So musste sich ein Stromschlag anfühlen. Mit zu hoher Voltzahl.

Hansen fragte die anderen Männer nach ihren Namen. Sie endeten auf -itsch und -czec. Zupackende Arbeitskräfte aus dem Osten. Wenigstens hier stimmte das Klischee. Lopez musste sofort an Viktor denken. Krankgeschrieben, suspendiert. Vom Hauptkommissar herabgestuft zum Patienten einer Psychiatrie. Er weigerte sich immer noch, sie zu empfangen.

Lopez bat kurz um eine Beschreibung des fehlenden Kollegen. Bevor sie überhaupt Stift und Zettel zücken konnte, hatte Hansen schon alles vor sich auf die Tischplatte gelegt. Wie eine gelehrige Schülerin, wie die Klassenbeste. Obwohl Lopez das Bild vertraut war wie ihr Spiegelbild, irritierte sie Hansens perfektes Auftreten.

Kurz beschrieb den Kollegen Lem. Oft stockte er. Lopez bemerkte, wie er nach den richtigen Worten suchte. Wenn er schwieg, unterbrach ihn keiner. Das Schweigen hatte die Konsistenz von Schlick, nur ungern gab er Worte wieder frei. Es lastete auf ihnen allen. Der Weg, den Opfern Namen und Identität zurückzugeben, war oft kompliziert. Aber Gewissheit zu haben, so viel wusste Lopez, fühlte sich immer noch besser an als die Qual des Nichtwissens. Hier wählte sie lieber Pest als Cholera.

Schütteres Haar, gedrungen, circa eins fünfundsiebzig, war am Morgen mit schwarzer Arbeitshose zur Arbeit gekommen. Kurz überlegte. »Kein gutes Erkennungszeichen«, merkte er an.

Lopez verstand, was er meinte, weil alle Männer die gleichen Hosen von derselben Firma trugen. Pullover: grün mit irgendeiner Aufschrift. Gelbe Warnweste. An die Jacke könne er sich nicht erinnern. Ob das reichen würde? Moment, doch, einer von Lems Eckzähnen sei komplett silbern überkront.

Lopez wechselte mit Hansen einen Blick. Volltreffer. Die Beschreibung glich einem der Toten, der jetzt in einem Sack auf dem zugigen Platz lag und auf den Abtransport wartete. Der gelbe Helm lag zwei Meter neben der Leiche. Laut sagte Lopez nur, dass die Wahrscheinlichkeit hoch sei, dass es sich um Lem handelte.

Lem hinterlasse eine Frau und drei Kinder. Wer das der Familie mitteilen würde. Er oder die Polizei? Kurz sprach schnell, als wolle er es hinter sich bringen. Die anderen beiden sahen vor sich auf den Tisch.

Lopez bat Kurz um eine Adresse. Das LKA könne die Benachrichtigung der Familie übernehmen, wenn es Gewissheit gebe.

Kurz nickte ergeben.

Lopez rechnete es ihm hoch an, dass er nicht erleichtert wirkte. Seine Angestellten lagen ihm am Herzen. Lopez fragte nach Arbeitserlaubnis und Papieren. Man konnte illegale Arbeitnehmer schätzen, persönlich mögen und dennoch ausbeuten. Gab es vielleicht ein Foto von Lem?

Kurz nickte, erhob sich, quetschte sich an ihnen vorbei. Mit einem Schlüssel öffnete er eines der Schließfächer. Gunnar seufzte, und Lopez folgte Kurz schnell, bevor sich Hansen erheben konnte.

»Kümmerst du dich um die Papiere?«, rief Lopez Hansen zu. Ohne ihre Antwort abzuwarten, verließ sie mit einem kurz geäußerten »Danke« hinter Gunnar den Bauwagen.

Zwei Opfer hatten einen Namen. Mit hoher Wahrscheinlichkeit. Lopez konnte nicht genau sagen, ob die eisige Kälte, die sie am Alexanderplatz empfing, Strafe oder Belohnung dafür war.

Lopez wollte sich gern eine Zigarette anzünden, aber sie rauchte nicht und hatte auch nicht vor, damit anzufangen. Der scharfe Wind hätte ohnehin jede Flamme, jegliche Glut erstickt. Also zog sie den Stoff ihres Mantels enger zusammen. Sie vermisste Handschuhe und

Mütze. Der Wind riss an ihrem Haar. Die Kälte hatte etwas Erweckendes. Diese Kälte kündete von Frost.

Jemand räusperte sich neben ihr. Einer der Arbeiter hielt ihr eine Zigarettenpackung hin. Eine Kippe ragte wie eine Einladung daraus hervor.

Lopez schüttelte den Kopf und bedankte sich.

Der Arbeiter, der sich im Bauwagen mit dem Namen Ciszek vorgestellt hatte, bedachte zunächst Lopez, danach die Schachtel mit einem langen Blick. Dann steckte er die Kippen mit den Worten ein: »Rauche auch nicht mehr.«

»Warum haben Sie dann welche dabei?«

»Weil ich zumindest rauchen könnte, wenn ich wollte.«

Lopez hatte noch nie ein deutlicheres Plädoyer für den freien Willen erlebt.

Ciszek schob die grüne Strickmütze gerade, die er trug. Weiche Haut, ein breites Gesicht. Keinesfalls wettergegerbt, eher unspezifisch, eine breite Nase. Seine gelbe Leuchtweste flatterte im Wind. Lopez erschauderte. Die Kälte kroch unnachgiebig unter ihre Kleider. Die Wärme des Bauwagens hing ihr nach wie etwas Gutes, das es nicht mehr gab, aber an das man sich sehnsüchtig erinnerte.

»Wollten Sie mir noch etwas sagen?«, fragte Lopez.

»Wäre sonst nicht hier«, antwortete Ciszek selbstbewusst.

Sie sahen sich an, während Lopez bemerkte, dass hier zu stehen ein Luxus war, den sie sich nicht leisten konnte.

»Als ich die Schreie hörte«, begann Ciszek, »ging ich ans Fenster. Es war gerade Pause. Wenn der Frost kommt, hören wir normalerweise mit der Arbeit auf.« Er zögerte. »Eilig hatte ich es nicht.«

Ein Bus hupte, mehrere Autos zogen nach. Lopez vernahm die Worte des Arbeiters wie durch eine Membran.

Ciszek erzählte mit ruhiger Stimme, wie er den Bauwagen verlassen hatte, wie er den Schreien gefolgt war, wie er das Schlachtfeld sah. Wie er das, was er auf dem Platz erblickte, für eine Täuschung hielt. Wie er für einen Moment an Straßentheater dachte. In Berlin sei alles möglich. Gaukler hätten sich schon in Brand gesetzt und selbst wieder gelöscht. Passanten warfen Münzen in Hüte, manche hielten für solche Spektakel nicht einmal an, um sie zu beobachten. Sie gingen zur Arbeit oder nach Hause. Sie schauten auf die Displays ihrer Handys oder führten Selbstgespräche. Irgendwann bemerkte man die Kabel, die von kleinen Kopfhörern bis in ihre Manteltaschen ragten. Ciszek hatte also am Rande des Geschehens gestanden und einen Moment gezögert. Aber die Panik wirkte echt. Dann hatte er einen Bauhelm auf dem Platz erblickt, der wie ein Leuchtpunkt auf dem Boden lag. Lem hatte doch nur kurz telefonieren wollen, sei aber nicht wieder zurückgekommen, da war er losgerannt.

»Warum haben Sie nicht direkt versucht, zu helfen?«, fragte Lopez.

Ciszek zog die Augenbrauen zusammen. »Bevor Sie mir unterlassene Hilfeleistung unterstellen«, sagte er, »hören Sie mich vielleicht lieber bis zum Ende an.«

Lopez wunderte sich, wie akkurat er im Deutschen formulierte, wie präzise er einen Begriff wie »unterlassene Hilfeleistung« einsetzte. »Wo kommen Sie ursprünglich her?«

»Polen«, sagte er. Kurz und knapp. Dennoch schwang etwas Sehnsüchtiges in diesem Wort mit. Lopez hatte nicht geahnt, dass solche Nuancen beim Aussprechen eines einzelnen Wortes möglich waren. Ciszek beantwortete Lopez' Frage, die sie zwar gedacht, aber ihm nicht gestellt hatte: »Würde ich in Polen Arbeit finden und anständig dafür bezahlt werden, wäre ich nicht hier.«

Lopez dachte an Viktor und wie unterschiedlich die Gründe doch ausfallen konnten, seine Heimat zu verlassen. Die wenigsten waren erfreulich. Man konnte von Gründen sprechen oder von Zwang.

»Sie haben gefragt, ob uns etwas aufgefallen ist.«

Lopez nickte.

Ciszek deutete mit dem Zeigefinger in die Ferne. Jemand habe sich dort erhoben. Da hinten auf der Treppe. Der Arbeiter zeigte auf den Platz. Er erwähnte eine schwarz gekleidete Gestalt. Sie habe den Platz verlassen. Ciszek habe Angst verspürt. Es war ihm unmöglich erschienen, sich zu rühren, obwohl er doch gehen wollte. Erst etwas später habe er nach denen, die am Boden lagen, gesehen. Eine unwirkliche Situation. Ciszek nickte. Danach schwieg er, als gäbe es nichts mehr zu sagen.

Lopez fragte: »Mann oder Frau?«

»Schwer zu sagen«, antwortete Ciszek. »Schlank, eher athletisch«, versuchte er die Person zu beschreiben.

Lopez bemerkte, wie ihr Herz schneller schlug.

Diese Person habe sich also von der Treppe erhoben und sei zügig weggegangen. Ciszek habe sich gewundert, warum die Person nicht gerannt sei.

Diese Person. Vielleicht etwas zu schnell unterbrach ihn Lopez: »Das Gesicht. Haben Sie das Gesicht erkannt?«

Ciszek schüttelte den Kopf. »Unmöglich«, sagte er. »Weil es verdeckt wurde. Durch einen Motorradhelm.«

UNTEN

Wir würden schon mal nicht verdursten. Der Boden war feucht und glitschig, an den Wänden hingen Tropfen. Aber darauf kamen wir erst viele Stunden später. Du musst schon wirklich durstig sein, bevor du eine Wand ableckst. Mittlerweile kümmerten wir uns um Celine. Sie stöhnte nur noch leise. Wir wussten jetzt, warum. Wir durften sie nur ganz vorsichtig anfassen. Etwas stimmte nicht mit ihrem Bein. Nach einem Sturz aus zehn oder fünfzehn Metern Höhe kam es mir ohnehin wie ein Wunder vor, dass nur sie etwas abbekommen hatte. Außer ein paar Prellungen ging es Noel und mir körperlich ganz gut. Celine lehnte halb an der Wand, die aus grobem Stein bestand, und wollte nicht mit sich reden lassen. Wir kauerten an der gegenüberliegenden Seite. Circa fünf große Schritte trennten uns von Celine. Wir hatten genug Platz, um uns auszustrecken, wenn wir gewollt hätten. Wollten wir aber nicht. Der Boden war feucht. Die Kälte drang schon jetzt durch meine Hosenbeine ein. Maman hatte uns immer davor gewarnt, auf kaltem Stein zu sitzen. Eine Erkältung erschien angesichts unserer Situation jetzt lächerlich.

Ich hatte meine Hand auf Noels Brust gelegt. Sein Herzschlag, den ich unter dem dünnen T-Shirt spürte, hatte sich beruhigt. Und mich beruhigte es, dass sein Herz schlug. Langsam gewöhnten sich unsere Augen an die Dunkelheit. Draußen war es immer noch hell. Licht drang durch kleine Ritzen oben ein. Hektisch wischte ich mir etwas aus dem Gesicht, das über meine Stirn gekrabbelt war.

»Gibt es hier Spinnen?«, fragte Noel leise.

Zum ersten Mal bemerkte ich, wie die Angst mir regelrecht die Kehle zuschnürte. Weil ich begriff, dass hier unten vermutlich nicht nur Spinnen lebten.

7
ÜBERFÜHRT

Viktor trug Fußfesseln und Handschellen. Die Tabletten hatten einen unbestreitbaren Vorteil: Sie milderten Angst und Angriffsbereitschaft. Sie machten ihn weich und zugänglich. Zwei Polizisten, Kollegen von der Schutzpolizei, die er vorher noch nie bei einem Einsatz getroffen hatte, begleiteten ihn. Ihre mitleidigen Blicke kränkten Viktor nicht wirklich. Er folgte gern den Entscheidungen, die andere für ihn trafen. Ein Zustand, den er seit seiner Jugend unbewusst herbeigesehnt hatte, wie ein schwer verletztes Pferd den Gnadenschuss. Charité, Mitte, Charlottenburg, Spandau. Berlins verschiedene Viertel zogen am Fenster vorbei. Falkensee.

Psomavital-Klinik stand auf dem Schild an der Pforte, als er angekommen war. Viktor bemerkte die hohen Zäune, die in zwei Reihen standen. Ganz oben Stacheldraht. Dazwischen ein Grünstreifen. Fachkundig nahm Viktor das Schließsystem in Augenschein, das zentral ver- und entriegelt werden konnte. Je nach Bereich verschaffte man sich mit Scheckkarten Zutritt. Patienten besaßen keine Scheckkarten. Sie wurden wie Kinder zu Bereichen zugelassen, begleitet oder geschickt. Viktor betrat »die Einrichtung« durch eine Sicherheitsschleuse. Nach der Eingangsschleuse nahmen die Kollegen Viktor die Fesseln ab. Zwei Pfleger begrüßten ihn. Die Übergabe eines Paketes hätte nicht routinierter ablaufen können. Wenn Viktor gewusst hätte, wie die enorme Leere in seinem Inneren zu überbrücken gewesen wäre, hätte ihn das Geräusch der sich zur Außenwelt schließenden Türen verschreckt. Viktor hasste Gefängnisse. Vor Kurzem erst hatte er erlebt, was Gefangenschaft bedeutete. In Russland, seinem Heimatland. *Vielleicht,* dachte Viktor, *ist ein Gefängnis der einzige sichere Ort für mich.* Das hier war kein Gefängnis, wie alle Verantwortlichen immer wieder betonten: Muchtari, Gunnar, Meier vom Betriebsrat des LKA. Forensische Psychiatrie. Maßregelvollzug. Suchtkranke Straftäter. Auf Viktor traf das zu. Er war zwar nie vor einem deutschen Gericht verurteilt worden, aber eine Untersuchungskommission des LKA hatte ihn eines Amtsdeliktes beschuldigt. Der Körperverletzung des Leander Nowak. Obwohl oder gerade weil diese Tat unter Drogeneinfluss geschehen war. Viktor beschäftigte immer noch der Begriff »unechtes Amtsdelikt«. Nur die Deutschen konnten zu einer derartig bizarren Wortschöpfung fähig sein. Was auf das Dienstvergehen folgte, war ein Disziplinarverfahren und seine Suspendierung. Als mildernde Umstände hatte die Untersuchungskommission anerkannt, dass Viktor unter einer medikamenteninduzierten Paranoia litt. Leander Nowak war tot und Viktor de facto nur in einem Vorstadium dieses finalen Zustandes. Gefangen in einer Zwischenwelt. Es gab niemanden, der noch ein ernsthaftes Interesse daran gehabt hätte, Viktor zu verklagen. In Abwesenheit wurde ihm von der Inneren Abteilung des LKA diese Therapieform verordnet. Therapie statt Strafe. Sein Arbeitgeber hatte diese Maßnahme zur Voraussetzung für seine Rückkehr an den Arbeitsplatz gemacht. Überdurchschnittlich gute Resozialisierungsraten warben für diese Form der gesellschaftlichen Läuterung. Läuterung war Viktors Spezialgebiet. Ansonsten war er eher ein Sonderfall.

Die ängstlichen, verschlossenen Blicke kannte er. Nur die Gesichter dazu waren neu.

Im Vergleich zu der einsamen Fahrt im Kleinbus wirkte der Raum bei ihrer ersten Zusammenkunft am nächsten Tag in Muchtaris »Einrichtung« beinahe überfüllt. Wie bei einem Treffen der Anonymen Alkoholiker, bei dem man mehr Menschen begegnete, als man vermutete. Jeder hier wusste, dass alle Anwesenden kaputte Existenzen als Schatten mit sich führten. Dass es weder Licht noch Dunkelheit bedurfte, um diese Schatten auch zu sehen. Dass ihr Zusammenkommen in ehrlichen Augenblicken eher Ende als Anfang bedeutete. Viktor formulierte für sich lieber, dass sie alle einen Sprung in der Schüssel hatten. Oder mehrere. Allen sechs Männern hier schien es zuwider zu sein, wie in einem Altenheim im Kreis zu sitzen. Viktor erwischte sich dabei, wie er den Stuhl, der unter seinem Gewicht ächzte, immer weiter zurückschob. Nur um nicht Teil zu sein. Er war noch nie gern Mitglied einer Gruppe gewesen.

Muchtari stand noch mit einer Tasse neben dem modernen Kaffeevollautomaten. Er beobachtete sie. Sonderte sich ab. Viktor musste anerkennen, dass Heilanstalten offenkundig besser technisch ausgestattet wurden als das LKA. Jetzt vermisste er den Filterkaffee seiner Abteilung. Den schalen Geschmack.

Über all diesen Überlegungen lag ein immens dichtes Gefühl der Gleichgültigkeit, das Viktor verspürte. Offen oder geschlossen. Hier oder dort. Viktor musste an die Tabletten denken, deren regelmäßige Einnahme ihm nahegelegt worden war. Sie sollten die Gedankenschleifen, die Halluzinationen, das Verlangen, zu sterben, im Zaum halten, stattdessen warfen sie einen dunklen Schleier der Belanglosigkeit über Viktors Welt. Es fiel ihm schwer, sich noch zu orientieren. Was hatte Bedeutung? Wo gab es noch Konturen? Viktor bemerkte, dass sein Mund offen stand. Es kostete ihn beinahe einen übermenschlichen Aufwand, ihn zu schließen. Langsam hob er seinen Blick. Er hätte Muchtari gern gesagt, dass die Tabletten ihn ermüdeten, dass sie jede Spitze seiner Gefühlswelt einfach kappten, dass sie ihn verlangsamten und betäubten.

Muchtari hatte ihn darüber aufgeklärt, dass er Geduld brauchen würde. Dass Viktors Depression auch ursächlich in der Aggression fußte, die er verstärkt gespürt hatte. Möglicherweise eine Spätfolge des Gehirntumors. Typisch für Männer, sagte der Diagnostiker. Für Viktor sowieso, hatte sein Arzt gesagt. Muchtari hatte behauptet, dass der gewaltsame Tod seiner Freundin zu viel für Viktors robuste Psyche gewesen sei. Dass er schon vorher genug verkraftet hatte. Vor und nach der Diagnose. Auch mit und durch seinen »gewaltbezogenen« Beruf.

Viktor hatte seinem Arzt noch nicht gesagt, warum er die Wirkung der Pillen fürchtete. Weil ihn die falsche Medikation schon einmal verraten hatte. Vor nicht allzu langer Zeit. Dass er Medikamenten schon immer misstraute. Dass er aus diesem Grund Ärzte mied. Dass er ein authentisches Selbstmordgefühl gern gegen diese Gummiwand aus Gleichgültigkeit eingetauscht hätte. Viktor bemerkte, wie mittlerweile alle Augen auf ihn gerichtet waren. Ein Mann, etwas jünger als Viktor, teuer gekleidet, richtete das Wort an ihn. Wie durch eine Schaumstoffwand vernahm er die Frage: »Warum bist du hier?«

Für einen Moment gaben die Wolken vor der Fensterfront die Sonne frei. Viktor blinzelte. Muchtari saß auf einmal auf einem Stuhl in ihrem Kreis. Viktor konnte nicht sagen, wie der Arzt dorthin gelangt war. Sonnenflecken tanzten über Boden und Wand, bemalten die Gesichter der Kranken, die hier beisammensaßen. Die Sonne im Gesicht, verspürte Viktor ein wärmendes Gefühl in seiner Brust. Er suchte nach der Frage, fand sie und hätte darauf unendlich viele Antworten geben können. Aber er entschied sich für die eine Antwort, die ihm heute korrekt erschien. Warum war er hier?

»Meine Freundin wurde erschossen.« Es war Viktors Stimme, die das sagte. Doch er fand sich merkwürdig fern von dieser Aussage. Als habe er durch ein umgedrehtes Megafon gesprochen. Zu sich selbst.

Ein dürrer Typ, dessen magere Ärmchen wie Äste aus dem schlabberigen T-Shirt ragten, sagte: »Genau wie seine«, und deutete mit dem Zeigefinger auf denjenigen, der Viktor die Frage gestellt hatte. Der schüttelte jetzt energisch den Kopf.

»Falsch«, stellte der Yuppie kategorisch fest.

»Erstochen?«, riet ein anderer mit müder Stimme. Als besäße er nur mildes Interesse an der Unterhaltung.

Ein dicker Mann im Rollstuhl beklagte, dass er Hunger habe. Ein junger Mann mit ernstem Gesicht beobachtete Viktor genau. Sein Kopf war kahl rasiert. Er sah aus wie ein Junge mit zu schnell gealtertem Gesicht.

Der Yuppie, dessen Freundin genau wie Siska offenkundig auch nicht mehr am Leben war, antwortete: »Korrekt. Aber das ist nur ein Detail. Zurück zu dir«, womit er Viktor durchdringend anstarrte. »Warum bist du *wirklich* hier?«

Die anderen Männer, die das kurze Gespräch aufgeregt hatte, lauschten jetzt gespannt.

Muchtari lehnte sich interessiert nach vorn. Er hatte noch kein Wort gesagt.

Warum war Viktor wirklich hier? Er musste sich mit aller Macht konzentrieren. Der Typ, der diese Frage gestellt hatte, besaß offensichtlich zu viel Geld. Seine Kleidung wirkte so neu, als hätte er sie erst vor einer halben Stunde aus einer Einkaufstüte gezogen. Als habe ein Schneider für die Hose Maß genommen. Der Typ quatschte zu viel. Viktor kam dessen Durchschnittsgesicht unter den akkurat geschnittenen dunklen Haaren bekannt vor. Viktor hatte sein nutzloses Gehirn in den vergangenen Monaten hassen gelernt. Wenn es einfach aussetzte, nicht mehr funktionierte. Wenn es Filmrisse produzierte oder Wissen verbarg. Im medikamentösen Dunst, der sich über alle seine Gedanken legte, suchte er verzweifelt nach dem Aufhänger. Nach dem Ursprung des Signals, das sich Erinnerung nannte. »2011. Schöneberg«, sagte Viktor. Aber mehr wollte ihm nicht mehr einfallen. Nur dieses nutzlose Detail. Viktors Stimme kam ihm selbst fremd vor. Verlangsamt und noch tiefer als sonst.

»Ich habe meine Lebensgefährtin umgebracht«, sagte der Yuppie.

Der Satz fiel in die gespannte Stille hinein wie ein Molotowcocktail. Lebensgefährtin. Ein beinahe technischer Begriff, der für Viktor maximale Distanz zum Objekt signalisierte. Der Dürre sah ihn mit weit aufgerissenen Augen an. Der Yuppie saß jetzt aufrecht, als habe man ihm einen Stock ins Kreuz gerammt. Der Jüngling mit der sanften Stimme hockte auf der Stuhlkante. Der fette Mann im Rollstuhl wippte hin und her.

»Und ich«, riet Viktor, weil es naheliegend war, »habe dich damals überführt.«

UNTEN

Ich glaube, die erste Nacht war die schlimmste. Obwohl ich mich da bis heute nicht festlegen kann. Du liest in der Zeitung von einem Mann, den sie in Vietnam gefoltert haben, über Jahre. Du denkst, grausam!, unvorstellbar!, aber es bleibt abstrakt und fern von dir, weil es einem anderen passiert. Was mir passiert ist, ist im Nachhinein nichts Besonderes. Weil zu viel Schreckliches geschah. Im Schrecklichen wird der Schrecken ganz normal. Woran ich mich erinnere? Noel zitterte auf jeden Fall die ganze Nacht. Wenn er kurz einschlief, wachte er schweißgebadet auf. Manchmal schrie er, sodass es in dem Schacht widerhallte. Diese Schreie gingen mir durch Mark und Bein. Sie gaben meiner eigenen Angst eine Form. Ich durfte meine Furcht nicht zeigen. Ich musste Stärke mimen. Celine würde uns nicht mehr helfen. Sie war zu schwer verletzt. Mit dem Kopf lag sie auf meinem T-Shirt. Ich fror so stark, dass meine Zähne klapperten. Also versuchte ich, bis tausend zu zählen, erzählte leise alle Witze, die ich kannte. Wiederholte hundertmal unsere Adresse, nur um mich zu versichern, dass wir irgendwo zu Hause waren. Maman und ich hatten uns nie besonders gut verstanden. Dennoch dachte ich an sie. Natürlich vermisste ich Papa. Schnell verstand ich jedoch, dass die Gedanken an Maman und Papa mich schwächten. Irgendwann begann ich, die Wände abzutasten. Käfer ekelten mich. Genauso wie Spinnen. Jetzt musste ich mich zwingen, nicht bei jeder Spinnwebe zu schreien. Es gab so viele. Alles schien sich zu bewegen. Manches langsam, vieles schnell. Durch ein bodennahes Gitter roch ich faulige Luft. Ich ertastete im Dunklen die

Kanten, rüttelte an den Stäben. Moos, Dreck, Haare, irgendein Belag. Aber alles bombenfest. Es gab ein paar Steine, die am Boden lagen. Schon Affen hatten Steine als Werkzeuge benutzt. Hatten wir zumindest im Biologieunterricht gelernt.

Als Noel wieder hochschreckte, weinte er. Er hatte Hunger, und Mann!, konnte ich das gut verstehen. Die Leere in meinem Magen wuchs wie ein Ballon. Luft, nichts als Luft. Natürlich versuchte ich, Noel zu beruhigen. Zu diesem Zeitpunkt wussten wir noch nicht, wie sehr uns der Hunger quälen würde. Wir hatten wirklich absolut keine Vorstellung davon. Wenn ich nur an das Gefühl denke, könnte ich schreien. Es war stockfinster. Ich hatte jegliche Kontrolle über die Zeit verloren. War es elf, ein oder vier Uhr in der Nacht? Wann würden endlich die ersten Lichtstrahlen durch die Ritzen über uns eindringen? Wir leerten unsere Hosentaschen aus. Celine stöhnte dabei so erbärmlich, dass sie sogar mir leidtat. Wir ertasteten zwei Kaugummis, ein altes Bonbon, ein Taschentuch, zwei abgerissene Eintrittskarten für den Zirkus, der einmal jährlich in die Stadt kam. Ich teilte einen Kaugummi und riss das Stück in drei Teile. Sonst hatten wir uns manchmal zwei oder drei Kaugummis in den Mund gesteckt. Die Portion war so groß, dass wir sie kaum kauen konnten. Die Masse füllte unseren Mund ganz aus. Sobald sie ihren Geschmack verloren hatte, spuckten wir sie aus. Jetzt aßen wir still, fast andächtig. Für einen Moment lang klapperten meine Zähne nicht mehr. Wie lange konnte man ohne Essen überleben? Ich traute mich nicht, Noel oder Celine zu fragen. Es hätte die miese Stimmung nur noch verschlimmert. Aber man musste kein Genie sein, um zu wissen, dass wir mit zwei Kaugummis und einem Bonbon nicht weit kommen würden.

8
PERLINGER

Perlinger«, stellte sich die Kollegin vom BKA vor, »Sarah. BKA.«

Sie wog mindestens hundert Kilo, war nur knapp eins sechzig groß und hatte ein durchdringendes Organ, das die Fensterscheiben im LKA zum Schwingen brachte. Für einen kleinen Menschen war sie kaum zu übersehen. Sie erzählte Lopez etwas von Frauen in Führungspositionen, wie gut man mit ihnen zusammenarbeitete, während Männer doch nur mit Waffen spielten. Gute Zusammenarbeit tauchte oft in ihren Sätzen auf.

Gunnar zog in einem von Perlinger unbeobachteten Moment die Augenbrauen hoch, als habe er schon vieles gesehen, so etwas aber nicht. Einmal lachte er laut und künstlich als Reaktion auf das, was sie sagte. Als sich Lopez nach ihm umdrehte, hatte er sich aus dem Staub gemacht.

Normalerweise blieben die Beamten jeder Behörde unter sich. Mitarbeiter von LKA und BKA besuchten sich nicht regelmäßig. Es war unüblich. Wozu gab es Telefonkonferenzen? Ein größeres Schadenereignis erforderte allerdings besondere Maßnahmen. Mittlerweile gab es eine BAO, eine *Besondere Aufbauorganisation.* Gunnar hatte sie federführend aus dem Boden gestampft. Ein Organigramm ging von Hand zu Hand. Über sechzig Beamte beschäftigten sich mittlerweile mit den Alex-Morden. Sarah Perlinger vom BKA war eine davon.

Jovial schüttelte Sarah Perlinger Lopez die Hand. Ihr

Fleisch fühlte sich fest und weich zugleich an. Lopez, die besser als jeder ihrer Kollegen mit der Dienstwaffe schoss, entschied spontan, ihr lieber nicht in einer Kampfsituation zu begegnen. Perlinger sah zwar unschuldig aus, aber sie machte vermutlich eigenhändig Hackfleisch aus Kontrahenten.

Der Nachmittag würde sich ziehen wie Gummiband. Also zogen sie Müsliriegel aus einem Automaten und tranken Kaffee aus Plastikbechern. Seit einer Stunde saßen sie in einem verdunkelten Raum des LKA und schauten auf Monitore. Bildschirme flackerten. Ab und an deutete Perlinger mit ihrem fleischigen Zeigefinger auf eine Gestalt, die sich abgehackt bewegte. Schwarze Lederkleidung, schwarzer Helm.

»Da!«, sagte sie so laut, dass Lopez zusammenzuckte. »Und da!«

Zwei Zeugen hatten eine schwarz gekleidete Person weglaufen sehen. Circa eins fünfundsiebzig groß. Der Zeuge Ciszek hatte dunkle Lederkleidung und einen Motorradhelm erwähnt.

Lopez zog ihr Handy heraus und telefonierte. Perlinger spulte und betrachtete ein Standbild. Sie erhob sich und kletterte beinahe auf das Schnittpult. Lopez legte auf, Perlinger setzte sich wieder auf den Drehstuhl. Sie drückte auf Play. Zwanzig Minuten später klopfte es an der Tür, Lopez rief laut: »Ja.« Ein Kollege reichte ihr mehrere Bänder, die Lopez einlegte und zurückspulte. Perlinger sagte: »Endlich.« Sie lehnte sich mit gespanntem Gesicht nach vorn, als handele es sich um einen actiongeladenen Blockbuster.

Als das Band lief, verfolgte Lopez mit den Augen Autos, die an einer Ampel hielten. Bis ein Motorrad vorfuhr. Fahrer in schwarzer Ledermontur. Eine Kawasaki. Fahrer im Profil. Leider auch das Nummernschild. Lopez sagte schnell: »Schöneberg«, bevor Perlinger sie mit einem ähnlichen Ausruf wieder erschrecken konnte. Bandwechsel.

Die BKA-Kollegin lehnte sich im Stuhl zurück. Sie streckte die Beine aus und rekelte sich. Die Uhr an Lopez' Handgelenk zeigte, dass schon wieder anderthalb Stunden vergangen waren. Zwei Stadtviertel und ein paar Bänder weiter an der Kreuzung Seegefelder Straße, Altstädter Ring, fuhr der Motorradfahrer wieder ins Bild. Perlinger schrie »Stopp!«. Obwohl Lopez diesmal darauf vorbereitet war, wäre ihr vor Schreck beinahe die Fernbedienung aus der Hand gefallen. Standbild. Nummernschild unscharf, verdreckt, aber vielleicht erkennbar, wenn sie es besser kontrastierten und auflösten. Kurze Mail an die KT mit der Bitte um Vergrößerung. Etwas später nahm eine Kollegin Auftrag und Band entgegen. Sie würde zügig in die KT fahren, um die Bänder abzugeben. Möglichst schnell. Fünfzehn Uhr dreißig. Perlinger schlug Lopez freundschaftlich auf die Schulter. »Geil!«, brüllte sie. »Fast geschafft.« Lopez spürte auf ihrem Schulterblatt einen brennenden Schmerz wie nach einer Ohrfeige. Ansonsten fühlte sie keinen Triumph. Eher Erleichterung, dass die Anspannung langsam abebbte. Manchmal stellten sich Erfolge bei Ermittlungen nur langsam ein. Dieser schien zum Greifen nahe. Sarah Perlinger ließ sich noch eine Weile lautstark über die gute Zusammenarbeit zwischen LKA und BKA aus. Lopez wandte ein, dass sie keineswegs geklärt hätten, wer der Täter sein könnte. Dass der Motorradfahrer ein möglicher Verdächtiger sei, aber aktuell eben nicht mehr als eine Spur. Ob es überhaupt einen Terrorismusverdacht gäbe? Ansonsten erübrigten sich Perlingers Bemühungen. Bekennerschreiben seien noch nicht aufgetaucht.

Perlinger lachte laut und herzlich über Lopez' Einwände. Bis darüber Klarheit bestehe, würden sie eben zusammen ermitteln. Pech und Schwefel. Lopez wisse sicher, was sie damit meine. Dann verließ sie den Raum. Lopez seufzte leise. Auch Beamte konnten ihr Schicksal nicht immer wählen.

Erst jetzt bemerkte sie, wie schal die Luft im Raum geworden war. Dennoch schloss sie nochmals die Tür. Im Halbdunkel zückte sie ihr Handy, öffnete Google Maps. Spandau, Kreuzung Seegefelder Straße, Altstädter Ring. Hätte Lopez nicht zwei Tage zuvor noch mit Gunnar darüber gesprochen und hielte Viktor nicht permanent wie ein ungebetener Gast, der nicht mehr gehen wollte, in ihren Gedanken ein Schaulaufen ab, Lopez hätte das Detail nicht einmal bemerkt. Oder sie hätte ihm keine Bedeutung beigemessen. Vielleicht lag sie auch falsch, verzettelte sich mit Nebensächlichem. Sie hatte kaum noch Zeit. Aber so hatte etwas ihren Blick magisch angezogen. Die Kinder konnten nicht warten. Bernhard anzurufen war keine Option. Gunnar hingegen erwartete Überstunden. Eine Zwickmühle. Hektisch zoomte sie immer näher auf das Straßengeflecht, bis sich Havel und Spandauer Arkaden in einem Quadrat befanden. Sie zog das Bild nochmals heran, wechselte zu Streetview, Häuserfassaden reihten sich auf. Davor am Straßenrand gut erkennbar ein neu angebrachter Richtungsweiser »Falkensee«.

Tessa würde schmollen, weil sie wieder als Letzte von ihrer Mutter abgeholt wurde. In Berlin nannten sie es Ganztagsschule, aber der ganze Tag ging dort nur bis sechzehn Uhr. Den Frühdienst hatte Lopez bereits gebucht. Für zwei Stunden mehr am Abend hätte Lopez weiteres Geld zahlen müssen, das sie aber für die Miete einer eigenen Wohnung einplante. Bernhards Eltern hatten ihren Sohn immer finanziell unterstützt. Jetzt war Lopez auf sich allein gestellt. Ihr Mann arbeitete als Schriftsteller meistens von zu Hause aus. Davon hatten ihre Tochter und sie jahrelang profitiert. Aber seit ihrer Rückkehr aus Moskau verweigerte Bernhard weitere Zugeständnisse. Er hatte eine gerechte Aufteilung gefordert, wie sie die gemeinsamen Kinder betreuten. Also teilten sie sich die Woche auf.

Tessa suchte ihre Sachen in der Grundschule auffällig langsam zusammen. Als genieße sie es, dass ihre Mutter zunehmend unter Druck geriet. Als sei dies ihre ganz eigene Technik, um ihre Wichtigkeit zu betonen. Als existierte der kleine Bruder nicht, der auf sie wartete. Lopez wusste, dass sich ihre Tochter nicht drängen ließ. Dass sich ihre Eltern aus dem Weg gingen, hatte Tessa sofort bemerkt. Auch wenn sie das Warum nicht verstand, begriff sie das Wie sofort. Die Situation verunsicherte Tessa mehr, als Lopez' Trauer der letzten Jahre es vermochte. Dass sich ihre Mutter um sie kümmerte, missfiel Tessa mehr als alles andere. Sie waren sich gegenseitig fremd geworden. Während Lopez' kurzer Elternzeit hatte Tessa diese Tatsache vorübergehend wie Workaholics einen ungeliebten Urlaub akzeptiert. Aber es passte einfach nicht zu den Erfahrungen, mit denen sie groß geworden war. Sie und Bernhard waren ein eingespieltes Team. Ihre Mutter arbeitete. Ihre Bezugsperson war Bernhard, ihr Vater. Lopez' Abwesenheit stellte für ihre Tochter den Normalzustand dar. Dass sie sich jetzt häufiger um sie kümmerte, kam dem Mädchen seltsam vor. Das musste Lopez aushalten. Zeitlupenartig ging Tessa auf den Ausgang ihrer Schule zu. Nur widerstrebend nahm sie Lopez' Hand. Obwohl sich Lopez anbot – ihre Schultasche wollte Tessa lieber allein tragen.

Die Erzieherinnen in der Kita warfen ihr die üblichen vorwurfsvollen Blicke zu. Lopez hätte sich gern erklärt. Aber kurz nach halb fünf hätte ihr niemand mehr mit Interesse zugehört. Tessa begrüßte das Personal. Sie zog eine neue Bastelarbeit aus dem Schulranzen, von der sie Lopez noch nicht einmal erzählt hatte. Stolz präsentierte sie diese, sonnte sich in Lob und Begeisterung der Erzieherinnen, die sie seit Jahren kannten. Auf dem Weg zur Kita war Tessa mürrisch neben ihr hergestiefelt. Lopez hatte glauben wollen, dass ihre Tochter wie sie müde war. Aber vielleicht wollte sie sie einfach nur bestrafen.

Der kleine Viktor lag auf einer Krabbeldecke. Als sich Lopez über ihn beugte, strahlte er. Für einen Moment lang fühlte sie sich mit dem Tag versöhnt. Friedlich ließ ihr Sohn das Anziehen über sich ergehen. Nur als sie ihm die Mütze unter dem Kinn festband, murrte er. Lopez sammelte die Schmutzwäsche des Babys, seine Kita-Tasche und Tessa ein, die die Aufmerksamkeit der Erzieherinnen sichtlich genoss und nur widerstrebend mitkommen wollte. Umständlich klappte Lopez den Kinderwagen auf, den sie – auch eine Sonderregelung – tagsüber in einer Nische stehen lassen durfte. Im Gegensatz zu dieser täglichen Materialschlacht der Kinder, der emotionalen Achterbahn, dieser völlig fremdbestimmten Welt, kam ihr ein Nachmittag in einem verdunkelten Raum mit einer lauten Frau vom BKA und ruckelnden Schwarz-Weiß-Bildern wie die großen Ferien vor.

Weil Bernhard nicht mitbekommen sollte, dass sie noch arbeitete, steuerte sie, Tessa im Schlepptau, den

Spielplatz an. Es war bereits dunkel. Nicht nur deshalb fiel es ihr schwer, diesen Ort des Grauens zu betreten. Andere Eltern verbrachten Stunden ungestörten Spiels und lockerer Gespräche auf diesem Platz. Vielleicht fiel einmal ein Kind von der Schaukel, oder Müdigkeit hielt Eltern von der Unterhaltung ab. Jetzt zwang sie die Notwendigkeit hierher. Konfrontation als Therapie. Als Notlösung. Das Quietschen des Metalltors ging Lopez durch Mark und Bein. Als das Tor ins Schloss fiel, zuckte sie zusammen wie nach einem Schuss. Der Sand unter ihren Schuhen fühlte sich wie Treibsand an. Der Kinderwagen ließ sich nicht recht vorwärtsschieben. Tessa rannte sofort weg. Lopez bemerkte, wie ihr Herz schneller schlug. Eine innere Beklemmung bemächtigte sich ihrer. Immerhin schlief das Baby. Lopez hätte es nicht ertragen, es auch nur am Boden abzusetzen. An diesem mit Schande beladenen Ort. Sie würde Tessa nicht eine Sekunde aus den Augen lassen. Ihre Kinder benötigten Normalität. Auch wenn sich für sie selbst nichts hier normal anfühlte. Unruhig scannten ihre Augen den Platz, jede Nische. Normalerweise trafen sich alle Kinder nach der Schule hier. Jetzt war der Platz wie ausgestorben. Nur das Licht zweier Straßenlampen fiel ein. Nicht zu Hause ihrem Mann gegenübertreten zu müssen hielt Lopez von einer schnellen Flucht ab. Sie atmete tief durch, stellte eine feste Sichtverbindung zu ihrer Tochter her. Wie eine Leine, die sie nicht lockern würde. Nicht hier, nicht an diesem Ort. Sie ermahnte sich, dass ihr hier nichts passieren konnte. Das Grauen war Vergangenheit. Es war nicht ihre Schuld. Danach wählte sie Gunnars Nummer aus den Kontakten ihres Handys aus.

Sie erklärte ihm, was sie auf dem Band gesehen hatte. Wo der Motorradfahrer verschwunden war.

Tessa im Sand. Ein Förmchen in der Hand.

Aber Gunnar tat ihren Bericht ab. Viele Wege führten nach Falkensee. Jeder Stadtteil Berlins war überfüllt. Viele Menschen lebten dort. Was Lopez überhaupt von ihm wollte? Ein Straßenschild anzeigen?

Lopez wartete, bis Gunnars Gegenrede abebbte. »Lass mich ausreden!«

Tessa auf dem Weg zur Rutsche. Sand rieselte im Laufen von ihrer Kleidung.

In der Leitung wurde es still. Die Schaukel bewegte sich noch träge hin und her, bis sie endlich zum Stillstand kam. Die Scharniere quietschten. Ein Geräusch, das für Lopez direkt aus der Hölle kam.

»Lopez!«, hörte sie Gunnar fragen. »Bist du noch da?«

»Der Motorradfahrer«, beeilte sie sich zu sagen. Ihr Mund fühlte sich trocken an. »Im Westen des Viertels haben wir ihn verloren. Er taucht auf anderen Verkehrskameras nicht mehr auf.«

Tessa auf der Rutsche. Das Baby im Wagen neben ihr.

»Vielleicht ist er Richtung Potsdam abgebogen. Oder er fuhr nach Norden. Stettin.«

»Nein«, sagte Lopez.

Tessa kam zu ihr gerannt. Wollte etwas fragen. Lopez bat sie mit einem Handzeichen, kurz zu warten. Tessa verzog den Mund, als wolle sie gleich weinen.

Lopez sagte zu Gunnar: »Ich glaube nicht, dass wir und die Kollegen von der Stadt das übersehen haben.«

»Er könnte das Motorrad versteckt haben. Zog sich um. Fuhr vielleicht im Auto weiter.«

Lopez sah, wie sich ihre Tochter beleidigt umdrehte. Lustlos mit dem Finger Kreise in den Sand malte. »Möglich«, gab Lopez zu. »Aber was ist, wenn die einfachste Erklärung die richtige ist?«

»Und die wäre?« Gunnar klang leicht genervt.

»Der Täter hält sich möglicherweise in Falkensee auf.«

»Wieso kommt mir der Verdacht, dass du nicht umsonst aufhalten anstatt wohnen sagst?«

Lopez musste anerkennen, dass ihr Chef unerwartet helle Momente hatte. Dass er womöglich intelligenter war, als sie oft vermutete. »Es ist mehr als nur ein Gefühl.«

»Aha.« Nur ein Wort. Es klang sarkastisch.

»Ockhams Rasiermesser.«

»Bitte?«

Lopez vergewisserte sich, dass ihre Wahrnehmung sie nicht täuschte. Beide Kinder waren da. Keines entführt. Spielplätze konnten unschuldige Örtlichkeiten sein. »Das Prinzip der einfachsten Erklärung. Manchmal ist die einfachste Lösung die richtige.«

»Also«, sagte Gunnar und seufzte. »Was liegt im Westen von Falkensee?«

Lopez sagte, was gesagt werden musste. »Genauer gesagt am Waldrand. *Psomavital.*«

9
KARTONS

Muchtari rief immer noch »Ruhe, Ruhe!«, aber seine Patienten wollten sich nicht beruhigen. Außer Viktor, der immer noch bewegungslos auf seinem Platz verharrte. *Hammer, dickes Ding!* Das, was zu hundert Prozent vermieden werden sollte, war passiert.

Völlig unwahrscheinlich, dass du dort jemandem begegnest, den du kennst. Völlig unwahrscheinlich, dass du dort einen triffst, den du verhaftet hast.

Viktor hatte Gunnar lahm widersprochen, dass er in den vergangenen Jahren genug Leute in Berlin hinter Gitter gebracht habe. Dass darin ein Großteil seines Jobs bestand, den er überdurchschnittlich engagiert ausführte. Er hatte seine Verhaftungen nie gezählt, aber es waren einige.

Wir überprüfen das selbstverständlich im Vorfeld, hatte Gunnar abgewiegelt.

Überprüfen. Vorfeld. Völlig unwahrscheinlich. Viktor hatte schon unwahrscheinlichere Dinge geschehen sehen.

Der dünne Typ rief ständig: »Das ist nicht erlaubt! Das muss verboten sein!«

Er störte Viktors Gedanken. Viktor versuchte, sich daran zu erinnern, wie der Mann hieß. Der Yuppie, der seine Frau erstochen hatte. Diese Details zu finden war, wie in einem schwarzen Loch nach einem Loch zu suchen. Bilder tauchten in Viktors Kopf auf. Diashow. Kurz und abgehackt. Er erinnerte sich an Kisten und Tüten. Ein Zimmer, in dem Kartons lagerten. Etiketten, Preise. Eine

Villa am Rande des Grunewalds. Luxuriöses Mobiliar. Ein Sportwagen, der vor der Villa parkte. Küche, graue, pflegeleichte Fliesen. Eine blonde Frau, deren lindgrünes Kostüm rot gesprenkelt war. Deren Silhouette sich scharf von der roten Pfütze abhob, in der ihr Körper lag.

Der Mann im Rollstuhl versuchte den Dürren lautstark zu übertonen, weil er Hunger hatte. Vermutlich ließ dieser Hunger niemals nach. Ein Hunger, der nie gestillt wurde. Pfleger betraten den Raum. Einer schob den lamentierenden Dicken auf den Gang.

Nehmen Sie Umwege, hatte man Viktor in der Reha geraten. Wenn ihm etwas nicht einfiel, sollte er nach Anhaltspunkten suchen. Das Leben mit einem defekten Gehirn unterschied sich nicht nennenswert von Viktors Job beim LKA. *Wo versteckte sich dieser Name nur vor ihm?*

Viktor stieg in seiner Erinnerung die Treppen der Villa hinauf. Betrat eines der Zimmer, aus denen ein Lichtschein drang. Dort saß der Yuppie an seinem Laptop. Ein sündhaft teures, schmales, formschönes Gerät aus poliertem Edelstahl. Genau dieses Bild zeigte die Diashow in Viktors Kopf. Der Yuppie reagierte nicht, als Viktor das Zimmer seiner Erinnerung betrat. Viktor erinnerte sich, dass er den Mann angesprochen hatte. Und dass dieser ihn nicht bemerkte.

Immer noch kein Name. Leerstelle. Vakuum.

Als Viktor dem Yuppie vorsichtig über die Schulter sah, erkannte er, dass er gerade etwas im Internet kaufte. Eine Jacke aus Pythonleder. Der Kaufpreis zeigte mehrere Nullen vor dem Komma. *Großaufnahme: mehrere Kreditkarten auf einem Tisch. Auf der Schreibtischplatte eine weiße Pulverlinie.* Viktor erkannte das Problem sofort: Kaufsucht. Das Kokain war nur ein Symptom.

Langsam beruhigte sich die Situation. Alle Patienten setzten sich wieder. Der Dürre bewegte nur noch den Mund. Ohne Ton. Muchtari legte die Handflächen zusammen und schien zu überlegen. Er sagte Worte wie Ordnung und Gelassenheit. Es war wieder so still, dass ein Telefonklingeln im Hintergrund leise zu hören war.

Viktor setzte sich auf. Das Klingelschild der Villa im Grunewald. Laut sagte er: »Fuhrmann, Nelson.«

Der Yuppie nickte. »Genau, du blödes Arschloch!«

Viktor bemerkte, dass ihn die Beleidigung kaum traf. Dass sich keine Wut in ihm regte. Dass er in diesem Moment begann, die Medikation zu mögen. Die Erinnerung war wieder da: Nelson Fuhrmann hatte seine Frau erstochen, weil sie von ihm verlangt hatte, gekaufte Waren zurückzugeben. Weil sie ihn daran hindern wollte, noch mehr zu bestellen. Fuhrmann hatte sich verschuldet. Er hortete nicht ausgepackte Lieferungen in zwei Zimmern seiner Villa im Grunewald. Er kam mit dem Auspacken nicht mehr nach. Sein Arbeitgeber hatte ihm gekündigt. Ein Finanzinvestor, dessen Name während der Wirtschaftskrise 2008 oft gefallen war. Nach seiner Kündigung bestellte Fuhrmann Unmengen an Kleidung und elektronischen Geräten. Gute Marken, beste Qualität. Fuhrmann erstach seine Frau aus einem einfachen Grund: Sie hatte ihn beim Einkaufen gestört.

»Viktor Saizew«, sagte Fuhrmann jetzt. Die anderen Patienten hingen an seinen Lippen. Er tippte sich an den Kopf. »Was ist mit dir passiert?«

Viktor überlegte, was er darauf antworten sollte. Die Wahrheit oder das, was ihm wahr erschien? Er musste an Zoya Bogdanowa und ihr loses Mundwerk denken. Ihren unbeugsamen Widerspruchsgeist. Er antwortete: »Lobotomie.«

Der Dürre kicherte. Einige verzogen lachend das Gesicht. Der Dürre wollte gar nicht mehr aufhören zu lachen.

Viktor begann, die Gesellschaft der Patienten zu schätzen, die sich genau so verrückt benahmen, wie er sich seit Jahren fühlte.

*

»Was wird das«, fragte Gunnar gequält, »täglich grüßt das Murmeltier?«

Lopez hätte gern gesagt, dass die unendliche Wiederholung schon viele große Geister gequält hatte, aber sie sah davon ab, weil die Information Gunnar nur verwirrt hätte. Er hatte nur eine halbe Stunde gebraucht, um mit dem Dienstwagen nach Friedrichshain zu fahren. Sie konnte sich nicht daran erinnern, wann ihr Chef jemals zu ihr gekommen war. Der Vektor ihrer Zusammenarbeit zeigte normalerweise nur in eine Richtung. Was sie zu besprechen hatten, ging jedoch niemanden im LKA etwas an.

»Bist du dir sicher?«, fragte Gunnar leise.

Sicher? Sicher war sich Lopez selten. »Mir wäre ein Zufall lieber. Wusstest du, dass Zufälle bei näherer Betrachtung in den meisten Fällen ziemlich wahrscheinlich sind?«

Gunnar schaute Lopez skeptisch an.

»Wenn du alle Parameter berücksichtigst, sind Zufälle keine mehr. Statistik. Weil solche Ereignisse wahrscheinlicher und zwingender daherkommen, als wir meinen.«

»Ich glaube also an Zufälle, weil ich nicht richtig rechnen kann?«

Lopez verzog den Mund: »So ungefähr.«

Tessa warf mit Sand. Lopez erhob sich, um ihre Tochter zu ermahnen. Verzichtete dann darauf, änderte ihre Strategie und bot ihr einen Zwieback aus einer Plastikdose an. Der leere Spielplatz verlor langsam seinen Reiz.

»Hast du neuerdings Philosophie an der VHS belegt?«

»Hätte ich die Zeit dazu?«, fragte Lopez spitz zurück.

»Wo liest du so was?«, fragte Gunnar, als befänden Lopez und er sich in einer Seifenblase, fernab jeglicher Realität.

»Zeitungen.« Lopez ließ die Antwort in der Luft hängen. Als habe sie ein längst vergangenes Medium erwähnt. Steintafeln oder Höhlenwände. Gunnar konnte Fragen stellen.

»Du kannst übrigens aufhören, den Kinderwagen zu schaukeln. Der Kleine schläft.«

Lopez zog die Hand weg, fühlte sich ertappt. »Gewohnheit«, erklärte sie ihr Verhalten.

Gunnar lächelte. »Kann mich noch vage daran erinnern.«

Lopez fand ihn in diesem Moment beinahe attraktiv. Vielleicht lag es an der Dunkelheit, die alle Umrisse ungenau zeichnete. Sie hatte ihren Chef noch nie so entspannt erlebt. Er wirkte sorgenfrei. Auf Augenhöhe. Trotz eines Massakers am Alexanderplatz.

»Wie läuft es bei dir?«, fragte er.

»Meinst du den Job, die Kinder oder die Trennung von Bernhard?«

Gunnar betrachtete sie schräg von der Seite. »Fang doch einfach mit der größten Scheiße an«, schlug er vor.

Lopez hätte ihrem Chef gern erklärt, dass sie sich aktuell nicht entscheiden konnte, was schlimmer war. Aber sie hätte Gunnar näher an sich herangelassen, als es ihr ratsam schien. Niemand konnte sagen, wann er sich gegen sie wenden würde. Wenn sie es nicht mehr schaffte, diejenige zu sein, die pünktlich war, die immer funktionierte. Die sich ohne Wenn und Aber in den Dienst der Sache stellte. Die sich während des Jobs vergaß, sich in Ermittlungen verlor. Stunde um Stunde. Ohne Viktor ergab das für Lopez ohnehin kaum mehr einen Sinn.

»Na gut. Kannst du dir das morgen bitte anschauen?«, fragte Gunnar. »In Zivil?«

»Wir haben noch nicht alle Opfer identifiziert«, sagte Lopez, um das unangenehme Gefühl zu kaschieren, das sie bei Gunnars Frage befiel.

»Das soll Hansen erledigen. Wenn sie so weitermacht«, sagte Gunnar nach einer kurzen Pause, »kann sie die Abteilung ohnehin bald übernehmen.«

»Ja. Sie ist unheimlich gut.«

»Das habt ihr Frauen so an euch«, stellte Gunnar fest.

Lopez runzelte die Stirn: »Willst du jetzt Geld von mir leihen, oder was?«

Gunnar murmelte etwas über Frauen, die keine ernst gemeinten Komplimente annahmen, und Lopez konterte mit einer Bemerkung über Männer und die Unmöglichkeit von Komplimenten.

»Nummernschild, Halter?«, fragte Gunnar.

»Fehlanzeige.«

»Was ist mit der Mordwaffe?«, wollte Gunnar wissen.

»Detlev aus der KT kümmert sich darum.«

»Wann?«

»Heute?«, mutmaßte Lopez.

»Macheten. Kenne ich nur von den Bandenkriegen in Mexiko.«

»Drogen?«, fragte Lopez.

»Bandenkriminalität fiele eher in den Bereich des BKA.«

Lopez seufzte. Es klang enttäuscht. »Perlinger.«

»Gilt als gute Beamtin. Vielleicht etwas anstrengend«, fügte Gunnar hinzu.

Aber welcher ihrer Kollegen war das nicht? »Ich will da nicht mehr hin«, sagte Lopez unvermittelt.

»Es kränkt dich«, sagte Gunnar.

»Was?«, fragte Lopez ungläubig.

»Dass Viktor dich nicht sehen will.«

Lopez bemerkte, wie Gunnars Feststellung sie traf.

»Vor sechs Jahren«, sagte Gunnar unvermittelt, »war ich lange krankgeschrieben. Wegen einer Schulterverletzung. Einsatzbedingt.«

Lopez verharrte still.

»Das war die offizielle Version. Ein Dreivierteljahr ist eine lange Zeit.«

Lopez wartete.

»Burn-out«, sagte Gunnar. »Ich wollte monatelang niemanden sehen. Konnte das LKA nicht einmal betreten. Kam morgens kaum noch aus dem Bett. Wusste nicht, wie oder warum. Ich stand völlig neben mir.«

Lopez hatte sich in den vergangenen Jahren immer wieder gewundert, warum Gunnar Viktor und sie immer wieder unterstützte. In den absurdesten Situationen hatte er sich vor seine Mitarbeiter gestellt. Als Viktor einfach Richtung Sankt Petersburg verschwand. Als sich der Krebsverdacht festigte. Als er in Moskau inhaftiert wurde. Immer dann hatte sich Gunnar nicht als der Opportunist erwiesen, der er nachweislich doch war. Jetzt verstand sie auch, warum. Lopez hätte vieles sagen können. Etwas Verständnisvolles, etwas, das zeigte, dass sie die Offenheit ihres Chefs zu schätzen wusste. Aber sie entschied sich für Humor: »Hast schon immer einen labilen Eindruck auf mich gemacht.« Für einen kurzen Moment fürchtete sie das Risiko, das sie damit eingegangen war.

Gunnar verzog gequält den Mund: »Wir sind ein echtes Dream-Team.«

Lopez ließ die Behauptung einfach stehen. Weil sie es schätzte, dass Gunnar nicht beleidigt reagierte. Von Gunnar war sie diese Vertraulichkeiten ohnehin nicht gewöhnt.

»Geh da hin!«, forderte er sie auf.

»Falkensee ist groß. Falkensee ist nicht *Psomavital.*«

»Willst du jetzt einen Rückzieher machen?«

»Du weißt schon, was ich meine.«

Gunnar betrachtete sie skeptisch. »Der Arzt hat gesagt, dass Viktor eine Aufgabe braucht.«

Lopez hätte sich fast an ihrer eigenen Spucke verschluckt. Entgeistert sah sie Gunnar an. »Willst du damit sagen …« Die Worte wollten ihr nicht über die Lippen kommen. So absurd fühlten sie sich an.

»Wenn sich der Verdächtige dort aufhalten sollte, was absurd ist, völlig an den Haaren herbeigezogen …« Gunnar dehnte die Worte. Auch er wollte das Unerhörte lieber nicht aussprechen.

»Viktor steht unter starker Medikation.«

»Über Viktor ist noch vor Kurzem ein Haus abgebrannt. Er hat einen Herzinfarkt, Untersuchungshaft in Russland, einen mörderischen Bekannten, eine schwarze Witwe und den Hirntumor überlebt.«

Was sollte Lopez entgegnen? Dass Gunnar recht hatte? Dass genau diese Zusammenfassung Viktors Qualitäten entsprach? Wie Phönix aus der Asche wiederaufzuerstehen? Wider alle Wahrscheinlichkeiten zu überleben? Dass es nichts auf dieser Welt zu geben schien, das Viktor nicht bewältigen konnte? Stattdessen sagte sie: »Er wollte sich umbringen. Direkt neben mir.«

Moskau, Komarows Pistole, nach der Viktor griff.

Ein Spatz pickte vor ihren Augen im Sand. Irgendwo zwitscherte eine Amsel gegen die Kälte an. Tessa schaukelte lustlos vor ihren Augen. Die Hände in den dicken Fäustlingen fest um die Ketten geballt. Hin und her, hin und her. In halben Kreisbahnen. Lopez fror. Das Baby regte sich und seufzte tief.

»Ich weiß«, sagte Gunnar und schlug seinen Mantelkragen hoch.

Obwohl sie beide weder Grund noch Zeit hatten, saßen sie noch eine Weile schweigend nebeneinander in der Dunkelheit. Auf dem menschenleeren Spielplatz in Friedrichshain.

UNTEN

Celine atmete stoßartig. Sie murmelte seit Stunden: »Ich kann nicht mehr, ich kann nicht mehr.« Obwohl ich sie nie ausstehen konnte, hielt ich jetzt ihre Hand. Sie war feucht und kalt zugleich. Noel hatte geweint, geschluchzt. Er rief Mamans Namen so oft, dass mir immer noch die Ohren klingelten. Ich streichelte ihn und hielt ihn im Arm. Jetzt verhielt er sich still. Ganz still. Vielleicht war er eingeschlafen. Vermutlich konnte er einfach nicht mehr. Es musste Mittag sein, vielleicht auch Nachmittag. Wir hatten das Bonbon abwechselnd gelutscht. Einmal war es Noel aus dem Mund gefallen. Da verlor ich die Beherrschung und schrie ihn an. Konnte mich gar nicht mehr beruhigen. Jetzt tat mir der Ausraster leid. Keine Ahnung, warum ich das alles erwähne, denn eigentlich beschäftigte uns nur ein Thema: der Durst. Ich hatte mir schon alle möglichen Dinge vorgestellt: Wasserfälle, Seen, die überliefen, volle Wassergläser, Cola in Flaschen so groß wie Hochhäuser. Kein Mensch dieser Welt hätte mich vor diesem Tag dazu gebracht, eine Wand abzulecken. Jetzt dachte ich nicht eine Sekunde darüber nach. Die Feuchtigkeit auf der Zunge war besser als das Bonbon, dessen Geschmack nur noch eine ferne Erinnerung war. So wie die Sommerferien in dem kleinen Haus am Meer. So wie der Tag, an dem Noel geboren wurde. So wie die Schulstunde, in der Olivia das erste Mal die Klasse betrat. Wir beschwichtigten uns gegenseitig. Die Unruhe trieb mich hin und her. Zwei Schritte zur Wand und wieder zurück. Mir fiel nichts anderes ein, um mich zu bewegen. Die Enge, die Furcht. Ich spürte, wie ich langsam die Beherrschung verlor. Und verstand, warum Celine und Noel sie längst verloren hatten. Ich begann, das Bonbonpapier zu falten. Früher Abfall, jetzt ein Gegenstand von unschätzbarem Wert. Ich faltete stundenlang. Mit jeder Stunde, die verging, verringerten sich unsere Chancen, dass uns noch jemand finden würde. Es sollte noch circa einen Tag dauern, bis ich selbst schluchzend am Boden kauerte. Am Ende, verlassen, dem Tod auf dem Silbertablett serviert. Zusammen mit Noel und Celine. Hunger und Durst machten es schwer, mich zu konzentrieren. Er hatte uns einfach in dieses Loch hinabgestoßen. Warum? Und wer genau? In den ersten Stunden nach dem Schock sprachen wir über nichts anderes. Wer war der Mann, der die schwarze Motorradmontur trug? Handschuhe, Stiefel und Helm.

Der uns in unserem Geheimversteck überrascht hatte.

Der uns mit einer Waffe bedroht hatte.

Der uns zu dem Loch geführt hatte.

Ich hatte mit Noel Karten gespielt. Celine hatte in einem ihrer schmalzigen Bücher gelesen. Immer wieder hatte sie aufgesehen. Wenn ich es genau bedachte, hatte sie nie gern mit Noel und mir gespielt. Außer an jenem Tag. Der schwarze Mann tauchte einfach bei uns auf. Er sprach kein Wort, seine Waffe deutete auf uns. Warum ich nicht wegrannte? Es gibt nichts, was ich mehr bereue als meine ängstliche Gehorsamkeit. Noel war beim Rückwärtslaufen einfach in den Schacht gefallen. Das Loch im Boden sah man kaum auf dem freien Feld. Der schwarze Mann musste das Gelände gut gekannt haben. Wir hatten immer hier gespielt. Die alte Grube hatten wir immer übersehen. Noel schrie, und ich sprang einfach hinterher. Celine war von dem schwarzen Mann gestoßen worden. Der schwarze Mann. Der Deckel, Dunkelheit. Wir hatten doch niemandem etwas getan. Bis auf ein paar Streitigkeiten mit Freunden. Jetzt wog jede dieser Auseinandersetzungen schwer. Welcher Mitschüler rächte sich an uns? Hatte ein Lehrer die Hand im Spiel? Absurde Überlegungen. Aber in jenen Momenten wirkten sie eindringlich und klar. Oder erpresste jemand unsere Eltern? Ob jemand Lösegeld für uns verlangen würde? An dieser Hoffnung hielt ich mich fest. Wenn Maman und Papa zahlten, kämen wir bald raus. Wenn niemand Geld damit verdiente, warum waren wir dann hier? Aber etwas erschien mir schon damals komisch. Nicht normal. Maman und Papa waren nicht besonders reich. Nicht so wohlhabend wie Nachbarn im Ort, die in einer weißen Villa wohnten. Dieser leise Zweifel fraß jegliche Hoffnung auf. Niemand würde uns retten. Keiner würde kommen. Aber das wusste ich damals zum Glück noch nicht. Ich hätte vielleicht versucht, mich sofort umzubringen. Aber sich umzubringen ist nicht einfach. Im Nachhinein kann ich sagen: Zu sterben, auf den Tod zu warten, bis er sich herablässt, dich zu holen, ist noch schlimmer. Du wehrst dich mit allem, was du hast. Aber der Tod kennt kein Mitleid. Nicht mal mit einem Kind.

10
KÜHLFÄCHER

Lopez joggte die letzten Meter den Weg entlang. Die kühle Luft einzuatmen erfrischte sie. Das Baby hatte bis fünf Uhr durchgeschlafen. Bernhard kümmerte sich heute um die Kinder. Lopez fühlte sich durch den Gang zur Arbeit erfrischt. Der rosafarbene Bau des Landesinstituts für gerichtliche und soziale Medizin war eine der Stationen, die Lopez häufig zu Beginn einer Ermittlung ansteuerte. Menschen starben gewaltsam. Aber nicht jeder gewaltsame Tod wurde erkannt. Es lag an mangelnder Kompetenz. Messerstichverletzungen, die durch andere Wunden verdeckt wurden, konnten übersehen werden. Kopfverletzungen blieben unter Haaren oft verborgen.

Nicht jeder Arzt kannte sich gut aus.

Nicht jeder Arzt untersuchte genau.

Nicht jede Leiche wurde obduziert.

Jeder Wald-und-Wiesen-Arzt hatte das Recht, Todesscheine auszustellen.

Morris hatte heute Dienst. Er arbeitete im Wechsel mit einem Team von Kollegen. Seitdem Siska Mohn gestorben war, wirkten die Räumlichkeiten wieder genauso kahl und leer wie vor dem Tag, an dem sie eingetroffen war. Es fehlten die laute Musik und der entwaffnende Charme einer Franziska Mohn. Ihre Persönlichkeit hatte den kühlen Edelstahl der Seziertische einfach überstrahlt. Siska hatte sich völlig unbekümmert benommen, während sie sezierte, präparierte, wog und maß. Dennoch hatte sie konzentriert gewirkt. Stets dachte sie weiter, über ihr eigenes Arbeitsfeld hinaus. Normalerweise hatte sie früh mit dem Dienst begonnen. Während andere noch den Schlaf suchten, der bei Schichtdiensten und Überstunden zu oft fehlte.

Wenn Lopez es recht bedachte, war ihr Job nicht mehr der gleiche. Kolleginnen starben, Kollegen wiesen sich ein. Wer würde der oder die nächste sein?

Lopez grüßte den Pförtner, der nach Viktor fragte. »Noch ein paar Tage außer Dienst«, versuchte Lopez möglichst beiläufig zu sagen. Halbwahrheiten, an die sie selbst gern geglaubt hätte. Der alte Mann nickte hinter der Glasscheibe. Sie fühlte sich allein. Der Aufzug ins Untergeschoss hielt mit einem sirrenden Geräusch an, die Türen öffneten sich, der rechteckige Raum saugte Lopez ein, spuckte sie eine Etage tiefer wieder aus. Morris war nicht schwer zu finden. Die Tür stand auf.

Hansen lehnte an einem Edelstahltisch neben einer Organwaage wie andere Frauen an einem Tresen einer Bar. Der Seziersaal erweckte den Anschein einer zweckentfremdeten Großküche. Am Ende ihres Lebens bestanden Menschen wie Tiere nur aus Knochen, Haut und Fleisch. Morris grinste von Ohr zu Ohr. Lopez fühlte sich wie eine Gouvernante, die ein Tête-à-Tête störte.

Als Lopez grüßte, wirkte Hansen überrascht. Morris schaute mit einem Mal fast geschäftsmäßig. Er richtete sich auf. Lopez blinzelte kurz im Neonlicht.

»Gunnar sagte …«, hob Hansen an.

»Stimmt ja auch«, fuhr Lopez ihr ins Wort, »aber erst danach.« Wortfetzen, die nur in ihrer Welt aus Befehlen und Anordnungen einen Sinn ergaben. »Du hattest angerufen«, wandte sie sich an Morris.

Der nickte emphatisch und unterstrich Lopez' Aussage mit einem »Yes«. Sie folgten ihm zum Kühlraum. Die Stille zwischen ihnen wirkte angespannt.

Lopez legte in der Rechtsmedizin nur selten ihre Jacke ab. Ähnliche Temperaturen herrschten in Gefrierschränken. In vier Reihen lagen Leichen in Säcken übereinander. Auf einem monumentalen Gestell aus Edelstahl. Die Kälte diente dazu, organische Prozesse zu verzögern. Lopez zählte vierzig Fächer. Die meisten davon waren schon belegt.

»Ganz schön was los bei dir«, sagte sie.

»Jedes Bett ist hier gefragt«, konterte Morris ernst.

Lopez wusste nicht, ob Morris mittlerweile ein bizarres Verhältnis zu seinem Arbeitsplatz entwickelte oder nur einen sonderbaren Humor besaß.

Der Rechtsmediziner schaute Lopez überrascht an. »Du in Zivil?«

»Hab noch einen Termin«, antwortete Lopez kurz. »Privat.«

Morris verzichtete darauf, sie zu fragen, wo und warum genau. Lopez wusste, dass sie als verschlossen galt. Manche beschrieben sie als schroff. Viele Jahre lang hielt man sie für suizidgefährdet. Man munkelte mehr über ihre Person, als dass man mit ihr sprach. Keiner ihrer Kollegen hatte je verstanden, wie sie mit der Schuld überhaupt leben konnte. Warum sie nicht daran zerbrochen war. Wem kam schon ein Kleinkind abhanden? Nur Rabenmüttern konnte so was passieren. Es machte jeden fassungslos, dass dies einer Polizistin, jemandem aus den eigenen Reihen passierte. Man mied Lopez wie eine Kranke, deren persönliches Elend womöglich ansteckend war. Lopez' Sohn war nach acht Jahren wieder aufgetaucht. Aber sie blieb den Kollegen dennoch suspekt. Selbst diese wunderbare Wiederkehr erschien den meisten nicht normal.

Außerdem log Lopez nicht. Ihr Besuch in der psychiatrischen Forensik würde kein gutes Gesprächsthema ergeben. Weshalb sie Morris und Hansen den Termin verschwieg. Die dänische Kollegin sagte kein Wort. Aber Lopez spürte ihre Blicke.

Morris setzte den Hubwagen an. Er zog eine Leiche heraus, senkte den Körper ab. Auf einer stählernen Bahre der Marke Funeralia. Er öffnete den Reißverschluss. Mit einem behandschuhten Finger wies er auf Länge und Tiefe der Verletzungen an der Frauenleiche hin. Gedanklich ordnete Lopez das Opfer dem genauen Fundort am Alexanderplatz zu. Morris schob die Leiche mit dem Hubwagen wieder an ihren Platz im Regal zurück. Lenkte ihre Aufmerksamkeit auf eine andere kühle Fracht. Lopez hörte die Klimaanlage surren. Dazu das reibende Geräusch der Rollen, die auf Schienen liefen. Der Geruch nach Sterillium, der Lopez mehr zusagte als der nach Blut und Tod.

»This one«, erklärte Morris stakkatoartig, »fehlt das halbe Gesicht. Not deadly, wie ich betonen will«, fügte er hinzu. »Fiel aber ungünstig. Man from Interpol. Hit his head. Schädel-Hirn-Trauma.«

Okay, nickte Lopez. Gleichmütig folgte sie der Führung in diesem Horrorkabinett. Morris, klein und untersetzt, wirkte in seiner Sektionskleidung eher skurril. Er operierte den Hubwagen wie ein Lagerist. Dazu das englischdeutsche Sprachgewirr. Morris war Amerikaner. Lopez wusste, dass er auch auf einer Leichenfarm in den USA gearbeitet hatte. Das hier war für sie alle nur ein Stück menschliche Normalität.

Neues Fach, eine Etage tiefer. Ein Arm lag abgetrennt neben einem Menschen. Lopez erinnerte sich.

Danach die vierte Leiche. Die Verletzungen gingen in Lopez' Augen ineinander.

Morris öffnete einen neuen Sack. Er nannte den menschlichen Überrest »Guy from India«. Der Mann aus Indien hatte sich mit seinen Verletzungen noch über den Platz geschleppt. War verblutet, bevor jemand ihm helfen konnte.

»Indien?«, fragte Lopez.

»Yep«, erwiderte Morris.

»Mit indischem Pass?«, fragte Lopez.

»Sure«, bestätigte Morris.

»Warum ein Inder?«, fragte Lopez.

»Why not?«, konterte Morris.

»Berlin«, mutmaßte Hansen, »vielleicht nur ein Tourist, der sich zur falschen Zeit am falschen Ort aufhielt.« Ernst sah sie Lopez durch ihre Brillengläser an.

»Sounds good für mich«, sagte Morris, dem offensichtlich alles gefiel, was Hansen sagte.

»Wir brauchen alle Gegenstände, die er bei sich trug.«

Morris nickte zur Bestätigung. Schob die Lade wieder zu, öffnete eine andere. Deutete auf die klaffende Oberschenkelwunde einer Frau. Eine schlanke Brünette mit Kurzhaarschnitt. Erklärte ihnen den Winkel, in dem die Mordwaffe geführt worden war. Morris bat Hansen, sich neben den Hubwagen zu stellen. Er mimte den Täter, der die Machete hielt. »So ungefähr«, erläuterte er seine Bewegungen. Mehrfach führte er die imaginäre Waffe. Er zielte auf Hansens Oberschenkel, auf und ab, auf und ab. Absurdes Theater, unfreiwillig aufgeführt.

»Der Täter, was schätzt du: wie groß?«, fragte Lopez.

»Nicht taller als eins fünfundsiebzig. Vielleicht shorter. Könnte sein.«

»Eine Frau?«

»Why not, wenn sie Macheten mag.«

Hansen zog die Augenbrauen hoch. Morris deutete die Größe der Mordwaffe mit den Händen an.

»Da muss viel Wut im Spiel gewesen sein«, stellte Lopez fest.

»Oder religiöser Wahn«, ergänzte Hansen.

»Dafür gibt es noch keinen einzigen Beweis«, wandte Lopez ein.

»Hätte den Vorteil, dass sich das BKA wieder von dem Fall verabschieden würde.«

Lopez bewunderte immer noch das makellose Deutsch, das die neue Kollegin sprach. Hansen hatte recht. Und Lopez dachte an Sarah Perlinger vom BKA, die mit ihrer Stimme Tote aufwecken konnte. Eine interessante Versuchsanordnung an diesem Ort. Sie bedankte sich bei Morris.

»That's not alles«, kauderwelschte Morris.

Was konnte es sonst noch geben? Lopez störten weder der Geruch noch die Leichen. Aber die groben Verletzungen der Opfer trafen sie. Der Tod zeigte sich hier als das, was man sonst vor den Menschen zu verbergen suchte. Als eine brutale, rohe Kraft. Als Fledderer, als Tier, das seine Beute in Stücke riss. Die Morde am Alexanderplatz hatten etwas Animalisches. Ein Kriegsschauplatz mitten in Berlin.

Morris verschwand mit einem kurz geäußerten »Moment«. Mit einer Lupe in der Hand kehrte er zurück. Er richtete sie auf die Brust der Frau, dort, wo der Arm ansetzte. Zuerst schaute er durch das Vergrößerungsglas, dann bat er Lopez, danach Hansen, durchzusehen. Er wirkte wie jemand, der sich den besten Gag für das Ende der Party aufgehoben hatte.

»Ist es das«, fragte Lopez, »wonach es aussieht?«

Hansen verzog angeekelt das Gesicht. »Ist das ein Biss?«

»Exactly«, sagte Morris triumphierend. Sein rundliches Gesicht leuchtete vor Begeisterung. »No animal, ein menschliches Gebiss.«

Lopez stöhnte leise. Das würde Gunnar nicht passen.

»Ladies«, sagte Morris feierlich, »we got a cannibal.« Morris versprach seinen Bericht für den Nachmittag. Die Sekretärin tippte in diesem Moment vermutlich seine diktierten Aufzeichnungen. Unkonzentriert verabschiedeten sie sich. Lopez bemerkte, dass Morris unverblümt auf Hansens Hintern starrte, während die Kollegin, die ein enges dunkelblaues Kostüm und eine weiße Bluse trug, ihr gerade die Tür aufhielt. Lopez bedankte sich und dachte, dass Hansen einfach wahnsinnig attraktiv war. Sie hätte in jedem Werbeclip des LKA eine gute Figur abgegeben. Gemeinsam gingen sie den Korridor entlang.

Hansen schüttelte den Kopf. Ihr blonder Pferdeschwanz wippte rhythmisch auf und ab. »Abartig«, sagte sie. »Da gab es mal einen Fall …« Hansen erzählte, wie ein britischer Austauschstudent in Madrid immer wieder die Wohnungen wechselte. Seine Vermieterinnen verschwanden. Eine von ihnen wurde nach Tagen in einem Waldstück gefunden, in dem der Student sie vergraben hatte. Ihr fehlte ein Stück Fleisch am Bauch. Der Brite hatte seine Vermieterinnen zuerst erdrosselt und danach Stücke von ihnen verspeist. In seiner Gefriertruhe fand man noch sorgfältig vakuumverpackte Fleischportionen anderer Frauen. Alle angeschnitten. Die fehlenden Reste, gestand der Brite, hatte er täglich zur Teezeit verzehrt.

Lopez konnte sich an die Berichte in den Zeitungen erinnern. Kannibalismus. Eines der letzten menschlichen Tabus. »Kommt darauf an«, sagte sie.

»Worauf?«, fragte Hansen. Abrupt blieb sie stehen. Die Neonleuchten über ihr flackerten.

»Warum ein Mensch gegessen wird.« Lopez dachte an Flugzeugunglücke, bei denen sich die Passagiere nach dem Absturz von den toten Mitreisenden ernährt hatten. Nur so konnten sie überleben.

Hansen schüttelte unwillig den Kopf. »Ist und bleibt pervers.«

»Kein Raum für Zwischentöne?«, fragte Lopez.

»Bei Kannibalismus sicherlich nicht.«

»Ein Täter metzelt Menschen mit einer Machete nieder und isst noch schnell ein Stück Frau, bevor er flieht?«, fragte Lopez.

»Ergibt keinen Sinn«, sagte Hansen.

»Bis zu dem Augenblick, in dem wir ihn verstehen.«

»Wem galt das Attentat?«

»Gute Frage.« Lopez schaute auf die Uhr. »Wir müssen mehr über die Opfer herausfinden.«

»Okay. Mit wem fange ich an?« Hansen setzte sich wieder in Bewegung.

»Mit dem Inder.«

Gleichzeitig sagten sie beide: »Und der zweiten Frau.«

»Schon früh wieder auf den Beinen«, bemerkte Lopez beiläufig.

Hansen schob sich ein paar Strähnen ihrer blonden Haare hinter die Ohren, die aus dem Pferdeschwanz gerutscht waren. Stirnrunzelnd schaute sie Lopez an. »Wieso?«

»War gestern Abend spät«, schob Lopez nach.

Hansen stoppte. »Was willst du damit sagen?«

»Hab dich gesehen«, sagte Lopez. »Hab dir gewunken, aber du wirktest abgelenkt.«

»Wo?« Hansens Stimme klang angespannt.

Lopez versuchte, fast beiläufig zu klingen. »Beim Swingerclub am Velodrom.«

II

ANDERER NAME, GLEICHES PRODUKT

Vor dem Eingang von *Psomavital* rankten sich kahle Zweige um die Gitterstäbe. Nur ein paar rote Blätter hatten allen Herbststürmen widerstanden. Das Gebäude, ein Altbau aus der Gründerzeit, war nach neuesten Standards saniert worden. Die Einrichtung galt als besonders sicher. Neueste Technik, ultramodernes Schließsystem. Straftäter, die hier behandelt wurden, hatten gute Prognosen. Nicht jeder x-beliebige Häftling bekam hier einen Platz. Die Täter mussten Reue zeigen. Möglichst glaubwürdig. Wer hier therapiert wurde, saß im Gegenzug weniger Jahre ab. Für viele Täter galt das als attraktiver Deal.

Die Grünflächen neben dem Weg zum Eingang wirkten kahl. Wie vom Winter überrascht. Am Himmel ballten sich Wolken zu grauen Formationen. Lopez wickelte sich den Schal fester um den Hals. Das wollige Material verbarg ihr Kinn. Die Hände tief in die Taschen gesteckt, ging sie auf die Schleuse zu.

Sie trug keine Waffe. Marke und Wertsachen würde niemand einkassieren. Aber ihr Handy verwahrte der Sicherheitsbeamte an der Pforte. Den Patienten war der Besitz von Mobiltelefonen untersagt.

Das Haus schien großräumig, die Korridore weit. Sobald sich die Sicherheitstüren hinter Lopez schlossen, betrat sie eine andere Welt. Die Pfleger trugen weiße Kleidung. Poloshirts und lange Hosen. Lopez traf nicht eine einzige Frau. Die Männer in Zivilkleidung mussten Patienten sein. Ein südländisch aussehender Mann führte sie in einen hellen Raum mit großen Fenstern. Lopez trat näher an die Scheiben heran. Inspizierte sie.

»Sicherheitsglas«, erklärte der Mann. Als wolle er Lopez' Misstrauen beantworten, bevor sie es überhaupt artikulieren konnte. Er hatte ein freundliches Gesicht. Lopez entdeckte darauf einen schwarzen Bartschatten und an der Oberlippe ein Muttermal.

»Keine Gitter«, stellte Lopez fest.

»Doch«, widersprach ihr Begleiter. »Die sind unsichtbar im Glas versteckt.«

Lopez kniff die Augen zusammen, konnte aber nichts erkennen.

»Glauben Sie mir«, sagte der Pfleger, »wir haben es hier mit Mördern und Räubern zu tun. Wenn wir dem Glas nicht trauen könnten, würden wir Leben riskieren.«

»Das klingt extrem«, stellte Lopez fest.

Vertraulich trat der Mann näher. Er neigte sich zu ihr. Er flüsterte: »Manchmal drehen die Patienten einfach durch. Dann fliegen auch mal Stühle durch die Luft. Sehen Sie das?« Er zeigte auf einen winzigen Kratzer auf der Scheibe. »Ein Tisch. Einer von denen dort. Die wiegen jeder mehr als dreißig Kilogramm.«

Lopez nickte anerkennend. »Haben Sie Angst?«

Der Pfleger legte den Kopf schief, als müsse er die Frage erst bedenken. »Jeden Tag.«

»Warum arbeiten Sie dann hier?«

»Ich bin promovierter Theaterwissenschaftler. Finden Sie da mal einen vernünftigen Job.«

»Überqualifiziert?«, fragte Lopez.

»Kommt darauf an, wofür. Glauben Sie mir«, sagte er heiser, »das hier ist kein Sanatorium. Wir nennen diese Männer Patienten. Aber bis zu dieser Schleuse«, er deutete vage Richtung Eingang, »sind sie noch Kriminelle,

Straftäter. Sie fahren in einem gepanzerten Wagen vor. Sie tragen Hand- und Fußfesseln.«

»Und das passt Ihnen nicht?«, fragte Lopez.

»Ich sage es mal so: Kleben Sie ruhig einen anderen Namen auf die Schachtel. Aber es ändert nichts an dem Produkt.«

UNTEN

Ab einem bestimmten Zeitpunkt weißt du nicht mehr, ob du Durst oder Schmerzen hast. Alles verschwimmt. Celine starb einen Tag später. Jetzt lag sie noch da und murmelte Worte, die wir nicht verstehen konnten. Noel sprach ab und an mit ihr, aber sie antwortete schon nicht mehr. Noel war selbst unheimlich schwach. Die Angst, Hunger und Durst. Und dann wieder von vorn. Der Dreiklang machte uns still. Als sammelten wir uns vor dem endgültigen Fall, der unserem Sturz noch folgen sollte. Dieses Ausgeliefertsein werde ich nie vergessen. Wenn ich nicht zitterte oder schlief oder mich um Noel oder Celine kümmerte, rüttelte ich an dem Gitter. Mit ein paar losen Steinen hämmerte ich an dem Gestein herum. Ich machte es mir zur Aufgabe, jeden Tag, sooft es eben ging. Auch wenn mir die Finger wehtaten. Auch wenn sich das Gitter nicht zu bewegen schien. Ein Luftzug traf uns gelegentlich. Es schien der einzige Ausweg zu sein. Über uns lag die Freiheit. Doch sie war unerreichbar. Zwischen ihr und uns nur Luft. Noel hatte sich schon mehrmals auf meine Schultern gestellt. Der Ausgang über uns blieb so fern wie der Mond, den wir seit Tagen nicht gesehen hatten. Celine konnte nicht stehen. Sie war nutzlos. Am Anfang redete ich ihr noch gut zu. Aber nichts konnte sie motivieren. Heute würde ich sagen, dass sie als Erste begriff: Wir würden es nicht schaffen. Nicht einfach so. Dass wir ein Wunder brauchten. Und dass es keine Wunder gab. Selbst als Kinder glaubten wir nicht daran. Celine hatte sich als Erste mit dem Tod arrangiert. Deshalb holte er sie auch zuerst.

Wir mussten nicht oft pinkeln. Kein Wunder, wir tranken nichts. Die feuchte Wand brachte keine nennenswerte Besserung. Es war ungefähr so, als würde man nur an einem versteckten Apfel riechen. Essen konnte man ihn nicht. Ich pinkelte nur noch Tropfen. Der Urin stank. Trotzdem versuchten Noel und ich gegenseitig unseren Mund zu treffen. Pisse war besser als nichts. Zu stehen fiel uns schwer. Alles, was wir taten, war nicht mehr normal.

Es muss in der Nacht gewesen sein, dass Celine ins Koma fiel. Koma. Damals wusste ich nicht, was mit ihr passierte. Erst später las ich, dass ein Koma der Dehydrierung folgt. Das Blut dickt ein, Nieren versagen. Vielleicht besser, dass ich diese Vorgänge damals weder kannte noch verstand. Noel wimmerte nur noch leise, ich sank in einen unruhigen Schlaf und schreckte immer wieder hoch. Ein Arzt gab auch diesem Verhalten einen Namen: Delirium. Als ich Celine schüttelte, reagierte sie nicht. Ihre Haut fühlte sich seltsam an. Aber sie atmete noch flach. Körperlich war sie noch anwesend, aber eigentlich war sie schon nicht mehr da. Vielleicht hatte sie uns schon verlassen. Auf mich wirkte es wie Verrat. Vielleicht war Celine anständiger, als ich damals annahm. Vielleicht wollte sie uns von einer Last befreien. Von ihr selbst. Vielleicht wollte sie sich opfern. Vielleicht wusste sie von Anfang an, was ich jahrelang nicht wahrhaben wollte. Vielleicht war sie die Schlauste von uns. Damals hätte ich gern Mitleid mit Celine gehabt, aber alles, woran ich denken konnte, war mein Verlangen nach

Essen, Trinken, Wasser und Brot.

12
DREI AFFEN

Ein Motorrad?«, fragte Muchtari interessiert.

Lopez nickte zur Bestätigung.

Der Arzt überlegte. »Ein paar Pfleger fahren vielleicht ein Zweirad. Motorisiert«, fügte er hinzu.

Lopez wunderte die Wortwahl. Zweirad. Ein altmodisches Wort.

»Auch ich fahre gelegentlich Motorrad.«

Lopez musterte Muchtari. Er war ungefähr eins fünfundsiebzig groß. »Was für ein Motorrad?«

»Eine Suzuki. Aber ich benutze sie selten. Es ist zu kalt.«

»Haben Sie die Maschine abgemeldet?«

Muchtari lächelte. »Nein. Kein Saisonkennzeichen. Sie steht im Hof.«

Ärgerlich für Lopez: Noch war das Kennzeichen auf den Überwachungsbildern nicht mehr als ein schmutziger Fleck. Noch hatte die Kriminaltechnik weder Ziffern noch Buchstaben ausgemacht. Irgendwann kam jede Vergrößerungstechnik an ihre Grenzen. »Und die Patienten?«, fragte Lopez.

Muchtari verzog den Mund zu einem Lächeln. »Die Patienten verlassen das Gelände normalerweise nicht.«

»Was ist mit ›nicht normal‹?«

»Als klinische oder rein semantische Definition?«

Lopez bemerkte den Humor. »Anders gesagt. Was ist mit denjenigen, die hier, in dieser Einrichtung begrenzten Freigang haben?«

»Sie werden begleitet. Erst am Ende der Behandlung

bewegen sie sich selbstständig im Rahmen der Resozialisation.«

Lopez wartete.

»Nicht auf Motorrädern«, beeilte sich Muchtari zu erklären. Lopez konnte nicht sagen, ob er scherzte. »Zu Fuß, mit der U- oder S-Bahn. Aber warum fragen Sie?«

»Nur um zu wissen, worauf sich Herr Saizew einstellen muss«, log Lopez.

»Herr Saizew ist ein Sonderfall.«

Sonderfall. Ein Wort, das sie und Viktor wie ein streunender Hund stets begleitete. Die Außenseiter, die nicht dazugehörten, nannte man so. »Wie geht es ihm?«

Der Arzt lächelte bemüht: »Ich würde gern besser sagen.«

»Sie würden?«, fragte Lopez alarmiert. Muchtari hatte sie gewarnt. Auf Lopez' Frage, ob Viktor sie empfangen wollte, hatte er mit einem einfachen Ja geantwortet.

»Warum?«, fragte Lopez. Dass sich Viktor nicht mehr sträubte, erschien ihr seltsam. Sie hatte sich darauf eingestellt, ein Treffen zu erzwingen. Irgendwie. Dass es mit Viktors Einvernehmen stattfand, nahm ihr den Wind aus den Segeln. Kam ihr verdächtig, geradezu unheimlich vor.

Muchtari, der heute einen viel zu großen weißen Kittel über einem karierten Hemd und Bundfaltenhose trug, nahm Lopez auf dem Gang beiseite. Er holte Luft. Wie ein Schauspieler, der zum Monolog ansetzte.

Lopez fühlte sich unbehaglich. Ihr wurde plötzlich heiß. Als sei die Einrichtung überhitzt, als reagiere ihr Körper auf eine Vorahnung.

»Sie sollten sich darauf vorbereiten, dass er sich anders verhält, als Sie es von ihm kennen.«

»Was meinen Sie damit?«, fragte Lopez. Ihr Blut schien

sich in ihren Fingerspitzen zu sammeln. Es kribbelte beinahe unerträglich unter ihrer Haut, nahe am Schmerz.

»In Absprache mit Herrn Saizew haben wir seine Medikation heraufgesetzt.«

Lopez wusste nicht, was sie dazu sagen sollte. In diesem Satz steckte etwas Unausgesprochenes, Dunkles, das sich ausdehnte.

»Wo ist er?«, fragte sie.

Muchtari nickte und ging mit ihr den Korridor entlang. Sie passierten geschlossene Türen. An den Wänden hingen großformatige Drucke. Ohne Bilderrahmen. Ohne Glas. Muchtari zückte eine Scheckkarte und entsicherte damit den Riegel der Tür, die in einen anderen Bereich führte.

Hier waren die Wände gelb gestrichen. Lopez fragte sich, ob diese Farbe wohl die Stimmung hob. Sie lockerte ihren Schal, der sie jetzt beinahe zu ersticken drohte.

Muchtari deutete auf einen Raum. Tische standen dort vereinzelt wie einsame Inseln. Verlassen. An einem Tisch saß Viktor. Er sah nicht einmal auf, als Lopez auf ihn zuging. Kein anderer Patient wartete auf Besucher. Als sie sich setzte, hob Viktor langsam den Kopf. Sein Blick war völlig ausdruckslos. Viktor hatte schon immer auf extreme Mimik verzichtet. Lopez mochte das. Aber dieser Blick wirkte leblos. Sein riesiger Körper starr wie ein Monolith. Ein schwerer Stein, der sich aus einem Felsen gelöst hatte. Der hier gestrandet war und auch bleiben würde, wenn niemand ihn an einen anderen Ort verfrachtete.

»Hallo!«, sagte Lopez, weil einer von ihnen etwas sagen musste.

Viktors Blick glitt über ihr Gesicht. Als suche er nach einem Anhaltspunkt. Nach einer wichtigen Information, die noch fehlte. Noch antwortete er nicht.

Lopez schnürte es die Kehle zu. Betont langsam legte sie ihre Jacke über die Stuhllehne, nur um Zeit zu gewinnen. *Geh da hin!*, hatte Gunnar gesagt. Aber niemand hatte sie vor dem gewarnt, was sie hier vorfand.

Lopez räusperte sich. »Wie geht's dir, Viktor?«

Viktors Oberkörper war nach vorn gebeugt. Seine Hände ruhten auf seinem Schoss. Sein Mund öffnete sich langsam. Lopez fühlte sich wie ein verbotener Zuschauer. Wie jemand, der zum Zusehen verdammt war. Widerwillige Voyeurin, die sie war. Sie konnte einfach nicht wegschauen.

Viktor sagte: »Okay.« Er sagte es wie jemand, den dieses Wort größte Überwindung kostete. Der es aus den Untiefen des Meeres heraufgeholt hatte und sich wunderte, wie er zu einem solchen Kraftakt fähig war.

Lopez bemerkte, wie sich etwas in ihrer Brust verkrampfte. Wie Hitze ihr Gesicht zu verbrennen schien. Hatte sie sich vor Kurzem bewusst gemacht, was diese Behandlung für Viktor bedeutete? Sie hatte sie befürwortet, rückhaltlos. »Viktor«, sagte sie leise. »Wir brauchen dich.«

Ihr Kollege, ihr Freund, der Mann, mit dem sie in den vergangenen Jahren mehr Zeit verbracht hatte als mit jedem anderen Menschen, sah durch sie hindurch. Seinen Blick überhaupt auf sie zu fokussieren schien ihn schier zu überfordern. Lopez beobachtete, wie er einen Lidschlag machte. Eine Bewegung wie in Zeitlupe, wie in die Zeit hineingestanzt. Verlangsamt und schwer.

Viktor sagte: »Ich …« Aber dem einen Wort folgten keine weiteren. Vielleicht suchte er noch danach, vielleicht blieb der Satz wie die Tür hinter Lopez offen. Sie sehnte sich plötzlich nach Punkten und Ausrufezeichen, nach Satzenden.

Lopez sah weg. Es war unklar, ob Viktor sie überhaupt verstand. Wie weit er sich mittlerweile von der Realität entfernt hatte. Wo in diesem großen Körper sich der, den sie als Viktor kannte, überhaupt noch aufhielt. Suche. Identität. »Hör zu, Viktor«, sagte sie. »Das hier ist wichtig.« Sie erzählte ihm von dem neuen Tatort am Alexanderplatz. Sie erzählte ihm von dem Motorradfahrer. Davon, dass sie ihn an einer Verkehrsampel in Falkensee verloren hatten. Davon, dass eine Fahndung gegen diesen Menschen lief, dass dieser und sein Motorrad aber verschwunden blieben. »Viktor«, fragte sie, »hörst du mich?«

Aber Viktor starrte weiter regungslos. Als gäbe es hinter ihr etwas, von dessen Existenz sie nichts wusste. Als sich Lopez umdrehte, war da nichts als die Wand in Gelb, die Tür in Weiß.

Nahm er sie überhaupt noch wahr? Sie flüsterte einfach weiter. Eindringlich. Es handelte sich nur um eine Möglichkeit. Wo könnte sich ein Täter besser verstecken als in einer psychiatrischen Institution? Sie kannten das neue Sicherheitssystem. Aber sie wussten beide auch, dass manche Täter Freigang hatten, wenn Sicherheitsstufe und Auflagen gelockert wurden. »Viktor«, wiederholte sie. »Ich brauche dich. Kannst du dich hier drinnen für uns umsehen?« Lopez kam sich wie ein Idiot vor. Nicht nur, weil sie so leise sprach. Sondern weil Viktor nicht mehr Regungen als ein Salatkopf zeigte. Einmal rührte er sich kurz, und Lopez hoffte, er wollte etwas sagen. Aber der Augenblick verstrich, und Lopez hörte nur, wie Viktor atmete. Er reagierte kaum. Er wirkte völlig teilnahmslos. »Du bist der Insider«, hörte sie sich sagen. Sie sprach jetzt wie unter Zwang. »Der Täter ist nicht groß, schlank, er kann Motorrad fahren. Er hat sechs Menschen getötet.« Lopez hielt inne. Sollte sie Gunnar erwähnen? Sie beugte sich über den Tisch, berührte Viktors Arm mit den Fingerspitzen. »Nimm dich in Acht!« Sie wusste nicht, was genau sie damit meinte. Weil Viktor nicht reagierte, zog sie ihre Hand zurück. »Und lass die Medikamente wieder absetzen!« Selbstgespräche, denn Viktor hörte sie vermutlich nicht. Wie hätte er da etwas wollen, veranlassen oder bestimmen können? Sie suchte etwas in ihrer Tasche, was sie endlich fand. Langsam legte sie es vor sich auf den Tisch. Eine kleine Figur aus Ton, die die drei Affen zeigte. Sie hielten sich Mund, Ohren oder Augen zu. Lopez bemerkte, wie Viktors Blick wanderte. Sie sagte: »Das soll ich dir von Trixi und Mila bringen. Mit schönen Grüßen.« Lopez lächelte gequält. Früher hätte Viktor den Witz verstanden. Früher. Jetzt wirkte das Geschenk eher wie eine Provokation. Viktors Gesicht blieb leer wie ein ausgefegter Saal.

Als sich Lopez erhob, betrat ein Pfleger den Raum. Lopez wusste nicht, wie sie sich verabschieden sollte. Ein Fluchtinstinkt zog sie fort. Am liebsten wäre sie gerannt. Den Gang entlang, durch alle Schleusen, ohne anzuhalten. Während sie noch nach Worten suchte, berührte der Pfleger Viktor leicht an der Schulter. Er nickte Lopez freundlich zu und sagte etwas von Mittagessen. Weil sich Viktor nicht bewegte, berührte ihn der Pfleger ihn auffordernd am Ellbogen. Viktor erhob sich nur schwer. Langsam und mit schlurfenden Schritten verließ er zusammen mit seinem Begleiter den Saal, ohne sich noch einmal umzusehen. Lopez stand immer noch vor ihrem Stuhl. Die drei Affen lagen vor ihr auf dem Tisch. Lopez wartete, bis der unerträgliche Drang zu weinen nachließ. Bis sich ihr Herzschlag wieder normalisierte und sie zitternd einatmete.

*

Lilienthalstraße. Kein Vogel, kein Flugzeug weit und breit.

Ein Hase saß im tiefen Tal,
Übt Segelflug wie Lilienthal,
Singing poly woly doodle all the day …

Fast dreizehn Uhr. Das Lied in Lopez' Kopf verklang. Die Straße: menschenleer. Der Wind rauschte durch den Wald hinter der forensischen Psychiatrie. Die Astgerippe bewegten sich dazu im Takt. Lopez wickelte sich noch enger in ihren Schal. Die frische Luft drängte in ihre Lungen, erzwang den Einlass. Lopez ging ein paar Meter, nur um sich dann an einen Zaum zu lehnen, überlegte es sich anders, weil das Glasauge einer Videokamera auf sie herabschaute. Neben der Psychiatrie wurde die Straße von Wohnhäusern gesäumt. Alte Villen, die den Zweiten Weltkrieg unversehrt überstanden hatten. Vor einer vernachlässigten Gartenmauer zog Lopez ihr Handy aus der Tasche.

Gunnar hätte sie vieles fragen können. Ob sie endlich einen Halter des Motorrades ermittelt hatten. Ob alle Opfer identifiziert worden waren, aber er begrüßte sie mit nur einem Wort: »Sturmwarnung.«

»Wieso«, fragte Lopez, »was ist passiert?« Gunnar neigte in beruflichen Dingen normalerweise nicht zu poetischen Umschreibungen.

»Hast du es nicht mitbekommen? Sturmtief ›Dorian‹ rast über Europa hinweg. Berlin muss in den nächsten Tagen mit dem Schlimmsten rechnen.«

Berlin musste schon immer mit dem Schlimmsten rechnen, weil darin das Schicksal einer Hauptstadt bestand. Für Lopez galt das nicht nur als historisches Diktat. Hier aber ging es nur um Meteorologie. Der Klimawandel hatte den Asphalt der Straßen im vergangenen

Sommer aufgeweicht. Jetzt drohte Sturm. Ausnahmen waren in Berlin zur Regel geworden. Lopez kümmerte das kaum. Sie überlebte jedes Wetter, jeden Sturm. »Ich war bei Viktor«, antwortete sie ohne Zusammenhang. Die Information drängte über ihre Lippen.

»Und?«, fragte Gunnar.

Lopez spürte seine Neugierde. Sie suchte nach Worten, die nur annähernd das beschrieben, was sie erlebt hatte. »Viktor kann uns nicht mehr helfen.«

»Heißt was?«

Versuchte Gunnar, ihr auf die Sprünge zu helfen? »Sie haben ihn völlig zugedröhnt.«

»Du übertreibst«, wiegelte ihr Chef ab. Halb Vorwurf, halb vermutete er es.

Lopez holte tief Luft. Der Wind riss an ihrem Mantel. Eine Böe fegte über sie hinweg. »Er benahm sich völlig teilnahmslos, Gunnar. Er war weggetreten. Wenn ihn nicht ein Pfleger abgeholt hätte, säße er vermutlich jetzt noch da.«

Gunnar schwieg. Dieses Schweigen kroch fühlbar durch die Leitung hindurch.

»Er ging wie ein alter Mann. Er sah durch mich hindurch, Gunnar.« Lopez schluckte. »Er wird so bald nicht mehr zurückkommen.«

Der nahende Sturm fühlte sich belebend an. Als wolle er die Bilder aus Lopez' Kopf vertreiben. An einem Laternenmast schlackerte ein Plakat.

»Was können wir tun?«, fragte Gunnar. Seine Stimme drang wie aus weiter Ferne an Lopez' Ohr.

»Ich muss mit Mila telefonieren«, antwortete Lopez. Viktors Großmutter hatte beim LKA einen einschlägigen Ruf. Sie verschwand regelmäßig aus der Altersresidenz, in der sie lebte. Mila ließ nicht über sich bestimmen. Jeder im LKA hatte sie schon auf ihren Ausflügen durch Berlin aufgegabelt. Viktor erhielt einen Anruf. Er und Lopez brachten Mila danach widerstrebend wieder ins Altersheim.

Seitdem Franziska Mohn verstorben war, kümmerte sich Mila jedoch um Trixi. Sie war bei Viktor eingezogen. Siskas Tochter besaß die gleiche renitente Art. Darin glichen sich die junge und die alte Frau. Der Pakt, den Viktor mit seiner Babuschka geschlossen hatte, bestand darin: Er ließ sich therapieren, und Mila übernahm Viktors Platz und Aufgaben in Siskas Wohnung. Trixi durfte nicht allein leben, weil sie noch minderjährig war. Siska hatte sie mit ihrem Ex-Mann auf illegalem Wege adoptiert. Kontakt zu ihrem Adoptivvater hatte Trixi seit Jahren nicht gepflegt. Ihre leiblichen Eltern kannte sie nicht einmal. Bisher hatte sie es sogar abgelehnt, nach ihnen zu forschen. Mila konnte St. Kamillus endlich den Rücken kehren. Sie war es gewöhnt, die Kinder anderer anzunehmen. Auch Viktor hatte sie großgezogen. Lopez konnte erahnen, was das bedeutete.

»Was kann seine Großmutter schon tun?«

»Sie muss dafür sorgen, dass der Arzt die Medikamente neu dosiert. Sie ist Viktors einzige Angehörige.« Erst jetzt bemerkte Lopez, wie traurig diese Feststellung klang.

»Wenn ich helfen kann …« Gunnars Angebot hing in der Luft wie Zigarettendunst. Ein ätherisches Gebilde, kurz vor dem Zerfall.

»Der Zeitpunkt kommt garantiert«, sagte Lopez. Sie kam sich wie eine Prophetin vor. »Wen wirst du wählen?«

»Bitte was?«

»Europawahl. Welche Partei wählst du?«

»Schon mal was von Wahlgeheimnis gehört?«

Lopez zuckte für Gunnar unsichtbar mit den Schultern. Sie betrachtete das Konterfei auf dem Plakat, das vor ihren Augen an einem Laternenmast hin und her schwankte. »Überall hängt Berlichinger.«

»Stimmt. Die von der HPD tragen ziemlich dick auf.«

»So rechts könnte ich gar nicht wählen«, sagte Lopez.

»Wenn du Angst vor Überfremdung hättest, schon.«

Überfremdet fühlte sich Lopez nie. Entfremdet hingegen ständig. Zu Hause von ihrer Familie, von den meisten Kolleginnen. Entfremdung bedeutete Isolation. Mit anderen Nationen hatte das nichts zu tun. »Angst macht mir die Heimatpartei.«

»Berlichinger hat gute Chancen, der nächste Kommissionspräsident zu werden«, sagte Gunnar.

»Heißt das etwa, dass du ihn für wählbar hältst?«

»Schau dir die Alternativen an!«

Lopez sah sich um. Weit und breit kein anderes Plakat. Hier in dieser Straße in Falkensee besaß die Heimatpartei Deutschlands ein Monopol. »Ich glaube«, sagte Lopez, »die anderen Parteien verprassen für Werbung zu wenig Parteispenden.«

»Ist eben immer die Frage, ob du die Gewinner oder die Verlierer wählst.«

Lopez verstand die Aussage ihres Chefs zunächst nicht. Sie musste sie erst sacken lassen. Die Botschaft dahinter war genauso tragisch wie hoffnungslos. Und Gunnar wirkte wieder einmal wie der Opportunist, als den ihn Lopez kannte.

»Apropos Verlierer«, sagte Gunnar. »Wir haben noch keine Ergebnisse. Mittlerweile steht mir das BKA auf den Füßen. Islamistischer Terror in Berlin.«

Lopez konnte die Schlagzeilen schon sehen, die noch

gar nicht geschrieben waren. Sie wollte etwas einwenden. Verzichtete aber, weil Gunnar schon wieder Luft holte.

»Die machen mobil. Dabei haben wir noch keinen einzigen Bekennerbrief. Noch keinen einzigen Beweis. Hast du die Nachrichten gehört?«

Hatte Lopez. Das Attentat war bei allen Sendern Aufmacher. »Kennen wir doch«, sagte sie wie eine Frau zu ihrem Mann, wenn das Kind pubertierte. Irrationale Reaktionen. Ständige Gewitter an den Synapsen. Man wartete am besten, bis sie vorüber waren.

»Nach dem Axtmörder geht jetzt der Machetenmörder um. Bald trauen sich die Berliner nicht mehr aus dem Haus.«

»Du kennst die Berliner schlecht.«

»Wenn ich deinen Optimismus hätte …« Ende offen. Gunnar wusste vermutlich nicht, was er mit diesem Halbsatz anrichtete.

»… würdest du dich erschießen?«

Für einen Augenblick blieb es in der Leitung still. Nur der Wind rauschte, drängte sich auf.

»Wie läuft es mit Bernhard?«, fragte Gunnar jetzt. Er wirkte kleinlaut. Als sei ein Themenwechsel auch nicht aussichtsreich.

»Beschissen.« Lopez bemerkte, dass ihrem Chef nichts einfiel, was er darauf sagen sollte. Er war immer noch verheiratet. Vielleicht nicht glücklich, aber stabil.

»Wenn ich was für dich tun kann …«

Gunnar, der König der Halbsätze. Lopez brauchte Hilfe. Aber nicht von ihrem Chef. Sie musste sich selbst helfen. Wie Münchhausen. Sich selbst aus dem Sumpf ziehen. Schlussendlich half man immer nur sich selbst.

»Kommst du jetzt rein?«, fragte Gunnar. Es klang geschäftsmäßig.

»Natürlich.«

»Bitte erst nach einem Abstecher in die KT. Detlev hat etwas für uns.«

So war ihr Boss. Wenn alles um Lopez auseinanderfiel, gab es immer noch den Job. Er forderte zuverlässig seinen Tribut. Gunnar ließ keine Zweifel aufkommen, dass das LKA nicht wartete. Weder auf besorgte Polizistinnen noch auf psychisch Kranke. Jetzt erst fiel es Lopez ein. Sie musste Gunnar noch eine Nachricht überbringen. Sie wusste nicht, wie sie es ihm sagen sollte, also sagte sie es schnell: »Gunnar? Wegen der Morde am Alexanderplatz …« Lopez bildete sich ein, zu hören, wie ihr Chef atmete. »Ich glaube, wir haben es nicht nur mit Mord zu tun.«

Er fragte: »Sondern?«

»Mit Kannibalismus.«

»Ach so«, sagte Gunnar ungerührt. »Das hat mir Hansen schon erzählt.«

UNTEN

Celine war tot. Noel und ich hockten apathisch an der Wand. Manchmal schabte ich noch lustlos an dem Gitter herum. Wenn ich Noel berührte, fühlte ich die Knochen unter seiner Haut. Er hatte geweint, als sich Celine nicht mehr rührte. Ein trockenes Schluchzen. Ein gequältes Geräusch. Ich wollte etwas sagen. Dass es mir leidtat. Dass ich unser Hiersein nicht verstand. Dass ich mich zu schwach fühlte, um stark zu sein. Dass ich an Noel hing. Dass er nicht auch noch sterben durfte.

Würde Celines Leichnam stinken? Und wenn ja, ab wann? Tote Tiere sollten wir nicht anfassen. Wir wussten nicht einmal, warum. Wir hatten mit Leichen keine Erfahrungen. Keine Erfahrung mit dem Alleinsein, keine Idee, warum unser Leben auf diese Art zu Ende ging. War es in jenem Moment, dass ich zum ersten Mal daran dachte? Oder bildete ich mir das im Nachhinein nur ein? Erst später wurde der Gedanke so mächtig, dass er alles überlagerte. Er ersetzte die Hoffnung, die ich nicht mehr hatte. Ein trauriger Ersatz. Ein Tabu. Aber Moral wurde dort unten zu einem dehnbaren Begriff. Tag und Nacht vergingen wie eine einzige Dunkelheit. Der Lichtschlitz über uns wirkte wie Betrug. Das Licht enttäuschte uns genauso wie die Finsternis. Noel und ich, wir brauchten uns, weil wir nur noch uns hatten. Mir vorzustellen, wie der jeweils andere allein hier unten sterben würde, war bedrückender als alles andere. Die Zeit dehnte sich, zog sich, wollte nicht vergehen. Leider zwang sie uns zum Nachdenken. Körperlich waren wir erschöpft, wir vermochten uns kaum mehr zu rühren. Wir empfanden weder Lust dazu noch eine Vorstellung davon. Manchmal berührte ich das Bonbonpapier. Es hatte unendlich viele Falten. Es zerfiel beinahe. Wie viele Variationen steckten in einem vier mal vier Zentimeter großen Papier? Ich hätte mich in den Überlegungen verlieren können. Aber nichts schien Sinn zu ergeben. Außer der Rettung, die ausblieb. Außer diesem Hunger, der sich aufdrängte. Schlimmer als Juckreiz. Schlimmer als damals, als mein Arm zu Bruch gegangen war. In der Schule, als ich auf dem Schulhof über einen Ball gestolpert war.

Ein paar Stunden später – ich weiß nicht, wie viele, weil es einfach kein Maß mehr dafür gab – rief ich nach Noel. Ich berührte ihn, erinnere mich noch, wie ich ihn schüttelte. Immer wieder. Wie ich dazu die Kraft aufbrachte, weiß ich nicht mehr. Noel rührte sich nicht mehr.

13
DIRTY TALK

»Detlev!«

»Lopez!«

Detlev, der bestgekleidete Mitarbeiter des LKA Berlin, begrüßte Lopez mit einer Begeisterung, die Lopez nicht geheuer war. Detlev galt in ihrer Behörde als unterkühlter Typ, der zu viel auf sein Aussehen gab. Detlev residierte am Tempelhofer Damm in einer architektonischen Monstrosität, wie es sie an so vielen Berliner Ausfallstraßen gab. Kinder machten Detlev zu viel Dreck, Erwachsene teilte er in gut angezogen oder traurig ein. Zur ersten Kategorie gehörte so gut wie niemand; Lopez gehörte zur zweiten Kategorie. Dass sie auch noch kleine Kinder hatte, klassifizierte sie zu einem besonders schweren Fall. Detlev hatte dieses Urteil nie offen ausgesprochen, aber er sagte es mit Blicken. Lopez' Garderobe war in Detlevs Augen ohnehin nicht mehr zu retten. Nicht dass Lopez etwas retten wollte. In ihrer Freizeit mochte sie weite, bequeme Kleidung in gedeckten Farben. Sie trug Sachen, bis sie löchrig wurden oder verfärbt aus der Waschmaschine kamen. Shoppen langweilte sie. Es verschaffte ihr keinen Genuss, Tüten mit neuen Kleidern nach Hause zu tragen. Sie schminkte sich nie. Sie präsentierte sich niemals in einer auffälligen Garderobe. Die neuen Kleidungsstücke, die Lopez kaufte, sahen ähnlich wie ihre alten aus. Detlev trug zwar einen weißen Kittel, aber darunter blitzte ein edles, kariertes Hemd hervor. Er trug eine schmale Hose, darunter rote Socken. Seine Füße steckten in teurer italienischer Markenware. Das Leder seiner Schuhe glänzte. Lopez hatte ihre Schuhe das letzte Mal vor einem Jahr nach einem Ausflug in den Park geputzt. Drei Tage Regen, der Boden völlig aufgeweicht.

Detlev ging zwischen einigen Apparaturen seines Labors hindurch, deren Funktionsweise Lopez rätselhaft blieb, neben einem überdimensionierten Mikroskop deutete Detlev auf die Machete, die Lopez bereits einmal gesehen hatte. Sie lag neben zwei Linealen.

»Ist eigentlich nicht mein Spezialgebiet.« Detlev seufzte. »Aber die Kollegin ist wieder mal auf Fortbildung«, sagte Detlev mit einer Arroganz, die ihresgleichen suchte. Als habe sich die Kollegin mit unlauteren Absichten abgesetzt und ihn so gezwungen, ihre mediokren Arbeitsergebnisse zu präsentieren.

»Hieb-, Schlag- oder Stichwaffe?«, fragte Lopez. Als sei sie Quizmaster und Detlev Ratekönig.

»Weder noch. Es handelt sich um ein Werkzeug. Zumindest nach den allgemeinen Verwaltungsvorschriften zum Waffengesetz.«

»Willst du mich beeindrucken?«, fragte Lopez.

»Würde mir das gelingen?«, fragte Detlev süffisant. Ohne Lopez' Antwort abzuwarten, führte er weiter aus: »Es handelt sich um eine sogenannte Ochsenkopf-Machete.«

»Ochsenkopf. Charmant«, kommentierte Lopez trocken.

»Zweikomponentengriff aus Kunststoff. Klingenblatt: gehärteter Vergütungsstahl.«

»Verhütungsstahl?«, witzelte Lopez. »Was ist das? Dirty Talk?«, fragte Lopez.

»Wirkt es schon?«, stichelte Detlev zurück.

»War das das Vorspiel oder schon der eigentliche Akt?«

Lopez versuchte einen naiven Augenaufschlag. Bemerkte aber sofort, dass ihr die Übung fehlte. »Kostenpunkt?«

»So eine Qualität liegt zwischen dreißig und fünfzig Euro«, sagte Detlev. Jedes Wort wirkte zweideutig.

»Wo bekomme ich das?«

Detlev legte den Kopf schief. Er schaute sie an wie ein Schaf.

»Hab's schon kapiert«, sagte Lopez, »im Internet.« Sie seufzte wie jemand, den das, was geschah, immer wieder von Neuem enttäuschte. »Wozu zum Teufel benutzt ein normaler Mensch so etwas?«

»Sogenannte normale Menschen«, führte Detlev beflissen aus, »sind Förster oder Gärtner. Mit Macheten pflegst du zum Beispiel Jungbestände.«

Lopez stellte sich bewaffnete Rambos vor, die sich mit Stirnband schwitzend durch Urwälder schlugen. Förster kamen in ihrer Fantasie nicht vor, wenn sie an Macheten dachte. »Was wiegt so ein Teil?«

Detlev schaute auf ein Klemmbrett. »Sechshundertachtzig Gramm.«

Lopez dachte an das Baby und dass es bei der Geburt fünfmal so viel gewogen hatte.

»Klinge mehrfach geschärft. Kein ganz neues Exemplar.«

»Heißt was?«

»Dass das Werkzeug bereits benutzt wurde. Ich fand Pflanzenreste an der Klinge.«

Lopez spürte, wie sich Aufregung ihrer bemächtigte.

»Und ja«, sagte Detlev besserwisserisch, »ich werde die Herkunft bestimmen können. Aber dafür brauche ich mehr Zeit.«

»Haben wir leider nicht.«

»Hat Gunnar auch ungefähr so gesagt.«

Lopez bedankte sich bei Detlev und wollte sich verabschieden.

»Hör mal«, hakte Detlev nach, »stimmt das, wir suchen einen Kannibalen?«

»Lass mich raten«, sagte Lopez, »Hansen?«

Detlev warf Lopez nur einen lüsternen Blick zu.

Lopez rollte mit den Augen. »Findest du sie auch attraktiv?«

»Was heißt hier auch?«

»Du lenkst ab.«

»Von unserem Kannibalen?«

»Könntest du bitte aufhören, ständig Gegenfragen zu formulieren?«

»Wieso?« Detlev lachte.

Lopez sah genervt zur Labordecke hinauf. Sie wandte sich zum Gehen. »Europawahl: Gehst du hin?«

Detlev nahm auf einem Drehstuhl Platz. Er schlug die Beine übereinander. »Natürlich. Ich bin Protestwähler.«

»Kennt man ja beim LKA«, sagte Lopez sarkastisch. »Wogegen protestierst du denn?«

»Schlechte Kleidung, schlechte Manieren, schlechtes Renommee.«

Lopez stöhnte. »Du brauchst eine eigene Partei.« Sie ging zur Tür. Unter ihren Schuhen knirschte der Kunststoffbelag. »Wie wäre es mit EDU? Egoistische Deutsche Union?«

»Gefällt mir«, äußerte Detlev beifällig.

»War ja klar.«

»Wirkt, als würdest du Viktor nachtrauern«, rief Detlev ihr hinterher.

»Er hat nicht so viel gequatscht wie Hansen. Oder du. Das fand ich angenehm.«

»Nicht so redselig?!«, fragte Detlev ungläubig. »Jedes

Grab war redseliger.« Er schüttelte den Kopf. »Wie geht's ihm eigentlich?«

Lopez schluckte. Noch einen zynischen Kommentar von Detlev hätte sie nicht ertragen. Nicht heute und nicht hier. »Wenn ich ihn mal wiedersehe, frage ich ihn.«

»Hansen«, sagte Detlev, »ein guter Ersatz. Sie kann ruhig länger hospitieren. Für mich eine Win-win-Situation.«

Wenn Lopez' Blick töten könnte, wäre Detlev zu Staub zerfallen oder lautlos implodiert. Sie sagte: »Nicht für mich.«

Lopez startete den Toyota. Der Dienstwagen fühlte sich ohne Viktor neben ihr ungewohnt geräumig an. Viktors körperliche Präsenz hatte ihn völlig ausgefüllt. Leider roch es nach Erbrochenem. Daran war ein anderer Kollege schuld, der es mit einem Magen-Darm-Infekt nicht mehr rechtzeitig geschafft hatte. Es stank fürchterlich, obwohl der Fuhrparkleiter nach der Großreinigung auf Duftbäumchen bestanden hatte. Aufdringlich baumelten zwei bunte Pappscheiben hin und her. Es reicherte die Duftnote Kotze mit Vanille und »Neuer Wagen« an. Eine Fußnote mit bitterer Ironie. Lopez ließ trotz der Kälte die Seitenscheibe ein paar Zentimeter hinunter. Der Wind drang mit einem zischenden Geräusch herein. Lopez bemerkte, wie er durch ihr Haar wirbelte. Wie der Sturm am Wagen rüttelte. Sie steuerte dagegen und genoss dabei die frische Luft.

Sie lenkte den Dienstwagen über den Sachsenring Richtung Bahnhof Schöneberg. Berlin. Diese weite Stadt. Am Innsbrucker Platz bog sie in die Martin-Luther-Straße ein. Hier wirkte die Hauptstadt überschaubar, bürgerlich. Mehrstöckige Reihenhäuser bildeten Ketten. Danach Innenstadt. Sie ließ das Kaufhaus des Westens links liegen und suchte etwas später nach einem Parkplatz vor ihrer Dienststelle. Das LKA 1. Ein schöner alter Bau mit Rundfenstern. Weithin sichtbar die blauen Schilder mit dem Schriftzug *Polizei*. Weil kein freier Platz zu finden war, fuhr sie den Toyota in die Tiefgarage. Ohne Viktor durch die Stadt zu fahren fühlte sich seltsam an.

Im Treppenhaus lief ihr Hansen entgegen. Sie sagte: »Du kannst direkt wieder umdrehen.«

»Pressekonferenz. Gunnar will, dass du sprichst.«

»Warum ich?«, fragte Lopez.

»Du leitest die Ermittlungen«, sagte Hansen. Ihr Gesichtsausdruck zeigte Überraschung und Verständnislosigkeit, jeweils zu fünfzig Prozent gemischt.

»Und was machst du?«, fragte Lopez.

»Ich höre dir zu. Danach recherchiere ich weiter zum Thema.«

»Und das wäre?«, fragte Lopez. Immer noch liefen sie über Treppen ins Erdgeschoss.

»Kannibalismus«, sagte Hansen. Als ob es sich um den Wetterbericht handelte. An einem wolkenlosen, sonnigen Tag. »Und noch was«, sagte sie, indem sie Lopez eine Liste reichte. »Die Namen der sechs Opfer.«

14
KARTEN UND TV

Viktor saß in einem Sessel im Gemeinschaftsraum und wusste nicht, wie er sich jemals wieder daraus erheben sollte. Vor dem Panoramafenster wehten welke Blätter vorbei. Der Wind rüttelte wütend an den Sicherheitsglasscheiben. In Viktor hatte sich eine große Ruhe ausgebreitet. Die anderen Patienten spielten Karten oder sahen fern.

»Wann?«, fragte der dürre Finn. »Wann hattest du deine Letzte?« Aufgeregt flatterten seine Hände umher. Wie ein Gebärdenübersetzer, der dem Gesagten immer hinterherrannte, ohne den Sinn je in Gänze zu verstehen. »Wann? Sag mal: wann?« Eindringlich formulierte er jedes Wort. Als hinge seine sofortige Entlassung davon ab.

Viktor dachte an Siska. An Moskau. An den Sex, den sie am Boden vor einem überdimensionierten Bett gehabt hatten. Wer brauchte schon ein Bett? Was sich nicht einstellte, war das Gefühl. Es musste perfekt gewesen sein. Darum wollte Viktor den Moment heraufbeschwören.

Er sah auf Siskas Hinterkopf hinab und erkannte eine große Wunde. Austrittswunde, dachte er. Viktor hatte schon viele davon gesehen. Ein kleines Eintrittsloch täuschte den Betrachter. Die Austrittswunde stellte die Verhältnisse wieder klar. Kugeln hinterließen weitläufige Zerstörung. Siska bewegte sich nicht mehr. Viktor richtete sich hinter ihr auf. Mit seiner rechten Hand tastete er nach der ausgefransten Kopfwunde. Blut klebte an seinen Fingern. Und Knochensplitter.

Aber der Schrecken blieb aus. Viktor wusste noch genau, wie er Siskas Tod empfunden hatte. Den urzeitlichen Schock. Aber er vermochte es nicht mehr nachzufühlen. Die Medikamente dimmten jede Emotion. Eine Unruhe breitete sich in ihm aus. Er bemerkte, wie seine Hände zitterten. Ein Laut entrang sich seiner Kehle.

»Ganz ruhig«, beschwichtigte ihn der dürre Finn. »Sie haben dich ziemlich vollgepumpt, was?« Er lächelte breit. Ein Schneidezahn fehlte. »War es geil, geil? Muss geil gewesen sein«, sagte er aufgeregt. Ein Schauer überlief seinen mageren Körper. Die Haut spannte über seinen Knochen. An den Händen und im Gesicht.

Viktor fühlte sich wie jemand, der sich nicht bewegen konnte. Der lebendig begraben war. Er befand sich gefangen in einem Albtraum und konnte sich nicht rühren. Es knallte. Ein schwarzer Schatten zeichnete sich vor dem Fenster ab. Ein Vogel war von außen gegen die Scheibe geprallt. Eine Zehntelsekunde später fiel er leblos hinab.

Finn sprang auf. Nervös deutete er auf den matten Fleck, der die Scheibe jetzt entstellte. Aber die anderen beachteten ihn gar nicht. Finn stotterte. Enttäuscht ließ er sich wieder neben Viktor nieder. »Gibt nur eine Möglichkeit«, raunte er Viktor vertraulich zu. »Darfst die Dinger nicht nehmen. Nehme die Medis nur, weil ich sonst durchdrehe. Ich hab's mal abgesetzt. War schlimmer als davor. Hab mich furchtbar aufgeregt. Konnte nicht klar denken. Geht jetzt wieder. Aber wenn ich du wäre, also nicht ich, sondern du, dann würde ich auf Pillen scheißen. Ich kann nicht ohne. Sagen auch die Ärzte. Ich will raus. Ich muss also.«

Viktor lauschte dem Wasserfall von Sätzen. Er hätte Finn gern zugestimmt. Er hätte ihm gern erklärt, dass das

Ausbleiben eines Todeswunsches durchaus für Medikamente sprach. Dass es für Viktor kein gutes Leben im schlechten gab. Dass ihm dieser Satz vertraut erschien, er aber nicht wusste, warum. Wie verlangsamt nahm er Finns Worte auf. Einige blieben hängen. Er hätte gern etwas gesagt, aber es kostete ihn große Überwindung, Sätze zu formulieren. Das hohe Tempo überforderte ihn. Immerhin beruhigte es ihn, Finn zuzuhören.

Es überlagerte alle anderen Empfindungen, die vor Kurzem noch auf ihn eingeströmt waren.

Es füllte die Leere, überlagerte die Stille mit Lautstärke. Es beschäftigte ihn.

Er musste gar nichts dafür tun.

»… gefährlich. Vor dem musst du dich hüten. Haste ja schon gemerkt.« Finn fuhr einfach fort, als sei er froh, endlich einen Zuhörer gefunden zu haben, der sich nicht wehrte. Der nicht Reißaus nahm. Der es einfach nicht mehr konnte.

Viktor folgte mit dem Blick dem Fingerzeig.

»Hey, Finn. Laberst du wieder den Bullen voll? Der bekommt doch ohnehin nichts mit.« Der Yuppie wandte sich wieder dem Kartenspiel zu.

Viktor beobachtete, wie er mit langen, schmalen Fingern, die wie manikürt aussahen, Karte für Karte ausspielte. Wie er gewann. Dass Fuhrmanns Hände eine Frau getötet hatten, sah man ihnen nicht an. Eine Physiognomie des Verbrechens gab es in Viktors Augen nicht. Auch wenn er selbst jedes Vorurteil zu bestätigen schien. Jetzt saß er in der Forensik. Er wollte nicht, dass irgendjemand außer ihm recht behielt.

Finn, der eigentlich Matti Virkanen hieß, aber Finn genannt wurde, weil er ursprünglich aus Finnland kam, schaute weg. Dann flüsterte er wieder: »Der da, siehst du den? Der ständig in der Luft rumrührt? War mal DJ. 'ne große Nummer. Hat den Druck nicht mehr ausgehalten.«

Viktor wollte fragen, warum, aber Finn sprach bereits weiter. »Kim Salinger. Ist harmlos. Hält sich ziemlich aus allem raus.«

Viktor fand, dass Kim traurig wirkte. Wie jemand, der etwas unwiederbringlich verloren hatte. In ihrer Trauer glichen sie sich alle hier.

»Macht mich nervös«, sagte Finn, »wie der ständig in der Luft an Reglern spielt.«

Viktor schaute der Pantomime unbeteiligt zu. Vielleicht beeinflusste Kim imaginär die Geschwindigkeit von Plattentellern, die sich drehten.

»Warum er hier ist?«, fragte Finn Viktor, obwohl der nichts gesagt hatte. »Erst Alkohol, dann Drogen. Wurde arbeitsunfähig, danach aggressiv«, wisperte Finn unnatürlich laut, »glaube ich. Der Fette dort im Rollstuhl ist Arzt. Werner Römer. Hat in Schönheits-OPs gemacht. Ich sag mal, das ging schief. Hat Fett abgesaugt, Botox gespritzt, Magen verkleinert, Brüste aufgefüllt.« Finn kicherte. Atmete dazwischen hörbar quietschend ein. »Den einen hat er totoperiert. Einen Typen, der wie Justin Bieber aussehen wollte. Kennste den?« Fragend sah er Viktor an.

Viktor hatte den Namen nie gehört.

»Na ja. War high. Haben ihn in seiner Praxis gefunden. Überall war Blut. Er mittendrin.« Finn lachte jetzt unkontrolliert. »Muss so was wie ein Kunstfehler gewesen sein.« Es schüttelte ihn, er bekam kaum noch Luft.

Römer im Rollstuhl wirkte genauso apathisch wie Viktor. Ab und an sagte er »Hunger« oder fragte, wann es Essen gäbe. Niemand hörte ihm mehr richtig zu.

Als sich Finn beruhigt hatte, kam einer derjenigen, die vor der Glotze geklebt hatten, auf Viktor zu. Er trug bunte Kleidung. Eine auffällige Brille. Einen modischen Haarschnitt. Eine Seite lang, die andere kurz rasiert. »Hast du ein Handy?«

Viktor sah auf. Es kostete ihn Mühe.

»Oder 'n Laptop?«

Langsam schüttelte Viktor den Kopf.

»Oder 'n Pad?«

Finn lachte leise, schlug sich mit der flachen Hand auf den Oberschenkel.

»Fick dich!«, zischte der Schönling. Steif richtete er sich auf, wandte sich ab. Er ging nicht, er glitt durch den Raum.

Finn gluckste. »Ali Dogan. Wir nennen ihn Giga. Hatte zusammen mit seinem Bruder eine Million Abonnenten auf Instagram.«

Instagram. Die Bedeutung des Wortes wollte Viktor nicht einfallen. Das Denken fiel ihm schwer. Er wollte nur noch schlafen.

»Das war mal«, ergänzte Finn. »Die Sau hat seinen Zwillingsbruder erwürgt. Online. Hat sicherlich jede Menge Klicks gegeben.« Finn stand auf: »Du Sau!«, rief er Giga hinterher.

Ein Pfleger betrat sofort den Raum und schaute sich suchend um. Als sein Blick Finn fand, hob er den Zeigefinger.

Viktor sah, wie Finn sofort beschämt auf den Boden schaute. Er murmelte: »Tut mir leid.« Wie ein Kind, das beim Schubsen auf dem Schulhof erwischt worden war. Der Pfleger nickte nachdrücklich. Als der auf dem Korridor verschwand, flüsterte Finn: »'ne Pest ist das. Nichts kann man offen sagen. Scheiß überwachungsstaat.« Panisch schaute er sich um. »Würde aufpassen. Weißt nie, wer oder was redet. Wer dich sieht.«

Viktor kannte die Paranoia, die aus Finns Worten sprach. Er hatte sie vor Kurzem selbst erlebt. Er kannte sie außerdem von deutschen Straßen. Von den Menschen, die sich dort sammelten und Parolen schrien. Von denen, die andere fürchteten.

Was war vorzuziehen: unter Verfolgungswahn zu leiden oder gar nichts mehr zu fühlen? Viktor bemerkte, wie sich wieder eine Unruhe seiner bemächtigte. Wie die Nervosität ihn überfiel, ohne dass er etwas dagegen zu tun vermochte. Wie er nur ausruhen wollte, aber etwas ihn aufscheuchte. Eine Angst. Eine Gewissheit, dass es ihm nicht besser ging. Dass etwas ihn beherrschte, das er nicht verstand. Das Zittern setzte sich bis in seine Fingerspitzen fort. Aber es gelang ihm nicht, seine Angst in Gedanken zu fassen. Er fühlte sich in seinem eigenen Körper eingesperrt. Aus dem Augenwinkel nahm er eine Bewegung wahr. Etwas, das genauso viel Unruhe ausstrahlte, wie er selbst verspürte.

Ein junger Mann, der an der Wand lehnte – fast noch ein Kind –, drückte sich mit den Schultern von dort ab. Er ging direkt auf den Spieltisch zu. Den Kopf kahl rasiert, schlabberiges T-Shirt, der Körper darunter hager, aber muskulös. Mit einer schnellen Bewegung wirbelte seine Hand über den Tisch. Spielkarten flogen durch die Luft. Pik, Karo. Siebener und Asse. Ein Herzbube landete Gesicht nach oben auf dem Boden. Viktor fühlte sich von der zu einem ewigen Lächeln verdammten Grimasse dieser Spielkarte observiert.

Nelson Fuhrmann, der Yuppie, sprang auf. Viktors Körper schien Tonnen zu wiegen. Er wollte sich partout nicht rühren. Fuhrmanns Stuhl kippte um. Er ging ein paar Schritte auf den Mann zu, der sein Spiel gestört hatte. »Ich hätte gewonnen«, sagte er so laut und deutlich, dass Viktor es gut verstand.

»Hast beschissen.« Der Junge mit dem glatt rasierten Kopf verzog spöttisch den Mund. »Meinste, wir sind zu doof, das zu bemerken?«

Normalerweise wäre Viktor aufgestanden. Er hätte sich zwischen die beiden gestellt. Vielleicht hätte er nur etwas gesagt, um die Aufmerksamkeit auf sich zu lenken. Streit lag in der Luft. Mehr als das. Eine Schlägerei. Viktor hörte, wie der Sturm irgendwo durch ein Fenster pfiff. Es musste sich um eine Halluzination handeln, weil alle Fenster geschlossen waren. Nur im ersten Stock konnte man Fenster kippen. Weil sie dort vergittert waren. Aber dazwischen lagen mehrere lange Korridore und Sicherheitstüren, die nie offen standen. Viktor meinte einen Luftzug zu spüren, aber er wusste, dass er eigentlich gar nichts mehr fühlen konnte. Er blieb sitzen, obwohl er sich erheben wollte. Sein Mund blieb still. Er spürte die Spucke auf der Zunge. Sie lag hinter seinen Zähnen wie Zement. Viktor las Fuhrmanns Lippen, als dieser sprach: »Ich. Mach. Dich. Kalt!«

Hatte Fuhrmann das wirklich gesagt? Oder bildete sich Viktor diese Wortfolge nur ein? Induzierten die Tabletten Sätze in sein Gehirn, die nie gesprochen worden waren?

Neben Viktor hüpfte Finn auf und ab. Mit geballten Händen versetzte er der Luft Hiebe wie ein Schattenboxer.

Etwas knackte, knarzte. Der Junge mit der Glatze verzog den Mund. Ekel oder Verachtung? Er sagte laut: »Versuch's doch!«

Während Fuhrmann zu einer Replik ansetzte, ruckte der Kopf des Jungen nach vorn.

Viktor verspürte einen Stich. Er hatte die Bewegung vorausgeahnt. So wie er jede Art von Gewalt unter Menschen erspürte. Viktor war ein Experte, weil er selbst alle Spielarten von Brutalität gelebt hatte. Schon als Jugendlicher spannte und entlud er sich wie eine Schleuder, ein Gewehr. Wenn Gewalt geschah, folgte sie einer Choreografie. Aber jetzt verharrte er regungslos in diesem nutzlosen Körper. Jemand musste ihn bis zum Kopf im Sand vergraben haben.

Fuhrmann fiel rückwärts wie ein frisch geschlagener Baum. Sein Körper krachte auf den Boden. Dort blieb er liegen, ohne sich zu rühren. Die Männer am Kartentisch glotzen. Die anderen ignorierten das bewegte Fernsehbild. Es war still, ganz still.

Der Junge mit der Glatze rieb sich mit den Fingern die Stirn. Viktor konnte sehen, wie sich darauf ein roter Fleck ausbreitete. Ein Kopfstoß, überraschend, gut platziert und ausgeführt. Viktor nötigte der Angriff Respekt ab. Der Junge war ein Leichtgewicht. Der Effekt des fast unsichtbaren Angriffs maximal. Viktor rührte sich in seinem Sessel, was ihm nur unter größter Anstrengung gelang. Ein Geräusch entfleuchte seinen Lippen.

»Was?«, fragte Finn und brach das Schweigen.

»Wer ist?«, fragte Viktor mühevoll.

»Der?« Finn zeigte auf den Jungen, der sich jetzt umdrehte. Er ließ die anderen Spieler, den Spieltisch, die verstreuten Karten, den immer noch laufenden Fernseher sowie Viktor und Finn einfach zurück. »Vor dem musste dich in Acht nehmen.«

»Wie heißt?« Ein kaum verständliches Gebrabbel, das zwischen Viktors Lippen hervorquoll.

Aber Finn schien ihn zu verstehen. Er zeigte sein dreckigstes Lächeln. »Der da? Der heißt Zidane.«

UNTEN

Ich kann verstehen, dass Sie nicht mehr mitschreiben. Aber das Aufnahmegerät läuft ja noch. Ich war ein Kind. Wenn du als Kind neben Leichen sitzt, wirst du nicht mehr normal. Normal sind nur die anderen. Mörder sind normaler als ich. Ich weiß das. Die meisten wissen es nicht.

In meinen Haaren krabbelte es. Tiere liefen über die Leichname meiner Geschwister. Unmöglich, sie zu verscheuchen. Während ich immer schwächer und langsamer wurde. Zureden. Ich musste mir gut zureden. Manchmal stundenlang. Was ist schlimmer? Zu sterben oder die anderen zu überleben? Zumindest zeitweise. Du kannst dich zu dritt allein fühlen. Aber wirklich einsam bist du nur allein. Ich grub wieder mit bloßen Händen. An der Stelle, wo die Gitterstäbe in den Boden einzementiert waren. Ich spürte dem leichten Lüftchen nach, das durch die Stäbe drang. Zitterte und fror. Für jede Bewegung brauchte ich Zeit. Holte das Bonbonpapier aus meiner Tasche. Der bunte Aufdruck wahrscheinlich abgerieben, abgewischt. Ich wollte Noel und Celine nicht mehr anfassen. Konnte es nicht. Leichen werden kalt. Einen eiskalten Körper hätte ich nicht ertragen. Die Absenz von Leben war mir ohnehin schon klar. Ich wäre wahnsinnig geworden. Wirklich wahnsinnig, nicht so wie jetzt.

Wissen Sie, wie das mit dem Unheil ist? Erst kapierst du es nicht. Dann wehrst du dich dagegen. Dann nimmst du es hin. Irgendwann findest du dich ab. Das Unmögliche ist dein Leben, deine Realität. Woran ich mich noch erinnere? Dass die Haut an meinen Fingerkuppen vom Graben aufriss. Dass kaum Blut floss, sondern es sofort verschorfte. Dass ich kaum noch Fingernägel hatte. Dass meine Haut schlaff an mir hing. Dass sie Falten warf. Dass ich jeden Tag weniger wurde, Knochen unter der Haut herausragten. Dass ich mich selbst innerlich verzehrte. Dass Spucke in meinen Mundwinkeln verschorfte. Dass Tiere in meinen Haaren lebten. Dass ich stank.

Wann es passierte, kann ich nicht mehr sagen. Aber ich erinnere mich genau, dass sich Celine erhob. Ihr Körper stand senkrecht in der Luft, obwohl ihre Füße die Erde nicht berührten. Aus ihren Haaren krochen Schlangen, die sich an den Wänden herabringelten und um mich herumschlängelten. Dass ich schreien wollte, aber keinen Ton herausbrachte. Die flinken Schlangenzungen waren mir ganz nah. Celine schwebte noch über mir. Sie trug ein weißes Kleid. Käfer und Schaben fielen daraus hervor. Fliegen schwirrten um ihren Kopf herum. Sie bildeten einen schwarzen Heiligenschein. Einen Augenblick später flog Celine mit dem schiefen Bein einfach empor. Ein grünes Licht umströmte sie.

Ich konnte nicht mehr weinen. Ich wusste nicht mehr, wie. Aber ich ahnte: Celine verließ jetzt diesen Ort. Darum beneidete ich sie mehr als alles andere. Und dass sie das grüne Licht mit sich nach oben nahm. Sie ließ nur Kriechtiere zurück. Als eine Schabe über meinen Arm krabbelte, griff ich zu. Die kleinen Beine zappelten in meinen Fingern, kitzelten meine aufgerissenen Lippen. So fühlte sich Leben an. Leben, um zu leben. Der Panzer knackte zwischen meinen Zähnen. Ein Geschmack, der mich würgen ließ. Dieses Geschenk von Celine konnte ich nicht zurückweisen. Als der grüne Schimmer über mir komplett verschwunden war, legte ich mich auf die

Seite. Danach kostete ich erstmals von ihrem Fleisch. Aß, um zu leben. Kaute, schluckte. Biss nochmals ab. Bekam nicht genug. Merkte, wie Bissen für Bissen meine Speiseröhre hinunterwanderte. Wie der Hunger nachließ. Sank irgendwann zurück. Atmete rasselnd ein und aus. Beinahe mechanisch rüttelte ich mit meinen wund gekratzten Fingern an dem Gitter neben meinem Kopf.

Zum ersten Mal hatte ich das Gefühl, dass sich ein Stab bewegte.

15
SUIZIDVERTRAG

Mila Saizewa hatte sich vor Navid Muchtari aufgebaut. Der Arzt fühlte sich hinter seinem Schreibtisch unbedeutend und klein. Normalerweise wandte er diese Strategie an, um Hierarchien bei den Gesprächspartnern zu etablieren. Deshalb waren seine Besucherstühle niedriger als sein Schreibtischstuhl. Das funktionierte allerdings nur, wenn Besucher sich setzten. Nicht wenn sie einfach stehen blieben. Allerdings konnte er sich kaum vorstellen, dass die Frau, die Viktor Saizew großgezogen hatte, sich um solche Spielchen scherte. Sie sah wie eine Rachegöttin aus. Schlohweißes Haar, ein offener Mantel hing an ihrer hageren Gestalt. Sie weigerte sich, ihn abzulegen. An den Füßen trug sie Nike-Turnschuhe mit einem Neonstreifen, die Muchtari eher an ihrer jüngeren Begleiterin vermutet hätte. Das Mädchen, ein Teenager ganz in Schwarz gekleidet, wartete auf dem Gang. Intelligente Augen, aber ein mürrischer Gesichtsausdruck. Auch Mila Saizewa hatte einen strengen Zug um den Mund, als könne sie ihre Missbilligung nicht verbergen. Sie hatte in seinem Sekretariat auf Dringlichkeit plädiert und war einfach in sein Büro gestürmt. Sie hatte noch nicht mal einen Termin vereinbart.

Sie sagte: »Rosa Lopez hat mich kontaktiert.«

Muchtari sah zu ihr auf. »Auch Ihnen einen guten Tag.«

»Sie haben aus meinem Enkel Gemüse gemacht.« Mila Saizewa schien sich nicht um Begrüßungsformeln zu scheren. Sie kam zur Sache, und zwar direkt.

Muchtari räusperte sich. Er fragte sie, was sie damit meinte, obwohl er es genau verstand.

»Sie wissen, was ich damit sagen will«, antwortete sie. »Beleidigen Sie mich nicht.«

Muchtari seufzte. Er bot ihr einen der Besucherstühle an, was sie mit einem knappen »Nein, danke« ablehnte. Mit einem schnellen Rundumblick scannte sie das delikate Mobiliar. Nach ihrem Gesichtsausdruck zu deuten sagte es ihr alles über den Ärztlichen Direktor.

»Sie haben zwei identische Büros?«, fragte sie fassungslos.

Muchtari hielt ihrem Blick stand, obwohl ihm ihre Frage peinlich war. Er hatte sich hier in Falkensee genauso eingerichtet wie in der Charité. »Ich mag es vertraut.«

»Vertraut?«

In ihrer Stimme hörte Muchtari einen Sarkasmus, der ihm nicht gefiel.

»Sind Sie ein Zwilling? Oder nur einfach nicht normal?«

Muchtari hätte gern etwas erwidert. Aber er hatte gelernt, Anfeindungen verpuffen zu lassen. Auch bei den Häftlingen hatte er verinnerlicht: Provokationen befeuerte man besser nicht.

»Ich möchte«, sagte Mila Saizewa, »dass Sie Viktors Medikamente wieder absetzen.«

Sie wechselte das Thema schneller als eine Heiratsschwindlerin die Eheringe. Muchtari lehnte sich in seinem Schreibtischstuhl zurück. »Sie haben Ihren Enkel überredet, bei uns Hilfe zu suchen«, sagte er mit Betonung auf dem ersten Wort.

»Erinnern Sie mich besser nicht an meine Fehler!«

»Es hilft ihm. Besser als alles andere. Anders hätten wir seine Suizidneigung nicht in den Griff bekommen.«

»Was haben Sie schon ausprobiert?«

»Gesprächstherapie. Arbeitstherapie. Kunsttherapie. Unter anderem.«

»Aha«, sagte sie wie jemand, der ihr Gegenüber für einen Idioten hielt. »Was gibt es für Alternativen?«, fragte sie.

»Wie ich schon sagte …«

»So kann es nicht weitergehen«, fiel sie ihm ins Wort.

»Ich versuche gerade, Ihnen zu …«

»Welche?« Beinahe schon herrisch im Ton.

Muchtari riss langsam der Geduldsfaden. »Ich verstehe, dass Sie sich um Ihren Enkel sorgen«, begann er zum wiederholten Mal.

»Es tut mir leid, aber uns beiden nutzt der Small Talk nichts. Unterbreiten Sie mir Vorschläge!«

Muchtari kniff die Lippen zusammen. »Es gibt keine.«

»Was?« Sie lachte spöttisch. »Und dafür haben Sie studiert?«

»Ich werde mich so nicht weiter mit Ihnen unterhalten.« Muchtari kam sich wie ein kleines Kind vor, dass nicht mehr spielen wollte.

»Dann geben Sie mir bitte ein Formular!«

»Wofür?«

»Ich möchte, dass Sie Viktor sofort entlassen.«

»Das können Sie nicht. Er befindet sich in einem geschlossenen Vollzug.«

Mila Saizewa stemmte die Hände in die Hüften. Ganz leise fragte sie: »Wollen Sie eine Kostprobe?«

Muchtari hatte noch nie eine derart renitente Person erlebt. Eine rüstige Achtzigjährige, wie er vermutete. Er wusste, dass Dummheit oder großer Mut dazu gehörte, sich gegen ärztliche Autorität aufzulehnen. Er konnte sich ausmalen, was Viktors Großmutter schon erlebt hatte. Er konnte es sich nicht erklären. Aber ihre Drohung flößte ihm Angst ein. Obwohl sie de facto nichts erreichen konnte. Der Weg durch die Behörden gestaltete sich zäh bis ungangbar. Bevor er etwas wie Bewunderung für diesen anstrengenden Menschen empfinden konnte, sagte er: »Wir müssten ihn stündlich kontrollieren und beobachten.«

Mila Saizewa betrachtete ihn. Zum ersten Mal, seit sie diese Unterhaltung begonnen hatten, sagte sie nichts mehr.

»Wir könnten einen Suizidvertrag machen, die Medikation umstellen, anders dosieren und dafür seine Privatsphäre einschränken.«

»Was ist das für ein Vertrag?« Mila Saizewa zog den Besucherstuhl zu sich heran. Sie setzte sich.

»Der gefährdete Patient gibt eine Selbsterklärung ab, dass er sich nicht mehr wehtun wird. Er verspricht, sich bei Aufkommen einer Selbstverletzungsabsicht mit verschiedenen Techniken zu beruhigen. Im Notfall ruft er einen Vertrauten an.«

»Sollte es nicht Non-Suizid-Vertrag heißen? Nur um Missverständnisse zu vermeiden?« Mila Saizewa sah skeptisch aus.

Muchtari konnte nicht sagen, ob sie ihn vielleicht provozierte oder sich auf seine Kosten belustigte. Aber Muchtari zeigte sie nur ein Pokerface. »Eine ebenfalls gebräuchliche Bezeichnung«, gab er trocken zu.

»Gut«, befand Viktors Großmutter nach kurzer Bedenkzeit, in der Muchtari das Ticken seiner Wanduhr zu vernehmen glaubte. Er hatte sich schon lange nicht mehr so unbehaglich und überprüft gefühlt. Mila Saizewa erhob sich.

»Sie tragen die Verantwortung dafür, dass mein Enkel wieder gesund wird.«

Sie schien nachzudenken.

»Ich hänge sehr an ihm. Vielleicht mehr als an mir selbst.«

Ihre Gesichtszüge wurden weicher. Eine Traurigkeit umspielte ihren Mund. Aber in ihren Augen blitzte etwas Schalkhaftes auf, das Muchtari erst jetzt sah.

»Dort draußen sitzt seine Tochter«, sagte sie. »Geben Sie sich Mühe!«

Muchtari zog die Augenbrauen hoch. »Ich wusste gar nicht, dass er eine Tochter hat.«

Mila sah ihn mit einer Verachtung an, als sei er wirklich schlecht informiert. Als würde er seinen Job nicht richtig ausüben. Sie antwortete: »Es ist kompliziert.«

Muchtari erhob sich automatisch. Der Respekt vor dieser Frau gebot es ihm. Er konnte sich nicht erklären, wie diese alte Dame ihn manipulierte.

Mila wickelte den Schal um ihren Hals. Sie betrachtete den Arzt eingehend. Ernsthaft. Als sei er ein Versuchsobjekt. »Einverstanden.«

Muchtari fragte sich, womit sie einverstanden war. Worüber sie sich geeinigt hatten.

»Wechseln Sie die Therapie! Ich komme wieder.« Damit nickte sie ihm zu. Ihr letzter Satz klang wie eine Warnung.

Sie fragte ihn nicht, was er empfahl. Ob er bereit zu diesem Therapiewechsel war. Sie interessierte sich nicht für seine Meinung. Als sie endlich das Zimmer verlassen hatte und die zufallende Tür einen Schwall kühler Luft in sein Zimmer lenkte, spürte Muchtari, wie er langsam seine Schultern senkte. Wie er aufatmete.

Mila Saizewa war eine Naturgewalt. Ein Mensch, mit dem man sich nicht anlegte. Sie strahlte Klarheit aus, was ihm bei aller Strenge gut gefiel. Starke Menschen brachten oft starke Menschen hervor. Unter starken Persönlichkeiten konnten andere auch zerbrechen. Die Frauen in Saizews Leben. Sie warfen Fragen auf. Rosa Lopez. Viktor Saizews Freundin, die gestorben war. Ein Thema, das sich immer wieder aufdrängte. Muchtari ließ sich seinen Beruf nicht von anderen erklären oder diktieren. Aber vielleicht hatte diese Frau recht. Viktor Saizew war ein außergewöhnlicher, ein schwerer Fall. Einen Versuch war die Sache zumindest wert.

*

»Komm jetzt sofort nach Hause!«, schrie Silvain. »Ich schaffe das nicht allein.«

Aber am Ende der Leitung blieb es still.

Silvain hörte sich leise »Bitte?« fragen. Er schwitzte, gleichzeitig war ihm kalt.

»Ich bin in zwei Stunden da, aber früher komme ich nicht hier raus.«

Silvain war ihre Reaktion unbegreiflich. Warum sie zögerte. Er verging fast vor Angst. Sie wirkte wie immer, als ginge sie das alles nichts an. Fieberhaft erkannte er, dass es genau das war, was ihm damals an ihr gefallen hatte. Er war emotional. Alles berührte ihn. Nichts ging einfach so an ihm vorbei. Aber sie blieb kühl, agierte immer überlegt. Sie war die treibende Kraft in ihrer Ehe. Diejenige, die die Forschung bei *Salvacon* vorantrieb. Sie machte den Job, der gut bezahlt wurde. Er war der Fantast, der sich ständig an den Ungerechtigkeiten der Welt rieb, der dagegen anschrieb, egal wie sinnlos das auch schien. Er war es, der den Ruf hatte, seltsam zu sein. Sie hingegen benahm sich stets analytisch, dachte klar, blieb unberührt von allem, was ihn bewegte. Sie war nicht kalt, eher kühl.

Silvain liebte das, so wie er den Abend liebte, der der Hitze des Tages die Intensität nahm. In ihrer Ehe verdiente sie das Geld. Er hatte diese Rollenverteilung geliebt. Ihr Verhalten widersprach völlig dem, was in ihrem Bekanntenkreis als Gesetz galt. Selbst wenn beide Elternteile arbeiteten, übernahmen die Frauen in dieser Region die Betreuung von Kindern, Haus und Garten. Er hingegen liebte es, in Teilzeit zu arbeiten und die Kinder großzuziehen. An seinem Ego hinterließ das keine Kratzer. Auf diese Weise konnte er stets zu den Guten gehören. Die Männer, die ihn belächelten, verachtete er. Sie verhielten sich wie Dinosaurier, die jede Eiszeit überlebten. Sie benahmen sich so, als sei in den letzten Jahrzehnten nichts passiert. Als gäbe es keine neue Ära. Die anderen Frauen in ihrem Ort mochten und verstanden ihn.

Er hatte bis heute nie genau durchschaut, worin die Arbeit seiner Frau bestand. Nicht weil er sie nicht gefragt hätte, sondern weil die Komplexität ihrer Tätigkeit ihn überforderte. Wenn sie sich unterhielten, sprachen sie eher über seine Arbeit. Er teilte sich ihr gern mit. Im Gegensatz zu ihr.

Jetzt, in dieser unerträglichen Situation, begriff er nicht mehr, wie ihr Gehirn funktionierte. In dieser Situation half es ihm zumindest für Sekunden, über sie beide als Paar nachzudenken. Es durchbrach das Zirkuläre seiner Gedanken. Die an ihm nagende Gewissheit, dass seine Welt aus den Fugen geraten war. Waren sie überhaupt jemals ein Paar gewesen? Oder viel eher zwei verschiedene Teile, die dennoch ein Ganzes bilden wollten? Weil Menschen Einheit und Harmonie suchten, die sie nur vorübergehend finden konnten.

»Bist du noch dran?«, fragte sie ihn.

Silvain kam es vor, als habe er über Stunden nachgedacht. Eine halbe Ewigkeit das Handy an sein Ohr gepresst. Es konnten höchstens zehn Sekunden gewesen sein. Sie wartete nicht gern. Ohnehin war es keine Selbstverständlichkeit, dass sie seinen Anruf annahm. Normalerweise rief er sie nicht an. Sie wollte nicht bei der Arbeit gestört werden. Diese Einstellung erschien ihm auch vernünftig. Gerade deshalb, weil er es von ihren gemeinsamen Freunden anders kannte. Sie telefonierten ständig wegen jeder Kleinigkeit. Ihre klare Haltung imponierte ihm. Klar, wie frisch poliertes Glas. Jetzt erst begriff er das Falsche daran. »Ich weiß nicht, ob du mich richtig verstanden hast«, sagte er mit fester Stimme. Die Panik, die ihm seit Stunden den Hals zuschnürte, wich einer Gewissheit. Sie ließ ihn zum ersten Mal in diesem kurzen Telefonat aussprechen. »Die Kinder sind seit Stunden nicht mehr aufgetaucht.«

16
ANGST MISCHT SICH MIT KOFFEIN

»Glotz nicht so!«

Trixi hatte nicht den ganzen Weg hieraus nach Falkensee gemacht, um sich mit Spannern rumzuschlagen. Der Mann war eher noch eine Junge. Die Haare abrasiert. Auf dem kahlen Kopf ein zarter Flaum. Ein Kopf wie Viktors Kopf. Nur schmaler, eher ein Ei mit Dellen. Kein Bart, der Körper drahtig, fast schon ausgezehrt. Bleiche Gesichtszüge wie ein Jüngelchen. Der Blick gelangweilt, alt und gleichzeitig doch neugierig. *Eigentlich unmöglich,* dachte Trixi. Aber der Typ reagierte nicht. Er starrte nur. Trixi zog ihr Handy aus der Tasche. Zwanzig neue WhatsApps in der Klassengruppe, die Abkürzungen kryptisch, unwichtig. Sie scrollte, ohne hinzusehen. Aus dem Augenwinkel beobachtete sie den Freak, der an der gegenüberliegenden Wand lehnte, als habe er nichts zu tun.

Drei Dinge, die Trixi hasste: Mehlspeisen, rote Ampeln, Unklarheit.

Trixi saß neben der Tür, durch die Mila verschwunden war. Sie hatte sie in das Büro des Arztes begleiten wollen, aber Mila hatte es ihr untersagt. Und eins hatte sie gelernt. Ganz anders als mit Siska diskutierte man mit Mila besser nicht. Nicht dass Trixi etwas an ausführlichen Gesprächen lag. Mila war zu gut für diese Welt. Aber sie hatte Prinzipien, die aus einer anderen Zeit stammten. Mahlzeiten zu festen Zeiten, die sie gemeinsam einnahmen. Die Gewissheit darüber, wo sich Trixi aufhielt, egal ob bei Tag oder bei Nacht. Aufräumen. Ihre Mutter hatte diesen Dingen keinerlei Bedeutung beigemessen.

Bäng! Das Wort »Mutter« löste es aus. Blut auf einem Teppichboden. Viktor, der schrie. Ein Knall, etwas verzögert. Trixi schluckte hart. Der Kloß in ihrer Kehle würde sie sonst ersticken. Oder den Tränen Tür und Tor öffnen. Trixi würde nicht heulen. Schon gar nicht vor diesem Freak, schon gar nicht hier, in dieser Anstalt, in der sie all diese Psychos verwahrten. Wo auch Viktor vor sich hin dämmerte. Trixi hatte nur noch Mila. Besser als nichts. Viel besser. Aber nicht besser als Trixis verrückte Mutter, die einfach erschossen worden war. Nicht besser als Viktor, bei dem sich Trixi wohlfühlte. Zugegeben: Er war selten da. Er redete nicht viel. Viktor störte selten ihre Kreise. Er verlangte nichts von ihr. Er hatte mit seinem eigenen Scheißleben genug zu tun. Aber immer, wenn es darauf ankam, war Viktor da. Er besaß ein seltsam gutes Timing. Es war auf jeden Fall besser als sein ruppiges Deutsch. Viktors karge Sprachfetzen, sein harscher russischer Akzent. Trixi vermisste Viktor mit genau der gleichen Intensität, wie sie ihn gehasst hatte, als er das erste Mal in ihrer Wohnung stand. Neben ihrer Mutter, deren Gesicht glücklich geleuchtet hatte. Damals in ihrer Küche in Friedrichshain.

Der Typ verschränkte die Arme vor der Brust, wechselte das Standbein. Völlig ungeniert beobachtete er Trixi. War er wie sie nur ein Besucher oder Patient? Wie alt mochte er wohl sein? War er ein Suchtie? Oder psychisch krank? Ob er noch zur Schule ging?

Die Schule hatte Trixi nie vor Probleme gestellt. In interessanten Fächern genügte es, zuzuhören. Wenn sie für etwas brannte, forschte sie selbstständig weiter nach. Dumme Lehrer und langweiligen Unterricht ignorierte Trixi wie lästige Werbung auf Spotify. In diesen Fächern lag die Latte zuverlässig so niedrig, dass sich Trixi ernsthaft unterfordert fühlte. Die einzige schlechte Note leistete sie sich im Sportunterricht. Sport war etwas für Angeber. Trixi hatte keine Lust, sich vor Klassenkameradinnen umzuziehen. Ihrem Geschnatter ausgeliefert zu sein, den Körbchengrößen, Bindenmarken und Make-up-Tipps. Den Gesprächen darüber, welcher Typ heiß war oder wer als Lappen galt. Zuverlässig fühlte sich Trixi zu den Pickeligen, Schrägen, Anderen hingezogen, die sich genauso abseitig benahmen wie sie. Was Trixi nie vergessen konnte: Ausgerechnet einer von denen hatte sie vergewaltigt. Trixi misstraute ihrer Menschenkenntnis seitdem, wie andere Mädchen der Gewichtsangabe auf einer Waage misstrauten. Umständlich steckte sie ihr Handy ein und stand auf. Ging direkt auf den Typen zu.

Er rührte sich nicht. Beobachtete sie still. Mit diesem bohrenden Blick.

»Hey!«, fragte sie ihn. »Weshalb bist du hier?« Als er nicht antwortete, lehnte sie sich neben ihn an die Wand. Sie nahm die gleiche Haltung ein, legte ihr gesamtes Gewicht wie er auf das rechte Bein, verschränkte die Arme, kopierte seinen Gesichtsausdruck.

Trixi wusste nicht, wie lange sie so neben diesem Typen gestanden hatte. Er reagierte nicht auf ihre Provokation. Die Anspannung wich, als er sie nicht mehr anstarrte. Sie konzentrierte sich auf die Klinikgeräusche. Das Licht, das die verdeckten Lampen in gleichmäßigen Kegeln auf dem Gang verteilten. Auf den Geruch des Menschen, der so nahe neben ihr stand. Erde und Duschgel. Auf dem Produkt musste irgendwas mit »Active« oder »Energy« stehen.

Als er endlich etwas sagte, zuckte Trixi leicht zusammen. Seine Stimme klang höher, als sie erwartet hätte.

»Wie heißt du?«, fragte er.

»Geht dich einen Scheißdreck an«, antwortete sie.

Sie schwiegen. Trixi ärgerte sich über ihre Idee. Die Zeit wollte nicht vergehen. Was wollte sie noch hier? Warum verschwendete sie ihre Zeit neben diesem verhaltensgestörten Individuum? Was hatte Mila nur so lange zu besprechen? Viktor war hinüber. Jeder konnte das sehen. Sein Blick ging ins Leere. Er reagierte nicht. Sie hatten ihn völlig zugedröhnt. Dass er anfing zu sabbern, war vermutlich das letzte Stadium seiner Therapie. Seit ihre Mutter gestorben war, war Hoffnung Mangelware. Obwohl Viktor einer von denen war, die immer überlebten. Der wider jede Wahrscheinlichkeit immer die Kurve kriegte. Keiner wusste, wie er das machte, wie ihm das gelang. Am wenigsten Viktor selbst, den sein Überleben mehr als alle anderen überraschte. So kam es zumindest Trixi vor. Sie erinnerte sich an die Krankenhausbesuche, bei denen Viktor, ein Berg von einem Menschen in einem Bett, nach jedem Wort suchen musste. Bei denen seine Hand nicht das tat, was er ihr befahl. Bei denen er anfangs aussah wie Frankenstein. Mit den frischen Operationsnarben am Kopf. Wie ein wissenschaftliches Experiment, das gründlich misslungen war. Aber niemand konnte dem Schicksal entkommen. Ihre Mutter starb an einer Kugel, obwohl sie den Krebs fast überwunden hatte. *Das war Ironie.* Viktor hatte sie gewarnt. In Moskau, als sie auf der Straße neben einem Autounfall standen. Als er ihr die Zukunft voraussagte. Sie hatte noch oft an jenen Moment zurückgedacht. Als habe Viktor alle Kraft, die er damals noch besaß, aufgebracht, um ihr ausgerechnet das zu sagen. Niemand hatte ahnen können, dass er sich völlig aufgeben würde. Dieser Riese von Mann. Es war nur das, was Trixi anstachelte. Der Ärger darüber, diese Wut. Sie würde nicht klein beigeben. Wenigstens das hatte sie von ihrer Mutter gelernt. Sollte Viktor doch draufgehen, hier versauern oder wegdämmern. Der Tod schoss auf alles, was ihm vor die Flinte kam. Manchmal traf er unschuldige Passanten. Manchmal verfehlte er ausgerechnet die, die er treffen wollte.

Trixi spürte, wie die bekannte Traurigkeit in ihr hinaufkroch. Wie sich der Rotz in ihrer Nase verflüssigte. Wie Wasser in ihren Augen stand und ihr heiß wurde, so heiß, dass sie hätte schmelzen können. Jede Faser signalisierte ihr, dass sie einsam war. Vielleicht war es Einbildung, vielleicht auch eine Tatsache. Aber der Abstand zwischen ihr und dem Typen hatte sich verringert. Er berührte ihren Arm. Sie konnte beinahe spüren, wie sein Brustkorb sich beim Atmen hob. Als seine Hand nur flüchtig ihre berührte, zuckte sie zurück.

Mila trat aus dem Büro des Ärztlichen Direktors. Trixi stieß sich von der Wand ab, wischte sich mit einer unauffälligen Geste über das Gesicht. Als sie auf den Boden schaute, lag dort ein Schwan. Aus gefaltetem hellblauem Papier. Trixi griff danach. Schaute sich um. Wo war das Ding hergekommen? Mila unterzog den Spanner neben Trixi einem prüfenden Blick. Aber der beachtete sie gar nicht. Mila nickte ihrer Ziehtochter zu. Trixi griff nach ihrer Jacke.

»Wer ist das?«, fragte Mila.

Trixi zuckte mit den Schultern. »Keine Ahnung.«

Mila deutete auf den Papierschwan in ihrer Hand. »Hübsch.«

Weil Trixi nicht wusste, was sie dazu sagen sollte, schwieg sie und nickte.

Mila sagte: »Komm!«

Als sie an dem Typen vorbeiging, raunte Trixi ihm zu: »Du Freak!«

Sie bogen fast schon Richtung Ausgang ab – Trixi betrachtete noch den hellblauen Schwan in ihrer Hand, bewunderte die Komplexität seiner Anatomie aus Papier –, als seine Stimme sie erreichte. Zu hoch für einen Mann: »Ich heiße übrigens Zidane.«

*

Silvain befand sich in einem Zustand greller Wachheit. Er hatte das Gefühl, nie mehr schlafen zu können. Er musste wach bleiben. Nur für den Fall, dass irgendetwas geschah. Nervös lief er zwischen Küche und Wohnzimmer hin und her. Zwei Polizisten von der örtlichen Gendarmerie saßen auf der Couch. Seine Frau beantwortete die Fragen. Er hatte vor ihnen ein Tablett auf dem Sofatisch abgestellt. Die Tassen klapperten auf den Untertellern, weil er zitterte.

Angst mischte sich mit Koffein.

Er nahm seinen eigenen Geruch wahr. Keine Dusche, kein frisches Hemd.

Hier mischte sich Angst mit Schweiß.

Silvain riss sich zusammen. Er atmete tief ein. Schloss die Augen mehrmals, weil sich ein Schleier über alle Konturen legte. Auf die Frage, ob er müde sei, winkte er ab. Wie konnte er, wenn seine Kinder fehlten? Wenn sie einfach nicht nach Hause kamen? Selbst er musste gestehen, dass jedes seiner Worte Hysterie atmete. Obwohl schon zwanzig Stunden vergangen waren, seitdem er sie nicht mehr gesehen hatte. Silvain wollte es verstehen, aber er begriff es einfach nicht. Es wollte nicht in seinen Kopf, egal wie er es drehte. Drei Kinder verschwanden nicht einfach so. Unmöglich. Eines. Das hätte er noch begreifen können. Es wäre eine Katastrophe gewesen.

Ein Abgrund. Aber drei. Das war einfach unmöglich. Weshalb Silvain langsam zu der Überzeugung gelangte, dass er halluzinierte. Dass er vielleicht krank war oder im Koma lag. Dass sein Unterbewusstsein ein Trugbild projizierte. Ein Angstbild, das nicht verschwand. So wie Fieberträume die schlimmsten Ängste hervorkehrten. Drei Kinder verschwanden nicht auf einmal. Das hier konnte nicht real sein, nicht passieren. Nicht ihm. Auf keinen Fall.

Seine Frau sagte etwas. Er hörte es. Sie bat ihn, sich zu setzen. Er schüttelte den Kopf. Er erkannte an ihrem Blick, dass seine Nervosität ihre Klarheit störte. Er war ihr dankbar, dass sie mit den Polizisten sprach. Auf ihre ruhige, reflektierte Art. Er hätte es nicht vermocht. Weil er kurz vor dem Durchdrehen war. Er wusste nicht, wohin mit sich.

Am Abend vorher hatte er bei der Polizei angerufen. Nachdem er alle Freunde der Kinder kontaktiert hatte. Der Telefonhörer glühte in seinen Händen. Sein Kopf glühte ebenfalls. Doch niemand wusste etwas, niemand hatte etwas gehört. Auch die Lehrer: nichts. Warum auch?

Waren doch die Kinder nach der Schule gegen vier Uhr heimgekehrt. Die Sonne schien. Sie warfen ihre Schultaschen in den Flur. Silvain arbeitete noch an einem Text. Er begrüßte sie kurz. Danach verließen sie das Haus. In T-Shirts und kurzen Hosen. Lustig, aufgeräumt. Die meisten freien Nachmittage verbrachten sie im Sommer draußen. Sogar seine Älteste wollte nicht drinnen bleiben. Normalerweise mied sie ihre Geschwister. Aber an diesem Tag vertrugen sie sich gut. Silvain wunderte sich nur kurz. Geschwister und Harmonie. Warum sollte das ein Unding sein? Um sechs Uhr fing er mit dem Kochen an. Dass sie nicht pünktlich kamen, erschien ihm ungewöhnlich, aber nichts, was nicht bereits früher einmal geschehen war. Um sieben deckte er den Tisch. Den hellblauen Teller für Celine. Für Noel die kleine silberne Kindergabel, auf die er stets bestand. In seiner Erinnerung verspürte er hier den Hauch bohrender Sorge zum ersten Mal. Er verließ das Haus und rief vor der Haustür ihre Namen. Ein absurder Vorgang, der voraussetzte, dass die Kinder ihn hören konnten. Dass sie in der Nähe waren. Aber wer wusste schon, ob sie ihn verulkten. Um halb acht begann er zu telefonieren. Rauch drang aus der Küche. Er stürzte zum Herd, auf dem das Essen in den Töpfen verkohlte. Er schaltete alle Kochplatten ab. Zwei davon glühten. Riss die Töpfe von ihrem Platz. Verbrannte sich an einem. Öffnete das Fenster. Griff wieder zum Telefon.

Das war gestern gewesen.

»Was?«, fragte er. Nur schwer konnte er sich von seinen Gedanken lösen. Vor seinen Füßen lagen Scherben in einer Lache. Braune Spritzer bedeckten seine Hosenbeine und die Fliesen.

Die Polizisten waren aufgestanden. Nur sie saß noch an ihrem Platz. Alle starrten ihn an.

»Wa… wa…?«, stotterte er, »was haben Sie gefragt?«

»Wo waren Sie gestern Nachmittag?«, fragte die Polizistin.

»Ich?«, fragte Silvain. »Ich?«

Der Polizist kam ihm entgegen. »Geht es Ihnen gut?« Er sammelte vor ihm Scherben auf. Silvain sah auf ihn hinab. Wie vom Gipfel eines Berges. Das Leben spielte sich in zweitausend Metern Tiefe wie in Zeitlupe ab.

»Mir?«, fragte Silvain. »Mir?«

Die Polizistin trat ebenfalls lächelnd auf ihn zu. »Soll ich Ihnen das abnehmen?«

Jetzt erst sah Silvain, dass er den Unterteller noch in der Hand hielt. Nur die Tasse fehlte, weil sie auf dem Boden zerbrochen war.

Erst später erzählte ihm seine Frau, dass nichts davon stimmte. Dass seine Erinnerung ihm etwas vorgaukelte. Dass er den Polizisten zuerst beleidigt, ihm danach an die Gurgel gegangen sei. Dass seine Kollegin ihm beispringen musste. Dass sie ihn zu zweit kaum bändigen konnten. Dass sie, seine Frau, immer wieder seinen Namen rief. *Silvain! Silvain!* Dass er auch auf die Bitte seiner Frau hin nicht von dem Polizisten abzubringen war. Dass er wie ein Verrückter geschrien habe. Dass die Polizistin endlich seine Hände zu fassen bekam. Dass er sich selbst gefesselt nicht habe beruhigen wollen. Dass schließlich ein Arzt gekommen sei.

Silvain erinnerte sich noch an die Handfesseln und das Bett in einem Raum, den er nicht kannte. Den Rest musste sie glatt erfunden haben.

17
TAUBEN FLIEGEN HOCH

Lopez meinte, das Blitzlichtgewitter der Pressekonferenz noch in ihren Augen zu spüren. Ihr Auftritt in Uniform. Lopez wusste, vor Publikum wirkte sie steif.

Sie hatte ihre Schultern gestrafft und erklärt, dass das LKA nach einem unbekannten Täter oder einer unbekannten Täterin fahndete. Hinter ihr hatte jemand aus der Technik Fotos der Überwachungskameras eingeblendet. Ein Mensch auf einem Motorrad. Schwarze Kleidung. Das Bild unscharf und gerastert. Dann wieder Lopez, die sagte, dass sich die Spur des Täters oder der Täterin in Falkensee verlor. Sie zählte die Namen der Opfer auf. Sechs an der Zahl. Als sie das Wort »Kannibalismus« äußerte, ging ein Raunen durch den Raum. Sofort feuerten die Journalisten Fragen ab, die Lopez allesamt mit »Kein Kommentar« parierte. Sie bekannte sich dazu, dass sie die Ermittlungen leitete und dass das LKA um Hinweise aus der Bevölkerung bat. Gunnar warf ihr einen ernsten Blick zu, und Lopez wusste, was er von ihr erwartete. Laut sagte sie: »Bis dato: kein Beweis für einen islamistischem Hintergrund.« Danach nahm sie Gunnars wohlwollendes Nicken wahr. Sie hatte ihre Sache gut gemacht. Keine weiteren Fragen, sie ging ab. Lopez' spontanem Wunsch nach Einsamkeit war Gunnar zuvorgekommen. Er hatte einen Auftrag für sie und Hansen.

Das *Babe Berlin* hatte sich zu einer der ersten Adressen im Osten gemausert. Der Bau in der Alexanderstraße hatte als einziger die Sanierungsmaßnahmen unbeschadet überstanden. Links und rechts davon nur weite Flächen aus Glas, Beton und Stahl. Lopez zählte bis zu zehn Etagen. Dazwischen das *Babe Berlin* in seinem altmodischen Backsteinkleid. Mit Zinnen, Gauben, Türmen. Ein Gebäude, das wie aus der Zeit gefallen wirkte. Es verhöhnte die großstädtische, glatte Architektur. Künstler und Kreative hatten das Haus schon vor der Wende für sich entdeckt. Nach der Wende besetzten Frauen das Haus, danach Räumungsklage, zwei Jahre später Frauenhaus. Das Personal ging, die Frauen blieben, sie besetzten das Haus erneut. Erhoben Ansprüche. Bei bester Baulage störten die renitenten Frauen mehr als alles andere. Aber die Hausbesetzerinnen ließen sich nicht abschrecken. Sie verbarrikadierten sich, fanden immer neue Wege hinein und wieder hinaus. Neue Strategien gegen das Eindringen der Polizei. Das Haus veränderte sich und wuchs mit denen, die darin lebten. Anfang der Neunziger – manche der Bewohnerinnen gaben sich jetzt bürgerlich, gründeten neue Familien, zogen aus – beschloss ein lesbisches Punkpärchen zusammen mit anderen, aus dem Gebäude ein Hotel zu machen. Die Transparente fielen, Verhandlungen folgten, Renovierungsmaßnahmen setzten ein. Was blieb, war das Sammelsurium aus Baumaterialien und Möbeln. Aus Altem, das neu genutzt wurde. Aus den ehemaligen Hausbesetzerinnen wurden Köchinnen und Angestellte an der Rezeption. Manche von ihnen bekamen Kinder und zogen nach Friedrichshain oder Kreuzberg, wo es noch besetzte Häuser gab. Derweil zahlten die Besitzerinnen Grund- und Gewerbesteuer. Sie nannten das Hotel *Babe Berlin*. Man arrangierte sich mit der Stadt und ihren Auflagen. Musikerinnen gingen ein und aus. Fotografinnen hinterließen Aufnahmen, die im Foyer des Hotels an den Wänden hingen. Künstler und Künstlerinnen hinterließen ihre Werke. Die Gäste stolperten darüber im Aufzug, auf den Gängen und in Zimmern. Asiatische Touristen liebten das Haus, zahlten klaglos die hohen Zimmerpreise. Für Menschen, die Kunst machten, gab es Sonderkonditionen. Die Betreiberinnen verlangten symbolische Beträge. Manchmal gar nichts, manchmal tauschten sie die Zimmernutzung gegen Kunstwerke oder Konzerte.

Lopez kannte das *Babe Berlin,* weil hier gedealt wurde. Softe und auch harte Drogen. Eine Razzia vor drei Jahren hatte nur mäßigen Erfolg gebracht. Lopez war der Ort nicht nur deshalb suspekt. Ein chaotisches Element umgab das Hotel. Anarchie füllte es ganz aus. Lopez empfand es als einen Staat im Staat, in dem eigene Gesetze galten. Auch das war Berlin. Die Koexistenz des anderen.

Sie parkten das Dienstfahrzeug auf dem Bürgersteig im absoluten Parkverbot. Weit und breit das einzige Fahrzeug, das sich diesen Luxus leistete. Hansen, die gefahren war, wollte aussteigen, aber Lopez hielt sie auf. »Ich weiß nicht«, sagte sie, »ob wir schon darüber gesprochen haben.«

Hansen sah sie fragend an.

»Du hast hier keinerlei hoheitliche Befugnisse.«

Hansen schwieg, als müsse sie das erst bedenken. »Ich wollte ohnehin nicht den Verkehr regeln.« Sie lächelte.

»Wir ermitteln zusammen. Du kannst mir assistieren. Aber du unternimmst nichts in Eigenregie, okay?« Lopez beobachtete, wie sich ein harter Zug um Hansens Mund einschlich.

»Ist das eigentlich so ein Frauending? Diese mangelnde Solidarität?«

Lopez wischte sich ihre feuchten Handflächen an der

Uniformhose ab. »Nein«, antwortete sie. »Das ist Dienstvorschrift.«

»Ach so«, sagte Hansen. »Klar.«

Hansen stieg aus, und Lopez hätte wetten können, dass ihre Kollegin sie leise verfluchte, als sie die Tür zuwarf.

*

Zwei Monate bevor Silvain eingeliefert wurde, fand Celine das erste Mal Blumen auf dem Gepäckträger ihres Fahrrades. Dann Schokolade. Einmal sogar eine Barbiepuppe in ihrem Spind. Diejenige, die sie sich zum Geburtstag wünschte. Nur Maman hatte sie davon erzählt. Die Barbie trug ein grünes Kleid mit drei Volants und goldene Kreolen, die hervorblitzten unter dem gewellten, langen blonden Haar. Sie war nagelneu. Celine sah sich um. Aber niemand interessierte sich für sie. Die Schüler liefen über die Gänge zu ihren Klassen. Schnell schloss Celine den Spind. Später erkundigte sich Celine im Sekretariat, ob eine andere Schülerin die Puppe vielleicht verloren hatte. Weil die Antwort Nein lautete, steckte Celine die Barbie ein. Sie hütete das unerwartete Geschenk wie einen Schatz, verbarg sie vor ihren Freundinnen und Geschwistern.

An einem Dienstag, Anfang Juni oder Ende Mai, sprach sie der Mann das erste Mal an. Er schien vor dem Schultor auf sein Kind zu warten. Er zeigte auf Celines Fahrrad. Sagte, dass es ihm gefiel.

Celine hatte das Rad zu Weihnachten geschenkt bekommen. Sie hatte sich eigentlich ein sprechendes Stofftier gewünscht. Aber Maman und Papa hatten darauf bestanden, dass sie verkehrssicher zur »großen« Schule fuhr. Ihr altes Klapprad hatte noch nicht einmal zwei

Bremsen. Außerdem kein Licht. Zuerst hatte sie das neue Rad mit den großen, weißen Reifen, dem breiten Lenker und den geblümten Satteltaschen gehasst. Aber die anderen Kinder fanden ihr Fahrrad supertoll. Durch das überschwängliche Lob aller anderen stieg das Rad in Celines Achtung. Ihre Geschwister besaßen nur alte Drahtesel. Sie neideten ihr das neue Gefährt. Mittlerweile genoss Celine die bewundernden Blicke, wenn sie zur Schule fuhr.

Sie bedankte sich bei dem Mann für das Kompliment und sauste los. Sie musste heim. Papa würde sich sonst Sorgen machen. Der Mann war nur einer von vielen, die vor der Schule warteten. Sie hatte sich nichts bei diesem ersten Zusammentreffen gedacht.

Ein paar Tage später stand er neben ihr an der Kasse im Supermarkt. Dort begann er ein Gespräch. Ob sie nicht das Mädchen mit dem außergewöhnlichen Fahrrad sei? Celine bejahte. Es freute sie, dass er sich an sie erinnerte. Er habe auch eine kleine Tochter und wolle ihr ein Fahrrad schenken. Seine Tochter sei etwas ganz Besonderes. Sie könne zwar nicht alle Dinge so gut wie andere Kinder, aber sie bemühe sich sehr. Die Ärzte hätten gesagt, sie müsse sich mehr bewegen. Als er Celines Fahrrad gesehen habe, habe er sofort an seine Tochter denken müssen.

Celine berichtete bereitwillig, wo ihre Eltern das Geschenk gekauft hatten. Er hörte ihr aufmerksam zu und bedankte sich für die Hinweise. Danach verabschiedete er sich auf dem Parkplatz von ihr. Er hatte ein nettes Lächeln, einen Oberlippenbart und nichts von den bösen Männern, vor denen ihre Eltern sie immer gewarnt hatten.

Zwei Wochen danach traf Celine den Mann vor dem

Fahrradladen an. Er hatte ein Rad gekauft, das ihrem exakt glich. Nur der Rahmen schien eine Nummer kleiner zu sein. Gerade lud er es in einen grauen Peugeot. Als sie Hallo sagte, schaute er sich überrascht um. Dann lachte er und wunderte sich über den Zufall, der sie immer wieder zusammenführte. Sie unterhielten sich, und er bewunderte ihr Kleid. Überhaupt sei sie immer so entzückend angezogen. Da könne sich, seine Tochter »noch etwas von ihr abschneiden«. Celine errötete, aber ihr gefielen seine Komplimente. Er wollte sie zu einer Kugel Eis einladen, aber an einem öffentlichen Platz, damit sich Celine keine Sorgen machen müsse. Schließlich müsse er sich für den Geschenktipp noch bedanken. Auch für ihn sei es wichtig, dass alle Menschen sie gut sehen konnten. Er würde sich ständig Sorgen um seine Tochter machen und verlangte auch von ihr, dass sie niemals Fremde begleitete. Aber so fremd seien Celine und er sich mittlerweile gar nicht mehr. Er formulierte es fast wie eine Frage und lachte dabei. Celine fand, dass er recht hatte.

Also fuhr sie mit dem Fahrrad vor. Die Eisdiele am Rathausplatz war immer gut besucht. Sie stellte sich an. Etwas später stand er hinter ihr. Während sie warteten, schwiegen sie. Er bezahlte, und sie bedankte sich. Als sie an einer Kugel Himbeereis leckte, sprach er das erste Mal davon. Es sei nur ein Vorschlag. Er trank dabei Cappuccino aus einem Pappbecher zum Mitnehmen. Etwas später setzte er eine Sonnenbrille auf. Sie könne es sich überlegen. Helfen würde sie ihm sehr. Aber es sollte eine Überraschung sein. Nur wenn sie ihm helfen wolle. Bis dahin sei es noch Zeit. Celine hätte sich gern noch länger mit ihm unterhalten, aber er musste weg. Er hatte seinen Cappuccino noch nicht mal ausgetrunken. Nachlässig warf er den Pappbecher auf den Boden. Der Plastikdeckel platzte ab, und das braune Getränk spritzte in alle Richtungen. Tauben flogen erschrocken hoch. Als sie sich etwas weiter niederließen, pickten sie nach unsichtbaren Krumen.

Celine hätte dem Mann gern gesagt, dass Abfall in den Mülleimer gehörte. So hatte Papa es ihnen beigebracht. Aber es stand ihr nicht zu, ihn zu belehren. Celine fühlte sich das erste Mal verlassen, als er in das graue Auto stieg, das am Rande des Platzes parkte. Sie fand ihn nett und vorausschauend. Er musste ein liebevoller Vater sein. Noch nie war jemand so freundlich zu ihr gewesen. Kaum jemand hatte ihr jemals zugehört. Im Gegenteil. Ihre Geschwister nervten. Ihre Freundinnen in der Schule spielten sich gegenseitig aus. Mal waren sie beste Freundinnen, mal gehörte sie nicht dazu. Celine hasste die Pickel, die in ihrem Gesicht sprossen. Er schien diesen Makel nicht zu sehen. Sie wollte ihm natürlich helfen. Dieser Mensch wollte schließlich nur seine Tochter überraschen. Ein Mädchen, das es nicht so gut hatte wie sie. Ein Mädchen, das eingeschränkt war. Celine fiel auf, dass sie dieses Kind noch nie gesehen hatte. Dann dachte sie an das Fahrrad, an seine Freundlichkeit. Warum sollte sie ihm nicht dabei helfen? Maman und Papa würde es gefallen, dass sie jemanden unterstützte, sich um andere bemühte. Papa nannte es eine gute Tat.

18
PRINZEN AUS INDIEN

Nimrat Kaur warf den Kopf zurück. Sie schrie etwas in einer fremden Sprache. Lopez fragte sich in diesem Moment, ob es Indisch überhaupt gab. Wurden in Indien nicht viele unterschiedliche Sprachen gesprochen, eigene Dialekte? *Was ist mit Sanskrit?*, fragte sich Lopez. Oder galt das nur als Schriftsprache? Derweil rang Nimrat Kaur die Hände, sie stieß schluchzende Laute aus. Lopez wusste, dass sie noch viel Zeit zum Nachdenken haben würde. Die Frau des ermordeten Inders litt theatralisch. Jeder Mensch ging anders mit Todesnachrichten um. Lopez hatte es sich abgewöhnt, über die Reaktionen zu urteilen, die auf einen Tod folgten. Menschen, die schwiegen, unterstellte sie keine fehlende Anteilnahme, Weinenden nicht mehr Empathie als anderen. Während Hansen erfolglos versuchte, der laut schreienden Frau ein Taschentuch zu geben, sah sich Lopez um. Sie hatten die Frau im *Babe Berlin* auf ihrem Zimmer angetroffen. Ein buntes Sammelsurium aus verschieden Tapeten und Möbeln, die vom Sperrmüll stammen könnten. Im *Babe Berlin* zahlten die Touristen dafür viel Geld. Die unzähligen Muster und Farben hatten etwas, das musste Lopez zugeben. Fröhlich und bunt wie der Besuch auf einem Basar. Auf dem Boden lagen gewebte Teppiche. Einfarbig waren nur drei völlig schwarze Bilder an der Wand. Ein tiefer Tisch mit Fliesen, ein dunkelgrünes Sofa auf schmalen Holzbeinen. Vermutlich dänisches Design. Ein Palettenbett. Lopez dachte darüber nach, dass ihre Arbeit durchaus inspirierende Momente besaß. Dass sie von den Eindrücken in diesem Zimmer vielleicht selbst profitieren würde, wenn sie eine neue Bleibe fand. Neue Bleibe. Mit einem zusätzlichen Zimmer für Tessa.

Nimrat Kaur liefen Bäche von Wimperntusche über das Gesicht. Auch der üppig aufgetragene Lippenstift saß nicht mehr ideal.

»Entschuldigen Sie«, sagte Lopez.

Keine Reaktion.

»Entschuldigen Sie!«, rief sie nochmals nachdrücklich.

Nimrat Kaur hielt kurz inne. Erschöpft ließ sie sich auf einen Stuhl fallen, der wie ein lilafarbenes S aussah. Ihre langen, schwarzen Haare flossen über die Lehne.

»Es tut uns wirklich leid. Aber wir müssen Ihnen einige Fragen stellen.« Lopez konnte gar nicht ausdrücken, wie dankbar sie war, dass das Bollywood-Theater Pause machte.

Hansen zog Block und Stift hervor. Sie übersetzte Lopez' Frage ins Englische. Die Inderin schien kein Deutsch zu sprechen. »Was machen Sie beruflich, Frau Kaur?«

»Ich bin«, schluchzte Kaur, »Fashion-Bloggerin.«

Donnerwetter, dachte Lopez. *Voll mein Ding*. Sie verstand von Mode so viel wie Viktor von einer japanischen Teezeremonie. Sie hätte mit allem gerechnet, aber nicht mit einer indischen Influencerin. Das Englisch, das sie sprach, hatte einen britischen Akzent. Lopez konnte nicht anders, aber das Wort Kolonialisierung drängte sich ihr auf.

Hansen hatte bereits ihr Handy gezückt und zeigte Lopez einen Instagram-Account. Lopez erkannte auf einem Foto eine Frau, die Nimrat Kaur zumindest ähnlich sah. Sie war für Lopez' Geschmack zu stark geschminkt und hatte sich in Pose geworfen.

»Über fünfhunderttausend Follower«, sagte Hansen anerkennend.

War das wenig oder viel? Lopez erinnerte sich an Zoya Bogdanowa, an ihre provokativen Videos. An die russische Bloggerin, die ihren Unterdrückern in Moskau täglich die Stirn geboten hatte. In Lopez' Welt lebten Influencerinnen nicht lange.

»Und es werden täglich mehr«, antwortete Kaur.

Hansen reichte ihr ein Taschentuch, mit dem sich Kaur die Wimperntusche auf ihren Wangen noch mehr verwischte. Der Super-GAU einer jeden Fashion-Bloggerin. Aber niemand schoss ein Foto. Kaur schien in dieser Situation keine Lust auf ein Selfie zu haben. Zoya Bogdanowa hätte sich erst mit dieser Kriegsbemalung in ihrem Element befunden. Schönheit lag im Auge des Betrachters.

Nimrat Kaur schnäuzte sich in ein Taschentuch. »Ist er wirklich tot?«

Hansen scrollte auf ihrem Handy. Lopez stand daneben und bemerkte, wie die Kollegin wieder einmal schneller handelte. Hansen zoomte, um sich zu vergewissern. Dann zeigte sie Kaur das Foto. Kopf auf Metall. Lopez hatte noch Morris' Worte im Ohr. *The man from India.*

Kaur betrachtete das Foto genau. »Ja. Das ist Amal.«

»Ihr Mann?«, fragte Lopez, um einem weiteren Zusammenbruch zuvorzukommen.

»Ja. Amal Singh.«

Lopez erklärte, wo sie ihn gefunden hatten. Was ihm zugestoßen war. Hansen hatte sorgfältig recherchiert. Teilnehmerlisten besorgt und abgeglichen. Aus diesem Grund standen sie hier. Wusste Nimrat Kaur, was ihr Mann dort am Alexanderplatz getan hatte?

Nimrat Kaur nickte. Er sei als Redner auf einer Tagung eingeladen gewesen. Die Nachrichten über das Attentat hätten sie beunruhigt. Amal habe sie nicht erreicht. Spät in der Nacht habe sie dann die Polizei verständigt.

Manchmal musste die Polizei nicht nachforschen. Manchmal kamen die Informationen zu ihr. Lopez fragte: »Diese Tagung, wurde sie veranstaltet von Interpol?«

Kaur zögerte. Sie wisse es nicht genau, aber diese Bezeichnung höre sie nicht zum ersten Mal. Ihr Mann sei Anwalt. Er besuche oft Kongresse.

Hansen wollte wissen, zu welchem Thema ihr Mann eingeladen worden sei. Kaur zuckte mit den Schultern. So genau habe sie nie nachgefragt. Auch ihr Mann habe darüber nie das Gespräch mit ihr gesucht.

Lopez wollte wissen, ob ihr Mann als Anwalt ein Fachgebiet gehabt habe.

»Ja«, sagte Kaur. Patentrecht sei sein Spezialgebiet gewesen.

Was Hansen pflichtgetreu auf ihrem Block notierte.

Wie er gestorben sei, wollte Kaur wissen. Tränen rollten erneut ihre Wangen hinab.

Lopez holte Luft. Ihr lag die Wahrheit mehr als das Beschönigen. Es sei ein gewaltsamer Tod gewesen, der sechs Opfer gefordert habe. Warum ihr Mann darunter gewesen sei, konnte noch niemand erklären. Die Ermittlungen liefen noch. Man stehe erst am Anfang. Lopez benutzte Worthülsen, um zu umschreiben, dass sie nichts wussten. Keine Ahnung hatten.

Was sie jetzt tun solle? Ihr Englisch klang gequält. Sie hatte ihren Mann begleitet, weil sie beide Berlin noch nicht kannten. Weil sie Deutschland das erste Mal besuchten. Sie hatten Hamburg und München sehen wollen, danach vielleicht noch einen Weihnachtsmarkt in Nürnberg oder Regensburg. Aber was wollte sie jetzt noch hier?

Es gab zu viele Fragen, die Lopez nicht beantworten konnte. Sie schwieg.

Hansen bat Kaur, nicht überstürzt abzureisen. Sie solle in der Stadt bleiben. Falls sie noch Fragen hätten. Sie erkundigte sich nach ihren Kontaktdaten.

Lopez stand daneben und lauschte mit nur einem Ohr. Hansen ging zur Tür. Lopez fragte: »Sie und Ihr Mann trugen nicht den gleichen Namen?«

Nimrat Kaur zog ihre glatte Stirn in Falten. Sie richtete sich auf. »Was meinen Sie?«

»Kaur und Singh.«

»Ach, so«, sagte die Inderin. »Das ist völlig normal. Wir sind Sikhs.«

Lopez konnte die Feststellung nicht einordnen. Was waren Sikhs? Anhänger einer Glaubensrichtung? Eine Volksgruppe? Die Bloggerin hätte auch Außerirdische sagen können. Sie lebten auf demselben Planeten und kannten doch nicht die, mit denen sie diese Welt teilten. Lopez stellte fest, dass sie zu vieles nicht wusste. Ein Loch von den Ausmaßen eines ganzen Kontinents. Sie ging zur Tür, wandte sich noch einmal um: »Kaur. Was bedeutet das?«

Die Inderin fuhr sich mit den Fingern durch das lange, schwarze Haar. »Es bedeutet Prinz.«

Hansen sah Lopez überrascht an. Ihr Stift kreiste immer noch über dem aufgeklappten Block. Lopez hielt ihrer Kollegin die Tür auf. Neu und schön: In Indien konnten Frauen Prinzen sein.

»Was sollte das?«

Sie warteten vor dem *Babe Berlin*. Die Wände des Backsteinbaus in ihrem Rücken schienen zu knirschen. Der Wind zerrte an ihren Jacken und Haaren. Er fauchte über Dächer und Schornsteine. Die Luft war klar, der

Himmel grau. Lopez spürte, wie sie unter ihrer Uniform sofort auskühlte. Wie Böen über sie hinwegfegten. Wie durch die kurze Windstille andere Geräusche drangen. Autohupen, das Rauschen eines Flugzeuges, die Hydraulik eines Busses. Es roch nach Abgasen und so frisch, wie nur der junge Morgen roch.

»Was meinst du?«, fragte Lopez.

»Warum hast du die Befragung einfach abgebrochen?«

»Habe ich das?«

Hansen stieß Luft durch die Lippen aus. »Um ihren Namen zu erfahren, hätte auch ein Anruf gereicht.«

»Warum haben wir dann nicht angerufen?«

Hansens Gelächter klang überzogen. »Du machst Witze.« Eine Feststellung. Sie vermied eine Frage ganz gezielt.

»Ich weiß nicht …« Lopez biss sich auf die Lippe. »Lass uns gehen.« Sie drehte sich weg, spürte nur eine Sekunde später Hansens festen Griff an ihrem Oberarm. Lopez mochte nicht angefasst werden. Aber sie konnte sich nicht aufraffen, Hansens Hand abzustreifen.

»Was ist mit dir los?«, fragte Hansen. In ihrer Stimme mischten sich Unverständnis mit Wut. Sie zählte Lopez auf, was sie versäumt hatten: die Beziehung der Inderin zu ihrem Mann zu hinterfragen, sich zu erkundigen, ob Amal Singh Feinde hatte. Hier oder in Indien. Nachzufragen, wer sein Kontakt bei Interpol war. Jede Information konnte bedeutend sein. Ob Lopez vergessen habe, dass sie ein Attentat aufklären mussten? Sie hatten sich in Kaurs Hotelzimmer noch nicht einmal genauer umgesehen.

»Nach Macheten?«, fragte Lopez.

Hansen schüttelte unwillig den Kopf. »Ich weiß nicht, was du gegen mich hast. Erst erklärst du mir die Spielregeln, spielst Chefin. Und dann sagst du kein Wort.«

»Bei Kaur war nichts zu holen«, sagte Lopez. Sie fühlte sich müde und erschöpft.

»Wer sagt dir das? Dein Bauchgefühl?« Hansen wischte sich eine Strähne aus dem Gesicht, die der Wind immer wieder dorthin zurückwehte.

Lopez hätte gern etwas Schlagfertiges erwidert. Aber es fiel ihr nichts ein. Sie wollte etwas sagen, vielleicht sogar das Richtige, aber sie wusste nicht, wie.

Hansen ließ ihren Arm wieder los. Lopez spürte, wie das Blut wieder zirkulierte. Wie sich die Stelle, an der Hansens Hand zugepackt hatte, erwärmte.

»Da oben wollte ich dich nicht bloßstellen«, zischte Hansen. »Aber ich garantiere nicht für das nächste Mal.«

Was war das?, fragte sich Lopez. Eine Kampfansage? Oder nur berechtigter Protest?

Hansen warf ihr die Schlüssel des Dienstwagens zu. Lopez fing sie auf. Hansen drehte sich wortlos um. Schnellen Schrittes ging sie Richtung Alexanderplatz. Lopez sah noch, wie ihr blonder Pferdeschwanz hin und her wippte. Wie Hansen ihr, ohne sich umzudrehen, den Mittelfinger zeigte.

19
ABWEICHEN VON SYMMETRIE

Als Lopez auf der Dienststelle eintraf, stand Hansen schon auf einem Stuhl in dem Raum, der der BAO, der Besonderen Aufbauorganisation, vorbehalten war, und pinnte Fotos an die Wand. Eine Skizze des Tatortes hing bereits daneben. Lopez äußerte ein kurzes »Hallo«, legte ihren Rucksack ab. Einige Kollegen grüßten zurück, aber niemand beachtete sie. Lopez kannte das. Sie zog kaum Blicke auf sich. Die meisten wussten, dass sie nur sprach, wenn sie etwas Wichtiges zu sagen hatte. Heute aber wurde die Aufmerksamkeit der Kollegen von etwas anderem abgelenkt. Alle starrten Hansen an, die auf einem Bein balancierte, um mit einer Pinnnadel die Ecke eines Fotos zu fixieren. Das Deckenlicht beleuchtete den akrobatischen Akt. Lopez sog den bekannten Geruch nach staubigem Behördenmobiliar und Kaffee ein. Sie störte eine Theatervorführung, in der gerade etwas Spannendes geschah. Hansens Körper schien magnetisiert zu sein. Er zog jeden Blick auf sich. Als sie von dem Stuhl wieder herabstieg, wollte ihr ein Kollege die Hand reichen, aber sie lehnte höflich dankend ab. Ein anderer Kollege, der sich in der neu gebildeten Aufbauorganisation um Angehörige der Opfer kümmerte, stellte den Stuhl ungefragt wieder zurück. Lopez setzte sich an ihren Schreibtisch, warf den Computer an, legte die Füße auf den Tisch und betrachtete das Szenario.

Hansen schaute sich ihrerseits mit verschränkten Armen die mit Fotos und Karten bestückte Wand kritisch an. Als wolle sie ihre Arbeit nochmals überprüfen. Als störe sie jede Unebenheit, jedes Abweichen von Symmetrie. Die anderen Polizisten der Einheit wiederum konnten ihre Augen nicht von Hansen abwenden. Von ihrer aufrechten, schlanken Gestalt, von ihrem blonden Pferdeschwanz, der Lopez, die ihre Kollegen beim Beobachten beobachtete, fast skulptural erschien. Dazu das ebenmäßige Profil. Die übergroße Hornbrille milderte den perfekten Eindruck ab, den Hansens Aussehen immer hinterließ. Vielleicht wirkte aber auch nur das nicht ganz Perfekte ideal. Hansen benahm sich nicht wie die anderen Hospitantinnen. Lopez war klar, dass die neue Kollegin sie alle zu Voyeuren degradierte.

»Was siehst du?«, fragte sie und erwischte sich im selben Augenblick dabei, dass sie aus Gewohnheit mit Hansen wie mit Viktor sprach. Diese makellose Frau war ihr unheimlich, aber ihr eigenes Verhalten noch viel mehr.

Das Leben nahm Fahrt auf. Es hatte stillgestanden, jetzt bewegten sich die Kollegen wieder. Fast alle kehrten zu ihren Plätzen zurück, widmeten sich entweder ihren Bildschirmen oder hörten zu.

»Ich habe recherchiert«, sagte Hansen. Der hochgereckte Mittelfinger vor dem *Babe Berlin* gehörte der Vergangenheit an, ebenso die Drohung, die Hansen ausgestoßen hatte. Hier in der Dienststelle obsiegte Professionalität.

Hansen ging zu ihrem Schreibtisch, der rechtwinklig zu Lopez' Arbeitsplatz ausgerichtet war. Lopez hatte in der vergangenen Nacht schlecht geschlafen, schlecht geträumt. War nur knapp rechtzeitig zu ihrem Treffen eingetroffen, weil U-Bahnen auf ihrer Strecke ausgefallen waren. Personenschaden. Jetzt entdeckte sie einen Milchfleck auf ihrer Uniform.

»Eines der Opfer. Isabelle Meunier.« Mit dem Finger

deutete Hansen vage auf die Wand, an der sie alle wichtigen Ermittlungsergebnisse visualisierte. »Hatte eine interessante Position bei Interpol.«

Lopez rechnete mit einem Titel, der dem höheren Dienst vorbehalten war. Mit mindestens einer leitenden Direktorin.

»Sie war Ethikbeauftragte ihrer Behörde.«

Lopez nahm die Füße vom Schreibtisch. Sie beugte sich nach vorn.

»Was ist das für ein Job?«

»Die genaue Bezeichnung lautet ›Due-Diligence-Officer‹. Dieser Mensch soll sicherstellen, dass sich der Verein sauber finanziert.« Hansen schilderte, dass sich Interpol prinzipiell durch Mitgliedsstaaten finanzierte, aber im Rahmen von Restrukturierungsmaßnahmen auch auf Geld aus der freien Wirtschaft gesetzt habe. FIFA, Pharma, Tabakindustrie. Der ehemalige Generalsekretär habe die Behörde leistungsstärker aufstellen wollen. Die neuen Geldgeber hätten Kapital zur Verfügung gestellt, um die Arbeit von Interpol schlagkräftiger zu machen. Die FIFA hätte investiert, um Sportkriminalität wirkungsvoller verfolgen zu können. Den weltweit wuchernden Wettbetrug. Nicht nur Interpol lag etwas an sauberem Sport. Nicht erst nach den Verhaftungen mehrerer Funktionäre sei jedoch offenkundig geworden, dass die FIFA selbst korrupt gewesen sei. Dass sie an diesen Verbrechen mitverdiente. Interpol habe die millionenschweren Abkommen mittlerweile aufgekündigt. Eine Ethikkommission beschäftigte sich jetzt intern damit, derartige Interessenkonflikte zu vermeiden.

Während Hansen vortrug, hörte Lopez außer dem Summen der Drucker und Maschinen nur ab und an Türen schlagen. Stecknadeln hätten zu Boden fallen können. Auch das hätte man gehört. Immer, wenn jemand das Thema Korruption in der Polizei auch nur streifte, wurden alle aufmerksam. Es war kein Geheimnis, dass es in jeder Behörde faule Äpfel gab. Wenn jedoch der Eindruck entstand, dass die Korruption System hatte, betraf das jeden Einzelnen. Peinliche Stille entstand, Blicke wechselten. Die Polizei war eine große Familie. Nur die Andeutung von Korruption verbreitete Hochspannung. Wie die Eröffnung auf einem Familienfest, dass der Vater soff und die Mutter dealte.

»Und?«, fragte Lopez, die das zum ersten Mal hörte. »Gab es tatsächlich Interessenkonflikte? Und, falls ja, wurden sie geahndet?«

»Nein. Keine Unregelmäßigkeiten. Nichts.«

Die Kollegen rührten sich. Als habe jeder diese Antwort erwartet. Jede Bewegung wirkte wie ein Aufatmen.

»Warum musste eine Ethikbeauftragte sterben?«, fragte Lopez.

»Keine Ahnung. Weil Ethik jetzt kein Thema mehr ist bei Interpol?«

Lopez fand das zwar böse formuliert, aber ziemlich schlagfertig.

»Wir wissen jedoch ein interessantes Detail.«

Wir. Wie diplomatisch sie das Ich vermied. Lopez nickte Hansen aufmunternd zu.

»Wenn der Prophet nicht zum Berg kommt …«

»Kommt der Berg zum Propheten?« Lopez mochte weder Rate- noch Wortspiele.

Hansens Mund umspielte ein Lächeln.

»Wer?«, fragte Lopez.

»Komm!«, forderte Hansen sie auf.

Lopez fühlte sich, als habe sie den Wendepunkt oder das Fazit verpasst. Aber die anderen zuckten nur mit den

Schultern. Lopez erhob sich und folgte Hansen wortlos. Es war jetzt offiziell. Hansen hatte das Ruder übernommen. Lopez hatte die Führung abgegeben, ohne es zu bemerken. Sie liefen über Korridore, nahmen Treppen, öffneten und schlossen Türen wieder hinter sich. Jetzt standen sie vor der Vermisstenstelle des LKA. Die Tür von Tayfun Acays Büro stand auf.

»Heilige Scheiße!«, flüsterte Lopez. »Wer ist das?«

Ihr Herzschlag setzte kurz aus. Sie holte Luft und blieb stehen. Sie konnte nicht aufhören, hinzusehen, hinzuschauen. Das Licht der Altbaulampen erschien ihr ungewöhnlich hell. Vielleicht flackerte es auch. Hansen nickte Lopez zu. Sie lächelte. Lopez' Mund fühlte sich trocken an. Sie bemerkte, wie sie sich mit der Hand am Treppengeländer festklammerte. Es musste sich um einen Irrtum handeln. Das halblange, braune Haar hatte einen modernen Schnitt. Ansonsten trug die Frau ein gepflegtes Businesskostüm, unauffälligen Schmuck, Nylonstrumpfhosen und halbhohe Pumps. Lopez hatte schon viel in ihrem Leben gesehen. Die Frau sah aus wie die Tote in Morris' Kühlregal. Eine lebende Leiche traf sie in ihrer Dienststelle zum ersten Mal.

Hansen stand neben Lopez auf dem Gang. Jetzt verschränkte sie die Arme wie jemand, der einen Anblick zutiefst genoss. »Hat mich auch umgehauen.«

Lopez vergewisserte sich nochmals mit einem Blick. Die Frau saß auf dem Besucherstuhl. Businesskleidung. Die Handtasche akkurat auf den Schoß gelegt. Hände darübergefaltet. Ungerührt schaute sie nach vorn. Ein Standbild. Fast zu normal, um normal zu sein. Nichts daran war normal. Lopez flüsterte: »Unfassbare Ähnlichkeit.«

Die Frau hieß Emmanuelle Martineaux. Hansen erklärte mit unterdrückter Stimme, wie sie die Homepage der Interpol-Tagung durchforstet hatte. Referenten, Organisatoren, Besucher. Sie hatte sich durch unzählige Links und Bilder durchgeklickt. Beim Foto von Emmanuelle Martineaux blieb sie hängen. »Auch eine Referentin«, sagte Hansen.

»Wofür?«, fragte Lopez.

»Generika.«

»Pharma?«, fragte Lopez.

Hansen nickte. »Sie sitzt im Aufsichtsrat. Ihr Vater war bei der Polizei. Starb bei einem Einsatz. Dessen Vater war ebenfalls Polizist. Und rate mal, wer noch?«

Lopez schwieg, weil sie die Antwort weder kannte noch gern riet.

»Wirst du gleich verstehen«, sagte Hansen wie eine Zauberin, die ihre Tricks nur mit Eingeweihten teilte.

»Aber«, sagte Lopez. Zu viele Fragen stürmten auf sie ein. »Wer liegt dann bei Morris im Kühlraum? Und was hat sie auf der Tagung von Interpol zu tun?«

Hansens Mund umspielte ein rätselhaftes Lächeln. Lopez verstand den Grund dafür nicht.

Hansen fragte: »Gehen wir rein?«

»Warte!«, sagte Lopez. Sie zögerte. »Was weißt du?«

»Was meinst du?«, fragte Hansen mit ihrem beinahe akzentfreien Deutsch.

Lopez wusste nicht, wie sie es erklären sollte. Sie wusste nicht, welche Formulierung dem gerecht wurde, was sie umtrieb. Alles, was sie sich überlegt hatte, klang laut ausgesprochen falsch. »Ach, nichts«, antwortete sie.

»Na, dann.« Hansen ging vor. Lopez folgte.

20
MINIMALE BEWEGUNG AUF ENGSTEM RAUM

Viktor war das erste Mal nach Tagen am Morgen wach und erholt aufgewacht. Nicht müde und zerschlagen. Nicht zu schlapp, um sich zu rühren. Nicht zu teilnahmslos, um sich um irgendetwas zu scheren. Was allerdings auch zurückgekommen war, waren die Gedanken an Siska. Viktor sah, wie sie in sein Schlafzimmer trat. Die Beine nackt, den Oberkörper nur mit einem zu großen, weißen T-Shirt bedeckt. Wie sie lächelte: anzüglich und befreit zugleich. Wie sie unter seine Decke kroch. Sich an ihn schmiegte, als habe sie nie etwas anderes getan. Er spürte, wie sie miteinander geschlafen hatten. Die Selbstverständlichkeit hatte ihn damals überrascht. Wie sich der Sex nach ihrer Diagnose und der Operation geändert hatte. Wie er direkter und härter geworden war. Es war diese Ehrlichkeit in ihrer chaotischen, zu oft von Abwesenheit des anderen geprägten Beziehung, die Viktor am meisten vermisste. Viktor hatte solch ein Verlangen nie gekannt. Es hatte ihn überfallen wie eine Naturgewalt. Er lag in den von der Anstaltswäscherei gestärkten Laken und verglich seinen aktuellen Zustand mit dem der vergangenen Tage. Er wägte seine Traurigkeit und Sehnsucht mit der durch die Medikation verursachten Gleichgültigkeit ab. Für Viktor fühlte sich beides gleich beschissen an.

Er erhob sich, rieb sich den vernarbten Kopf, streckte seine knackenden Gelenke. Er hatte das Bessere gesucht, aber nicht gefunden. Es gab nur Variationen von Qual. Viktor machte ein paar Liegestütze. Nur um zu sehen, ob er noch dazu fähig war. Er duschte in der weiß gefliesten Nasszelle, stieß sich die Ellbogen an der Wand. Alles in diesem Bad negierte seine Größe, zwang ihn zu minimaler Bewegung auf engstem Raum. Er rasierte sich und putzte sich die Zähne. Als er mit dem Handtuch das Kondenswasser von dem Spiegelglas wischte, blickten ihn ausdruckslose braune Augen an. Ein teigiges Gesicht. Er starrte auf einen rot gezeichneten Kopf. *Ich habe mich gehen lassen,* dachte Viktor. *Ich muss mich zusammenreißen.*

Er trat aus dem Bad und zog sich an. Kleidung in dunklen Grüntönen, eine ausgewaschene Jeans. Braune Schuhe, die sogar ihm riesig erschienen. Siska trat aus der Wand hervor. Sie trug enge Kleidung, die ihre Figur betonte. Viktor entging nicht, dass sie ihre Brüste noch besaß. Schon allein das sprach dafür, dass sie nicht existieren konnte. Ihre blonden Haare leuchteten dennoch, als seien sie ganz real. Siska beugte sich zu ihm hinunter, half ihm in die Schuhe, band sie für ihn. Diese großen Schuhe passten ihm. Siska lächelte. Als Viktor sie an sich ziehen wollte, schüttelte sie langsam den Kopf. Viktor entdeckte einen traurigen Zug um ihren Mund. Erst jetzt erkannte er das rote Loch in ihrer Stirn. Das Zimmer um ihn herum schmolz zusammen wie eine Plastikverpackung, die angezündet worden war. Siska sagte etwas. Aber sie sagte es so leise, dass Viktor es nicht mehr verstand. Viktor erschien es unendlich wichtig, Siskas Botschaft zu erfassen. Er hörte gar nichts mehr. Was hatte sie gesagt?

Das Zimmer hatte sich derart verengt, dass Viktors Schultern den Kleiderschrank berührten. Der Schreibtisch rückte immer näher. Die Kante drückte in seinen

Rücken. Die Zimmerdecke dräute über seinem Kopf wie eine Gewitterfront. Die Luft zum Atmen wurde knapp. Der Sauerstoff schmolz mit dem Raum dahin. Viktor ging in die Knie. Er musste sich mit den Händen abstützen. Als er den Kopf hob, sah er, dass Siska ihm zuwinkte. Viktor wollte die Hand zum Gruß heben, aber er vermochte es nicht. Alles in ihm schrie nach Luft.

Jemand berührte seinen Rücken. Dieser Jemand sprach beruhigend auf ihn ein. *Atme! Atme!* Viktor versuchte, diese Stimme zu verstärken. Er versuchte, Luft zu holen. Irgendwie. Es kostete ihn enorme Anstrengung. Aus und wieder ein. Als Viktor keuchend die ersten tiefen Atemzüge nahm, sah er auf. Der Mann, den sie Zidane nannten, reichte ihm die Hand. Dieser Jüngling, noch eher Kind als Mann, sagte: »Steh auf!«

Viktor griff nach der Hand. Er musste sie nehmen, nur um zu spüren, dass andere um ihn herum noch lebten. Er war sich nicht mehr sicher, ob er nicht vielleicht doch bereits gestorben war. Dieses Leben war die Hölle. Die Wände seines Zimmers waren wie durch ein Wunder wieder in ihre alte Position zurückgerutscht. Der Schreibtisch stand an seinem angestammten Ort, genauso wie der Kleiderschrank.

Viktor richtete sich auf. Zidane kippte das Fenster. »Panikattacke«, sagte er kurz.

Viktor schwankte. Er nahm die Diagnose des anderen hin. Er interessierte sich nicht mehr für Definitionen. Nach der Entfernung des Tumors hatten die Halluzinationen aufgehört. Erst die Einnahme der Tabletten hatte sie erneut angestachelt. Die Entgiftung hatte sie vertrieben. Ein Kopfschuss hatte sie wieder aufgeweckt.

»Dein Schuh ist auf«, stellte Zidane fest.

Was sollte Viktor darauf erwidern? Sogar seine Einbildung ließ ihn im Stich. »Was ist das?«, fragte er. In seiner verschwitzten Hand lag ein kunstvoll gefaltetes Papier.

»Keine Ahnung«, sagte Zidane.

Als spreche Viktor eine fremde Sprache. Als verstehe er kein Wort. Zidanes kahler Kopf spiegelte Viktors eigenes Antlitz. Wie in einer jüngeren, schmaleren Version. »Geht's wieder?«, fragte ihn Zidane.

Viktor überlegte. Siska war verschwunden. Er wusste, seine Freundin war tot. Selbst als sie noch lebte, konnte sie nicht durch Wände gehen. Sich dessen zu vergewissern schien verrückter zu sein als eine Halluzination. Kühle Luft drang in sein Zimmer, erfrischte ihn. Er nickte.

»Komm!«, sagte Zidane.

Viktor folgte ihm aus seinem Zimmer in den Korridor. Sie trafen zwei andere Patienten aus ihrer WG, die sie kurz grüßten. Am Ende des Korridors öffnete Zidane vorsichtig eine Tür. Viktor trat neben ihn. Er wusste nicht, was er hier sollte. Handelte es sich um eine Einladung oder ein konspiratives Treffen? Aber Zidane hielt ihn zurück. Im Luftzug der sich öffnenden Tür raschelte es.

Hunderte von gefalteten Tieren, Blumen, zarten Gegenständen. Sie standen nach Farben und Formen sortiert auf dem Tisch und Regalbrettern. Schmetterlinge und Vögel saßen auf dem Bett und der Fensterbank. Pfauen und Drachen bevölkerten den Boden. Blumen und Sterne reihten sich auf der Gardinenstange auf. Schwäne, Füchse, Bäume, eine Welt aus Papier. Bunte Wunderwerke, die kunstvoll gefaltet waren. Nur wenige Quadratzentimeter auf dem Boden ließen Platz, um das Zimmer zu betreten.

»Hast du das alles gemacht?«, fragte Viktor leise.

Zidane nickte.

Viktor trat vorsichtig einen Schritt in den Raum hinein. Er ging in die Knie, um mit den Fingerspitzen eine gefaltete Kreatur zu berühren. Überall, wohin er auch sah, bedeckten diese Papierwesen Oberflächen. Selbst von der Lampe hingen Papierfrösche herab. Es gab eine Ordnung, auch wenn sie nicht auf Anhieb erkennbar war. Die Objekte standen in geraden Linien, hinter- und nebeneinander. Als Reihen, Gruppen.

Viktor erhob sich wieder. Er tastete in seiner Hosentasche nach dem gefalteten Blatt, das er – ohne darüber nachzudenken – eingesteckt hatte. Jetzt erkannte er das Tier. Mit Rüssel, Beinen, Schwanz und Ohren in der Form des afrikanischen Kontinents, gefaltet aus grauem Papier.

»Das ist völlig verrückt«, sagte Viktor zu Zidane, der immer noch neben ihm stand.

»Wir sind alle nicht normal«, flüsterte Zidane.

*

Tayfun Acay lehnte im Türrahmen. Er leitete die Vermisstenstelle des LKA Berlin, seitdem sein Vorgänger in diesem Büro von seiner eigenen Kollegin erschossen worden war. Das hatte sich Gunnar Scholz damals nicht träumen lassen, als eine tote Frau in Berlin-Marzahn aufgefunden worden war und das LKA den Fall übernahm. Damit hatte alles begonnen. Viktors heimliche Ermittlungen, die Krankheit, seine Suspendierung und spätere Rehabilitation.

Lopez saß mittlerweile auf Acays Schreibtischstuhl und fragte sich, ob der Blutfleck an der Wand endlich überstrichen worden war. An der Stelle hing ein gewebter, bunter Teppich. Variationen von Camouflage. Formen der Vergangenheitsbewältigung.

Jahrelang hatte Lopez selbst die Vermisstenstelle aufgesucht. Jetzt, da ihr Sohn wieder aufgetaucht war, mied sie diesen Ort.

Tayfun Acay trug immer einfarbige T-Shirts mit Werbedruck. Pullover oder Strickjacken hatte Lopez noch nie an ihm gesehen. Sogar im Dezember fror er nicht. Obwohl die Büros nicht gerade überheizt wurden. Lopez mochte den jungen Kollegen, seinen jugendlichen Optimismus. Auch wenn Acays freundliches naives Wesen vor Kurzem einen Riss bekommen hatte, als seine Schwester ermordet worden war. Aber das war ein anderer Fall. Er war abgeschlossen. Lopez wusste, dass man Akten schließen musste. Schließen bedeutete auch abzuschließen. Sie hatte keine Ahnung, wie gut das Acay gelungen war.

»Yellow notice«, sagte Acay. Seinen Platz hatte er wie selbstverständlich für Lopez geräumt. Als trete er freiwillig zurück. »Schon mal gehört?«

Hansen, die auf einem der Besucherstühle Lopez gegenüber Platz genommen hatte, nickte beflissen. »Diese Bekanntmachung betrifft vermisste Personen. Fälle erhalten diese Bezeichnung, wenn sie bei Interpol gemeldet werden.«

Lopez musste nichts antworten. Natürlich kannte sie den Begriff. Sie hatte in dieser Welt der Verschwundenen gelebt. Sich darin verloren. Insofern diese Periode ihres Daseins überhaupt als Leben bezeichnet werden konnte. Was veranstaltete ihr Kollege hier mit ihnen: ein Polizistenquiz?

»Frau Martineaux«, sprach Lopez die Frau an, die schon seit einer Weile auf dem anderen Besucherstuhl

Platz genommen hatte. »Danke, dass Sie zu uns gekommen sind.«

Emmanuelle Martineaux, eine schmale, kleine Frau, quittierte diese Begrüßungsformel mit einer leichten Neigung ihres Kopfes. Geschäftliches Auftreten, Bürokleidung, eher formell und nicht leger. Eine Ledertasche, die Wichtiges enthalten musste. Lopez sah, wie ihr Gast diesen Gegenstand an sich presste. Wie ein Bollwerk. Wie eine Versicherung. Emmanuelle Martineaux wirkte jedoch nicht nervös. Sie hatte ein hübsches Gesicht, in dem Lopez nur schwer lesen konnte. Alles an ihr wirkte ordentlich. Die braunen, halblangen Haare, der akkurate Schnitt. Kein Staub auf dem Revers, das Gesicht dezent geschminkt. Kaum Schmuck bis auf zwei winzige goldene Ohrringe. Um den Mund einen ernsten Zug. Es setzte Lopez nachhaltig zu, dass das Ebenbild dieser Frau noch vor Kurzem auf dem Alexanderplatz verblutet war. Dass eine exakte Kopie kannibalisiert bei Morris auf einer stählernen Bahre gelegen hatte. Auf dem Oberkörper der Doppelgängerin eine schwarze Naht.

»Sie sprechen Deutsch?«, fragte Hansen.

Wieder nickte Emmanuelle Martineaux.

Lopez musste an Viktor denken, der ebenfalls kaum Worte machte.

Acays Büro hatte eine angenehme Größe und ein Fenster, das einen Ausblick über den Innenhof ermöglichte. Draußen wirbelte der Wind Blätter durch die Luft. Lopez stellte außen Bewegung, innen Stillstand fest.

»Isabelle Meunier«, sagte Hansen. Ein Name, ein Opfer.

»Ist Ihnen der Namen bekannt?«, fragte Hansen.

Emmanuelle Martineaux schlug die Beine übereinander. Die lederne Aktentasche geriet leicht in Schieflage.

Offensichtlich hatte sie sich entschlossen, ihr Schweigen zu brechen. Alles andere hätte Lopez enttäuscht. Auch wenn es sich nur um ein Wort handelte, als Martineaux endlich sprach, lief Lopez ein Schauer über den Rücken. »Durchaus.«

Martineaux sprach Deutsch mit einem französischen Akzent. Ihre Stimmt hatte einen rauchigen Klang. Schon dieses eine Wort glich einer sexuellen Aufforderung. Lopez konnte Erscheinungsbild und Stimme partout nicht in Einklang bringen.

Acays Stimme unterbrach ihre Überlegungen.

»Frau Martineaux, könnten Sie meinen Kolleginnen bitte erklären, warum Sie mich aufgesucht haben?«

Warum schaltete er sich ausgerechnet jetzt ein, da sie endlich klären konnten, warum diese Frau eine Doppelgängerin besaß? Das Handy in ihrer Tasche vibrierte. Die Gleichzeitigkeit der Dinge im falschen Augenblick. Geistesabwesend zog sie das Gerät hervor, versuchte die Nummer zuzuordnen, was ihr nicht auf Anhieb gelang. Sie drückte den Anruf weg. Lopez faszinierte die Sachlage. Eine Doppelgängerin. Sie konnte sich nicht erinnern, jemals etwas Vergleichbares in ihrer Zeit als Ermittlerin erlebt zu haben.

»Ich suchte Herrn Acay auf«, Martineaux sprach das harte ch als sch aus, als weiche sie es einfach auf, »weil meine drei Kinder vermisst werden.«

Lopez bemerkte, wie sie sich aufgerichtet hatte. Wie sie kerzengerade dasaß. Wie sie den Rücken durchdrückte. Die Nachricht traf sie wie ein elektrischer Schlag. Sie konnte nicht anders, sie musste fragen: »Sagten Sie drei Kinder?!«

Martineaux nickte. »Drei.«

21
TASCHENSPIELERTRICKS

Viktor?«, hörte sich Lopez ungläubig fragen.

»Natürlich. Oder ruft das Baby dich schon an?«

Lopez musste sich kurz sammeln. Unmöglich, dass es sich um denselben Viktor handelte, den sie vor Tagen angetroffen hatte. Der völlig weggetreten war. Noch nicht einmal ansprechbar.

»Was willst du?«, fragte sie irritiert.

»Ein fröhliches Hallo auch dir!«

Ein fröhliches Hallo?! »Was haben sie dir jetzt gegeben?« Was war aus dem Mann geworden, den sie fast so gut kannte wie sich selbst? Würde auf manisch zwangsweise wieder depressiv folgen?

»Mila war hier.«

»Oh.« Zu einem geistreicheren Kommentar fühlte sich Lopez nicht in der Lage. Viktors Großmutter hatte also etwas erreicht.

»Danke, dass du mit ihr gesprochen hast.«

»Geht's dir besser?«, wollte Lopez wissen.

»Nein.«

»Aber du klingst besser.« Lopez wusste nicht, was sie mehr runterzog: Viktors Antwort oder ihre Trennung von Bernhard. Oder die Missachtung ihrer Tochter. Oder der Zeitpunkt dieses Telefonats, der nicht ungünstiger sein konnte. Lopez konnte nicht sagen, wie viel Zeit vergangen war. Sekunden oder Minuten.

Viktors Stimme. »Bist du noch da?«

»Es ist gerade ein wirklich ungünstiger Moment.«

Viktor schwieg. Und Lopez stellte fest, dass sie völlig

vergessen hatte, wie lange und oft Viktor einfach schweigen konnte. Die Lebenszeit, die währenddessen verronnen war. Dieses beredte Schweigen, in dem mehr Buchstaben steckten als in einem Roman.

»Ich habe nur diesen einen Anruf.«

Viktors Stimmlage signalisierte, wie unangenehm ihm diese Tatsache war.

Lopez sagte: »Warte!«, machte ein paar Schritte über den Gang und signalisierte den anderen in Tayfun Acays Büro, dass sie einen Augenblick warten sollten. Mit einem knappen »Okay« gab sie Viktor zu verstehen, dass sie jetzt reden konnten.

»Ich muss immer an sie denken«, sagte er ohne ersichtlichen Zusammenhang.

Lopez wusste, dass er Siska meinte. Man konnte die, die man liebte, nicht einfach vergessen. Ob tot oder lebendig, machte keinen Unterschied.

»Heute Morgen habe ich sie gesehen.« Viktors Stimme klang seltsam ausdruckslos.

»Wen?« Nur ein weiterer Satz von Viktor, und sie verstand ihn nicht mehr.

»Siska. Sie wollte mir etwas sagen. Aber ich verstand sie einfach nicht.«

»Das sind Halluzinationen, Viktor.«

»Natürlich«, sagte er.

Lopez fühlte sich wie jemand, der auf einen Taschenspielertrick hereingefallen war. »Dagegen gibt es Medikamente.«

»Die hatte ich. Momentan ziehe ich die Halluzinationen vor.«

»Das geht vorbei, Viktor. Bestimmt.« Lopez kam sich in ihrem Optimismus verlogen vor.

»Keine Ahnung, ob ich das überhaupt will.«

Lopez konnte sich nicht erinnern, wann Viktor jemals so verletzlich gewirkt hatte. Wann die emotionale Membran zwischen ihr und diesem Mann jemals so dünn geworden war. Sie hätte ihm gern erzählt, dass sie gerade neben einer Frau gesessen hatte, die drei Kinder vermisste. Nicht eines, wie Lopez vor noch nicht allzu langer Zeit, sondern drei. Dass nicht nur dieser Verlust unglaublich war. Dass diese Frau einer anderen täuschend ähnlich sah. Dass Lopez nicht verstand, wie das alles zusammenhing. Was es damit zu tun hatte, dass sechs Menschen auf dem Alexanderplatz gestorben waren. Ob es überhaupt Zusammenhänge gab? Aber mit Rätseln begannen Antworten. Als Ermittlerin musste Lopez Unklarheit ertragen, bis endlich alles einen Sinn ergab. Viktors Probleme waren ihr in diesem Augenblick völlig egal.

Viktor sagte: »Komm vorbei!«

»Ich kann jetzt nicht.«

»Sobald du Zeit findest. Ich brauche eine Aufgabe. Hast du gesagt.«

»Bist du dir sicher?«, fragte Lopez.

»Nein. Aber ich habe keinen anderen Plan.« Er sagte es wie jemand, der auch von anderen keine besseren Ideen erwartete. Lopez hatte zumindest keine. Patt.

»Ich habe Neuigkeiten«, fügte er hinzu.

Lopez überlegte. Sie musste zurück in dieses Büro. Das Rätsel dieser Doppelgängerin ließ sie nicht los. Es störte Viktors Anspruch auf ihre Konzentration. »Morgen. Wenn sie mich zu dir lassen.«

Viktor antwortete: »Okay.«

Lopez wollte noch etwas sagen, etwas fragen. Etwas Mitfühlendes, Versöhnliches. Aber Viktor hatte einfach aufgelegt.

Die Wolken gaben für einen Moment Sonnenstrahlen frei. Schräg fielen sie durch die Lamellen der Jalousie auf den Boden in Acays Büro. Acay hatte hinter seinem Schreibtisch Platz genommen. Hansen lehnte an der Fensterbank. Lopez stellte sich dazu. Emmanuelle Martineaux hatte sich auf ihrem Stuhl leicht eingedreht. Ihren Redefluss unterbrach sie dabei nicht. Sie erzählte, wie ihr Mann sie vor Jahren auf der Arbeit angerufen hatte. Wie sie nicht glauben wollte, dass das, was er erzählte, der Wahrheit entsprach, weil es einfach unglaublich war. Wie sie ihn völlig außer sich zu Hause angetroffen habe. Wie die Kinder auch nach Stunden nicht wiedergekommen waren. Wie sie immer wieder telefoniert hatten. Mit Lehrern, Schülern, Freunden und bekannten Familien. Wie sich nach jedem Anruf Hoffnungen zerschlagen hatten. Emmanuelle Martineaux sprach mit der rauchigen Stimme einer geübten Erzählerin. Sie wirkte ernst, konzentriert. Lopez ahnte, wie oft sie diese Geschichte bereits erzählt hatte. Dass jede Neuauflage schmerzte wie beim ersten Mal. Diese Frau hatte sich wie Lopez eine undurchdringliche Fassade zugelegt. Einen Kokon, der das eigene Überleben sicherte.

»Mein Mann hat sich umgebracht«, sagte Emmanuelle Martineaux. Ein Satz wie eine atomare Explosion. Ein Satz, den die meisten Menschen nie benutzen mussten. »Er hatte die Kinder großgezogen. Ich habe hauptsächlich das Geld verdient. Er konnte den Verlust der Kleinen einfach nicht verwinden.«

»Wie ist das geschehen?«, fragte Tayfun Acay.

»Er ist ins Wasser gegangen.«

Das Bild beschwor sich von selbst herauf. Ophelia, Prototyp aller Wasserleichen. Lopez musste an Bernhard denken und an die Vorliebe seiner Agentin für Heldinnen in Literatur und Kunst. Wenn man nicht gerade Nichtschwimmer, ein Taucher, der sich selbst überschätzte, oder ein ungeschickter Angler mit zu schwerer Beute war, verunglückte man als Mann im Wasser nicht. Für Lopez war Emmanuelle Martineaux' Mann ein Phänomen. Er wählte eine Todesart, die statistisch gesehen Frauen vorbehalten war. Hatte er doch schon vorher mit seiner Ehefrau den Rollentausch vollzogen. Wie nannte es sich doch gleich? Der sanfte Übergang in ein anderes Element. Lopez fragte sich, wer so einen Blödsinn in die Welt gesetzt hatte. Zu ertrinken war ein qualvoller Tod. Fünfhundert bis sechshundert Erwachsene und Kinder erstickten in Deutschland unter Wasser jedes Jahr. Denn das war es de facto: ein Erstickungstod. Das Meer konnte tödlich sein, aber weit gefährlicher waren laut Statistik Flüsse und Seen.

»Wo kam Ihr Mann um?«, fragte Lopez.

»In der Saône. Ein Nebenfluss der Rhône.« Sie ergänzte: »Wir lebten in der Nähe von Lyon.«

Lebten. Wir. Vergangenheit. Die Verluste dieser Frau waren grenzenlos.

Acay tippte Buchstabenkombinationen. Er drehte den Bildschirm so, dass sie sehen konnten, welche Internetseite er aufgerufen hatte. »Sind sie das?«

Drei Kinderbilder aus einer anderen Zeit. Zwei Kinder lächelten, ein älteres Mädchen schaute ernst. Vor einem einfarbigen Hintergrund. Schulfotos, wie Lopez mutmaßte. Auf jedem dieser Bilder der morbide Beigeschmack von Verbrechen, von Verlust. Kinder durften nicht verschwinden. Es war wider die Natur.

Lopez sah, wie Emmanuelle Martineaux die Lippen zusammenkniff. Wie sie ihre Ledertasche noch enger an sich presste. Wie sie nickte.

Acay entschuldigte sich und drehte den Bildschirm wieder um.

Lopez erinnerte sich. Man sprach mit Menschen, die einen Verlust erlitten hatten, wie mit Todkranken. Denn das war man für andere: von einer unheilbaren Krankheit befallen. Die Krankheit hieß Verzweiflung. Andere Menschen hatten Angst, diese Verzweiflung könnte ansteckend sein.

»Wie alt waren ihre Kinder zum Zeitpunkt des Verschwindens?«

»Fünf, neun und dreizehn Jahre alt.«

Zu alt für Kinderhändler, fiel Lopez als Erstes auf. Gerade richtig für Pädophile.

»Was haben die Ermittlungen ergeben?« Lopez bemerkte, dass sie fast flüsterte.

Emmanuelle Martineaux schluckte hart, richtete sich nochmals auf. Mit ruhiger Stimme formulierte sie akkurat: »Kein Hinweis auf ein Verbrechen. Keine brauchbare Spur.«

»Als habe die Erde sie einfach verschluckt?«, ließ sich Hansen vernehmen.

»Ja«, sagte Emmanuelle Martineaux. »Ich glaube, sie sind tot.«

»Wie lange ist das jetzt her?«, fragte Lopez.

»Dreizehn Jahre.«

Manche litten länger als andere. Manchen litten ewig. Ohne Aussicht auf Linderung.

Emmanuelle Martineaux erklärte, dass sie deshalb hergekommen sei. Das LKA Berlin sei für seine gute Arbeit in Vermisstenfällen bekannt. Sie habe keine Hoffnung mehr, aber aufgeben könne und wolle sie nicht. Wenn immer sie auf Reisen sei, suche sie Vermisstenstellen auf. Egal in welchem Land. Wer wisse schon, ob die Kinder entführt worden seien. Ob sie vielleicht noch lebten. Jeder Strohhalm könne rettend sein.

Auf Lopez wirkte Emmanuelle Martineaux wie ein Spiegel, in dem sie sich selbst noch vor Wochen gesehen hatte. Wie sie sich doch glichen in ihrer Hoffnung. Manche Hoffnungen erfüllten sich irgendwann. Auch wenn das, was sich erfüllte, nie dem glich, was man sich darunter vorstellte. Lopez verstand genau, wie sich diese Frau fühlte. Für Lopez war ihr Verhalten zwingend, sonnenklar. Was sie nicht verstand, war etwas anderes. Sie musste diese Frau weiter quälen, weil es keine Alternative dazu gab. Sie nickte Hansen zu.

»Kennen Sie diese Frau?«

Emmanuelle Martineaux beugte sich leicht nach vorn. Konzentriert betrachtete sie das Foto, das Hansen ihr zeigte. Auf dem Handydisplay war das genaue Ebenbild der Französin zu sehen. Todesnachrichten überbrachte man heute digital.

»Und?« Lopez wiederholte sich. »Kennen Sie diese Frau?«

Martineaux' Mundwinkel zitterten. Lopez sah, dass diese ihre Tasche so festhielt, dass ihre Fingerkuppen weiß leuchteten. Ihre Stimme war kaum zu verstehen, als sie Ja sagte.

Die Anspannung im Raum war förmlich greifbar.

»Sind Sie Zwillinge?«, fragte Hansen.

»Schwestern.« Mehr als ein heiseres Flüstern kam nicht aus ihrem Mund.

Hansen warf Lopez einen Blick zu. Lopez nickte kaum merklich mit dem Kopf, während Acay betreten zu Boden sah. »Ich muss Ihnen leider sagen …«, hob Hansen an.

Emmanuelle Martineaux erhob sich ruckartig. Sie griff

nach ihrem Mantel. Sie beobachteten, wie sich die kleine Frau schnurstracks zur Tür begab. Das Letzte, was die Französin sagte, bevor sie eilig Acays Büro verließ, war: »Nein.«

Hansen rief noch einmal ihren Namen. Aber sie hörten nur noch Schritte, die sich auf dem Gang entfernten.

Emmanuelle Martineaux war die erste Angehörige, der Lopez je begegnet war, die eine Todesnachricht einfach nicht entgegennahm.

22
BODENFROST

In den Nachrichten sprachen sie von Sturm. Nichts und niemand würde etwas daran ändern. Es sei denn, das Wetter würde die Richtung wechseln. Oder sich Windstärken abmildern. Das Wetter scherte sich nicht um Menschen, hatte es noch nie getan. Es zog über diesen Planeten hinweg. Jeder Versuch, sein Verhalten exakt zu deuten, blieb Prophetie.

Lopez wusste, dass das auch für Menschen galt. Jeder war nur so lange berechenbar, bis das Chaotische an die Oberfläche drängte. Bis Anarchie das Verhalten regierte. Wie immer in den vergangenen Tagen drückte sich Lopez davor, heimzugehen. Wie sich ein Zuhause in den Ort verwandelte, den man mied. Der unbequem wie zu enge Kleidung wurde. Der einen erdrückte oder erstickte, je nachdem. Das restaurierte Gebäude, vor dem Lopez stehen blieb, stammte aus der Gründerzeit. Auch den benachbarten Häusern sah man die kostspielige Sanierung an. Berlin nach der Wende war ein geliftetes Berlin. Der Wind trieb Blätter und Papierfetzen vor sich her. Ein Fahrrad klapperte an einem Laternenpfahl, bis es dem ungeduldigen Rucken des Windes nachgab und scheppernd zu Boden fiel. Lopez breitete die Arme aus. Der Wind riss an ihrer Kleidung. Er hätte sie die Straße hinuntergeschoben, wenn sie sich nicht aktiv gegen den Druck behauptet hätte. Die Straßenlampen schwankten hin und her. Die Lichtkegel, die sie auf die nächtlichen Straßen warfen, flackerten simultan. Lopez klingelte. Trat in das dunkle Treppenhaus, betätigte den Lichtschalter. Verharrte für einen Moment reglos, als sich die Tür hinter ihr schloss. Stille umgab sie. Erst nach einer Weile raffte sie sich auf. Die Treppenstufen knirschten unter ihren Schritten. In der zweiten Etage stoppte sie vor der Tür.

Der Wind kennzeichnete Veränderung. Jahreszeiten wechselten, Blätter machten Platz für Winterschlaf und später neue Knospen.

Auf dem Türschild stand Mohn. Der Name war geblieben. Verschwunden war eine Person. Lopez klingelte.

Misstrauisch schaute Trixi durch den Türspalt. Erst als sich Lopez zu erkennen gab, als sie Hallo sagte, entriegelte Franziska Mohns Tochter die Metallkette, die über dem Spalt spannte. »Mila!«, rief sie, ohne zu grüßen. »Besuch für dich.«

Lopez folgte ihr, bis Trixi in einem Zimmer rechts des Korridors verschwand. Lopez wusste, dass Charme nicht zu Trixis Talenten gehörte. Diese Eigenschaft teilte sie mit Viktor, der bis vor Kurzem als Ersatzvater in dieser WG zurückgeblieben war.

Mila trat aus der Küche am Ende des langen Flurs. Sie wischte sich die Hände an einem Handtuch ab. Freundlich winkte sie Lopez zu.

In der Küche empfing sie Lopez mit einem freundlichen »Hallo« und drückte ihr ein Abtrockentuch in die Hand. »Geht zu zweit schneller«, sagte sie. So drückte sich Milas Pragmatismus aus, den Lopez immer bewundert hatte. Das Direkte eines Widerstandsgeistes, auch wenn er einmal nicht widersprach. Mit einem beinahe nebensächlichen Handgriff schaltete Viktors Großmutter den Herd an, auf dem ein Topf stand.

Ein paar Strähnen ihres weißen Haares hingen Mila ins

Gesicht. Viktors Großmutter hatte Siskas Platz wie selbstverständlich eingenommen. Von einem Augenblick auf den nächsten hatte sie die Existenz einer abgeschobenen Großmutter in einer Seniorenresidenz gegen das Leben als Ersatzmutter eingetauscht. Mila hatte sich dagegen gewehrt, aber Lopez vermutete, dass ihr dieses neue Leben gefiel. Mila war ein Mensch, der gern nützlich war. Lopez sah Milas flinken schlanken Händen zu, die wuschen, schrubbten, wischten. Die Teller und Töpfe auf einer Ablage deponierten. In der Luft hing noch der Duft von frisch Gekochtem. Lopez kam mit dem Abtrocknen kaum nach. Einen tiefen Teller nahm Mila ihr direkt aus der Hand. Sie füllte ihn mit einer Suppe, in der allerhand Gemüse schwamm.

Als Teller und Löffel auf dem Tisch warteten, forderte Viktors Großmutter Lopez auf, dort Platz zu nehmen. In jeder ihrer Gesten lag eine große Selbstverständlichkeit. Dass Lopez etwas essen wollte, stand außer Frage. Mila setzte es stillschweigend voraus. Man betrat die Küche dieser Frau nicht, ohne eine Einladung zu erhalten. Lopez schaute dieser aristokratisch wirkenden Frau, mit der Viktor optisch so gar nichts gemeinsam hatte, bei den letzten Handgriffen zu. Trotz Milas hohen Alters verrichtete sie diese mit Leichtigkeit.

Erst als sie sich neben Lopez setzte, stöhnte sie leise. Vermutlich, weil Knochen in diesem Alter eben schmerzten. Weil sie sich nach Ruhe sehnten.

Lopez aß und verkündete: »Hervorragend.« Sie fischte nach einer Karotte, die zwischen großen Fettaugen hervorlugte.

»Du übertreibst«, antwortete Mila. Mit einer kurzen Handbewegung wischte sie unsichtbare Krümel vom Tisch.

»Wie kommst du klar?«, fragte Lopez.

»Ich lebe noch. Ich komme sehr gut klar.«

Ob sich Trixis Vater gemeldet habe, wollte Lopez wissen.

Er habe angerufen, die notwendigen Unterschriften geleistet, um Mila Vollmachten zu übertragen. »Muss man sich vorstellen«, sagte Mila. »Ich habe den Mann noch nicht einmal gesehen.« So drückte sie ihr Missfallen aus. »Und solche Leute setzen Kinder in die Welt.« Sie schüttelte den Kopf.

Lopez konnte es Mila nicht verdenken. Sie sprang nicht zum ersten Mal in die Bresche. Nahm sich nicht das erste Mal eines verlassenen Kindes an. Lopez wollte nach Viktor fragen, aber Mila kam ihr zuvor. »Wie geht es dir?«

Zwischen jedem Löffel, den sie von der Suppe aß, brachte Lopez Mila auf den neuesten Stand. Natürlich log sie. *Alles in Ordnung. Mir geht es gut.*

»Und wie geht es Bernhard?«, hörte sie Mila fragen.

»Gut.«

Mila schaute ihr eine Zeit lang beim Essen zu. »Was ist passiert?«

Lopez legte den Löffel beiseite. Mila belog man nicht. Also erzählte sie ihr, dass Bernhard die Scheidung wollte. Dass sie bereits getrennt lebten. Wie unmöglich das Leben seitdem geworden war. Dass die Kinder alles verstanden. Selbst das, was nicht gesagt wurde. Sogar das Baby verfügte über einen sechsten Sinn. Dass man ihnen nichts verheimlichen konnte, selbst wenn man es probierte. Dass es kein Zurück gab. Dass Lopez in ihrer eigenen Wohnung zu einer Persona non grata geworden war.

Mila schlug die Beine übereinander. »Ich mochte Bernhard.«

Lopez sagte: »Ich mag ihn auch.«

»Willst du die Trennung?«

»Nein.«

»Dann bleib bei ihm. Gewinne ihn zurück.«

Als ob Bernhard ein Preis sei, den sich Lopez verdienen musste. Auf eine quälende Art und Weise fühlte sich Lopez damit ertappt und gleichzeitig verkannt. Lopez sprach so leise, dass Mila sie bat, das Gesagte zu wiederholen. Lopez fragte: »Womit?«

Mila verschränkte die Arme. Eine Antwort blieb sie schuldig.

Lopez sagte: »Ich kann es einfach nicht.«

Viktors Großmutter hätte nach Gründen fragen können, sie hätte Lopez überzeugen oder überreden können. Aber Mila tat nichts von alledem. »Was hast du jetzt vor?«

»Ich muss mir ein Zimmer suchen. Oder eine Wohnung. Für Tessa, das Baby und mich.«

Mila schwieg. Sie dachte nach.

Mila erhob sich, durchquerte die Küche resolut, schritt danach durch den Korridor wie jemand, der ein klares Ziel hat. Oder eine Mission. Lopez sah ihr nach. Das blaue Kleid, dessen Rock um Milas Beine wogte. Die obligatorischen Nike-Turnschuhe, die sie immer trug. Mila klopfte an Trixis Tür. »Komm!«, hörte Lopez sie sagen.

Einen Augenblick später lehnte Trixi, Siskas Tochter, mit verschränkten Armen an der Arbeitsplatte. Die schwarzen Haare waren gewachsen, seitdem sie sich in Moskau getroffen hatten. Noch immer umgab etwas Dunkles diesen Teenager. Ein unterschwelliger Protest, der sich jedem aufdrängte. Und das nicht nur, weil dieses Mädchen wie Bernhard schwarze Kleidung trug. Trixi musterte Lopez mit demselben Blick, mit dem Käufer auf dem Markt die Qualität der Ware prüften. Und nicht begeistert waren, dass Ware nie das war, was man sich von ihr versprach.

Mila sagte: »Hilf Rosa, Viktors Zimmer herzurichten!« Eher befahl sie es.

»Für wen?«, fragte Trixi. Zusammen mit Lopez schaute sie Mila skeptisch an.

»Für Rosa natürlich.«

Man hätte nicht sagen können, wer mehr überrascht aussah. Lopez, Gast in dieser Wohnung in Friedrichshain, oder die Ziehtochter, die hier lebte.

Trixi schmückte ihre Gefühle mit Worten aus. Sie sagte: »Kommt nicht infrage.«

»Wie bitte?« Mila sprach nur diese zwei Worte aus. Sie klangen scharf wie eine neue Messerklinge.

»Ich kenne diese Frau noch nicht einmal.« Trixi wirkte defensiv.

»Galt auch für dich und mich, bevor ich hier eingezogen bin«, sagte Mila.

Trixi schnaubte empört. »Aber das ist Viktors Zimmer.«

»Viktor lebt gerade nicht hier.« Mila stellte es fest wie einen Widerspruch. Wie ein Gärtner im Juni Bodenfrost.

Lopez stotterte: »Ich, ich weiß nicht …«

»Aber ich.« Final wie die letzten Töne des Solisten im Konzert. Trixi rückte beiseite, weil Mila den Kühlschrank öffnete und ihm eine Flasche Gin entnahm. Mila fragte nicht nach Lopez' Wünschen. Großzügig schenkte sie zwei Gläser ein.

Trixi breitete in ihrer Verzweiflung die Arme aus. »Das hier ist kein Hotel!«

»Keine schlechte Idee«, sagte Mila nachdenklich, als ob sie die Sache ernsthaft erwog, »vielleicht machen wir eins auf.«

Wutschnaubend stapfte Trixi durch den Flur. Lopez

hörte noch ihr gebrülltes »Nicht! Mit! Mir!«. Danach knallte eine Tür.

Lopez saß immer noch auf ihrem Platz. Mila stellte das Glas Gin vor ihr ab. »Frauen. Wir helfen uns gegenseitig.«

»Aber …«, setzte Lopez müde an.

»Ist schon klar«, unterbrach sie Viktors Großmutter.

Lopez wusste nicht, was sie damit meinte. Aber sie wusste, dass sich mit Milas Vorstoß alle ihre Probleme in Luft auflösten. Zumindest bis zu dem Moment, in dem neue Probleme daraus entstehen würden. Das Zwingende daran hatte Lopez bereits akzeptiert. Mit Trixi zusammenleben zu müssen würde darunter nur ein Drama unter vielen sein. Diese Wohnung befand sich in der Nähe ihrer eigenen. Ihr jetziges Zuhause gehörte de facto Bernhards Eltern. Milas Vorschlag war fast zu gut, um wahr zu sein. Sie würde Bernhard nahe sein, was Übergaben der Kinder erleichterte. Keine zwingend notwendigen Fahrten durch diese riesige Stadt. Lopez hatte gelernt, dem Glück gegenüber skeptisch zu sein. Sie fühlte sich überfordert. Sie dachte an Viktor, der noch vor Kurzem eine ähnliche Erfahrung in dieser Wohnung gemacht hatte. Dem das gleiche Glück angetragen worden war. Auch er hatte sich gesträubt. Gewehrt. Viktor und Lopez hatten die Rollen getauscht, nur um das Gleiche zu erleben.

»Aber was ist mit Trixi?«, fragte Lopez schwach.

»Trixi ist eine Egoistin. Und noch ein Kind.«

Mila hob ihr Glas. Ein eigensinniger Zug umspielte ihren Mund. Sie prostete Lopez zu. »Verrückte Zeiten. Ich spiele Mutter. Du kannst der Vater sein.«

Der Wind war abgeflaut. Die Luft, die Lopez einatmete, war klar. Alle Konturen schienen mit einer Schere akkurat ausgeschnitten zu sein. Müll, abgebrochene Äste, trockenes Blattwerk lagen wie Strandgut auf den Straßen und Bürgersteigen. Entwurzelt, abgerissen, durch die Luft gewirbelt. Abgestürzt, fortgetragen an einem fremden Ort. Lopez atmete tief ein.

Gunnar stand neben ihr. Vor seinem Mund kräuselten sich Nebelschwaden, wenn er ausatmete. »Würde jetzt eine rauchen«, sagte er, »wenn ich rauchen würde.«

Lopez warf ihm einen Seitenblick zu. »Auch ohne Zigarette überzeugend echt.«

Gunnar trug einen beigefarbenen Trenchcoat und einen roten Schal. Keine Mütze, keinen Hut. Lopez fragte sich, ob er seine Haare vielleicht färbte. Sie waren immer noch blond. Kaum möglich, dass das mit rechten Dingen zuging.

»Ist gut für uns gelaufen«, sagte er. »Wir führen die Lage.« Er seufzte. Als habe er eine Last zu tragen. Etwas Schweres, das auf seinen Schultern lag.

Lopez wusste, dass er ihre Konferenz mit dem BKA meinte. Das Zimmer, in dem diese Konferenzen stattfanden, nannte sich intern nur »der Raum«. Er hatte keine Fenster, eine schalldichte Tür und ebensolche Wände. Auf dem Tisch standen Apparate, die aus den Fünfzigerjahren hätten stammen können. Ein altmodisches Telefon. Womöglich noch aus Bakelit. Eine Freisprechanlage aus grauem Kunststoff, die mit bunten Knöpfen und Drehreglern versehen war. Für Videokonferenzen parkten in einem Schrank sogar eine Leinwand und ein Monitor. Die Tradition verlangte es, dass man sich eher im Äther begegnete, als sich direkt zu treffen. Ein verbaler Austausch fand nur in dringenden Fällen oder bei Abstimmungen statt, die das Votum verschiedener Behörden vonnöten machten.

Hansen, Lopez und Gunnar hatten sich in »dem Raum« versammelt. Ein Kollege aus der »Organisierten Kriminalität« bediente das vorsintflutliche technische Gerät. Es knackte in der Leitung, Gunnar grüßte. Hansen und Lopez stellten sich vor. Am anderen Ende grüßten Sarah Perlinger und der Referatsleiter »Politisch motivierte Kriminalität«. Die Kollegin »Cybercrime« sei verhindert, sagte der Kollege von Sarah Perlinger. Er nannte sich Lothar Budenhoff. Budenhoff. Lopez kannte ihn von früher. Sie waren sich einmal auf der Akademie begegnet. Lopez mutmaßte. Er musste ungefähr in ihrem Alter sein.

Sie klärten neue Positionen, trugen die aktuellsten Erkenntnisse zusammen, bewerteten die Situation. Lopez meinte, Bedauern aus Perlingers Stimme herauszuhören, dass sich der Terrorismusverdacht bisher nicht erhärtet hätte. Noch immer gab es kein Bekennerschreiben, keine radikalislamistische Organisation, die die Verantwortung übernehmen wollte. Noch nicht einmal Trittbrettfahrer hatten sich zu der Tat bekannt. Für einen Anschlag dieser Größe war es in den Tagen danach merkwürdig still geblieben. Selbst die Presse hatte sich erstaunlich schnell neuen Themen zugewandt: dem Ausbau eines Flughafens, dessen Inbetriebnahme Lopez zu ihren Lebzeiten nicht mehr erfahren würde; dem Mord an einer Serbin, deren Mann sie erstochen hatte, weil er sie untreu wähnte; einem jungen Pfarrer, der von der Kanzel rechte Parolen predigte.

Hansen rührte ihren schwarzen Kaffee in der Tasse um. Gunnar spielte mit seinen Fingern leise Trommelwirbel auf dem Tisch. Keiner von ihnen mochte »den Raum«. Die abhörsichere Verkleidung der Wände, die Fensterlosigkeit produzierten ein klaustrophobisches Gefühl.

Hansen berichtete von der Befragung einer neuen Zeugin, die auf der Vermisstenstelle aufgetaucht sei. Aber als sie gerade Tayfun Acay erwähnte, hörten sie aus dem Lautsprecher ein ungewöhnliches Geräusch. Die Anlage übertrug leises Gemurmel. Gunnar richtete sich auf. Hansen sah Lopez fragend an. Ihr Kollege zuckte mit den Schultern. Er drehte an dem Lautstärkeregler. Deutlich zu hören war jetzt, wie sich jemand aufseiten des BKA räusperte.

Sie alle kannten die Person. Sandra Wagner, erste weibliche Leiterin der Behörde. Ihre schmeichelnde Stimme ertönte nur leicht verfremdet durch den Lautsprecher. Sie begrüßte Gunnar persönlich. Hansen ignorierte sie. »Guten Tag, Frau Lopez! Habe schon viel von Ihnen gehört.«

Lopez runzelte die Augenbrauen. Sie war es gewöhnt, dass man genau das von Viktor sagte. Viktor hatte jeden Monat neue Schlagzeilen geliefert. Normalerweise stand er im Rampenlicht. Was genau wusste diese Frau von ihr?

»Wenn Sie beim LKA mal unterfordert sind, melden Sie sich doch bei uns!« Sandra Wagner sagte es mit einem Lachen. Ein Scherz unter Kollegen. Und eine Einladung, die niemand ignorieren konnte.

Gunnar rollte mit den Augen, wissend, dass man ihn zwar hören, aber am anderen Ende nicht sehen konnte. Landes- und Bundesbehörden. Sie spielten alle das alte Freunde-oder-Feinde-Spiel. Jetzt machte er ein fragendes Gesicht. Aber Lopez konnte ihm nichts erklären. Zum Beispiel, warum sich die Chefin des BKA höchstpersönlich in diesen Fall einschaltete. Ihre Anwesenheit bei dieser Konferenz übersprang gleich mehrere Stufen in der Hierarchie. Lopez hob ratlos die Hände. Sie kannte die Antwort auf Gunnars unausgesprochene Fragen schlicht und ergreifend nicht.

Sandra Wagner erkundigte sich nach den neuesten Entwicklungen. Ohne zu unterbrechen, hörte sie allen Seiten zu. Immer wieder kehrte sie zurück zu den Opfern bei Interpol. Als Hansen ansetzte, die Befragung Emmanuelle Martineaux' zu erläutern, hob Gunnar die Hand. Energisch schüttelte er den Kopf. Hansen schwieg abrupt. Unhörbar formten ihre Lippen das Wort: Warum? Lopez beobachtete das stumme Theaterstück. Sie hatte schon viele Konferenzen in »dem Raum« erlebt, aber diese hier hatte das Potenzial für einen Klassiker.

Gunnar äußerte noch ein paar Allgemeinplätze. Sandra Wagner bat ihn, zwei Kolleginnen zu grüßen. Alle wechselten Höflichkeitsformeln, verabschiedeten sich.

Die Anlage knackte noch einmal laut und vernehmlich, als Hansen dem Kollegen zuvorkam und den Knopf drückte, der die Verbindung unterbrach.

»Entschuldigen Sie«, sagte Hansen nach einer Weile. »Aber was sollte das?«

Lopez musste sich immer noch daran gewöhnen, dass Hansen Gunnar siezte, obwohl das Du beim LKA eigentlich Usus war.

Ihr Chef vergewisserte sich, dass Hansen die Verbindung wirklich unterbrochen hatte. Dass sie unter sich waren.

Lopez seufzte. So viel Heimlichtuerei war sie von Gunnar nicht gewöhnt.

»Und?«, fragte Hansen ungeduldig.

Gunnar kratzte sich am Kopf. »Keine Ahnung. Sandra Wagner platzt nicht einfach so in eine Konferenz herein.«

»Das ist alles?«, fragte Hansen leicht entnervt.

»Da stimmt was nicht. Warum sollten wir unsere Trümpfe alle ausspielen?«

Lopez wunderte sich, welche Trümpfe Gunnar meinte. Etwa Emmanuelle Martineaux? Ihr präsentierte sich die Lage weniger optimistisch.

»Ist nur so ein Bauchgefühl«, setzte Gunnar nach.

Er hielt Lopez und Hansen die Tür auf, komplimentierte sie hinaus. Nickte ihnen freundlich zu. Lopez kam nicht umhin, zu sehen, wie er auf Hansens Brust starrte.

Die Kollegin schien das nicht zu bemerken. Sie schüttelte den Kopf. Resigniert oder verwundert. Oder eine Mischung aus alledem. Hansen schaute Lopez fassungslos an. »Wir ermitteln also nicht nach Sachlage, sondern nach Gefühl?«

23
CHINESEN MÖGEN KATZENFLEISCH

Lopez stellte ihr Tablett ab. Erst danach reichte sie Morris und dem Mann, der neben ihm saß, die Hand.

»Danilo Fleischmann«, stellte Morris vor. »And that's Rosa Lopez, Kriminalhauptkommissarin.«

»Freut mich«, sagte Lopez. »Morris hat ein Riesengeheimnis daraus gemacht. Also, klär mich auf! Warum bin ich hier?«

Morris lächelte rätselhaft. Zumindest entsprach Morris' Gesichtsausdruck dem, was Lopez unter »geheimnisvoll« verstand.

In der Kantine war Rushhour. In den Siebzigerjahren musste die Ausstattung zeitgemäß gewesen sein. Gelbe Deckenplatten, orangefarbene Tische, ansonsten braunes Mobiliar. Die Stühle glänzten speckig grün und hatten die braun-gelb gestreiften vor zehn Jahren ersetzt. Gunnar redete Gästen die Örtlichkeit jedes Mal schön, indem er sie »Vintage« nannte. Begleitet von einem kurzen Auflachen, das dem der Gäste den Weg bereitete. Es wimmelte nur so von Kollegen, die sich noch kurz vor Schluss zwischen Essen eins bis drei entscheiden mussten. Zweimal Fleisch, einmal vegan. Es roch nach Zwiebeln und Bratfett. Lopez hatte sich nur einen schwarzen Kaffee und ein Croissant geholt.

»Not much«, merkte Morris an.

»Kein Hunger«, erklärte Lopez kurz. Seitdem Bernhard ihr die Beziehung aufgekündigt hatte, aß sie nicht mehr viel. »Also. Worum geht es?«

»No Small Talk. Kommt immer schnell zum Punkt«,

sagte Morris lachend. »Okay. I thought, this würde dich interessieren.«

Lopez verbrannte sich an dem heißen Kaffee. Sie verzog das Gesicht. »Macht er das auch immer mit Ihnen?«, fragte sie Fleischmann. »Echt jetzt. Mehr Cliffhanger geht nicht mehr.«

Fleischmann, von großer Statur mit undefinierbarer Haarfarbe, quittierte Lopez' Frage mit einem Lachen. »Immer«, sagte er. »Ganz ehrlich. Ich weiß noch nicht mal, worum es geht.« Er säbelte noch ein wenig auf einem fast rohen Stück Steak herum, spießte den Bissen mit der Gabel auf und schob ihn sich in den Mund.

Morris lehnte sich zurück. Sichtlich zufrieden, als genösse er die Situation mehr als das Stochern in einem verwesten Körper auf einer Leichenfarm.

»Morris!«, mahnte Lopez. »Ich habe einen Fall. Meine Zeit ist knapp.«

Morris nahm einen kräftigen Schluck Rotwein, was seine gesunde Gesichtsfarbe vielleicht erklärte. »Ich weiß, ich weiß!« Nur die Sphinx konnte geheimnisvoller sein.

»Danilo ist Pathologe. Pathologe for animals.« Morris betonte das Wort animal.

Lopez spürte dem pelzigen Gefühl auf ihrer verbrannten Zunge nach. »Aha.«

»Tell her, Danilo! Erzähl her about the cat.«

Lopez seufzte.

Fleischmann schob sich noch einen großen Bissen in den Mund. Er kaute genüsslich. Lopez verfluchte heimlich Essen zwei.

»Die Katze«, setzte Danilo Fleischmann an, als handele es sich um die Überschrift zu einem tschechowschen Theaterstück.

Eine Mitarbeiterin Fleischmanns, die der Pathologe nur »seine Perle« nannte, hatte den Anruf entgegengenommen. Die Anruferin, eine ältere Frau, hatte beim Joggen eine schlimme Entdeckung gemacht: Eine tote Katze lag am Waldrand. Hässliche Wunde.

Fleischmann machte eine dramatische Pause, verging sich weiter an Essen zwei.

»Scheint zu schmecken«, bemerkte Lopez.

Fleischmann nickte zustimmend. Für Sarkasmus schien er unempfindlich zu sein. Diese Anruferin habe Fleischmanns »Perle« beinahe in den Wahnsinn getrieben. Eine fanatische Tierschützerin, Vorsitzende von PETA, etwas in dieser Art. Etwas stimmte nicht mit dem Tier. Es müsste untersucht werden. Nein, sie sei nicht die Besitzerin, habe aber genug Geld angeboten, um die Obduktion zu bezahlen. Fleischmann bekannte: Sie seien auch Dienstleister. Selbst in der Pathologie. Ein paar Stunden später habe die Frau das Tier ins Institut gebracht.

Fleischmann habe sein Okay dafür gegeben, dass sich der jüngere Kollege die Katze anschaute. Als er um elf Uhr nach einem Gerichtstermin in Zehlendorf angekommen sei, habe er schon eine dringende Nachricht seiner »Perle« vorgefunden.

Lopez gähnte hinter vorgehaltener Hand. Tote Katzen. Perle. Ein schmeichelndes Wort, das eigentlich beleidigte. Fleischmann war ein jovialer Typ. Er hörte sich gern reden. Lopez fragte sich, ob es diese Geschichte bis zur Pointe schaffen würde.

Seine »Perle« habe ihm versichert: Die tote Katze sei ein interessanter Fall. Er habe ihren vorläufigen Obduktionsbericht überflogen. Und, Donnerwetter, sie hatte nicht gelogen.

»Und?«, fragte Lopez müde.

Fleischmann schluckte das letzte Stück Steak hinunter. Er hielt inne, dachte nach. Über die beste Formulierung oder den Nachtisch, das blieb unklar.

»Dieser Katze wurde das Rückenmark durchtrennt«, sagte Fleischmann schließlich. »Bei einem Menschen würde ich Genickbruch sagen.«

»Aha«, soufflierte Lopez. Die essengeschwängerte, dicke Luft setzte ihr zu.

»Aber das war nicht das Interessante. Die Wunde, von der die Joggerin berichtet hatte, stammte von einem Biss.«

»Hund oder Wildschwein?«, fragte Lopez milde interessiert.

»Von einem Menschen«, sagte Fleischmann.

Lopez verarbeitete noch das Gesagte. Und musste gestehen, dass diese Pointe alle anderen mühelos übertraf.

Morris klatschte vor Vergnügen in die Hände. Als habe er auf genau diesen Gesichtsausdruck von Lopez hingelebt. Als ergebe sein Leben endlich einen Sinn.

»Und was lernen wir daraus?«, fragte Fleischmann mit erhobener Stimme in die Runde. Morris' Kollege strich sich über den Bauch, und Morris bekam sich vor Selbstgefälligkeit kaum mehr ein. Weil Fleischmann so durchschaubar war, mutmaßte Lopez: »Nicht nur Chinesen mögen Katzenfleisch?«

24
VIKTOR HÖRT GERÄUSCHE

Es war Nachmittag. Im Radio sprachen sie von Sturm. Im Fernsehen tauchten die ersten roten Flecken auf den Satellitenbildern auf. Ein weißer Strudel mit Namen »Kevin« rotierte, Windrichtung Berlin. Erst Tief »Dorian«, jetzt Sturm »Kevin«. Lopez konnte sich noch daran erinnern, als Schlechtwetterfronten ausschließlich weibliche Namen trugen. Als Männer noch über Sprache und Bedeutungen bestimmten. Die Bezeichnungen hatten sich geändert. Geblieben war der Stammtischhumor. Scharfe Böen nahmen Lopez den Atem. Wenn der Wind auffrischte, riss es sie beinahe von den Füßen. Obwohl die Bevölkerung aufgerufen war, sich nicht in die Nähe von Waldstücken zu begeben, tat Lopez genau das. Sie hatte einen Termin in Falkensee und nicht vor, sich durch einen fallenden Ast davon abhalten zu lassen.

Der Kaffee stieß ihr sauer auf. Ihr Magen revoltierte. Gleichzeitig fühlte sich Lopez aufgeputscht. Zu viele Informationen. Zu viel Koffein.

Als sie das Gebäude betrat, schlossen die automatischen Türen den Sturm aus, wie Glasscheiben das Wasser in einem Aquarium. Lopez schüttelte sich unwillkürlich. Das Personal nickte ihr zu. Man wechselte Begrüßungsformeln, kommentierte das ungewohnt bewegte Wetter, scherzte müde über den Klimawandel. Lopez akzeptierte die Prozedur. Sie entledigte sich ihrer Waffe, ihres Handys, unterschrieb dafür auf einem Formular. Verschloss beides gemeinsam mit einem Mitarbeiter in einem Safe. Passierte die Schleuse, einen Körperscanner, dann in Begleitung einer Mitarbeiterin zwei Türen. Kannte die Gänge, lauschte dem monotonen Geräusch, das ihre Schritte verursachten. Spürte der leichten Anspannung nach, die sie jedes Mal verspürte, wenn sie sich innerhalb von *Psomavital* bewegte. *Psomavital.* Klang nach Wellness, meinte aber Therapie. Wieder der Besucherraum, Panoramascheibe, Sicherheitsglas. Lopez hörte noch die Stimme des Theaterwissenschaftlers: *Kleben Sie ruhig einen anderen Namen auf die Schachtel. Aber es ändert nichts an dem Produkt.*

Viktor saß wieder auf einem Stuhl, wieder an einem Tisch. Stahlbeine, Holzplatte, helles Buchenfurnier. Dazu die vollkommene Abwesenheit von frischer Luft. Lopez setzte sich Viktor gegenüber. Schweigend sahen sie sich an.

»Viel besser als beim letzten Mal«, urteilte Lopez.

»Warst du schon mal hier?«, fragte Viktor.

Einen Moment lang zögerte Lopez, ob Viktor das tatsächlich ernst meinte. Aber seine Augen wirkten wach und interessiert, so wie sie es von ihm kannte. Lopez hatte befürchtet, noch einmal diesen inhaltslosen Blick ertragen zu müssen. Aber der Nebel hatte sich einfach verzogen. Lopez lächelte. Es war Viktor. Er war zurück, und mit ihm sein trockener Humor.

Ein älteres Ehepaar betrat den Raum. Ein anderer Mann, dessen Gesicht Lopez an ein Nagetier erinnerte, schaute auf. Er saß direkt vor der Panoramascheibe. Sein hoffnungsvoller Gesichtsausdruck erinnerte Lopez daran, dass alle Menschen Kinder ihrer Eltern blieben. Dass man nie aufhörte, ihnen gefallen zu wollen. Selbst in der aussichtslosesten Situation.

Viktor erklärte mit einem Seitenblick: »Finn. Früher zu viele Aufputschmittel. Zu viel Amphetamine.«

Lopez nickte, als habe sie genau das erwartet. Die Welt bei *Psomavital* gliederte sich in Vorgeschichte und Prognosen.

»Prognose?«, fragte sie.

»Meteorologisch oder sozial?«

»Alle Zeichen stehen auf Sturm«, sagte Lopez mit einem Blick auf die Bäume, die sich vor den Fensterscheiben bogen.

Viktor sagte: »Ich fürchte, ich habe nicht alles mitbekommen. Bring mich noch mal auf den neuesten Stand.«

Lopez rollte den Fall nochmals vor ihm auf. Viktor lauschte ihrer leisen Stimme. Er wirkte konzentriert.

»Hör zu«, sagte Lopez. Sie flüsterte. »Ich dachte, ich hätte mich geirrt.«

»Hätte«, wiederholte Viktor.

»Dieser Motorradfahrer, den wir in Falkensee verloren haben.«

»Verloren«, echote Viktor.

»Ich habe mich aber nicht geirrt.«

»Stimmt.«

Lopez hob den Kopf. »Willst du woher wissen?«

»Ich habe von meinem Zimmer aus etwas gehört.«

»Was?«

»Geräusche.«

Vielleicht hatte Viktors Psyche doch einen permanenten Schaden genommen. »Kein Wunder bei diesem Sturm.«

Viktor schüttelte den Kopf. Er sagte: »Nein. Motorradgeräusche.«

Lopez wunderte sich, dass man in den Zimmern offensichtlich die Fenster öffnen konnte. Von außen hatte sie an den oberen Geschossen des Gebäudes Gitter gesehen. Sie sagte: »Muchtari besitzt ein Motorrad. Könnte er gewesen sein.«

Viktor sagte: »Unwahrscheinlich. Einmal ging Muchtari gerade über den Korridor, als ich den Motor hörte. Ein anderes Mal befand ich mich eine Minute vorher noch mit ihm im Gespräch.«

Lopez dachte nach. Ein Geräusch war ein Geräusch war ein Geräusch. *Die Patienten verlassen das Gelände normalerweise nicht. Nicht auf einem Motorrad.* Muchtari hatte das gesagt.

Viktors Hände lagen auf dem Tisch. Jetzt verschränkte er sie vor seinem enormen Brustkorb. »Kann Zufall sein. Kann eine Spur sein. Könnte Irrsinn sein.«

»Also alles wie immer«, stellte Lopez fest.

»Gib mir etwas Zeit«, bat Viktor. Etwas zuckte um seine Mundwinkel herum. Er wischte sich über die vernarbte Stirn. »Ich war ... war in letzter Zeit nicht ganz ich selbst.«

»Sechs Leichen. Gunnar und die ganze Riege, die mehrere Etagen über ihm Druck macht. Ich fürchte, dass wir nicht viel Zeit haben.«

»Also alles wie immer«, wiederholte Viktor.

Lopez lächelte. »Ich habe noch was für dich.«

»Ein Sägeblatt, das du in einen Kuchen eingebacken hast?«, fragte Viktor gespielt hoffnungsfroh.

»So ähnlich.« Lopez erzählte Viktor von der Tierschützerin. Von der toten Katze. Von der Verletzung, dem Biss. Von dem Gespräch mit Fleischmann, dem Tierpathologen, der gern Rohes aß.

»Menschliche Bissspuren?«, fragte Viktor. Er wirkte interessiert.

»Wie bei dem einen Opfer.«

»Diese Frau?«

»Beamtin bei Interpol«, ergänzte Lopez. »Und jetzt rate mal, wo diese Katze gefunden wurde!«

Viktor schaute Lopez einfach nur an. Er hatte keine Ahnung. Aber Lopez. Er erkannte eine rhetorische Frage, wenn sie ihm gestellt wurde. Gespannt beugte sich Viktor nach vorn. Selbst durch die isolierten Fenster hindurch war das Heulen des Windes noch deutlich zu hören.

Lopez zeigte auf die Panoramascheibe, vor der sich die Bäume im Sturm bogen. »In diesem Waldstück«, sagte Lopez. »Direkt hinter dem Sicherheitszaun von *Psomavital.*«

»Scheiße!« Lopez spürte, wie das Blut über ihr rechtes Auge rann. Sie lag auf dem Boden, über ihr tobte immer noch der Sturm.

Hansen reichte ihr die Hand.

Lopez fühlte sich noch desorientiert, griff aber dennoch danach.

»Bescheuert!«, sagte Hansen.

»Was?«, fragte Lopez. Sie betrachtete ihre roten Fingerspitzen.

»Bei diesem Sturm im Wald rumzulaufen«, antwortete Hansen. »Lass mich mal!« Mit einem Taschentuch betupfte sie Lopez' Stirn.

»Wenn es so bescheuert ist, was machst du dann hier?«

»Du bist eben mein Vorbild«, sagte Hansen. Sie zeigte ihr unwiderstehlichstes Lächeln. »Ist ein Tatort. Ich wollte mir den mal ansehen.«

Tatort. Die Katze. Jetzt erinnerte sich Lopez. Auch sie war deshalb hier. Ein paar Meter hinter ihr musste der hohe Sicherheitszaum von *Psomavital* liegen. Sie fühlte sich verwirrt. Sie konnte nicht sagen, ob es an Hansens ebenmäßigen, weißen Zähnen lag oder an der Tatsache, dass sie tatsächlich von einem herabfallenden Ast getroffen worden war. Die Stämme um sie herum knirschten in einem bizarren Konzert. Etwas weiter vernahm Lopez ein Krachen. Ein ganzer Baumstamm neigte sich und fiel mit einem Geräusch zu Boden, das sich sogar noch gegen die Jammertöne des Sturms behauptete.

»Komm!«, sagte Hansen. »Lass uns lieber gehen.«

Lopez stolperte hinter ihr her. Ihre Stirn pochte. Etwas Säuerliches kroch in ihrer Kehle hinauf.

Sie lehnten sich gegen den Sturm, erreichten den Toyota. Hansen hielt Lopez die vom Wind ruckelnde Beifahrertür auf. Lopez wollte einsteigen, schaffte es aber gerade noch, sich hinunterzubeugen und sich in Richtung des Windes zu übergeben. Als das konvulsive Heben ihres Magens abflaute, spürte sie Hansens Hand auf ihrem Rücken. »Alles okay?«

Nur eine harmlose Frage. Aber sie machte Lopez klar, dass gar nichts okay war. Sinnfragen drängten sich auf. Hier auf dem Asphalt. Vor ihrem eigenen Erbrochenen. Auf einer leer gefegten Straße in Falkensee. Wozu sie noch hier war, was sie noch am Leben hielt, was das alles sollte? Lopez fühlte sich zu müde für Fragen, zu leer für Antworten. Früher wäre sie nach Hause gegangen. Ein Heim. Alles funktionierte. Ein Refugium. Aber jetzt hatte sie kein Zuhause mehr. Alles zerbrach in ihren Händen. Ihr Kind wurde in ihrer Obhut entführt. Ihre Ehe hielt nicht mehr. Eine Hospitantin übernahm langsam ihren Job. Während sie selbst am Boden lag. Lopez fühlte, wie ihr Tränen über das Gesicht liefen. Lopez wollte nicht heulen. Aber darum kümmerte sich die Trauer nicht, die in ihr immer mehr Raum einnahm. »Lass mich!«, schluchzte sie.

Es dauerte einen Augenblick, dann saß Hansen neben Lopez auf der Straße. Knie angezogen, Arme davor verschränkt. Sie schaute nach vorn. Vor Lopez mischten sich Rotz und Tränen. Um sie und Hansen herum sang der Wind sein schrilles Lied.

Lopez richtete sich auf. Hansen sah sie an, beugte sich nach vorn. Mit der Hand wischte sie Lopez die Tränen von den Wangen, sagte immer noch kein Wort. Lopez spürte Hansens kalte Finger auf ihrer Haut. Beobachtete, wie der Wind an Hansens blonden Haaren riss, sie zerzauste, ihr einzelne Strähnen ins Gesicht wirbelte. Sie bemerkte, dass ihr die Berührung zusagte.

Ein paar Minuten später, die sich mehr Zeit ließen als ein Abschleppwagen im Ferienverkehr, fragte Hansen: »Besser?«

Lopez erkannte den sorgenvollen Ausdruck in ihrem Gesicht. Sie stand auf, klopfte ihre Uniform ab. Tastete nach der Wunde auf ihrer Stirn, unter der sich bereits eine Beule bildete. Mit fester Stimme antwortete sie: »Alles okay.«

Lopez stieg auf der Beifahrerseite ein. Als sich auch Hansen auf den Fahrersitz schlängelte, die Autotür zuzog und den Schlüssel ins Zündschloss steckte, ummantelte sie eine unwirkliche Stille. Der Dienstwagen im Auge des Sturmes. Auf die Windschutzscheibe klatschten kleinere Äste. Blattwerk wirbelte wie Kamikazeflieger an ihnen vorbei. Gravitation, Sturz, voraussehbare Kollision. Ein Plakat für die Europawahl hing nur noch an einem Fetzen. Der Sturm würde keine Ruhe geben, bis er es endlich von dem Laternenpfahl heruntergerissen hatte. Hansen schaltete die Heizung an. Warme Luft strömte durch die Luftschlitze am Armaturenbrett. Lopez kämpfte gegen ihre Verwirrung an. Als Hansen den Wagen startete, sagte Lopez mit einer Stimme, die Glas zerschneiden konnte: »Fass mich nie wieder an!«

25
TOTE UND VERMISSTE

Sie starrten alle auf das Foto der toten Katze. Gunnar legte den Kopf in den Nacken. Er sah selbstvergessen aus. Lopez hatte sich das Gesicht gewaschen. Ein Pflaster klebte über der Platzwunde auf ihrer Stirn. Hansen deutete auf die Wand, an der sie alle Details zu dem Attentat am Alex visualisiert hatten. Fotos, Papierfetzen, Teile eines Stadtplans, Merkzettel, Notizen in Druck- und Krakelschrift. Lopez fand, dass nur noch bunte Wollfäden fehlten, die die einzelnen Hinweise verbanden. Man hätte jeden in dieser Abteilung mühelos mit einem psychotischen Mörder verwechseln können. De facto unterschied sie eine völlig andere Motivation. »Halten wir fest«, sagte sie. »Sechs Opfer, darunter eine kannibalisierte Frau.« Sechs Fotos aus der Pathologie. Ein kleines Passbild von einer französischen Wissenschaftlerin.

»Ein Motorradfahrer, den die Verkehrskameras zeigen. Auch die Videokameras am Alex zeigen ihn in Aktion.«

»Seine Spur endet in Falkensee«, ergänzte Hansen.

»Und taucht hinter dem Zaun bei *Psomavital* wieder auf«, sagte Gunnar. Er seufzte. »Zufall? Jeder könnte …« Er stockte.

»Eine Katze angeknabbert haben?«, fragte Hansen. »Wie realistisch ist es, dass zeitgleich ein Kannibale und einer, der Haustiere verzehrt, durch Berlin laufen?«

»In Berlin? Sehr realistisch.«

Hansen verdrehte die Augen. Gunnars Humor verfehlte sein Ziel.

»Beides ist deviant«, sagte Lopez fest.

Gunnar begann, auf und ab zu gehen. Es war kurz vor sieben. Die meisten Kollegen befanden sich auf dem Nachhauseweg. Nur die Abteilung »Delikte am Menschen« kannte keine Kernarbeitszeit, keinen Feierabend, keine freien Wochenenden. Lopez konnte ohnehin nichts mehr damit anfangen. Freizeit zum Nachdenken war das Letzte, was sie gebrauchen konnte. Freizeit verstärkte nur die Einsamkeit.

»Außerdem ist da noch die Doppelgängerin. Emmanuelle Martineaux«, sagte Hansen. »Ihre drei Kinder werden seit Jahren vermisst.«

»Der Mann verübte Selbstmord«, erinnerte Lopez.

»Mein Gott, so viele Tote, Vermisste«, beklagte Gunnar wie ein Pfarrer kurz vor Allerheiligen. »Aber wo ist der Zusammenhang?«

»Vielleicht gibt es keinen«, mutmaßte Hansen.

»Worum geht es? Um Kannibalismus oder Mord?«, rätselte Gunnar.

»Könnte ein Fetisch sein.«

Lopez warf Hansen einen Blick zu.

Hansen sagte: »Was?!«

Es klang aggressiv. Lopez hielt ihrem Blick stand, obwohl sie sich schwach fühlte.

»Unmöglich, dass der Täter in der Psychiatrie lebt.« Gunnars Stimme klang fest.

Der Inhalt seiner Aussage klang für Lopez eher nach Wunschdenken. »Wäre die beste Tarnung.« Wer suchte schon nach einem Patienten, wenn ein Verbrechen begangen wurde? Man verließ sich auf diese Institutionen, obwohl Lopez wusste, dass auch das beste System seine Lücken hatte.

»Die brüsten sich mit dem besten Sicherheitssystem,

das auf dem Markt zu haben ist.« Hansen tippte mit dem Zeigefinger auf das Logo von *Psomavital.* »Die Klinik ist landesweit angesehen. Sie machen sowohl § 63 als auch § 64.«

»Wie bitte?«, fragte Gunnar.

»Sie behandeln sowohl psychiatrische Erkrankungen wie Wahn oder Schizophrenie als auch straffällig gewordene Menschen mit einem Hang zu Drogen oder Alkohol.«

Lopez fügte hinzu: »Entscheidend ist die Aussicht auf Therapieerfolg.«

Gunnars Gesichtsausdruck klarte auf. Davon hatte er schon gehört. Diese Prognose hatte auch bei Viktors Einweisung eine wichtige Rolle gespielt.

»Was wäre«, fragte Hansen, »wenn wir nicht einen Patienten suchen, sondern einen Mitarbeiter oder eine Mitarbeiterin?«

Lopez fand die Idee brillant. Sie hätte sie gern selbst gehabt. »Damit wäre das Schließsystem völlig außen vor«, sagte sie aufgeregt.

Gunnar nickte anerkennend. »Bestechender Gedankengang.«

»Wir dürfen Interpol nicht vergessen«, mahnte Hansen.

»Wie könnten wir?« Gunnar seufzte.

Sie schwiegen. Lopez rieb sich die Augen. Das grelle Licht schmerzte in ihren Augen. Noch immer fühlte sie sich erschöpft und angeschlagen. Das hatte nicht nur mit der Kopfwunde zu tun.

Lopez sagte: »Ich checke das Personal bei *Psomavital.*«

»Und ich kümmere mich um unsere Doppelgängerin.« Hansen zog ihre Jacke vom Stuhl.

»Bleibt für mich wohl nur die Schalte mit Interpol«, sagte Gunnar. Als bekäme er bei einem reichhaltigen Kuchenessen nur noch Krümel ab.

Hansen: »Wir müssten den Hintergrund des toten Inders besser durchleuchten.«

»Ich setze Schmidt und Mayer darauf an.«

Lope schaute sich demonstrativ um. »Wird um diese Uhrzeit schwer.«

Gunnar verzog den Mund. »Gehen wir nach Hause. Morgen ist auch noch ein Tag«, fasste er das Offensichtliche zusammen.

Während Lopez ihre Siebensachen zusammensuchte, lief Hansen bereits an ihr vorbei. »Bis dann!«, rief sie ihnen zu.

Lopez lauschte ihren Schritten auf dem Gang, bis sie verklangen.

»Sag mal, versteht ihr euch eigentlich?«, wollte Gunnar wissen.

»Ja, klar«, antwortete Lopez kurz. Sie zog ihre Jacke über, schloss den Reißverschluss.

Gunnar sah sie forschend an. Als glaube er ihr kein einziges Wort, habe aber kein eindeutiges Indiz dafür, ihr das Gegenteil zu beweisen. »Tja. Ist eben nicht Viktor«, hörte Lopez ihn sagen.

»Apropos Viktor.«

Gunnar zog die Augenbrauen hoch.

»Er hat etwas gehört.«

»Stimmen?« Gunnars Gesichtsausdruck verwandelte sich sofort. Er sah verzweifelt aus. »Und ich dachte schon«, sagte er gequält, »es gäbe gute Nachrichten.« Damit drückte er auf den Lichtschalter. Die Dunkelheit um sie herum passte zu der Ratlosigkeit, die sie alle immer noch verspürten.

Lopez verließ die beinahe menschenleere S-Bahn an der Station Landsberger Allee. Böen peitschten über den Bahnsteig hinweg. Die Luft presste sich mit Macht in Lopez' Lungen. Über ihr wackelten die Stahlkonstruktionen der Gebäude. In Lopez' Einbildung barsten die Glasscheiben, ein Scherbenregen, der auf sie niederging. Um sie herum nur Stahl, Beton und Glas. Das neue Berlin bestand aus geometrischen Flächen der Hochhäuser. Aalglatt wie die Banken und Aktiengesellschaften, die dort Geschäfte machten. Lopez unterquerte die Bahngleise. In der Unterführung riefen die Graffiti an den Wänden ihr Botschaften zu. Aber Lopez hatte für diesen Tag genug gesehen und gehört. Die Bilder prallten an ihr ab. Was auch hier ausblieb, waren Menschen. Im Vergleich zu Lopez nahmen sie die Warnungen ernst. Sie verließen ihre Häuser nicht. Vielleicht genossen sie den Verbleib im Warmen. Die Sicherheit in einem Kokon aus Stein. Die Straßenlampen auf der Landsberger Allee schaukelten hin und her. Sie verbreiteten ein gespenstisches Neonlicht. Lopez bog in die Fritz-Riedel-Straße ein. In einer Pizzeria blinkte eine Leuchtreklame. Rechts führten die Stufen zur Schwimmhalle. Auch hier Betonwüste. Lopez ließ die Parkplätze links liegen. Dazwischen Brachland, das nur dazu diente, Gras über den Müll wachsen zu lassen, den der Wind noch nicht weggetragen hatte. Der Sturm riss an Lopez' Kapuze. Irgendwann streifte Lopez sie ab. Das Schild an einem Bretterverschlag versprach Döner und Falafel. Es schien lebensgefährlich, diesen Bau zu betreten. Lopez dachte an den Zauberer von Oz. An das Farmhaus. An ein Mädchen namens Dorothy. Sie hatte ihrer Tochter diese Geschichte vorgelesen. Beide überfiel dabei das gleiche ungute Gefühl. Diese amerikanische Geschichte war unheimlicher als Grimms Märchen. Lopez dachte an Hänsel und Gretel. An die kannibalistische Mär. Dieser Fall verfolgte sie. Häuser konnten fliegen. Nicht nur in Amerika. Dieser Sturm unterschied sich kaum von einem Tornado. Nur war das hier Berlin und nicht Kentucky oder Idaho. Lopez öffnete die windschiefe Tür. Ein Mann mit olivfarbener Haut und glänzenden, schwarzen Haaren sah von seinem Smartphone auf. Lopez grüßte und bestellte einen schwarzen Tee.

Sie nahm an dem einzigen Tisch Platz, der am Fenster stand. Sie musste warten.

Lopez hatte mittlerweile zu viel Schwarztee intus. Sie fühlte sich aufgeputscht. Niemand verließ den Club. Erstaunlich viele Menschen betraten das Haus. Mehr Frauen als Männer. So viel konnte Lopez sehen. Frauen mussten keinen Eintritt zahlen. Das hatte sie schon gelesen und gehört. Lopez begriff, dass die Örtlichkeit für einen Swingerclub gut gewählt war. Um diese Uhrzeit trieben sich weder Sportler noch Besucher am Velodrom herum. Die Gegend war so tot wie ein Radio ohne Empfang. Das Gebäude sah abrissreif aus. Unauffällig fügte es sich in diese Mischung aus Beton und Brache, aus Aufschwungversprechen und Stillstand. Es war kurz vor dreiundzwanzig Uhr. Lopez gähnte. Sie musste dringend pinkeln, aber ein Schild an der Wand wies eindringlich darauf hin, dass es hier keine Örtlichkeiten dafür gab. Lopez zahlte und bedankte sich. Der Mann mit dem glänzenden Haar kassierte zwar mit einem Lächeln, aber wortlos und wandte sich wieder einem Video auf seinem Smartphone zu. Der Sturm drückte Lopez die Tür beinahe von selbst in die Hand. Als sie auf die Straße trat, hätte sie beinahe der Schlag getroffen. So sehr erschreckte sie die Stimme.

»Na?«, hörte sie Hansen sagen. »Was machst du denn hier?«

Lopez sah in Hansens schönes Gesicht. Lopez stotterte. Wo kam Hansen her? »Hast du mich beobachtet?«

Hansen öffnete entrüstet den Mund. »Ich?«, fragte sie unschuldig. »Wieso?«

Lopez bemerkte, wie ihr Herz unregelmäßig schlug.

»Aber was machst *du* hier?«, wollte Hansen wissen.

Lopez hatte sich vor dieser Frage gefürchtet. Wie ein Kind, das bei einer Lüge ertappt worden war. Weil es nicht gut genug geschwindelt hatte. »Ich …« Vielleicht sollte sie es mit der Wahrheit probieren? Die Wahrheit war immer eine Option.

»Oder wolltest du da hin?« Hansen zeigte auf den Swingerclub.

Lopez schnaubte. »Ich habe nur einen Tee getrunken.«

»Gab es keinen mehr in Friedrichshain?«

Lopez bemerkte, dass ihre Hospitantin wusste, wo sie lebte. Sie hatte keine Ahnung, wo sich Hansens Bleibe befand.

»Wenn du willst, zeige ich es dir.« Sie zeigte auf die schummerige Beleuchtung des Clubs.

Lopez fragte sich erneut, ob Hansen vielleicht *sie* beobachtet hatte und nicht umgekehrt. Sie hatte den Eingang nicht einen Moment lang aus den Augen gelassen.

Hansen wischte mit einem Taschentuch über ihre Brillengläser. Als sei das hier ein ganz normales Treffen. Eine normale Uhrzeit, eine ganz normale Situation.

»Was machst du hier?«, stieß Lopez hervor.

»Ich?«, fragte Hansen aufreizend. Sie sprach jetzt ganz leise.

Lopez musste sich ihr nähern, um alles zu verstehen. Der Wind verwehte Worte.

»Ich?«, wiederholte sie. »Ich bin hier wegen dir.«

Lopez' müder Verstand versuchte noch, das Gesagte zu verarbeiten, aber ihr Körper traf mittlerweile ihre eigenen Entscheidungen. Er wandte sich abrupt zum Gehen. »Fick dich!«, murmelte sie.

»Mache ich gelegentlich«, rief Hansen ihr hinterher.

Lopez schritt weit aus. Sie steckte ihre Hände tief in die Taschen. Ihre Gedanken purzelten durcheinander, drehten Kapriolen. Was passierte hier? Egal was es war. Sie hatte nichts davon geplant. Die Dinge entglitten ihr. Hansen spielte mit Lopez. Sie war ihr andauernd einen Schritt voraus.

Ihr Gehör registrierte das Geräusch, bevor sie es tatsächlich erkannte. Irgendwann setzte es sich gegen das Heulen des Sturms durch. Lopez drehte sich um, sah das Motorrad. Hörte Hansens lauten Schrei. Schaute wieder zurück. Erkannte, dass es keinerlei Deckung gab. Die Straße lag vor ihr wie eine Rennbahn. Die Treppen zu den Sportanlagen streckten sich schier endlos dahin. Lopez dachte noch nach, während sie schon rannte. Die Treppen konnten ihre Rettung sein. Wenn sie sie rechtzeitig erreichte. Der Wind stemmte sich gegen ihren Körper, als würde er ihr diese Flucht nicht gönnen. Als ergriffe er Partei für die andere Seite. Das Motorengeräusch näherte sich. Lopez konnte das Adrenalin in ihren Fingerspitzen spüren. Ihre Schuhe trommelten auf den Asphalt. Sie erreichte den Bürgersteig. Noch vier Meter bis zur Treppe. Sie nahm die ersten beiden Stufen. Nur Stuntleute konnten über Treppen fahren. Das Geräusch ließ Lopez' Nackenhaare zu Berge stehen. Verzweiflung breitete sich in ihr aus. In diesem Augenblick wusste Lopez, dass sie trotzdem keine Chance hatte. Dann kam der Aufprall, ihre Füße berührten den Boden nicht mehr.

Unnatürliche Sekundenbruchteile befand sich Lopez schwerelos in der Luft. Alles in ihr, an ihr schien nur aus Panik und böser Vorahnung zu bestehen. Hart schlug ihr Körper auf dem Asphalt auf. Ein scharfer Schmerz zuckte wie eine Stichflamme in Lopez' Bewusstsein auf. Etwas oder jemand schaltete mit einem Schlag alle Lichter aus.

26
STILLE NACH DEM STURM

Die Welt drängte sich in Lopez' Sichtfeld wie ein neues Bild bei einer Diashow. Klack, neues Bild. Diesmal Schräglage. An dem weißen Diarahmen fehlte ein Stück. Lopez blinzelte zweimal. Das Bild schärfte sich. Der Rahmen entpuppte sich als Treppe. Ein Geräusch entfernte sich. Der Motor eines Motorrades in schneller Fahrt. Jetzt spürte Lopez den harten Untergrund. Kaum Schmerzen, jetzt noch nicht. Sie wollte sich aufrichten, aber jemand drückte sie in das Bild zurück. Lopez wollte nicht Teil einer Diashow sein. Dunkelheit umgab sie bis auf den fahlen Lichtschein der Straßenlampe. Was machte sie hier? Sie sollte doch zu Hause sein. Was war passiert?

Ein Frauengesicht schob sich in ihr Sichtfeld. Wer war das? Eine Flamme in Lopez' Erinnerung leuchtete kurz auf, erstarb jedoch schnell. Die Frau erinnerte sie an eine Prinzessin. An jemanden aus einem Königshaus. Welches? Auch hier Endstation. Vielleicht doch eine Verkäuferin. Discounterkasse oder Drogerie? Die Frau tippte jetzt auf ihrem Handy, hielt es ans Ohr. Der Wind riss an ihrem Haar, das zu einem Zopf zusammengebunden war. Lopez wunderte sich, warum sie immer noch hier auf dem Boden lag. Warum sie nicht aufstehen konnte. Es war kalt, die kalte Luft fand den Weg über ihre Ärmel und Hosenbeine bis an ihre Haut. Es roch nach Schnee. Die Frau sagte: »Sie sind gleich da.«

Lopez versuchte, Worte zu formulieren. Die Frau runzelte die Stirn. Nicht einmal das entstellte ihr schönes

Gesicht. Es schien, als verstehe sie nicht, was Lopez sagte. Lopez fand, dass sie besorgt aussah.

Lopez setzte sich ruckartig auf. Betastete ihren Kopf. Ihre Finger erspürten eine empfindliche Stelle. Unter Haaren und Haut staute sich bereits das Blut. Sie bemerkte, wie sich ihr Magen hob. Sie schluckte, ein Zittern überfiel sie, rechtzeitig konnte sie sich noch zur Seite beugen, dann übergab sie sich schwallartig. Flüssigkeit ergoss sich über die hellen Treppenstufen. Hell wie Tee. Lopez keuchte, atmete wieder ein.

Eine Hand lag auf ihrem Rücken.

Die Hand erschien jetzt neben ihrem Kopf.

Sie hielt ein Taschentuch.

Lopez nahm es dankbar und wischte sich über den Mund. Der säuerliche Geschmack ließ sie nochmals würgen. Danach stand sie mühsam auf. Aufrecht sah die Welt wieder gerade aus. Lopez schwankte noch. Aber eine Klarheit kehrte zurück. Die Fragen blieben die gleichen: Was tat sie hier? Am Rand dieser gottverlassenen Straße? Was hatte sie hierhergebracht?

»Wie geht es dir?«, fragte die Frau neben ihr.

»Gut«, log Lopez. Ihr Kopf pochte unangenehm. Langsam kehrte die Wahrnehmung zurück. Sie fror.

»Er ist weg«, sagte die Frau. Für Lopez stand die Aussage ohne jeglichen Zusammenhang. »Weißt du noch, wie du heißt?«, fragte die Frau sie.

Was war das für eine Frage? »Rosa Lopez«, antwortete Lopez automatisch. »Und wie heißen Sie?«

Die Augenbrauen der Frau vor ihr schoben sich noch weiter zusammen. Nervös betrachtete sie nochmals ihr Handy. Als erwarte sie, dass es klingelte. Oder ihr etwas Wichtiges verriet. »Du weißt nicht mehr, wie ich heiße?«, fragte die Frau. Sie wirkte verwirrt.

Lopez bemerkte, dass die Namenlose die vertrauliche Formel Du verwendete. Sie kannten sich. Warum? Ihr Kopf arbeitete fieberhaft. Dieses schöne Gesicht. »Was ist passiert?«, fragte Lopez. Sie waren sich jetzt ganz nah. Der Sturm umtoste sie.

»Ein Motorrad tauchte auf, beschleunigte. Der Fahrer hielt auf dich zu. Du bist gerannt, wolltest dich auf die Treppen retten.«

»Wie sah er aus?«

»Schwarze Lederkleidung. Schwarzer Helm.«

»Was für eine Maschine?«, unterbrach Lopez.

Die Schöne lächelte leicht: »Eine Motocross.«

Das Wort triggerte eine Erinnerung. Ein Motorradfahrer. Ein Fernsehturm. Das Attentat am Alexanderplatz. Sie war Polizistin. Natürlich. Es erschien ihr jetzt ganz klar. Eine Selbstverständlichkeit.

»Der Fahrer war sehr geschickt. Er übersprang mit der Maschine einfach ein paar Stufen, dann rammte er dich.«

»Er wollte mich überfahren?«, fragte Lopez.

Die Frau nickte.

»Aber warum?« Wen hatte sich Lopez zum Feind gemacht?

»Das werden wir herausfinden.« Die Frau sagte es laut. Ihre Worte tönten deutlich über den Sturm hinweg.

Wir. Der Attentäter. Er war mit einem Motorrad geflohen. Waren sie ihm tatsächlich so nah gekommen? Womit? »Wo ist er hin?«

»Weg.« Das Scheitern in nur einem Wort.

»Ich …« Lopez fasste sich unwillkürlich an den schmerzenden Kopf. »Ich kann mich nicht erinnern.«

»Das macht nichts«, sagte die Frau. Sie hatte einen Zug um den Mund, der entschlossen wirkte. »Aber ich.«

Lopez hörte in der Ferne eine Sirene. »Woran?«, fragte sie.

»An das Nummernschild.«

»Gut. Ich möchte nach Hause.«

Die Frau bewegte den Kopf ruckartig. »Der Notarzt ist gleich da. Du musst ins Krankenhaus.«

Die Lautstärke des sich nähernden Martinshorns schwoll an.

»Auf keinen Fall«, sagte Lopez. Konzentriert nahm sie eine Treppenstufe nach der anderen. Die Welt schwankte nicht mehr. Oder sie hatte ihre innere Balance wiedergewonnen.

»Lopez!«, hörte sie die Frau rufen. »Das ist ein Tatort. Du kannst nicht einfach gehen.«

Lopez sagte es nicht, aber sie dachte es: *Ich kann alles, was ich will.* »Komm«, sagte sie.

Die Frau lief ihr nach. »Das ist Irrsinn. Du hast eine Gehirnerschütterung. Mindestens. Gedächtnisverlust. Du konntest dich nicht mehr an meinen Namen erinnern.«

Lopez blieb kurz stehen. »Mette Hansen«, sagte sie. »Kommst du jetzt?«

Hansen seufzte. »Ach, scheiß drauf!« Sie setzte sich in Bewegung. Ihre Stimme konnte sich kaum mehr gegen den Lärm des Windes durchsetzen. »Dort vorn steht mein Auto«, rief sie. »Ich fahre dich.«

Lopez folgte ihr. Zügig. So schnell es eben ging, ohne wie eine Flüchtige auszusehen.

Zwei Blaulichter zuckten an ihnen vorbei. Ein Notarztwagen und ein Krankenwagen bogen in die Straße ein. Sie schauten ihnen nach. Aber nur kurz. Verfolgten wieder ihren Weg. Bis zu einem hellblauen Mini.

War klar, dachte Lopez, *dass Hansen auch noch ein*

stilvolles Auto fährt. Sie schüttelte wortlos den Kopf. Bereute es sofort, weil sich der Schmerz vervielfachte. *Unheimlich, diese Perfektion!*

Hansen hielt ihr die Beifahrertür auf. Lopez stieg ein. Der Wind rüttelte am Wagen. Pfiff und schrie. Hansen schlug die Tür zu. Hinter dem Steuer strich sie sich Strähnen aus dem Gesicht. Die Stille nach dem Sturm. »Weißt du, was das Problem mit dir ist?«, fragte Hansen.

Lopez betrachtete wortlos das Armaturenbrett.

»Ich habe keine Ahnung, woran ich mit dir bin.«

*

»Was soll das sein?«, spottete Giga.

Zidane senkte den Kopf, faltete konzentriert.

Giga lachte. Ein dreckiges Lachen, das nur einem Zweck diente: Verachtung, Vernichtung, je nachdem.

»Könnten Sie sich bitte wieder setzen, Herr Dogan?«

Giga zeigte eine Reihe weißer Zähne. Ein Wolf, der nicht vorgab, ein Schaf zu sein. »Natürlich, Chef!«

»Für Sie immer noch Frau Wisser.«

Melanie Wisser war die Gestalttherapeutin. Sie regierte in einem gelben Raum in der obersten Etage von *Psomavital.* Das Zimmer, in dem sie eigene Kunst schuf und die Patienten anleitete, selbst kreativ tätig zu werden, hatte keine Fenster. Keine Gitter. Dafür drei große Oberlichter, die den Saal erhellten. An den Wänden hingen Kunstwerke ihrer Schüler. Oder das, was man in einer psychiatrischen Anstalt unter Kunst verstand. Viktor interessierte sich nicht für Kunst. Er folgte nur den Anweisungen, die man ihm gab. Er wollte wieder arbeiten. Zurück zum LKA. Seitdem Muchtari seine Medikation angepasst hatte, wusste er das. An die letzten Male, die er hier verbracht hatte, konnte er sich nicht genau erinnern. Melanie Wisser hatte ihn heute zu seinem Platz an einem Tisch begleitet. Auf der Platte stand ein Ding, verborgen unter einem Küchentuch. In Viktors Erinnerung regte sich etwas. Ja. Er hatte an diesem Tisch bereits gesessen. Aber was hatte er hier getan? Er setzte sich. Berührte kurz das Tuch, das sich als feucht entpuppte. Danach zog er an dem Stoff. Ein graues Ding kam zum Vorschein. Viktor beobachtete sich dabei, wie er die Sitzfläche des Hockers, auf dem er saß, höher drehte. *Ich muss das schon mal gemacht haben,* dachte Viktor. Es fühlte sich völlig natürlich an.

Melanie Wisser, die ihn beobachtete, sagte: »Wie finden Sie es?«

Was sollte Viktor sagen. Bei klarem Verstand – soweit das bei ihm möglich war – wirkte das Ding vor ihm unfertig und tot. Vorsichtig antwortete er: »Okay.«

Melanie Wisser lachte. Sie wischte sich die Hände an ihrem Malerkittel ab. Viktor verlor sich einen Augenblick in der Betrachtung ihrer kleinen Hände. Starke Hände, kurze Finger, die zupacken konnten, Viktor empfand sie wie eine Miniatur seiner eigenen Figur. Alles an Melanie Wisser wirkte zupackend. Agil. Freundlich und resolut.

»Machen Sie weiter. Ich glaube«, sagte sie nachdenklich, »Sie haben Talent.«

Viktor sah, wie Giga den Mund im Spott verzog. Hier hörte jeder alles. Geheimnisse gab es nicht. Schon gar keine Diskretion. Viktor legte seine Hände auf den Ton und bemerkte, dass ihm das Gefühl zusagte. Dass ihm der kühle Werkstoff lag. Er verharrte einen Augenblick, griff dann zu, formte und knetete. Es roch nach Moor. Nach frischer Erde. Wie nach einer durchregneten

Nacht. Er wollte seine Tätigkeit verachten, die so gar nichts mit seinem Selbstverständnis als Mann zu tun hatte. Aber es gelang ihm nicht. *Ich darf nicht darüber nachdenken,* dachte Viktor. Er musste sich selbst vertrauen. Sich selbst vergessen. Sie vergessen. SIE. *Ich darf nicht über sie nachdenken.* Viktor schloss die Augen und arbeitete.

Als er sie wieder öffnete, stand Nelson Fuhrmann am Nachbartisch. Er deutete auf Zidane. Viktor sah, dass das Werk aus Papier gewachsen war. Zidane war der einzig wahre Künstler unter ihnen. Der Einzige, der die Gabe besaß. Er erschuf ganze Welten aus Papier. Er überzog die Welt einfach mit Papier. Eine strahlend weiße Landschaft, ein Feld, auf dem der Weizen wogte, ein Himmel, der sich darüberspannte, Wolken, Sonnenstrahlen. Unter dem Feld eine neue Welt, ein Labyrinth. Viktor fragte sich nicht zum ersten Mal, wie das möglich war. Wie Hände etwas derartig Filigranes falten und bauen konnten. Aber musste Kunst nicht genau das sein? Mysteriös und schön, anziehend und rätselhaft, hässlich und abstoßend. Eine Welt, die sich anbot, aber nie ganz erschloss.

»Er knistert«, schrie Fuhrmann, »er stört mich. Und das absichtlich!«

Melanie Wisser versuchte zu vermitteln, zu schlichten, obwohl Fuhrmanns Anschuldigung jeglicher Grundlage entbehrte. Aber Fuhrmann ignorierte sie.

Zidane reagierte immer noch nicht. Er wirkte völlig in seine Arbeit versunken. Ignorierte das Geschrei. Seine Finger falteten. Mit seinen Fingernägeln bearbeitete er die Kanten.

Giga stand Fuhrmann bei. Wenn er nicht Streit stiftete, hieb er mit einem Hammer auf Nägel ein, die in einem

Brett steckten. Die Nägel bildeten Wirbel und Inseln, je nachdem wie Giga sie einschlug und bog. Er machte dabei einen Heidenlärm. Viktor vermutete, dass weder Fuhrmann noch Giga Zidane überhaupt hören konnten. Zidane arbeitete völlig still. Aber hier ging es um etwas anderes. Jeder wusste das.

Finn, der nervös zwischen ihnen hin und her ging, sagte: »Jetzt beruhigt euch doch. Jetzt lasst ihn doch. Gibt doch nur Ärger. Weiß ich doch.« Über sein Gesicht flackerten wechselnde Emotionen.

»Könnten Sie sich bitte alle wieder setzen?«, fragte Melanie Wisser laut. Viktor nahm wahr, dass sich ihre Hände ineinanderkrampften. »Es reicht.« Wie jeder des Personals trug sie einen Notfallpager. Mittlerweile hielt sie ihn in der Hand. Viktor wusste, was das bedeutete.

»Natürlich«, sagte Nelson Fuhrmann freundlich. Ruhig ging er zu einer Staffelei, auf der eine Leinwand stand. Sie zeigte Grautöne, die Fuhrmann mit einem breiten Pinsel aus mehreren Farbdosen übereinanderschichtete. Ganz unten im Bild ein schwarzer Strich. Er griff nach einer Dose. Ging nochmals durch den Saal. Es war ganz still.

Viktor beobachtete mehrere Dinge gleichzeitig.

Melanie Wisser drückte den Knopf ihres Pagers.

Giga erhob sich ruckartig.

Finn rief ein schrilles Nein!

Fuhrmann kippte den Inhalt der Dose quer über Zidanes Welt aus Papier.

Die Farbe klatschte wie eine Ohrfeige auf den Untergrund. Der Papierhimmel sackte unter dem Farbschwall zusammen und begrub Feld und Labyrinth unter sich.

Zidane rührte sich nicht. Nur langsam drehte er sich um. Dann erhob er sich von seinem Platz. Er warf sich auf Fuhrmann, der sich wehrte. Nur ein paar Augenblicke später hatte er den Kampf verloren. Zidane kniete auf ihm. Faustschläge prasselten auf Fuhrmanns schönes Gesicht. Viktor sah einen Augenblick zu, bis er sich rührte. Mehrere große Schritte später packte er Zidane an den Schultern. Finn schrie, und Giga applaudierte. Er hatte die Hand in die Luft gereckt. Als halte er ein unsichtbares Handy. Wie in einem Video kommentierte er das Geschehen. Fuhrmann hatte mittlerweile Blut im Gesicht.

Viktor sagte zu Zidane, dessen magerer Körper sich wie ein Bogen unter seinen Händen spannte: »Hör auf. Ist besser so!«

Zidane schaute ihn über die Schulter kurz an. Er flüsterte: »Besser ist nicht gut genug für mich.«

Viktor, dem es ein Leichtes gewesen wäre, Zidane zurückzuhalten, ließ los. Die leisen Worte hatten etwas Drohendes, Kompromissloses, etwas, das man nicht infrage stellte. Etwas, das es Viktor verbat, sich weiter einzumischen. In diesem Augenblick war Viktor nur Patient, nicht Polizist. Er zog sich zurück. Die entfesselte Gewalt fand mit Zidanes Schlägen zu ihrem alten Takt zurück. Viktor sah sich selbst am Boden knien. Er sah sich selbst anstelle von Zidane. Er teilte Schläge aus, kurz danach empfing er sie. Zwei Seiten einer Medaille, zwei Seiten von Gewalt. Viktors Naturell in einem Bild.

Melanie Wisser bekam Zidane nicht zu fassen. Vor Anstrengung zeigte sich eine pulsierende Ader auf ihrer Stirn. Sie rief Viktor. Aber für Viktor verbot sich eine erneute Einmischung. Fuhrmanns Gesicht war kaum noch zu erkennen. Es schwoll sichtbar zu. Als sich der Sicherheitsmechanismus der Tür endlich öffnete, glänzte auf dem Fußboden und der Wand Blut. Ein rotes Tropfmuster wie von Malerhand. Drei Pfleger packten Zidane, rangen ihn zu Boden. Zwei andere beugten sich über Fuhrmann, der sich nicht mehr rührte. Viktor, der wie eingemauert noch am selben Ort stand, hörte die Worte Fesselung und Isolation.

27
LEICHEN, DIE NACH OBEN TREIBEN

Ich muss ruhig bleiben«, wiederholte Gunnar bereits zum zweiten Mal.

Er hatte die Handflächen aneinandergelegt. Lopez betrachtete sein ernstes Gesicht. Ihr Chef wirkte wie ein Buddha. Seit wann hatte Gunnar Scholz die Religion entdeckt? Hansen saß mit lässig überschlagenen Beinen im Besucherstuhl. Lopez stand. Schaute auf den Boden. Wie eine Schülerin, die in das Zimmer des Direktors zitiert worden war. Schlechtes Benehmen. Ein Tadel war das Mindeste. Die Stille zwischen ihnen wog schwer. Wie ein Gewicht, das eine Leiche bis auf den Grund des Meeres zog. Aber nichts blieb für immer verborgen. Manche Leichen trieben nach oben. Lopez' Gehirn spielte Gunnars letzte Sätze nochmals ein.

»Das kann doch nicht euer Ernst sein.«

»Wie konnte das passieren?«

Und zweimal: »Ich muss ruhig bleiben.«

»Es ist, wie es ist«, sagte Gunnar.

Er sprach in Rätseln. Seine Hände ruhten jetzt flach auf dem Tisch. Lopez hätte gern geantwortet, dass es kam, wie es eben immer kam. Dass man nicht dem hinterhertrauern sollte, was verloren war. Und dass eine Schwalbe keinen Sommer machte. Aber sie schwieg. Diesen Wettkampf der Sprichworte würde sie nie gewinnen. Weil Gunnar als Meister dieses Faches galt.

»Es war ein Fehler«, gestand Lopez. Sie meinte es. Nicht nur, weil ihr Kopf fast zersprang. In der Nacht hatten die Schmerzen sie gequält. Die Wirkung der

Schmerztabletten ließ jetzt nach. Der Druck hinter ihrer Stirn wirkte wie eine Ermahnung.

»Dafür wirst du morgen deinen Kopf hinhalten müssen«, hatte Hansen gesagt, als sie vor dem Haus standen, in dem sich Siskas Wohnung befand. Das Zimmer, in das Lopez noch nicht einmal richtig eingezogen war. *Deinen Kopf.*

»Wenn er bis dahin nicht geplatzt ist«, antwortete Lopez.

»Hast du etwas gegen die Schmerzen?«, fragte Hansen.

Lopez zuckte mit den Schultern. Sie kannte Milas Medikamentenbestände nicht. Sie konnte auf keinen Fall zu Bernhard gehen. Das Leben begnügte sich nicht mit einem tiefen Fall. So viel hatte Lopez von Viktor gelernt. Bernhard jetzt zu begegnen, angeschlagen und ohne Fahndungserfolge, schien unmöglich. Lopez hätte sein Mitleid nicht ertragen. Sachlichkeit oder Ignoranz noch viel weniger.

Hansen beugte sich über den Beifahrersitz, um mit einer Hand das Handschuhfach zu öffnen. Ihr Kopf lag dabei fast in Lopez' Schoß, und Lopez erwischte sich dabei, wie sie sich leicht nach unten beugte, um das Aroma von Hansens Haaren aufzusaugen. Ihre Haare rochen nach Blumen. Sie rochen irrsinnig gut.

Mit einem Ruck richtete Hansen sich auf. »Was soll das?«, fragte sie.

Lopez suchte den Türgriff, fand ihn und stieg aus. »Danke!«, sagte sie. Das Handschuhfach, in dem eine Packung lag, stand immer noch offen. Der Wind fegte um Lopez herum. Er flutete das Wageninnere mit kalter Luft.

Hansen warf Lopez die Kopfschmerztabletten zu. Sie

fielen vor Lopez' Füße wie ein Fehdehandschuh. Als sich Lopez hinabbeugte, drehte sich alles in ihrem Kopf. Als sie sich wieder aufrichtete, schaute Hansen nach vorn durch die Windschutzscheibe. Als gäbe es dort etwas zu sehen. Lopez existierte nicht mehr für sie. Also warf Lopez die Beifahrertür zu. Hansen parkte aus. Grußlos. Sie legte den Gang ein und raste die Straße hinunter. Lopez sah noch, wie sie abbog. Wie sich der Mini in die Kurve legte.

»Es war ein Fehler«, sagte Hansen. »Ich habe darauf bestanden, dass sie bleibt. Aber sie wollte nicht.«

Mit »sie« war Lopez gemeint. Hansen verhielt sich linientreu. Gleichzeitig fiel sie Lopez in den Rücken. Lopez hasste Hansen in diesem Moment. Eine Stimme in ihrem Hinterkopf flüsterte. Vermutlich hätte sie es genauso gemacht.

Gunnar schüttelte den Kopf, als verstehe er die Welt nicht mehr. Sein Schreibtisch wirkte aufgeräumt und sauber. Aktenausgang und -eingang säuberlich getrennt. Stifte nach Größe sortiert. Kein Stäubchen trübte das Bild. »Wir hätten vor Ort Beweise sammeln können. Reifenspuren sichern. Was hast du dir nur gedacht?«, fragte er.

Lopez hatte nicht mehr klar denken können. Gestern Abend. Nach dem Sturz. Aber das war nicht das Problem. Lopez fühlte sich müde und leer. »Es tut mir leid.« Gunnar hatte recht, und Lopez wusste es.

»Du erinnerst mich an Viktor.«

Lopez ahnte, dass diese Tatsache in Gunnars Augen nichts Gutes war.

»Was haben wir?«, fragte ihr Chef.

»Schwarze Lederkluft«, sagte Hansen. »Dunkler Motorradhelm.«

»Wie der Flüchtige am Alexanderplatz?«

Hansen nickte.

»Das ist alles?«

Hansen sagte: »Ja.«

»Das ist nicht viel«, erwiderte Gunnar und seufzte. Er schwieg für einen Moment, der Lopez unnatürlich lang erschien. Vor dem Fenster ballten sich graue Wolkenberge. Ein Bild, an das sich Lopez langsam gewöhnte. Als gäbe es nur Grau. Nur Wind und Gegenwind.

»Was wollte er von dir?«

Lopez hatte sich das unzählige Male gefragt. Sie hatte keine Ahnung. Keine Idee.

»Kannte er dich?«, dachte Gunnar laut weiter nach. Er sah an die Zimmerdecke. »Hat er dich vielleicht beim ersten Mal verfehlt? Damals am Alexanderplatz?«

Lopez traf die Frage wie ein Schlag. Wie ein Tritt in die Magengrube. Wie etwas Gegenständliches, obwohl es doch nur Worte waren. Sie stotterte: »Ich, ich weiß es nicht.«

Hansen hatte sich mittlerweile vorgebeugt. »Ist das nicht absurd? Er bringt sechs Menschen um, nur weil er Lopez nicht erwischt?«

»Er oder sie«, fügte Gunnar trotz Hansens Kritik hinzu.

»Aber warum?«, fragte Lopez. »Das ergibt doch keinen Sinn.«

Es klopfte, Gunnar bat herein.

Detlev grüßte. Seine Kolleginnen erwiderten den Gruß lahm. Er sah sich kurz um, kommentierte: »Bombenstimmung. Soll ich euch aufmuntern?« Wie ein Komiker, der halten würde, was er versprach.

»Kann es kaum erwarten«, frotzelte Hansen.

»Schicke Brille«, sagte Detlev. Anzüglich musterte er Hansen.

»Cooler Anzug«, gab Hansen zurück, als bemerke sie die Anmache nicht.

»Ich störe nur ungern Bonding am Arbeitsplatz«, warf Gunnar ein. Er deutete auf die Laufakte, die Detlev in der Hand hielt. »Hast du was für uns?«

»Natürlich«, antwortete Detlev. Ein Siegerlächeln umspielte sein Gesicht.

Lopez streckte die Hand nach der Akte aus. Sie schlug den Deckel auf und las. Blätterte. Verglich. Einen Augenblick später sah sie auf. Sechs Augenpaare starrten sie an. »Das gibt's doch nicht.«

*

»Können wir über Sie sprechen?«, fragte Muchtari.

Aber Viktor war noch nicht so weit. Er hatte Klärungsbedarf. Fragen. Eine Angewohnheit, die man als Polizist nie richtig loswurde. »Wo ist er jetzt?«, wiederholte er.

Muchtari seufzte leise. »Das geht Sie nichts an.«

Viktor dachte nach. »Sie können es mir einfach sagen. Wenn Sie mir nichts sagen wollen, könnte ich falsche Annahmen treffen. Die müsste ich mit den anderen Patienten besprechen. Das könnte Gerüchte in Gang setzen. Widerstand könnte sich regen, sollte es Grund zu der Annahme geben, dass Sie Patienten quälen.«

Muchtari bewegte leicht den Kopf zur Seite. Er betrachtete Viktor eingehend. »Ich habe Sie noch nie so viele Sätze hintereinander sprechen hören«, sagte er. »Es scheint Ihnen besser zu gehen.«

Viktor schwieg. Er konnte zur Not auch ewig warten.

Muchtari fragte mit einem dünnen Lächeln: »Wird das ein Wettkampf? Wer als Erster nachgibt, verliert?«

Viktor dachte: *Den gewinne ich*. Und schwieg.

»Er befindet sich zurzeit noch im Kriseninterventionsraum.«

Aha, dachte Viktor. Kriseninterventionsraum klang deutlich besser als Gummizelle.

»Wenn er sich beruhigt hat, kommt er wieder auf Station.«

»Was ist mit Fuhrmann?«, fragte Viktor.

»Krankenstation.«

»Fuhrmann und Giga haben ihn provoziert.«

»Und deshalb hatte er ein Recht, Fuhrmann halb totzuschlagen?«

Viktor verlagerte sein Gewicht. »Er hat sein Werk zerstört.«

»Und das gibt ihm das Recht …«

»Ich verliere langsam die Geduld mit Ihren Fragen«, unterbrach ihn Viktor.

Muchtari wirkte überrascht. »Scheint genau Ihr Thema zu sein.«

Viktor musste anerkennen, dass sein Arzt eine Niederlage in einen Sieg zu verwandeln wusste. »Also gut«, sagte er, »reden wir über mich!«

»Selbstzweifel?«, fragte Muchtari.

»Immer.«

»Selbsthass?«

»Oft.«

»Selbsttötungsgedanken?«

»Gelegentlich.«

Muchtari notierte Stichpunkte auf einem in Leder eingebundenen Notizblock, obwohl das Aufnahmegerät wie immer lief. Danach lehnte er sich in seinem Ledersessel zurück. »Hören Sie noch Stimmen?«

»Ihre oder andere?«, antwortete Viktor mit einer Gegenfrage.

Muchtari überging Viktors Sarkasmus. Er sah ihn abwartend an.

»Jemand sagte mal zu mir, die Stimmen würden leiser werden. Irgendwann würde ich im Takt ihrer Worte zur Arbeit gehen.«

»Wer war das?«, fragte Muchtari interessiert.

»Ein Kollege«, antwortete Viktor ausweichend.

»Und?«

Viktor überlegte hin und her, wog ab. Der Wert der Wahrheit. Der Wert von Strategie. »Bis auf die Arbeit«, log Viktor, »hat er recht behalten.«

Es klopfte an der Tür. Muchtari wollte antworten, aber er kam nicht mehr dazu. Mehrere Beamte drängten in den Raum. Zwei davon kannte Viktor.

»Bitte verzeihen Sie die Störung«, sagte Lopez.

Viktors Arzt versuchte, die Situation zu begreifen. Viktor bemerkte, wie bemüht Muchtari die Fassade wahrte. Aber neben seinem ruhigen Gesichtsausdruck erkannte Viktor zwei völlig andere Gefühle: Angst und Schrecken.

»Wir möchten Sie bitten, mit uns zu kommen«, sagte Lopez. »Wir haben Grund zu der Annahme, dass Sie in die Morde am Alexanderplatz verwickelt sind.«

Viktor richtete sich auf. So gut das eben in dem engen Sessel möglich war. Navid Muchtari? Viktor dachte an die Motorradgeräusche, die er gehört hatte. Sollten tatsächlich in dieser Psychiatrie die Fäden zusammenlaufen? Hier in diesem Büro?

Muchtari rang nach Fassung. Eilig schaltete er das Aufnahmegerät ab. »Das ist absurd.«

»Außerdem«, sagte Hansen, »möchten wir Ihr Büro sowie die Räumlichkeiten, die Sie hier nutzen, durchsuchen.« Sie zeigte Muchtari ein eng beschriebenes Blatt Papier.

»Hier gilt das Arztgeheimnis«, sagte Muchtari. Hilfe suchend sah er Viktor an. Viktor spürte, wie sich ein seltsames Gefühl seiner bemächtigte. Ein Schutzinstinkt, der sich immer meldete, wenn Menschen, die er kannte, bedrängt wurden. Aber wie sollte er seinem Arzt helfen, ohne Lopez in den Rücken zu fallen? Und warum? Er war derjenige, der Hilfe brauchte. Deshalb war er hier. Er musste aufhören, als Polizist zu denken. Polizist zu sein.

»Das gilt vielleicht für Ihre Patienten. Aber nicht für Sie.« Lopez bat Muchtari, aufzustehen.

»Kann ich jemanden anrufen?«

Muchtaris Stimme wirkte jetzt ganz klar. Lopez bestätigte: »Selbstverständlich. Sobald Sie auf dem Präsidium eingetroffen sind.«

Steif folgte Muchtari Lopez' Bitte. Eigentlich ein Befehl. Andere Kollegen eskortierten den Arzt aus dem Raum. Ein Raunen, Räuspern und Stühlerücken begann, deren Geräuschkulisse unheimlich wirkte.

Viktor erhob sich. Er nickte Hansen zu, die ihn begrüßte.

Hansen fragte Lopez: »Wo fangen wir an?«

»In der Garage?«

Hansen nickte. Sie rief Kollegen auf dem Korridor etwas zu.

Viktor befand sich allein mit Lopez im Raum. Die Situation erschien ihm bizarr. Lopez war einfach eingedrungen in den Bereich, der allen anderen unzugänglich war. Ein Privileg der Ordnungsmacht. Lopez wieder zu treffen war, als hätten sie sich gestern erst gesehen.

Lopez nahm eine Tablette ein und schluckte sie. Sie verzog den Mund und kommentierte: »Kopfschmerzen.«

»Du siehst scheiße aus«, entfleuchte es Viktors Mund.

»Danke«, erwiderte Lopez. »Immerhin scheint es *dir* ja besser zu gehen.«

»Du bist schon die Zweite, die das heute zu mir sagt.«

»Stimmt es?«, fragte Lopez.

»Wie seid ihr auf Muchtari gekommen?« Viktor antwortete mit einer Gegenfrage.

»Hansen hat das Nummernschild erkannt.«

»Es war sein Motorrad?«, fragte Viktor. »Unmöglich.«

»Tja«, kommentierte Lopez, »manche Dinge mögen unmöglich sein, sind aber trotzdem so.«

»Wann?«

»Gestern Nacht.«

Viktor zog die Augenbrauen zusammen. »Was ist gestern Nacht passiert?«

Lopez lehnte sich an die Wand. »Ist 'ne lange Geschichte.«

Viktor setzte sich wieder. »Ich habe Zeit.«

28
UNTER EINEM DACH MIT KANNIBALEN

Lopez erzählte, und Viktor hörte zu. Sie nahm wie selbstverständlich auf Muchtaris luxuriösem Ledersessel Platz. Schaute sich um. Kommentierte kurz mit einem Satz Mobiliar und Bilder an den Wänden. Der Satz enthielt die Adjektive schick und repräsentativ. Danach fragte sie: »Irre ich mich, oder existiert eine exakte Kopie von diesem Büro auch in der Charité?«

Viktor verzichtete auf eine Antwort. Er verließ sich auf seinen beredten Gesichtsausdruck.

Lopez schüttelte den Kopf. »Nicht normal. Aber hey«, sagte sie und lachte auf, »ich verstehe jetzt, warum der Einäugige unter den Blinden König ist.« Damit lehnte sie sich zurück.

Für Viktor sah es eher aus, als ließe sich Lopez fallen. Als habe sie nie wieder vor, aufzustehen. Viktor hatte sie noch nie so erschöpft erlebt. Lopez' Naturell glich einer Schweizer Uhr. Zuverlässig bei jeglicher Belastung. Gut eingestellt, lief sie präzise ohne Unterlass. Was war passiert? Selbst die Trennung von Bernhard konnte ihr nicht so zusetzen. Oder hatte er Lopez überschätzt? In Viktors Augen hatte sie sich schon beinahe übermenschlichen Status verdient. Ein Cape mit der Aufschrift »Superheldin«. Genau das fehlte noch. Am besten über ihrer Uniform. Wenn alles schwankte, stand Lopez still. Wenn die Trauer überwältigend war, behielt Lopez noch die Contenance. Ihre Fassade überstand jeden Sturm. De facto war Viktor in den letzten Monaten abgestürzt. Tiefer von Fall zu Fall. Lopez hatte die

Kontrolle behalten, einen kühlen Kopf. Jetzt klagte sie über Kopfschmerzen.

»Was siehst du?«, fragte sie Viktor jetzt. Das Motto ihrer Zusammenarbeit.

»Außer den Halluzinationen?«

»Das ist nicht der Moment für schwarzen Humor.«

Wie einfach sie voraussetzte, dass Viktor scherzte. Immerhin traute sie es ihm wieder zu. »Interpol. Das kann kein Zufall sein.«

»Der Kongress?«

»Weil sich jemand an Polizisten rächt?«

»Wäre nicht undenkbar. Aber warum wurde der Bauarbeiter umgebracht?«

»Er stand im Weg?«

Viktor konnte nicht glauben, dass sein Arzt mit einer Machete wahllos auf Menschen einschlug. Muchtari benahm sich stets kultiviert. Viktor dachte nach. »Glaubst du wirklich, dass er es ist?«

»Navid Muchtari?«, fragte Lopez. »Ich werde nicht fürs Glauben bezahlt. Ermittlungen sind keine Religion. Gunnar bestand auf dem Haftbefehl.«

Viktor wusste, dass sein Chef ungeduldig war. Dass er schnelle Ergebnisse schätzte. Dass er offene Enden nicht ertrug. Was schlussendlich für sie alle galt. »Habe ich Marita Nowak verdächtigt?«, fügte Lopez hinzu. »Anfangs nicht«, beantwortete sie ihre eigene Frage, als ob Viktor nur ein stummer Diener sei. Irgendwie kamen sie im Gespräch immer wieder auf Marita Nowak zurück. Viktors ehemalige Ärztin war die Blaupause, auf die sich alles bezog. Die Gutes tat und gleichzeitig andere für sich morden ließ. »Du meinst, Muchtari könnte einen Helfer haben?« Sie erlebten das nicht zum ersten Mal.

Lopez verzog den Mund. Ein schiefes Lächeln, Spott

oder Verachtung? Sie strahlte all das aus. »Die Geschichte wiederholt sich. Aber gleich zweimal mit dir als Protagonist?«

Viktor wusste: Die meisten Zufälle waren keine. Aber diese These erschien selbst ihm zu verrückt.

»Auch ich glaube das nicht. Was denkst du?«, fragte Lopez, weil er schwieg.

Viktor bemerkte, dass man das Denken wie das Autofahren nicht verlernte. Viktor verstand, wie Technik funktionierte. Technische Dinge zogen ihn magisch an. Intuitiv leuchtete ihm ein Mechanismus ein, bei dem alles ineinandergriff. Lopez und er funktionierten genauso. Vielleicht war der menschliche Verstand nichts anderes. Mit einem kleinen Unterschied. Wie ein Prototyp, der über sich selbst hinauswuchs oder sich wie eine künstliche Intelligenz verselbstständigte. Lernte, wuchs. »Warum?« Er verstand nicht, was seinen Arzt zu einem Täter machte. Er wirkte nicht wie jemand, der mordete.

Lopez sah ihn an, als sei er blockiert. Als erfasse er das Offensichtliche nicht. Sie fragte: »Warum hat Marita Nowak es getan?«

Es würde immer ein wunder Punkt in Viktors Vergangenheit bleiben, dass er ihr Wesen nicht erkannt hatte. Oder erst zu einem Zeitpunkt, als es bereits zu spät gewesen und er beinahe gestorben war. Menschen erschienen Viktor im Vergleich zu Apparaten kompliziert. In menschliche Untiefen vermochte sein Denken nicht zu folgen. Sein Verstand benötigte Hinweise, die er verknüpfen konnte. Bei manchen Taten stellten sich Erkenntnisse erst später ein. Bei manchen nie. Störrisch beharrte Viktor: »Ich sehe trotzdem kein Motiv.«

»Vielleicht gibt es keines. Wir müssen über Kannibalismus reden«, forderte Lopez ohne Übergang.

Viktor hätte gern überrascht gewirkt. Aber er vermochte es nicht mehr. In ihrer Welt war Kannibalismus nur ein Thema von vielen. Lopez erläuterte ihm nochmals, wie die Doppelgängerin der französischen Wissenschaftlerin gebissen worden war. Wie die Joggerin die tote Katze gefunden hatte. »Am Zaun von *Psomavital.*«

»Du meinst, hier lebt jemand, der Katzen- und Menschenfleisch konsumiert?«

Lopez grinste frech. »Wäre das etwas Besonderes?«

»Wir könnten Muchtari fragen«, sagte Viktor. Aber sein Arzt war nicht mehr da. Er war auf dem Weg ins LKA.

»Entschuldige«, sagte Lopez spitz. »Das nächste Mal verhafte ich Verdächtige erst, wenn ich sie in ihrem Büro befragt habe.«

»Ich mag das Gefühl«, stellte Viktor fest.

»Mit einem Kannibalen unter einem Dach zu leben?«

»Wenn nichts einen Sinn ergibt«, erklärte Viktor. »Bevor wir alles verstehen. Früher hat es mich gequält. Oder vorangetrieben.«

»Du hast *wir* gesagt.«

»Alte Gewohnheit«, versuchte sich Viktor, zu entschuldigen.

»Gefällt mir.« Lopez betrachtete ihn nachdenklich.

»Was ich nicht verstehe«, Viktor dachte an gestern Nacht, »was hat das Ganze mit dir zu tun?«

Lopez stöhnte. »Ich wollte auf den Kongress. Ich war vor Ort. Die Pressekonferenz?«

»Wie kam er …«

»… oder sie«, unterbrach ihn Lopez.

»Oder sie auf dich?«

»Ich habe dich hier besucht.«

Viktor betonte das erste Wort. »*Wenn* es Muchtari war.«

»Ich sage dir was«, Lopez beugte sich nach vorn. »Muchtari ist die Verbindung. Zwischen Interpol, dem Kongress, dir und mir. Aber was ist«, fragte Lopez, »wenn du die Verbindung bist?«

»Verstehe ich nicht.«

»Was ist«, fragte Lopez, »wenn es nicht um *mich* geht, sondern um *dich?*«

Was ist, wenn …? Viktor ging Lopez' Frage nicht aus dem Kopf. *Was ist, wenn es nicht um mich geht, sondern um dich?* Aber dieser Fall konnte nichts mit ihm zu tun haben. Dass ihre beiden letzten Fälle, die sie beim LKA untersucht und gelöst hatten, ihn persönlich und direkt tangierten, sprengte nicht den Rahmen der Wahrscheinlichkeit. Auch wenn Gunnar etwas anderes behauptete. Lopez hatte sich mittlerweile verabschiedet. Sie musste zurück ins LKA. Wo war Hansen? Wann kam sie zurück? Wozu hatten sie einen Durchsuchungsbefehl, wenn sie nichts durchsuchten?

Viktor ging auf den Korridor. Schaute nach rechts. Sah ihn kommen. Zidane. Drei Pfleger begleiteten ihn. Niemand berührte den Patienten. Alle hielten Abstand. Als umgebe Zidane ein unsichtbarer Zaun. Er sah geschlagen aus. Wie jemand, der nicht nur ein Match, sondern den Krieg verloren hatte.

Zidane. Für einen jungen Menschen ging er gebeugt. Er konnte höchstens seit ein paar Jahren schon volljährig sein. Viktor hatte das nie vorher bemerkt. Die vergangenen Tage hatte er wie in einem Nebel verbracht. Er konnte nicht mehr genau sagen, ob sie überhaupt passiert waren. Oder ob ihm sein Gehirn eine Vergangenheit vorgaukelte, die es gar nicht gab. Er folgte dem Trupp mit einigem Abstand. In ihrer Wohngruppe machten sie halt.

Niemand sprach. Ein Pfleger öffnete die Tür für Zidane, der in gebührendem Abstand einfach stehen geblieben war. Giga gaffte. Finn murmelte leise Formeln, die nur er verstand. Viktor suchte mit den Augen nach Römers Rollstuhl, aber er konnte ihn nicht ausmachen.

Es roch nach Mittagessen. Viktor vermutete irgendetwas mit Nudeln, dazu irgendetwas mit Lauch. Er empfand keinen Hunger. Nur Ablehnung dagegen, dass ein Geruch seine Konzentration störte. Zidane raffte sich sichtbar auf, er betrat sein Zimmer. Einer der Pfleger fragte, ob er noch etwas brauchte. Viktor fragte sich, was man nach einer Nacht im Kriseninterventionsraum wohl benötigte. Eine Katze zum Streicheln, Sonne oder eine geladene Waffe, um sich abzureagieren?

Zidane schüttelte müde den Kopf, stand im Türrahmen. Betrachtete sein Werk. Tiere, Pflanzen, Figuren aus Papier. Die Pfleger verließen den Raum schweigend. Hinter ihnen verriegelte sich automatisch die Tür.

Neben Zidane bauten sich die anderen auf. Alle gafften. Nur selten stand die Tür zu der Welt eines Patienten so weit offen.

»Heilige Scheiße!«, murmelte Finn.

»Alter!«, entfuhr es Giga.

Unwillkürlich kontrollierte Viktor, ob ein Fenster offen stand. Ein Windstoß konnte Verheerung in diese filigrane Welt bringen. Kein Lüftchen rührte sich. Sie alle starrten, glotzen, konnten sich nicht sattsehen an Formen, Farben, Reihen. An Ordnung und Chaos, an der schier ungeheuren Menge von unbelebten Objekten, die doch zu leben schienen. Viktor konnte sich nicht vorstellen, wie viele Stunden man winzige, bunte Papiere ausschneiden und falten musste, um eine solche Meisterschaft zu erlangen.

»Völlig gestört«, sagte Giga.

Viktor fragte: »Wo ist Fuhrmann?«

»Krankentrakt.«

»Wollte dich nur noch mal dran erinnern, was Schwätzern passieren kann«, antwortete Viktor, ohne Giga dabei anzuschauen. Er sah es nicht, aber er bemerkte, wie sich Giga hinter ihm zurückzog.

»Wie geht's dir?«, fragte Viktor Zidane.

Zidane schaute sich langsam um. Sah von einem zum anderen, bis sein Blick Viktor streifte. »Gut!«

Viktor hatte schon bessere Lügen gehört. Aber manche Lügen enthielten mehr Wahrheit als andere.

»Ich habe das gebraucht.«

»Was?«

»Das Alleinsein. Um mich zu erinnern.«

»Woran?«, fragte Viktor.

»Woran?«, echote Zidane. »An die Vergangenheit.« Aus seiner Tasche zog er ein winziges Objekt. Er glättete das Papier, entfaltete Laschen, bis es ihm gefiel. Danach machte er zwei Schritte in das Zimmer hinein, stellte das Objekt vorsichtig auf den Tisch. In die Gesellschaft anderer Tiere. Viktor erkannte einen Vogel, dessen Schwingen entfaltet waren.

Zidane legte sich auf den Boden und rollte sich dort zusammen.

Viktor schloss die Tür.

29
METAPHYSIK

Muchtari bedankte sich. Betrachtete den Kaffee, der vor ihm stand, jedoch, als enthalte er Gift. Seine Anwältin lehnte das Angebot ab. Sie wirkte wie jemand, der – wenn überhaupt – nur Wasser trank. Eine junge, leicht aufgeregte Frau. Kurze dunkle Haare, sie lachte schnell und laut. Lopez wusste, dass Muchtaris Anwältin ein Gesicht besaß, das nie zu altern schien. Sie war bereits Mitte vierzig, sah aber zehn Jahre jünger aus. Wer sie für unerfahren hielt und dachte, dass sie gerade von der Uni gekommen war, irrte. Lopez hatte gelernt, ihr Gegenüber nicht zu unterschätzen. Deshalb stand vor Heckenschneider keine Tasse Kaffee, keine Limonade. Lopez wusste, dass die Frau nie etwas annahm. Als betone sie damit ihre Unbestechlichkeit.

Der Vernehmungsraum, in dem sie saßen, war leidlich wiederhergestellt. Neuer Tisch, neue Stühle. Sogar die Wand hatte Gunnar nicht nur streichen, sondern auch kitten lassen. Dennoch erkannte man noch die Spuren der Befragung, die Viktor vor nicht allzu langer Zeit durchgeführt hatte. Die Fenster waren geschlossen, vor den Scheiben trieb der Wind immer noch Wolken über den Himmel. Graue, gelbe, schwarze. Mit hohem Tempo, ohne Ziel. Jäger und Gejagte.

Lopez sagte: »Das Nummernschild.«

Muchtari zog eine Lesebrille aus der Tasche seines Jacketts. Er und seine Anwältin beugten sich über den Ausdruck des Fotos, das Hansen ihr geschickt hatte. B-I-229. »Sieht aus wie meins.« Muchtari schaute auf.

»Sieht aus wie Ihr Kennzeichen. Haben Sie es an Ihrem Motorrad angebracht?«

»Wie soll er das aufgrund eines Fotos einschätzen?«, warf Muchtaris Anwältin ein.

Unbeeindruckt schob Lopez einen weiteren Ausdruck zu den beiden hinüber. »Gehört Ihnen dieses Motorrad?«

Muchtari und seine Anwältin prüften, wogen ab.

»Meine Motocross«, antwortete Muchtari.

»Mit großer Wahrscheinlichkeit«, ergänzte Heckenschneider.

Lopez reihte weitere Fotos auf. Diesmal Ausschnitte des Materials der Verkehrsüberwachungskameras. Berlin, Nähe Alexanderplatz, Mitte, Spandau, Falkensee.

Muchtari beugte sich nicht einmal nach vorn. »Das bin ich nicht.« Er deutete auf die Person, die auf den vielen Motorrädern saß, die Lopez Foto für Foto aneinandergereiht hatte.

»Wo waren Sie gestern Abend? Gegen dreiundzwanzig Uhr?«

Muchtari überlegte nur kurz. Seine Anwältin nickte ihm zu. »Zu Hause. Ich habe gelesen.«

»Kann jemand …«

»Ob jemand«, unterbrach Muchtari sie, »das bezeugen kann?«

Lopez nickte. Unterließ es aber sofort wieder, weil auch nur die leichteste Bewegung ihres Kopfes trotz der Tabletten schmerzte.

»Nein, ich war allein.«

»Sie wurden gestern Abend auf diesem Motorrad gesehen. In der Nähe des Velodroms.«

Muchtari schüttelte energisch den Kopf. »Nein. Unmöglich. Ich kann nicht gleichzeitig auf meinem Motorrad und in meinem Wohnzimmer gewesen sein.«

Immerhin, bemerkte Lopez. Muchtari sprach von *seinem* Motorrad. Er hatte es wiedererkannt. »Wie groß sind Sie?«

Muchtari sah seine Anwältin fragend an.

»Wozu benötigen Sie diese Information?«, fragte Heckenschneider scharf.

Lopez lehnte sich zurück. »Falls Ihr Mandant unschuldig ist«, sagte sie, »müssen Sie sich fragen: Wollen Sie uns helfen, sechs brutale Morde aufzuklären?« Sie pausierte kurz. »Oder nicht?«

Muchtari faltete seine gepflegten Hände auf dem Tisch. »Er sagte: »Ein Meter zweiundsiebzig.«

Lopez holte aus, um die Situation zu erklären. Es gebe Möglichkeiten, die Größe der Person auf dem Motorrad zu ermitteln. Man kenne die Maße der Ampeln, Bordsteine, Verkehrsschilder. Daran orientiere man sich, setze die Person auf dem Motorrad dazu in Bezug. »Die Kollegen aus der Kriminaltechnik haben ermittelt, dass der Motorradfahrer zwischen ein Meter siebzig und ein Meter fünfundsiebzig groß ist.«

Lopez beobachtete Muchtari genau. Der Kaffee, der vor ihm stand, wurde kalt. Er nahm seine Lesebrille ab und wischte sich mit dem Handrücken über das Gesicht. Er wirkte müde. »Warum alles auf mich hindeutet«, sagte er, »verstehe ich nicht.«

»Was Sie brauchen«, sagte Heckenschneider, »sind Beweise. Keine Berechnungen, keine Mutmaßungen.«

Lopez schwieg, ließ Heckenschneider reden, ignorierte ihren Einwurf, der durchaus berechtigt war.

Muchtari sagte: »Ich sehe die Person auf diesen Fotos, und ich versichere Ihnen: Das bin ich nicht.«

»Es tut mir leid«, sagte Lopez, »aber das überzeugt mich nicht.«

»Warum setzen Sie meinen Mandanten unter Druck? Weil Sie keine anderen Verdächtigen haben?« Heckenschneider erklärte nochmals, wie makellos der Leumund ihres Mandanten war, erwähnte seine Verdienste. Die gesellschaftliche Position, die er bekleidete. Seine erfolgreiche Karriere als Arzt. Die große Verantwortung für das Leben seiner Patienten.

Lopez ging zum Fenster, kippte es. Man konnte es nicht ganz öffnen. Mit einem Pfeifen fuhr ein Luftzug in den Raum. Lopez verharrte kurz vor dem Fenster. Atmete tief ein und aus. Die Tabletten unterdrückten das Schmerzgefühl, aber Lopez fühlte, wie es unter ihrer Kopfhaut weiter pochte. Ein unheimlicher Druck. Sie kehrte zurück an ihren Platz am Tisch. Sie setzte sich, zupfte an ihrer Uniform.

Heckenschneider fragte: »Können wir jetzt gehen?«

»Geben Sie mir noch einen Augenblick«, antwortete Lopez.

»Herr Muchtari, Frau Heckenschneider hat recht. Sie haben eine beeindruckende makellose Karriere hingelegt.«

Muchtari starrte skeptisch. Als könne er nicht ganz glauben, dass eine Polizistin ihm in diesem Augenblick Komplimente machte.

»Worüber haben Sie promoviert?«

Heckenschneider warf ihrem Mandanten einen fragenden Blick zu. Und Lopez dankte dem Himmel, dass die Anwältin nichts ahnte.

»Warum fragen Sie mich das?«, wollte Muchtari wissen. »Die Information ist öffentlich zugänglich.«

Lopez wusste das. Sie hatte dieses Detail selbst überprüft. Aber sie wollte es von Muchtari hören. »Bitte. Klären Sie uns auf!«

Heckenschneider zuckte mit den Schultern. Sie verstand Lopez' Volte nicht. »Der Titel meiner Doktorarbeit lautet«, sagte Muchtari, »›Kannibalismus und Metaphysik.‹«

30
INTERESSENKONFLIKT

Hansen bedeutete Viktor mit der Hand, zu schweigen. Dabei hatte Viktor nichts gesagt. Er hatte noch nicht einmal vor, etwas zu sagen.

»Es ist nicht da.« Hansens Stimme klang fest. Sie hielt ihr Handy ans Ohr gepresst.

Viktor hörte Lopez am anderen Ende der Leitung leise protestieren. Eher ein Gemurmel. Mehr Worte, als sie normalerweise verschwendete.

Hansen stand mitten in Viktors Wohngruppe. Ihre Hand lag auf einer Stuhllehne. Hinter ihr der lange Tisch, an dem sie alle aßen. Viktor wusste, welche Eindrücke Hansen aufnehmen würde: im Hintergrund die praktische Küchenzeile aus hellem Holz. Vier Kühlschränke. Schilder erklärten das Überangebot an Kühlgeräten: vegetarisch, vegan und zwei für Fleischesser, einer davon ohne Schwein. Die Einrichtung versprühte den Charme einer Jugendherberge, die gerade renoviert worden war. Es war warm im Raum. Der Winter tobte sich vor den Fensterscheiben aus.

Hansen trug enge Jeans, ein rotes Shirt und einen grünen NATO-Parka mit übergroßem Fellbesatz. Ihr blonder Pferdeschwanz wippte, während sie sprach. Die anderen Patienten saßen oder lehnten an der Wand. Ein Pfleger stand an der Tür zur Station, als bewache er ein Fort. Jeder von ihnen gaffte.

Hansen war der Star, die Frau, die jeder von Viktors Mitinsassen zu begehren schien. Vielleicht war es auch das Handy, das sie als Einzige in diesen Räumlichkeiten besaß. Das Gesetz der Gier. Falls es Therapiesitzungen gab, fanden diese stillschweigend nicht statt. Einige von ihnen mussten arbeiten. Sie blieben einfach hier. Hofgang, Sport? Welcher Sport? Sogar Werner Römer hatte seinen unendlichen Wortfluss eingestellt. Ein Faden Spucke lief ihm aus dem Mundwinkel. Er hat keinen Hunger, kein Bedürfnis zu reden. Alle warteten gespannt, was passieren würde.

»Ich kann hier nicht offen sprechen«, sprach Hansen in ihr Handy. Sie lauschte der Antwort, öffnete den Mund, um etwas zu erwidern, überlegte es sich anders, sagte »Bis nachher«, legte auf. Ohne Übergang bat sie Viktor, ihr zu folgen. Sie würdigte die anderen Männer keines Blickes. Dem Pfleger, der ihr in vorauseilendem Gehorsam die Tür öffnete, dankte sie im Vorübergehen. Für die anderen wirkte sie wie eine Königin, der man diente. Nicht einmal das Personal traute sich, zu hinterfragen, ob Viktor dieser Freigang im Schlepptau der Ermittlerin vom LKA im Haus gestattet war.

Ausnahmezustand. Der Ärztliche Leiter Muchtari war nicht da. Nicht umsonst nannten alle Viktor einen Sonderfall.

Viktor folgte Hansen wie ein treues Tier von Gang zu Gang. Davor, daneben der Pfleger, der halb treuer Diener, halb Spion des Hauses war.

»Könnten Sie sich beeilen?«, fragte er. »Wir haben ein Meeting, zu dem alle Mitarbeiter erwartet werden.«

»Alle?«, fragte Hansen überrascht.

»Wir sind kein Kindergarten. Warum also nicht?«

»Könnten Sie?«, fragte Hansen und deutete auf die Tür. Sie pausierte. Viktor sprang ein. »Möller«, erklärte er.

Möller, der Pfleger, zögerte. »Ich habe keine Freigabe für diese Tür.«

Hansen streckte fordernd ihre Hand aus. Ihre Handfläche zeigte nach oben.

Wortlos langte Möller in die Tasche seiner weißen Jacke und legte die Schlüsselkarte in Hansens Hand.

Hansen lächelte und zog die Karte mit einer eleganten Bewegung durch das Lesegerät, das direkt an Muchtaris Bürotür befestigt war. Eine grüne Diode leuchtete auf, ein leises Geräusch ertönte. Als Hansen die Klinke hinunterdrückte, öffnete sich die Tür. »Irgendwie beruhigend, dass Sie so schlecht lügen können.«

Viktor entging es nicht, dass sie Möller die Schlüsselkarte nicht zurückgab. Er fragte sich, ob Möller warten würde. Was würde der Pfleger ohne dieses Insigne seiner Macht als Nächstes tun? Er tat das, was die meisten taten, die man bei einer Unwahrheit ertappte. Er schaute auf den Boden und wartete, dass der Moment vorüberging.

Viktor folgte Hansen in Muchtaris Heiligtum. Hansen schloss hinter ihm die Tür. Das erste Mal befand er sich mit ihr allein.

Ihre Blicke verweilten auf einem gerahmten Druck, der ein Stadtpanorama zeigte. Viktor beobachtete, wie Hansen näher ging. Wie sie sich nach vorn beugte, um die Buchstaben lesen zu können. Sie richtete sich wieder auf.

»Interessant.«

Viktor brauchte einen Augenblick, dann verstand er, was sie meinte. Aber er war ein Gefangener, ein kranker und verwirrter Mann. Viktor lernte in diesem Moment, dass man Nachteile in Vorteile verwandeln konnte. Er würde nicht auf Hansens Äußerung eingehen. Er würde für sie das sein, was sie erwartete: ein abtrünniger, unberechenbarer Polizist, der unter medikamentösem Einfluss stand. Viktor entschied sich für eine Strategie. Ohne Umschweife nahm er sich eines Aktenschrankes an, zog die Schubladen heraus. Altmodische braune Aktendeckel waren samt Registratur darin aufgehängt.

Hansens Stimme unterbrach sein Tun. »Hey, Viktor. Sie haben hier keine Befugnisse.«

»Natürlich nicht«, sagte Viktor, ohne sich stören zu lassen. »Haben Sie welche?«

»Natürlich. Wäre ich sonst hier?«

Viktor hielt kurz inne. Vergegenwärtigte sich, dass er diese Antwort selbst schon oft gegeben hatte. Dass sie alle um ihre Existenzberechtigung rangen. Hansen war Praktikantin. Nicht mehr und nicht weniger. Sie war Lopez und damit Gunnar unterstellt. Aber was kümmerten ihn noch die Regeln des LKA?

»Man hat mir erzählt …« Hansen stockte.

»Was?«, fragte Viktor.

»Dass Sie sich nicht an Regeln halten.«

Sie siezte ihn. Er hatte sie vor Wochen an einem Grab angetroffen. Dort hatten sie sich über einen Toten unterhalten. Über Kunst. Hatte sie zu jenem Zeitpunkt auch schon die Höflichkeitsform gewählt? Viktor wusste es nicht mehr. Diese Tage lagen im Dunst dessen, was vergangen war. Regeln. Befugnisse. Er wollte sich nicht mehr mit Details beschäftigen. Obwohl es ihn interessierte, wie weit Hansen gehen würde. Viktor wühlte weiter, ging die eng beschrifteten Reiter einen nach dem anderen durch.

»Hey, Viktor! Hören Sie auf!«

Viktor drehte sich betont langsam um.

Hansen hatte die Hände in die Hüften gestemmt. Viktors schiere Größe schien sie nicht zu verunsichern. Sie sah jung aus. Und schön. Und verärgert. Sie sagte etwas von Interessenkonflikten, von dem, was verboten war, von Übergriffen. Davon, dass für Viktor Zusammenarbeit offensichtlich ein Fremdwort war.

»Haben Sie das Motorrad gefunden?«, fragte Viktor.

Hansen verdrehte die Augen. »Hören Sie mir überhaupt zu?«

Viktor wartete ab. Er hatte alle Zeit der Welt.

»Sie sollten wieder in Ihre Wohngruppe zurückgehen.«

Viktor überlegte kurz. Dann sagte er einfach: »Nein.«

Hansen zog ihr Handy aus der Tasche. Viktor war sich sicher, sie würde Gunnar anrufen. Ihm erzählen, dass sein kranker Angestellter schon wieder nichts als Schwierigkeiten machte. Sie würde Hilfe anfordern. Denn sie musste erkannt haben, dass sie gegen Viktor nichts unternehmen konnte. Nicht indem sie ihn einfach wegschob. Oder ihm den Arm verdrehte. Viktor wusste, dass er ihr Angst einflößte. Diese Eigenschaft war sein wunder Punkt und manchmal auch sein größtes Kapital. Er ging auf sie zu. Drei lange Schritte. Er legte seine Hand auf ihre. Sie zuckte zurück. Das Handy fiel zu Boden. Viktor hob es auf. Er reichte es ihr. »Sie sind zu ambitioniert«, sagte er ruhig. »Sie verstehen es nicht, sich Freunde zu machen.«

Hansen schnaubte verächtlich. »Als ob ich Sie als Freund wollte!« Sie setzte nach: »Als ob Sie etwas davon verstünden.«

Touché! Viktor stand direkt vor ihr. Er konnte ihr Parfum riechen. Er sah die feinen Härchen, die sich über ihrem Ohr kringelten. Er sah, dass sie unter der modischen Brille Mascara benutzte. »Sie haben Ihnen nichts erzählt.« Er stellte es fest.

Sie sah zu ihm auf. Etwas veränderte ihren Gesichtsausdruck. »Wovon sprechen Sie?«

»Ich bin der Maulwurf.«

»Was?«

»Sie sind draußen. Ich bin drin.«

Hansen betrachtete ihn, als habe er ihr ein unappetitliches Geständnis gemacht. Als beginne sie zu verstehen, könnte es aber noch nicht glauben.

»Sie haben Ihnen wirklich nichts gesagt.« Viktor fragte nicht. Er bemerkte, wie seine Lüge einsickerte. Stück für Stück.

Hansen räusperte sich. Viktor fragte sich, wie sie reagieren würde. Mit Wut oder Scham? »Was genau wissen Sie?«, fragte Hansen.

Und Viktor erzählte ihr, was er wusste. Er erwähnte spezielle Details, weil er ahnte, dass sie ihm glauben würde. Er wollte es erzwingen. Er sagte die Worte Menschenfleisch und Biss. Er sagte Doppelgängerin. Er sagte nächtlicher Überfall. Danach sagte er. »Los! Rufen Sie doch Gunnar an.«

Hansen betrachtete ihr Handy, als erwäge sie die Möglichkeit. Mit einer schnellen Geste ließ sie es in die Tasche gleiten. Sie wandte sich ab und umrundete den Schreibtisch. Viktor beobachtete, wie sie die Unterlagen auf der Schreibtischplatte durchkämmte. Als habe dieses Gespräch nie stattgefunden. Als sei alles normal. Im normalen Gesprächston berichtete sie, dass das Motorrad unauffindbar sei. Dass jeder Anhaltspunkt willkommen war.

Viktor bemerkte ihre Hast. Er bemerkte ebenfalls, dass sie es in diesem Raum kaum mehr aushielt. Er kannte das Gefühl. Viktor wandte sich wieder dem Aktenschrank zu. Blätterte und suchte. »Nichts.«

Hansen schaute auf.

»Diese Akten datieren nur bis Mitte der Neunzigerjahre zurück. Nur einer der heutigen Patienten war in diesem Zeitraum schon hier.«

»Was wollen Sie mit diesen Daten anfangen?« Ihre Stimme ruppig, rau.

Viktor schloss die Schublade heftig. Es rumpelte. »Nehmen wir einmal an, dass Muchtari unschuldig ist.«

Hansen sah auf. »Warum sollten wir? Alles deutet auf ihn hin.«

Viktor zuckte mit den Schultern. »Normalerweise deutet immer alles auf mich hin.«

Hansen klang wieder geschäftsmäßig: »Keine Ahnung, ob sich das verallgemeinern lässt.«

»War ich jemals schuldig?« Viktor wusste selbst nicht, ob er verbittert klang.

»Die einen sagen so, die anderen so.«

»Sie«, betonte Viktor »brauchen das Motorrad.«

»Ach.« Sarkasmus troff aus diesem einen Wort.

»Hier werden Sie es nicht finden. Es sei denn«, sagte Viktor leichthin, »er hat es in einer seiner Schubladen versteckt.«

»Sind Sie immer so ein Arschloch?«, fragte Hansen.

»Die einen sagen so, die anderen so«, antwortete Viktor.

Hansen ging zur Tür. Viktor bewunderte die Tatsache, wie ruhig sie blieb. Dass sie nicht explodierte, sondern abkühlte. Wie flüssiger Stickstoff bei minus zweihundert Grad. »Ich glaube«, Hansen Worte klangen schneidend, »diese Klinik ist genau der richtige Ort für Sie.« Damit verließ sie den Raum. Die schweren Kliniktüren konnte man nicht zuknallen. Die Hydraulik verhinderte es.

Viktor hatte das erreicht, was er wollte. Er verschwendete keine Zeit, kroch unter Muchtaris Schreibtisch, zog ein paar Stecker. Zog sich an der Schreibtischkante schwerfällig wieder hoch, klappte Muchtaris Laptop zu, wickelte das Kabel um das Gerät, suchte die Aktentasche seines Arztes und packte den Computer ein. Möllers Schlüsselkarte lag wie eine Verheißung vor ihm auf der Tischplatte.

*

Hansen brauchte anderthalb Stunden zum LKA. Sie saß schweigend im Auto neben dem Kollegen Lothringer aus der Kriminaltechnik, der nicht aufhörte, zu betonen, dass sie außer Altöl, einem Reparaturset und alten Lappen in der Garage der Klinik nichts gefunden hatten. Was für eine Enttäuschung! Sinnlos, reine Zeitverschwendung. Nicht zum ersten Mal. Normalerweise wiegelte Hansen ab. Aber nach dem Gespräch mit Viktor fühlte sie sich aufgewühlt. Wütend, kaum mehr in der Lage, sich zu beherrschen. Nervös wippte sie mit dem Fuß auf und ab. Der Kollege fuhr einen alten Opel, der nach nassem Hund roch.

»Hast du einen Hund?«, unterbrach Hansen den Kollegen.

Er sah sie verständnislos an. Er sagte Nein. Hansen nahm es wortlos zur Kenntnis. Lothringer schien das als Einladung zu verstehen, wieder über seinen Job zu jammern. In der Zwischenzeit steigerte sich Hansen weiter in ihre Wut hinein. Als sie in der Nähe des Tiergartens vorbeifuhren, öffnete Hansen das Fenster, atmete tief ein und aus, schloss es wieder. »Hast du Kinder?«, fragte sie Lothringer.

Lothringer seufzte, erwähnte eine Scheidung, weil seine Ehe kinderlos geblieben war.

Hansen nickte verständnisvoll. Sie lächelte. »Hast du eine neue Beziehung?«

Lothringer schüttelte den Kopf. Wie Hansen trug er ebenfalls eine Brille. Er hatte dünnes Haar, breite Schultern und einen flachen Bauch. Hansen war es nicht entgangen, dass er trainierte. Wahrscheinlich hatte er nach seiner Scheidung wieder damit angefangen. Es erhöhte die Chancen auf dem Heiratsmarkt. Er trug ein hellblaues Hemd und Jeans. Sein braunes Haar wich deutlich von der Stirn zurück.

Als sie in die Tiefgarage einbogen, berührte Hansen wie durch Zufall Lothringers Arm. Er parkte, Hansen bedankte sich. Sah ihn an, vorsichtig legte sie eine Hand auf Lothringers Bein. Lothringer atmete flach, verspannte sich. Er betrachtete Hansens Hand, als müsse er sich vergewissern, dass das wirklich geschah. Einen Augenblick später wandte er sich ihr zu, legte seine Finger um ihren Nacken, zog ihren Kopf näher zu sich heran. »Willst du das wirklich?«, fragte er sie. Er roch nach irgendeiner Chemikalie und nach einem aufdringlichen Aftershave.

Hansen ignorierte seine Frage. »Wo?«

31
OHNE KONJUNKTIV

Sie wusch sich auf der Toilette die Hände und das Gesicht. Öffnete den Pferdeschwanz, fuhr sich mit den noch feuchten Fingern durch das Haar. Betrachtete sich im Spiegel. Dachte an ihren gemeinsamen schnellen Fick. Lothringer tat vermutlich gerade dasselbe auf dem Herrenklo.

Ich kann das, dachte Hansen. *Niemand verbirgt etwas vor mir. Unmöglich, dass ich es nicht bemerkt hätte.* Hansen trat auf den Korridor. Sie machte sich auf den Weg durch das LKA, grüßte Kollegen, lächelte, achtete darauf, wie sie sich bewegte. Spürte, dass viele ihr nachschauten. Genoss das Gefühl, aber nur für einen Moment. Dann fragte sie sich, ob sie ihr nachsahen, weil sie nichts von der Intrige wusste. Weil sie naiv war und die anderen nur mit ihr spielten.

Sie traf Lopez vor dem Vernehmungsraum. Sie hielt sich beide Hände an den Kopf, verzog dabei das Gesicht.

»Ich habe mit Viktor gesprochen«, sagte Hansen ohne Gruß.

Lopez klang gequält, als sie sagte: »Ich weiß.«

Hansen bemerkte, wie sich sofort Misstrauen in ihr breitmachte. »Woher?« Hatte Viktor bereits mit ihr gesprochen? War das die Verschwörung, die er erwähnt hatte?

»War doch klar. Ich übernehme Muchtaris Befragung, du bleibst mit Viktor da.«

Nicht dass Viktor irgendwohin gehen könnte. Er war de facto ein Gefangener. Niemand sprach das Wort gern aus. Man hatte sie dort abgestellt. Hansen versuchte, sich alles zu erklären. Aber es gelang ihr nicht. Lopez wirkte erschöpft. Wie jemand, der schon lange nicht mehr konnte. Ihr Gesicht leuchtete hell, fast weiß. Was hatte sie gesagt? »Mit Viktor«? Vielleicht bildete sich Hansen nur ein, dass Gunnar mit Lopez gegen sie intrigierte. War das nicht die typische Art, wie Männer Frauen gegeneinander ausspielten? Aber sie musste ehrlich bleiben: Lopez war ihr schon immer feindlich begegnet. Es lag eine deutlich spürbare Spannung zwischen ihnen. Und das von Anfang an.

»Erfolge?«, fragte Hansen kühl. Jemand drängte sich an ihnen vorbei, jemand grüßte. Das artifizielle Licht im Korridor suggerierte nur eine Jahreszeit, ein Wetter, eine Temperatur.

Lopez stöhnte leise, aber Hansen ging nicht weiter darauf ein. »Wusstest du, dass Muchtari eine Dissertation über Kannibalismus geschrieben hat?«

Hansen musste sich zusammenreißen, um ihre Überraschung nicht zu zeigen. Dennoch entfuhr ihr ein: »Das gibt's doch nicht.«

Lopez nickte. »Tatsächlich glaube ich, dass das noch nicht alles ist. Motorrad?«, fragte sie einsilbig.

»Kein Motorrad, aber eine Garage, in der es gestanden haben könnte.«

»Scheiße!«, fluchte Lopez leise. »Gibt es auch Neuigkeiten ohne Konjunktiv?«

Mit der Hand stützte sie sich an der Wand ab, was Hansen nicht entging. »In seinem Büro hängt ein Städtepanorama.«

Lopez zog die Augenbrauen zusammen, als verstehe sie nicht ganz.

»Dreimal darfst du raten, was es zeigt«, sagte Hansen.

»New York, Rio, Tokyo?«, sang Lopez leise.

Hansen überlegte, ob sie die Bombe platzen lassen sollte. Oder ob Lopez ohnehin nur mit ihr spielte. Ob sie die Nachricht besser Gunnar überbrachte? Unklar blieb, ob Gunnar sie genauso hinterging. Hansen fühlte sich in dieser Behörde, in dieser großen Stadt allein. Es war eine Einsamkeit, die selbst durch Sex nicht mehr zu überbrücken war. Sie sagte: »Lyon.«

Erst passierte überhaupt nichts, dann weiteten sich Lopez' Augen. »Wie bei Interpol? Wie bei den Leichen? Wie bei unserer Doppelgängerin?«

Hansen nickte. Sie wusste nicht, mit welcher Reaktion sie gerechnet hatte. Überraschung? Begeisterung über den Durchbruch? Gleichgültigkeit? Lopez schwankte, vor Hansens Augen griffen ihre Finger in die Luft. Lopez' Pupillen rollten nach oben, ihr Kopf kippte nach hinten. Einen Augenblick später fiel sie einfach um. Als Hansen sich über sie beugte, rührte sie sich nicht mehr.

*

Guter Zeitpunkt für einen Ausbruch, dachte sich Viktor. Aber: Ausbruch unmöglich. Neues, lückenloses Sicherheitssystem. *Sicherheit.* Viktor musste an die Broschüre denken. An den DIN-A4 großen Qualitätsbericht, den er in Gunnars Büro gesehen hatte. Als hätte man einem Elefanten Informationsmaterial darüber vorenthalten, wie sicher er im Zoo verwahrt werden würde.

Zwei Pfleger waren schon an Viktor vorbeigeeilt. Sie würdigten ihn keines Blickes. Viktor tippte auf Personalbesprechung. Die Ratten blieben noch, weshalb sie sich versammelten. Das Schiff fuhr ohne Kapitän. Muchtari wurde beim LKA befragt. Vielleicht stand er unter

Mordverdacht. Sein Kahn *Psomavital* steuerte in unbekannte Gewässer. Keiner mochte das. Weder die Mannschaft noch die Fracht.

Viktor machte sich gedanklich eine Notiz. Er musste prüfen, wie sich die Klinik finanzierte. Muchtari hatte es *sein Projekt* genannt. Aber Viktors Inhaftierung erfolgte über das Land Berlin. Viktor wusste nicht, ob das alle Töpfe waren, aus denen Muchtari schöpfte. Als er auf seine Station gelangte, fand er sie fast verwaist. Niemand saß am Tisch, die Küche leer. Die Stille war fast greifbar. Niemand stritt oder diskutierte. Viktor sah aus dem vergitterten Fenster, es kam ihm nicht wie die Ruhe vor dem Sturm vor, sondern wie die Stille im Auge des Orkans.

Ali Dogan, den sie alle nur Giga nannten, saß mit Finn vor dem Fernseher. Die Nachrichten zeigten Katastrophen. Ein Vulkan, der ausgebrochen war, in Brandenburg abgedeckte Dächer, ein Fluss, der über die Ufer trat und in Italien eine Schlammlawine ausgelöst hatte, die Häuser unter sich begrub. Dazwischen Europawerbung und Europawahl. Berlichingers lächelndes Konterfei. Kandidaten und Parteien. Haushaltsdefizit, marode Schulen in Berlin, Karten, die weiße Wirbel über Deutschland zeigten. Eine Wettervorhersage, die nicht auf bessere Tage hoffen ließ.

»Komm mit!« Viktor wollte keine Zeit verlieren.

Aber Giga bedachte Viktor nur mit einem verächtlichen Blick, der vieles bedeuten konnte. Keine Zeit, kein Interesse, keine Existenzberechtigung für andere. Giga fuhr sich mit den Fingern durch das Haar. Die langen Strähnen fielen ihm ins Gesicht. Eine Seite seines Schädels hatte er stoppelkurz rasiert. Der Grund, warum er den Kopf stets schräg hielt. Giga war ein schöner Mann. In Viktors Augen verschwendete er wie Fuhrmann zu viel Aufmerksamkeit auf sein Äußeres. Unter der schönen Oberfläche brodelten Arroganz und Aggression. Zwei Eigenschaften, die sich nicht gut mit anderen Menschen vertrugen.

»Was willst du, Bulle?« Giga fragte, weil Viktor nicht das Weite suchte. Finns Blick zuckte zwischen den beiden hin und her. Er nahm die Spannung war, die wie in einem Thriller stetig stieg.

Viktor erwog das Zeitfenster, das ihm noch blieb. Er bedachte die Situation. Er schaute sich um. Dann der Entschluss. Einen Augenblick später hatte er Giga am Hals gepackt. Mit der Kraft, die nur er besaß, hob er ihn hoch. Gigas Schuhspitzen berührten gerade noch den Boden. Die Patienten hier kannten Viktor nur als gebrochenen Mann. Als einen kaputten Typen, einen Schatten seiner selbst, sediert, eher tot als lebendig. Deshalb hatte man ihn nicht gefürchtet. Deshalb verbreitete Viktor hier keine Angst.

Gigas Augen quollen hervor. Viktor kannte das Phänomen. Er hatte erst vor Kurzem Bekanntschaft damit in einem russischen Knast gemacht. Giga war ein Würstchen im Vergleich zu den Männern, mit denen Viktor dort gerungen hatte. Gigas Hände krallten sich mittlerweile an Viktors Armen fest. Aber Viktor kannte keinen Schmerz. Zumindest keine physischen.

Finn bettelte: »Lass ihn los! Du erwürgst ihn noch.«

»So wie seinen Zwillingsbruder?«, fragte Viktor. Nicht zynisch, eher interessiert. Giga zappelte mit den Beinen wie ein Fisch, der an der Angel hing. Viktor dachte laut nach: »Die Geschichte muss sich wiederholen.«

Finn war aufgesprungen. Mit großen Augen starrte er Viktor an. Er rief. »Du, du …«, stotterte er, »du bringst ihn um.«

»Habe ich deine Aufmerksamkeit?«, fragte Viktor Giga knapp.

Der zappelte und röchelte. Viktor war gewillt, das als ein Ja durchgehen zu lassen. Er setzte Giga ab. Der fiel in sich zusammen. Auf allen vieren rang er nach Luft. Als er wieder sprechen konnte, krächzte er: »Wichser!« Von unten sah er Viktor mit blutunterlaufenen Augen an.

»Steh auf! Ich habe eine Aufgabe für dich.«

32
NICHT KLEIN BEIGEBEN

Bernhard lächelte. Er überreichte Lopez einen Strauß rote Rosen. Lopez mochte keine Rosen. Noch nicht einmal Blumen. Unsicher bedankte sie sich. »Alles Gute zur Scheidung!«, sagte Bernhard. Lopez beobachtete einen Moment später, wie die Blumen erst im Zeitraffer erblühten, dann verwelkten.

In einer anderen Version begleitete Tessa einen Fremden. Die beiden sangen gemeinsam ein Lied. Lopez rief Tessas Namen. Aber sie reagierte nicht. Lopez wollte ihr folgen, hinterherrennen, aber sie konnte sich nicht rühren. In einer Variation dieser Version presste Lopez das Baby an sich, aber der kleine Viktor fühlte sich seltsam an. Als sie an sich hinuntersah, hielt sie ein Stück Holz im Arm. Die Albträume ließen keine Spielart aus. Sie drängten sich auf, schmeichelten sich ein, bis sie ins Grauenhafte kippten.

Jemand strich Lopez über den Arm. Ein diffuser Schmerz setzte ihr zu. Als die Konturen schärfer wurden, Zimmer und Inventar wieder Umrisse erhielten, rutschte sie aus der Welt der schlechten Träume wieder in die Realität zurück. Der Kontakt mit der Gegenwart fühlte sich sicherer an. Nicht besser, aber sicherer. Lopez zog sich den Plastikschlauch über das Gesicht. Sie hatte einen schalen Geschmack in ihrem Mund und konnte nur schwer schlucken. Ihre Kehle fühlte sich rau und kratzig an. Am Kopf ertastete sie nur ihre Haare. Keine Bandage. Die gute Nachricht: Man hatte ihr keine Haare abrasiert. Die schlechte: Die Beule war noch da. Die Berührung aktivierte sofort den Schmerz. Das Pochen, das sie in den vergangenen Stunden stets verzeichnet hatte, kehrte zurück in seinem eigenen Takt. Lopez stöhnte leise. Überlegte kurz, ob die Welt der üblen Träume nicht doch der Realität vorzuziehen sei. Wo war Bernhard? Lopez wurde schlagartig klar, dass er die Kinder hüten musste. Wieder einmal sprang er ein. Lopez war als Mutter einfach nicht zu gebrauchen. Sie bemerkte, wie etwas sie hinabziehen wollte. In einen Strudel der Hoffnungslosigkeit. *Ich darf nicht klein beigeben*, dachte sie. *Ich muss mich wehren*. Sie schaute aus dem Fenster, vermutete sich in der zehnten Etage. Sah sich um, erkannte das Mobiliar der Charité.

Mit dem leeren Zimmer wurde ihr auch Viktors Abwesenheit bewusst. Niemand war hier. Nichts war mehr so, wie es war. Nichts hatte Bestand. Lopez fühlte Übelkeit in sich aufwallen. Mit purer Willensstärke unterdrückte sie das Heben ihres Magens. Wie lange war sie bewusstlos gewesen? Zehn oder fünfzehn Minuten? Lopez konnte sich nicht genau erinnern. Wie war sie hierhergekommen? Mit wem hatte sie zuvor gesprochen? Mit Gunnar oder Hansen? Muchtaris Vernehmung. So viel wusste sie noch. Lopez fühlte sich einsam und allein. Hatte ihr die Anwesenheit von Menschen sonst eher zugesetzt, wurde ihr jetzt deutlich, wie ausgegrenzt sie mittlerweile war. Abgestellt. Niemand wartete auf sie. Weder hier im Krankenhaus noch anderswo.

Lopez zog die Kanüle heraus, die auf ihrer Hand steckte. Kurz presste sie ihr Krankenhaushemd auf die Wunde, aus der ein Blutstropfen nach außen drängte. Danach schwang sie die Beine über die Bettkante, stellte die Füße vorsichtig auf den Boden. Erhob sich, testete ihr Gleichgewicht. Ging ein paar unsichere Schritte auf einen

Schrank zu. Fand darin ordentlich gefaltet ihre Kleidung, zog sich an. Als sie gerade die Jacke überzog, öffnete sich die Tür.

Mila hielt einen Plastikbecher mit Kaffee in der Hand. Ihre weißen Haare hatte sie zu einem Knoten gebunden. Den langen Mantel trug sie offen. Sie hatte ihn nicht abgelegt. Kurz nahm sie die Situation in Augenschein, dann sagte sie zu Lopez: »Ich wollte ohnehin nicht mehr lange bleiben.«

*

Viktor stellte den Laptop auf dem Schreibtisch in seinem Zimmer ab. Ein Zimmer, keine Zelle. Manchmal machten Gitterstäbe keinen Unterschied. Helles Kiefernholz. Eher ein Jugendzimmer. Aber Viktor stellte keine Anforderungen an jedwedes Mobiliar. Gegenstände mussten zweckmäßig sein. Die Optik ließ ihn kalt. Giga saß auf dem einzigen Stuhl im Raum und schaute Viktor erwartungsvoll an, als warte er auf einen Befehl. Als wüsste er jetzt schon, dass er als Antwort darauf nur versagen konnte. Finn zappelte neben Viktor herum. Er tippelte auf den Füßen hin und her, als sei der Boden heiß geworden.

»Los!«, sagte Viktor. Wie ein Großimperator, der Unmögliches erwartete.

Aber Giga trat einen Schritt zurück. »Das kann ich nicht.«

Viktor erklärte es ihm noch einmal. Vor ihm stand ein verdammter Computer. Er, Giga, galt als der Experte. Sein Ruf eilte ihm voraus. Er habe jedes Mal, wenn Viktor ihn traf, nichts anderes im Kopf gehabt. Er müsse nur das Passwort knacken. Mit dem Rest käme Viktor dann schon klar.

Finn schaltete sich ab und an dazwischen. »Aber …«

Aber Viktor ignorierte ihn. Er wusste nicht, wie lange die Belegschaft noch über den neuen Zustand bei *Psomavital* beraten würde. Eine Stellvertreterin für Muchtari stand sicherlich schon in den Startlöchern. Das Wort »kommissarisch« führte in Viktors Kopf ein Eigenleben. Es zwang ihn zur Eile. Er rückte Giga gefährlich nahe, drohte ihm wortlos.

Giga klappte den Laptop auf. Sie alle starrten auf das leere Feld, das eine Eingabe verlangte.

Erst unauffällig, danach kaum übersehbar begannen Gigas Schultern zu zucken. Das lange Haar verbarg zunächst sein Gesicht. Viktor packte den Brudermörder am Arm, riss ihn herum. Erst jetzt sah er, dass Giga weinte.

»Ich kann das nicht.« Giga schluchzte.

Viktor und Finn starrten ihn an.

»Ich hatte einen Instagram-Account. Ich kann Fotos hochladen, hashtagen, aber damit hört es auch schon auf.«

»Das ist alles?!« Viktor schüttelte den Kopf.

Giga nickte. Manchmal war wenig alles, was man zu bieten hatte. Manchmal war wenig nicht genug.

Viktor klappte den Laptop wieder zu, wollte ihn einpacken.

Finn lachte. Er lachte so laut und andauernd, dass es ihn schüttelte, dass ihm die Tränen über die Wangen liefen. Sein Lachen degradierte sie zu unfreiwilligen Komikern.

Hier war kein Land zu sehen. Nichts zu holen. Die Situation entglitt ihm. Er vermisste das LKA, die Macht, die ihm diese Behörde verliehen hatte. Ein Anruf, ein Gang über den Korridor, ein Besuch, ein Gespräch, und die Welt war ihm zu Diensten. Viktor öffnete Muchtaris

Tasche, durchsuchte sie. Ein kleiner Schlüssel mit der Nummer eins lag wie ein kleiner Vogel in seiner Hand. Dieser Schlüssel und Muchtaris Karte gaben Viktor Macht. So schnell konnte sich das Blatt wenden.

Viktor erinnerte sich, als er *Psomavital* betreten hatte. Er wusste, wozu dieser Schlüssel diente. Er hatte gelernt, Rückschläge hinzunehmen. Die Welt so zu nehmen, wie sie war. »Steh auf!«, befahl er Giga.

Der erhob sich, als wöge sein Körper mehr, als er stemmen konnte. Mit der Hand wischte er sich über das Gesicht, strich sich Haare hinter das Ohr.

Viktor klemmte sich die Tasche unter den Arm. »Ich habe eine Aufgabe für euch.«

Finn hörte auf zu lachen. Für einen Moment stand er ganz still. Er sah Viktor an wie jemand, der den Zustand eines Gebrauchtwagens von außen prüfte. Dann stellte er fest: »Du willst hier raus.«

33
DINGE, DIE NACH KUPFER SCHMECKEN

Mila reichte Lopez Kaffee. Aber Lopez lehnte ab. Noch immer fühlte sie sich wackelig und unsicher. Das Getränk versprach einen Kick, der Lopez jedoch überforderte.

Mila schaute Lopez von der Seite an. Eindringlich und ernst, wie nur Menschen, die sich sorgten, es taten. Sie verließen die Charité, liefen schweigend nebeneinanderher, nahmen die U-Bahn, stiegen an der Samariterstraße aus. Der Wind war im Vergleich zum Sturm der letzten Tage abgeflaut. Nur gelegentliche Böen rissen noch an Lopez' Jackenschößen und an ihrem Haar. Für einen Moment glaubte Lopez, es rieche schwach nach Meer. Mila ging trotz ihres hohen Alters schnell. Lopez erinnerte sich noch, als Viktors Babuschka ständig durch Berlins Straßen streifte, weil sie aus ihrer Altersresidenz geflohen war. Wie viele Male hatten Viktor und Lopez sie während ihres Dienstes aufgegabelt? An irgendeiner Straßenecke, auf irgendeinem Bürgersteig, irgendwo in dieser großen Stadt. Wenn Mila nicht diese auffälligen Turnschuhe tragen würde, wäre sie ihnen oft entwischt. Daran erkannten sie auch Viktors Kollegen, wenn sie ihr auf ihren Fahrten im Dienstwagen begegneten. Milas Ausflüge hatten aufgehört, seitdem sie bei Trixi lebte. Als wäre ihr der Grund für die Flucht abhandengekommen. Was Lopez und Mila einte: Unter Menschen fühlten sie sich beide allein.

Wie selbstverständlich steuerten sie ihre neue Heimat an. Ein Refugium der Alleinstehenden. Das Haus am Forckenbeckplatz war edelsaniert – ursprünglich ein Bau aus der Gründerzeit –, jetzt erstrahlte es ganz in Weiß. Mila trat ein, drückte auf den Lichtschalter. Lopez blinzelte im grellen Licht. Im Treppenhaus roch es nach altem Teppichboden und Staub. »Wir haben noch gar nicht über meinen Beitrag zur Miete gesprochen«, sagte sie.

Mila ging vor ihr in den zweiten Stock hinauf. »Das regeln wir ein anderes Mal.«

Lopez lauschte ihren Schritten, dem Knarzen der alten Treppenstufen. Sie spürte den Lauf des Geländers unter ihrer Hand. Hörte, wie Mila nach ihrem Schlüssel suchte. Wie sie dann auf dem Treppenabsatz stoppte und sich ruckartig umdrehte. Lopez schloss zu ihr auf. Eine Vorahnung drängte sich ihr auf. Für einen Augenblick empfand sie Angst. Der Schock belebte sie, machte sie ganz wach. Entriss sie ihrer Lethargie.

Sie hörte ihn, bevor sie ihn sah. Er räusperte sich. Danach stand er auf. Wie immer verdunkelte sein Körper das Licht der Deckenlampe, die hinter ihm wie von einem schwarzen Loch verschluckt wurde.

Lopez drängte sich neben Mila. Sie beide sahen zu Viktor auf, der ein paar Stufen weiter oben auf sie gewartet hatte. Das Überraschungsmoment befand sich zwischen ihnen wie etwas Lebendiges, zum Sprung bereit.

Mila atmete scharf ein. Sie durchbrach die Stille: »Du hast mir ein Versprechen gegeben.« In diesem einen Satz lagen mehr Vorwürfe, mehr Enttäuschungen, als ein Leben allein hervorbringen konnte.

Viktors riesige Gestalt thronte über ihnen. Nach all dem, was er durchgemacht hatte, bei all den Narben, dem gezeichneten Gesicht, erkannte Lopez in ihm immer noch den Kollegen, den sie seit ihrer Ausbildung bei der Polizei als Mentor schätzte. Ihr entging nicht die braune Aktentasche, die er bei sich trug. Sie wollte so gar nicht zu ihm passen. Viktor benutzte weder Taschen noch Rucksäcke. Lopez kam sie bekannt vor. Woher, konnte sie nicht sagen. Viktor strich sich mit einer Hand über die Stirn. Er wirkte ruhig und abgeklärt, als er endlich sprach. »Ich habe es versucht«, antwortete er seiner Großmutter, »ich konnte es nicht halten.«

Sie saßen in der Küche. In der Küche, in der Siska ihm Suppe zubereitet hatte, in der Trixi geweint hatte, als sie von ihrer Adoption erfuhr. In der Küche, deren verstopften Abfluss er repariert hatte. In der Küche, in der jetzt seine Babuschka und Lopez hockten. In der Franziska Mohns Präsenz schmerzlich fehlte.

»Wo ist Trixi?«, fragte Viktor.

Seine Babuschka sah auf die Uhr. »Unterwegs. Müsste gleich kommen.« Sie fragte Lopez: »Was möchtest du trinken?«

Lopez lehnte ab.

Mila ging zur Spüle.

Viktor verfolgte wortlos, wie sie einen Teekessel mit heißem Wasser füllte. Wie sie ihn auf der sich erwärmenden Herdplatte platzierte. Wie sie zum Kühlschrank ging, ein Glas mit Milch füllte und es mit den Worten »Frag nicht!« vor ihm abstellte.

»Warum?«, wollte Viktor von ihr wissen.

»Hättest du etwas anderes verlangt?«, gab seine Babuschka zurück.

Viktor hasste es, wie gut sie ihn kannte. Sie ahnte nicht nur seine Antworten voraus, sondern auch die Fragen, die er stellen würde. Er trank in großen Schlucken. Mila und Lopez sahen ihm dabei zu. Der Boiler tickte, vor dem Fenster hing ein undurchdringliches Grau, das halb Tag, halb Abend war.

Lopez fragte: »Wie hast du es gemacht?«

Viktor überlegte kurz, dann erzählte er, dass er mit Finn und Giga bis zum Pförtner durchgedrungen sei. Wie die Schlüsselkarte von Muchtari ihnen zwar den Weg bis dahin freigab, aber das endgültige Verlassen des Gebäudes nicht erlaubte. Die Eingangstür konnte mit der Karte nicht entriegelt werden. Finn und Giga hatten sich geprügelt. Sie haben dafür nicht einmal üben müssen. Sie präsentierten eine uralte Aufführung, die Viktor in anderer Besetzung ohnehin schon kannte. Während einer der Pförtner den Streit zu schlichten suchte, der andere noch den Sicherheitsdienst zu Hilfe rief, ging Viktor seelenruhig durch die Schleuse zu Muchtaris Schließfach. *Ablenkung. Die Königin aller Ermittlungsdisziplinen.* Wie der Schlüssel vermuten ließ, trug das Fach die Nummer eins. Viktor öffnete die quadratische Tür. Er fand dort die Schlüsselkarte, die die Eingangstür entriegelte. Muchtari hatte sie dort zusammen mit einem Foto, einem Parkausweis und einem Schlüssel verwahrt. Viktor nahm die Gegenstände an sich und durchquerte die Eingangshalle bis zur Eingangstür. Der Sicherheitsdienst war mittlerweile eingetroffen. Finn und Giga stritten sich immer noch lautstark hinter der Schleuse. Niemand beobachtete den großen Mann, der *Psomavital* verließ. Viktor wandte sich nach rechts, wo sich der Parkplatz befand. Aktivierte die Fernsteuerung des Autoschlüssels. Scheinwerfer blitzten auf, ein helles Geräusch ertönte. Viktor folgte den Signalen, bis er vor einem Audi stand. Ein Cabrio, dessen schmale Form Viktor sofort Unbehagen bescherte. Eine solche Form legte nahe, dass der Innenraum beengt sein würde. Enge. Viktor spürte, wie das Kleidungsstück an seinen Armen und seinem Rücken spannte, fast platzte. Erleichtert zog er Muchtaris viel zu engen weißen Kittel aus, öffnete die Fahrertür. Er legte das Kleidungsstück ordentlich zusammen, warf es auf den Beifahrersitz. Danach schob er den Fahrersitz zurück, zwängte sich hinter das Steuer, zog den Kopf ein, klappte die Sonnenblende herunter, obwohl die Sonne nicht schien. Er legte den Rückwärtsgang ein und parkte aus. Er ließ die Scheibe herunter. Führte die Parkkarte für Mitarbeiter ein. Ein Lesevorgang wurde hörbar, danach spuckte der Automat die Karte wieder aus. Die Schranke öffnete sich. Ruckelnd fuhr Viktor an, drehte die Heizung hoch, bog ab und steuerte Richtung Berlin-Innenstadt.

»Ich hoffe, du hast niemanden dabei umgebracht«, äußerte Mila.

»Beim Fahren oder beim Ausbruch?«, wollte Lopez wissen.

»Ich bringe keine Menschen um«, sagte Viktor ruhig.

»Dass es so einfach war …« Lopez schüttelte ungläubig den Kopf. »Du liest ständig davon in der Presse, aber du glaubst nicht …«

»Es war nicht einfach«, unterbrach Viktor sie. »Es hat nur gut funktioniert.«

»Woher zum Teufel hattest du die Schlüsselkarte von Muchtari?«

Viktor schaute Lopez lange an.

»Unmöglich.«

»Ist aber so«, gab Viktor zurück.

»Von Hansen«, murmelte Lopez. »Ich verstehe das nicht. Das ergibt einfach keinen Sinn.«

»Sie stand unter Druck. Sie hat sie einfach liegen lassen.«

Lopez dachte nach. »Was ist«, fragte sie, »wenn sie die Karte absichtlich dort vergessen hat?«

Viktor musste sich eingestehen, dass er darüber noch

nicht nachgedacht hatte. Dass dieser Twist ihm unglaubwürdig erschien. Er überraschte ihn. Aber mussten Wendungen nicht genau dieses Kriterium erfüllen? Er hatte Hansen rausgeekelt. Hatte sie unter Druck gesetzt. Oder hatte er sie unterschätzt? Weil sie eine Frau, eine Hospitantin war? »Wo ist Hansen jetzt?«, wollte Viktor wissen. De facto war sie seine Stellvertreterin. Diejenige, mit der sich Lopez die Ermittlungen teilte.

»Ich weiß es nicht.«

»Warum?«

Lopez zögerte. Sie schaute Mila an.

»Rosa war im Krankenhaus«, antwortete Viktors Großmutter.

»Warum?« Viktor schien nur noch das eine Wort zu kennen.

Lopez zuckte mit den Schultern. Wieder sah sie Mila an. Die stellte eine Tasse Tee vor Lopez ab.

»Schädel-Hirn-Trauma. Das haben sie zumindest mir gesagt.«

»Wieso?« Viktor kam sich wie jemand vor, den die Vergangenheit wieder einmal einholte. Der ihre Teile zusammensetzen musste, Stück für Stück.

»Weil sie auf der Arbeit einfach umgefallen ist.« Mila schilderte die Vorfälle mit größtmöglicher Nüchternheit.

Viktor kannte das von ihr. Er erinnerte sich noch an seine eigenen Symptome. Vor nicht allzu langer Zeit. An die Wahrnehmungsstörungen. Gegenstände, die die Farbe wechselten, Zwiebeln, die nach Meer rochen, Gemüse, dass nach Kupfer schmeckte, an die Schieflage, in die Viktors Welt geraten war. An die Ohnmacht, die Ausfälle.

»Bist du krank?«, wollte er wissen. Unvorstellbar, dass das geschah.

Lopez sagte: »Es muss der Überfall gewesen sein. Der

Motorradfahrer, der mich angefahren hat.« Sie erzählte, dass sie seitdem Kopfschmerzen plagten. Kopfschmerzen und Übelkeit. »Aber warum er gerade mich verfolgte, kann und will ich nicht verstehen.«

Viktor dachte nach. »Aber ich.«

Lopez sah ruckartig auf.

»Wir haben Fernsehen geschaut. Die Nachrichten. Ich kann mich nicht genau erinnern«, Viktor zögerte, »die Medikamente«, warf er ein, »aber was ich noch weiß: Du kamst darin vor.«

Lopez' Augen weiteten sich. »Wir waren ständig wegen der Ermittlungen unterwegs. Die Presse habe ich nicht verfolgt.«

»Bilder vom Alex. Sie haben den Tatort abgesperrt. Da warst auch du zu sehen. Zur besten Sendezeit.«

»Scheiße!«, sagte Lopez. »Nicht unvorstellbar, dass auch der Täter mich gesehen hat. Dass er mich loswerden wollte.«

Viktor sagte nichts, weil er Lopez' Vermutung zustimmte.

»Aber woher wusste er, dass ich in dem Fall ermittle?«

Viktor sagte: »Die Pressekonferenz.«

Es klingelte. Mila horchte auf, verließ den Raum.

Lopez wärmte sich die Hände an der Teetasse. »Wir müssen Gunnar fragen, was die Presseabteilung sonst noch an die Journalisten weitergegeben hat.« Sie beugte sich nach vorn. »Was siehst du?«

»Einen Fall, der größer ist als ich und du.«

Lopez schwieg. »Hansen. Ich werde einfach nicht schlau aus ihr.«

Viktor sagte: »Ruf Gunnar an!«

»Gunnar weiß nicht, dass ich das Krankenhaus eigenmächtig verlassen habe.«

»Warum machst du so was? Was ist mit dir los?«

Lopez wiederholte das, was er gerade formuliert hatte: »Das frage ich mich auch.«

»Er weiß nicht, wo du dich befindest. Gunnar kann dich durchs Telefon nicht sehen.«

Lopez überdachte Viktors Einwände. »Was soll ich ihn fragen?«

»Wie ist der Stand der Ermittlungen? Wo befindet sich Hansen? Was tut sie im Moment? Gibt es neue Entwicklungen? Hat er einen Täter dingfest gemacht? Wir könnten alle endlich Urlaub gebrauchen.«

Lopez stieß Luft zwischen den Lippen hervor. Es klang verächtlich. »Du bist flüchtig. Ich bin abgeschrieben.«

»Als hätten wir uns von solchen Kleinigkeiten jemals abhalten lassen.«

Lopez seufzte, zückte ihr Handy, drückte eine Tastenkombination, lauschte kurz, legte wieder auf. Nachdenklich sah sie Viktor an. »Ich weiß noch nicht einmal, welchen Tag wir heute haben.«

Viktor überlegte, schien aber zu keinem Schluss zu kommen. Er sagte: »Zeit und Raum werden überschätzt.«

34
ANAKONDA

Hansen hatte den günstigsten Flug nach Lyon genommen. Ein Billigflieger, dessen Kosten mit jedem Buchungsschritt gestiegen waren. Aber nur *LovelyJet* flog von Berlin-Schönefeld direkt in Frankreichs drittgrößte Stadt. Nur knapp zwei Stunden dauerte der Flug. Gunnar hatte Hansen bereitwillig die Erlaubnis erteilt. Erlaubnis war nicht gleichbedeutend mit Befugnis. Hansen verstand das ganz genau. Sie sprach fließend Französisch, es lag nahe, dass sie nach Lyon reiste. Hansen vermutete, dass ihre Abwesenheit ihren Boss erleichterte. Sie wollte ohne Begleitung reisen. Wer hätte sie begleiten können? Lopez lag noch im Krankenhaus. Alle anderen rotierten. Gunnar hatte ihren Alleingang ohne Widerspruch akzeptiert. Als wäre er froh, sie endlich los zu sein.

Am Flughafen nahm sie sich einen Mietwagen. Die Außentemperatur betrug neun Grad. Es würde bald regnen. Wolkenbänke schoben sich in verschiedenen Grautönen über den Himmel. Nur selten drang ein Streifen Licht hindurch.

Die Fahrt führte Hansen an Feldern und Weinbergen vorbei, bis sie die Ausläufer der Stadt erreichte. Das Land teilte sich die Farben mit der Stadt. Alles leuchtete in Erdfarben. Je näher sie dem Zentrum kam, desto höher wurden die Häuser. Kein Gebäude besaß jedoch mehr als sechs Stockwerke. Auf dieser Höhe gab es eine unsichtbare Grenze, die jedes Bauwerk mit Ausnahme der Kirchen zu respektieren schien.

Sie steuerte direkt die erste Adresse an, die auf ihrer Liste stand. Es muss sein, hatte sie zu Gunnar gesagt.

Ich fürchte, du hast recht, hatte er geantwortet.

Interpol. Der rechteckige Glaspalast lag am Quai Charles de Gaulle. In Berlin fiel 1989 die Mauer. Im gleichen Jahr war in Lyon der Hauptsitz der weltweiten Polizeiorganisation gegründet worden.

Hansen parkte auf dem Besucherparkplatz. Überprüfte im Rückspiegel ihr Make-up und ihre Frisur. Glättete ein paar Strähnen, schob sie hinter die Ohren. Sie stieg aus, schloss den Wagen ab und begab sich zum Haupteingang, über dem der Name der Organisation prangte: INTERPOL.

Sie hatte sich telefonisch angemeldet, passierte einen Körperscanner, ließ auch ihre Handtasche durchsuchen. Ohne weitere Probleme erhielt sie an der Anmeldung einen Besucherausweis. Zehn Minuten später wurde sie abgeholt. Dave Tavernier. Ein drahtiger Mittvierziger mit freundlichen, offenen Gesichtszügen. Dunkelblaues Jackett, braunes Haar. Er hatte einen festen, aber feuchten Händedruck. Augen mit treuem Blick. Mehr Hund als Mann. Er erinnerte Hansen an einen Labrador. Sie fuhren mit dem Aufzug, stiegen in der vierten Etage aus. Tavernier geleitete sie zu einer Sitzgruppe, die vor imposanten Glasscheiben stand. Blick auf die Rhône, die sich wie eine Anakonda unweit des Gebäudes vorbeischlängelte. Tavernier offerierte Tee oder Kaffee. Hansen bat um Wasser. Etwas später saßen sie am Tisch und tauschten auf Französisch Höflichkeitsformeln aus. Wie war der Flug? Gut. Wie die Reise durch Lyon? Unbehindert, ohne Stau, nichts zu beklagen.

»Isabelle Meunier.« Hansen musste nur den Namen aussprechen. Sofort änderte sich Taverniers Gesichtsausdruck. »Schlimme Geschichte, ja.« Das Attentat am Alexanderplatz, das sie nicht überlebt hatte. Noch war ihr Leichnam nicht nach Frankreich überstellt worden.

Hansen hatte nicht vor, darauf zu warten. »Wussten Sie, wie ähnlich sie ihrer Schwester sah?«

Tavernier nickte. »Tatsächlich, ja.«

»Wussten Sie auch, dass ihre Schwester Emmanuelle drei Kinder verloren hat. Dass sie spurlos verschwanden?«

»Natürlich, ja.«

Erst jetzt begriff Hansen, dass Tavernier einen Tick hatte. Er bestätigte jede affirmative Antwort nochmals mit einem Ja. »Ich suche Informationen zu diesem alten Fall.«

»Als die Kinder verschwanden, war ich noch nicht bei Interpol«, erklärte Tavernier, »aber das damalige Verschwinden hat jeden in Stadt und Land schockiert.«

»Drei Kinder«, sagte Hansen, »Entführung oder Mord. In welche Richtung hat Interpol recherchiert?«

»Zuerst lag der Fall bei der örtlichen Polizeibehörde. Natürlich wurde die Gegend durchkämmt, in der die Kinder wohnten. Leider ohne Ergebnisse. Es gab in der Presse Aufrufe. Der Fall wurde binnen kürzester Zeit national bekannt.«

»Drei Kinder. Unmöglich, dass niemand etwas wusste oder bemerkt hat.«

Tavernier zuckte mit den Schultern. »So war es aber, ja.«

»Der Ehemann von Emmanuelle hat sich umgebracht?«, fragte Hansen.

»Er hat sich ertränkt, ja. Die Kollegen suchen immer zuerst in der Familie. Isabelle hat gesagt, vielleicht war es das, was ihn umbrachte.«

»Auch hier keine Verdachtsmomente gegen den Vater?«

Tavernier nahm einen Schluck Kaffee. »Ich persönlich habe ihn nie kennengelernt. Er wurde als hingebungsvoller Vater beschrieben. Als einer, der sich hauptsächlich um die Kinder kümmerte. Zu einem Zeitpunkt, als das noch keine Selbstverständlichkeit war.«

»Gerade das kann zu …«

»Nein.« Tavernier klang entschlossen. »Kein Missbrauch. Darauf gab es keine Hinweise.«

Hansen lehnte sich zurück, beobachtete, wie die Wolken hinter der Glasfassade über den Himmel zogen. Wie der Fluss Wasser durch die Stadt bewegte. Als die Sonne am Himmel durchkam, kniff Hansen die Augenlider zusammen. »Glas«, sagte Hansen, »hat mir als Werkstoff nie gefallen.«

»Wissen Sie, warum es für dieses Gebäude so wichtig ist?«

Hansen mutmaßte: »Transparenz?«

»Genau.« Tavernier nickte. »Nach innen und nach außen. Genau dafür steht Interpol, ja.«

Hansen schwieg. Sie dachte nach. »Wissen Sie, was mir auffällt?«

Eine rhetorische Frage, Tavernier wartete, wirkte interessiert.

»Drei Kinder verschwinden. Der Mann nimmt sich das Leben. Die Schwester stirbt bei einem Attentat am Alexanderplatz. Und wer überlebt all das?«

Tavernier lächelte. »Ich weiß, worauf Sie hinauswollen, ja.«

Hansen sagte: »Auf die Mutter, Schwester und Ehefrau.«

*

Lopez telefonierte noch, als Trixi die Küche betrat. Sie sah genauso aus, wie Viktor sie in Erinnerung hatte. Dunkle, kurze Haare, knabenhafte Statur, die der ihrer Mutter nicht unähnlich war. Obwohl sie sich kein Erbgut teilten. Trixis Gesicht wirkte verschlossen. Undurchdringlich, immer verärgert über etwas, das nur sie verstand. Als sei das Leben an sich eine Zumutung, die durch nichts wiedergutzumachen war.

»Du solltest nicht hier sein«, sagte sie zu Viktor. Zumindest nicht, seitdem Viktor sie kannte.

Deshalb antwortete er: »Ich weiß.«

»Mila hat dein Zimmer schon vergeben.« Trixi sah Mila wütend an. Niemand wurde von ihrer Missbilligung verschont.

Viktor folgte Trixis Blick. Es traf ihn, was sie sagte. Seine Babuschka antwortete, als ob sie das gar nicht tangierte: »Du warst nicht da. Rosa brauchte ein Zimmer.« Als sei das alles zwangsläufig, logisch, sonnenklar.

Viktors Blick zuckte wieder zurück. »Du?«, fragte er Lopez. Und kam sich im selben Moment vor wie ein Idiot.

Lopez spürte die Blicke der anderen auf sich. Schnell sagte sie noch etwas zu Gunnar, dann legte sie auf. »Bei Bernhard konnte ich nicht bleiben.« Der Versuch einer Erklärung. Direkt danach erfüllte sie Scham.

»Ich komme schon unter«, sagte Viktor. Weil einer von ihnen etwas sagen musste.

»Ach, ja. Und wo?«, fragte seine Großmutter schnippisch. »Vielleicht hast du es vergessen, aber in Kürze wirst du bestimmt gesucht.«

Sie rang nach Fassung.

»Von deinen eigenen Leuten. Und *das* ist neu.« Mila stand vor dem Fenster. Sie wirkte aufgebracht. Als sei jetzt endlich das passiert, was nie habe passieren dürfen. »Wer einmal flieht, hört niemals damit auf.«

»Bei ihrem Ex-Mann ist ein Zimmer frei.« Trixis Stimme klang genauso verächtlich wie das, was sie sagte. Sie deutete mit dem Finger auf Lopez.

»Nein, nein«, Lopez versuchte, zurückzurudern. »Ich kann zurückgehen. Mir etwas anderes suchen. So ist das nicht.«

Alle schwiegen, bis sich Mila an den Tisch setzte und die Hände auf der Tischplatte zusammenlegte. »Wir sind eine Familie. Zumindest so etwas Ähnliches. Wir arrangieren uns.«

Trixi schnaubte wie ein angriffslustiger Stier.

»Ihr seid erwachsen«, sagte Mila und wandte sich an Viktor und Lopez. »Ihr werdet euch ein Zimmer teilen können. So wie ich die Sache sehe«, hier pausierte sie kurz, »ist das ohnehin nur auf Zeit.«

Trixi murmelte etwas von Stundenhotel. Aber keiner lachte, weil es nichts zu lachen gab.

Viktor unterbrach das unangenehme Schweigen, das ihm die Luft zum Atmen nahm, indem er die Aktentasche vom Boden aufhob.

»Wem gehört das?«, fragte Lopez.

Viktor zog den Laptop heraus. »Der gehört Muchtari.«

Mila stöhnte. »Etwa deinem Arzt?«

Viktor nickte.

»Du hast ihn bestohlen?«

»Eher etwas von ihm ausgeliehen«, sagte Viktor. »Er war zu dem Zeitpunkt nicht da.«

Mila raufte sich die Haare. »Gott steh uns bei!«

»Ich fürchte«, sagte Viktor, »Gott hat gerade Wichtigeres zu tun.« Er wandte sich an Trixi. »Du musst nur das Passwort knacken.«

»Viktor«, fuhr Lopez dazwischen. »Das ist auf einhundert Arten illegal.«

Viktor sagte nur: »Ich weiß. Aber falls es jemand von innen ist, jemand von *Psomavital,* finden wir hier Antworten.«

»Warum hast du ihn nicht der KT überlassen?«

»Weil nur ich die Informationen deuten und verstehen kann.«

»Du musst dich mal entscheiden zwischen Selbstmord und Größenwahn«, forderte Trixi.

Mila sog die Luft ein. Alle sahen den Teenager an, aber Trixi zuckte nur mit den Schultern.

Lopez wollte etwas einwenden, aber Viktor kam ihr zuvor.

»Du bist in Gefahr, Lopez. Dieser Laptop ist der einzige Schlüssel, den wir haben.«

»Du bist also nur zurückgekommen«, schaltete sich Trixi wie ein Störsender ein, »weil du wieder einmal meine Hilfe brauchst?«

Viktor musterte Trixi in all ihrer Enttäuschung. Ihrer angeborenen Wut. In dem permanenten Beleidigtsein, das nur Menschen in ihrem Alter auf diese Art und Weise zelebrierten. »Ich bin zurückgekommen, weil ich dich vermisst habe. Du bist so etwas wie meine Tochter. Zumindest, wenn wir alle so etwas wie eine Familie sind.«

Trixi holte Luft, um etwas zu erwidern, überlegte es sich dann anders.

Lopez blickte zwischen den beiden hin und her. Milas Kopf war auf ihre Hände gesunken.

Trixi ging zur Tür. Viktor erwartete, dass sie diese aufriss und zuknallte. Er hätte es verstehen können.

Sie drehte sich um. »Passwörter knacken. Was für eine bescheuerte Idee.«

Viktor betrachtete die Aktentasche, die wieder auf dem Boden stand.

»Ich kann das nicht«, fuhr Trixi fort. »Aber«, sagte sie, »ich kenne vielleicht jemanden, der es kann.«

Zögerlich reichte Viktor ihr den Laptop.

»Kann im schlimmsten Fall vierundzwanzig Stunden dauern.«

Viktor schüttelte den Kopf. »Die Zeit haben wir leider nicht.«

»Könnte auch schneller gehen.«

Viktor zögerte, wechselte einen Blick mit Lopez, die kaum merklich nickte. Mila seufzte leise. Ein paar Sekunden später hörten sie, wie sich die Wohnungstür hinter Trixi schloss.

35
AUSGERECHNET DOMMARTIN

Hansen reiste mit dem Mietwagen auf der Route nationale. Der Wagen, den sie fuhr, war neu. Etwas Scharfes kitzelte ihre Nase. Hansen musste an Essig denken, konnte den diffusen Duft aber nicht genau zuordnen. Sie ließ das Fenster herunter, genoss das laute Geräusch, das der Fahrtwind verursachte. Feiner Sprühregen drang ins Wageninnere. Die Wolken hingen so tief, Hansen hatte das Gefühl, sie stehend mit den Fingerspitzen berühren zu können. Kurz bevor sie ihr Ziel erreichte, verwandelte sich der Sprühregen in Schnee. Dommartin lag auf einer Anhöhe. Das Land bestand nur aus Brauntönen und weißen Tupfen. Der Winter vernichtete, bedeckte, was das Frühjahr geboren hatte. Hansen überquerte einen Fluss. Die Orte enthielten jetzt den Beinamen Saône. Sur Saône, Saône sur. In Hansens Ohren klangen selbst französische Ortsnamen wie Musik.

Das Ortsschild von Dommartin kam kurz hinter einer leichten Anhöhe in Sicht. Es folgten Hinweise auf die verpartnerten Städte. Der schräg einfallende Schnee ließ alles undeutlich erscheinen. Die Häuser waren im Vergleich zu Berliner Vororten weniger sauber gestrichen und saniert. Zwei Einfahrten waren nicht gepflastert worden, und das offensichtlich schon seit Jahren. Zartes Grün schoss trotz der widrigen Witterung aus Lücken im Stein hervor. Ein Haus wies einen Riss auf, ein weiteres befand sich noch in der Bauphase. Die anderen Gebäude waren eingeschossig. In Dommartin wurde an der Hauptstraße flach gebaut. Die Wände waren gelb oder orange gestrichen worden. Das Rathaus wirkte neu und war von den anderen Einfamilienhäusern kaum zu unterscheiden. Nur ein Wappen und ein Schild mit der Bezeichnung »Mairie« wiesen hin auf die Funktion.

Schnee fiel, aber er blieb nicht liegen, obwohl die Temperaturen über Nacht um zehn Grad gefallen waren. Aber der Frost hatte die tieferen Bodenschichten noch nicht erreicht. Erst im Januar würden die Schollen auf den Feldern rissig werden. Aber wer wusste das schon so genau, jetzt, da sich Klima und Wetter stetig wandelten.

Hansen verglich die Hausnummer mit der, die sie notiert hatte. Betrachtete das Haus. Verglich das Bild, das sie sich im Kopf gemacht hatte, mit der Realität. Kleinbürgertum. Weniger zurechtgemacht als in Deutschland. Ein Hang zum Laisser-faire. Hansen öffnete die Fahrertür, stieg aus, warf einen Blick auf die Uhr. Sie wusste nicht, wie Pünktlichkeit in Frankreich bewertet wurde. Aber sie erschien rechtzeitig, weil es ihr etwas bedeutete.

Eine Frau öffnete auf ihr Klingeln die Tür. Helle Haare, von Grau durchzogen, ein moderner Kurzhaarschnitt. Lockere Kleidung, Hose, Shirt und Wolljacke. Teure Markenware, wie Hansen vermutete, weil jedes Stück perfekt saß. Sie lächelte freundlich und reichte Hansen die Hand. Ihre Haut fühlte sich kühl an, ihre Finger waren schlank und elegant. Die Frau stellte sich als »die Nachbarin« vor. Als sei das ein Beruf, ein Adelstitel oder Prädikat. Sie trat beiseite und bat Hansen, einzutreten. Hansen sah auf ihre Schuhe hinab, die nass waren. *Nicht nötig,* winkte die Nachbarin ab. Sie habe einen Hund, der auch keine Schuhe ausziehen konnte. Sie müsse den Boden ohnehin mehrmals täglich fegen, wischen. Das Tier verlor mehr Haare, als es eigentlich besitzen könne.

Hansen folgte ihr in ein klassisch eingerichtetes Wohnzimmer. Ledersofa, Ledersessel. Stressless. Für Menschen, die abends erschöpft auf ihren Sitzmöbeln zurücksanken und sich dem Schlaf hingaben. Ein paar Fotos von Kindern, kleinen und auch größeren. Enkel oder Kinder? Grenzen, die auf einem Foto für Fremde einfach verwischten. Der Geruch von Raumaroma lag in der Luft. Vanille oder Ylang-Ylang. Ein Duft, bei dem sich Hansen die Nackenhaare aufstellten. Einen Augenblick später stellte die Nachbarin eine Tasse Kaffee vor ihr ab. Milchschaum schwamm obenauf. Hansen vermutete einen Kaffeevollautomaten, ohne den heutzutage niemand mehr zu existieren schien. Hansen dankte und nippte an dem Getränk.

Die Nachbarin setzte sich ihr gegenüber. Sie faltete die Hände im Schoß und sah Hansen erwartungsvoll an.

Hansen sagte: »Ich komme aus Berlin. Ich möchte mit Ihnen über Ihre ehemaligen Nachbarn sprechen.«

Die Nachbarin nickte, als habe sie genau damit gerechnet. Als sei es nachvollziehbar, dass sich jemand nach all den Jahren genau danach erkundigte. *Tragische Geschichte.* Mit dieser Formulierung erinnerte sie Hansen an Tavernier, den sie bei Interpol getroffen hatte, der dieses Verbrechen ähnlich betitelte. Die Nachbarin fragte, wo sie beginnen sollte, entschied sich dann aber für einen Anfang, als die drei Kinder noch nebenan lebten.

Über zehn Jahre war das her. Wie doch die Zeit vergehe. Ausgelassene Kinder. Ganz normal. Nichts, was sonderbar gewesen wäre. Die Älteste sei sehr hübsch gewesen, ein typisches ältestes Kind. Etwas verschlossen, eher ernst. Ihre jüngeren Geschwister hatte die Nachbarin nur freundlich, manchmal auch frech erlebt. Ganz normale Kinder eben. Sie hätten viel Zeit mit freiem Spiel verbracht. Im Sommer streiften sie durch die Felder. Sie spielten Fangen und Verstecken. Es gab nicht viele Alternativen fernab der großen Stadt. Die Nachbarin deutete auf die Landschaft, die sich hinter dem Haus ausdehnte. Der Vater habe viel gearbeitet. Hansen hätte sicherlich gehört, dass er sein Geld als Journalist verdient hatte. Dieser arme Mann. Er habe das Verschwinden der Kinder niemals verwinden können. Er sei vor ihren Augen zerfallen, nachdem die Kinder nicht mehr aufgetaucht waren. Als Gewissheit darüber bestand, dass sie nicht einfach zurückkommen würden. Sie habe seine Schreie gehört. In den Tagen und Wochen nach dem Aufenthalt in einer Klinik habe er abgenommen, nichts mehr getan. Er sei nur noch gebeugt gelaufen. Ein schreckliches Bild. Jeder im Ort habe nach den Kindern gesucht. Jeder Einwohner. In jedem Keller, Schuppen. So absurd das auch klang. Gemeinsam hätten Einwohner die Felder durchkämmt. Aber das Land sei weit, oft undurchdringlich. Unmöglich jedoch, dass so etwas Furchtbares ausgerechnet hier in Dommartin geschehen konnte. Man habe die eigenen Kinder nie mehr unbeaufsichtigt spielen lassen. Man vermochte es nicht mehr. Die Nachbarin schwieg für einen Moment.

Hansen erhob sich. Sie ging zum Fenster. Betrachtete das Haus, in dem die Kinder gewohnt hatten. Ein großes, schönes Haus. Im Vergleich zu vielen hier am Ort eher puristisch, weiß. Stein auf Stein. Nichts war unfertig. Der Garten groß und kurz getrimmt, ohne Zaun. Dahinter lag das weite Feld. Stadtrandlage. Perfekt, um Kinder aufzuziehen. Es sei denn, man verlor sie irgendwann.

»Kannten Sie Emmanuelle Martineaux?«, wollte Hansen wissen.

»Natürlich«, bestätigte die Nachbarin. Sie sei eine interessante Frau gewesen.

»Interessant?«, wollte Hansen wissen.

Die Nachbarin beschrieb eine Frau, die berufliche Ambitionen hatte. Die den Willen zum Aufstieg besaß, gutes Geld verdiente. Eine Frau, die sie anfangs oft kritisiert habe. Denn sei nicht die Mutter verantwortlich für ihre Kinder? Habe sie nicht die Pflicht, sich um sie zu kümmern? Bei Martineaux' seien die Uhren anders gelaufen. Sie, als Nachbarin, habe das zunächst weder verstanden noch gemocht.

»Zunächst?«, fragte Hansen.

»Nun«, sagte die Nachbarin. »Ich war früher anderen Frauen gegenüber sehr kritisch. Ich dachte, wir haben eine Rolle, die wir als Mütter bekleiden müssen. In Frankreich können Frauen Arbeit und Kindererziehung gut miteinander verbinden. Warum Emmanuelle unbedingt Karriere auf Kosten ihres Mannes und der Kinder machen musste, konnte ich nie verstehen. Aber heute …« Die Nachbarin suchte nach Worten.

»Was hat sich geändert?«, fragte Hansen.

»Ich habe mich von meinem Mann getrennt. Die Kinder wollten bei meinem Ex-Mann bleiben. Ich behielt das Haus. Es war nicht leicht, wieder Arbeit zu finden. Man könnte also vermuten«, formulierte sie genau, »dass ich selbst keine besonders gute Mutter war.«

Hansen bewunderte die Offenheit der Nachbarin. Selten erlebte sie Menschen, die so differenziert urteilten.

»Heute weiß ich, dass Frauen genauso wie Männer unterschiedliche Bedürfnisse haben. Dass wir Frauen, die sich anders verhalten, zu schnell verurteilen. Ich habe das am eigenen Leib erlebt.«

Hansen wusste nicht, was sie darauf sagen sollte. Sie verstand genau, wovon hier die Rede war.

»Männer haben diese Standards für uns festgelegt. Aber wir haben uns zu spät aktiv dagegen gewehrt. Verstehen Sie, was ich meine?«

Hansen nickte eilig. Gedankenfetzen materialisierten sich in Sekundenbruchteilen.

Ich habe keine Kinder, keinen Mann. Ich bestimme über mein Schicksal.

Hansen setzte sich wieder, trank von dem Kaffee. »Was glauben Sie«, fragte sie die Nachbarin, »was ist damals passiert?«

Diese überlegte. Dann antwortete sie mit fester Stimme: »Die Kinder wurden entführt. Es war ein Verbrechen. So viel scheint mir klar.«

»Aber warum?«, fragte Hansen.

Die Nachbarin zuckte mit den Schultern.

»Wer könnte ein Interesse daran gehabt haben, dass die Kinder verschwinden?«

»Es ist nicht mehr als ein Gefühl«, sagte die Nachbarin. »Ich habe dafür keinerlei Beweise.«

Hansen stellte ihre Tasse vorsichtig ab.

»Der Vater war es nicht. Er ist ins Wasser gegangen. In die Saône. Ich kann Ihnen die Stelle zeigen.«

Aber Hansen winkte ab. Sie konnte sich nicht vorstellen, den Ort des Selbstmordes zu besichtigen. Welche Erkenntnis hätte ihr das bringen sollen? Sie wusste auch, dass manche Täter nicht an dem Leid, sondern an ihrer Schuld zerbrachen. Nur weil man sich umbrachte, war man nicht automatisch unschuldig.

»Er war ein sehr engagierter Journalist. Einer, der für seine Berichte lebte.«

»Wissen Sie«, fragte Hansen, »woran er arbeitete? Hatte er ein Spezialgebiet?«

Die Nachbarin überlegte. »Er schrieb über Umweltschutz. Über neue Technologien. Wissenschaft. Sie könnten seinen Vater fragen. Er lebt noch im Nachbarort.«

Hansen zückte ihr Smartphone und machte sich Notizen.

»Wir sind eine sehr enge Gemeinschaft hier vor Ort«, fuhr die Nachbarin fort. »Alle partizipieren.«

»Ich verstehe nicht …« Hansen hatte den Eindruck, dass sie sich zunehmend vom eigentlichen Thema entfernten.

»Wir feiern Feste zusammen. Wir organisieren Veranstaltungen. Dommartin ist nicht Lyon. Was ich damit sagen will, ist: Wir ziehen alle an einem Strang, wir integrieren uns.«

Hansen sackte auf dem Sofa zusammen. Wie sich die Spannung löste, die von ihr Besitz ergriffen hatte. Wie sie spürte, dass sie sich hier verlaufen hatte. Dass das, was vielversprechend gewirkt hatte, sich jetzt in Nebensächlichkeiten verlor. In Gedanken schweifte sie ab. Es blieben nicht mehr viele Anlaufstellen. Sie fühlte sich mutlos und isoliert. »Entschuldigen Sie. Was haben Sie gesagt?« Etwas hatte ihre Gedanken gestört.

»Es gab nur eine, die an keiner Veranstaltung teilnahm. Die nichts investierte. Die immer für sich blieb. Die verreiste, wie und wann es ihr gefiel.«

»Wer war das?«, fragte Hansen, die sich wie eine Stichwortgeberin fühlte, die sie nachweislich auch war.

»Emmanuelle.«

36
GLÜCK GEHABT

Die nächsten Dinge passierten schnell. Mila warf Viktor einen vernichtenden Blick zu. »Warum tust du mir das an?«, fragte sie. Viktor konnte es nicht sagen. Mila erhob sich vom Küchentisch. »Du bringst Unglück über uns. Du hast es immer schon getan.« Mit diesen Worten verließ sie den Raum.

Was hätte Viktor sagen können? Nichts würde die Enttäuschung seiner Babuschka mildern.

»Sie wird es überwinden«, sagte Lopez, »so wie sie schon so vieles überwunden hat.«

Viktor sagte: »Ich konnte nicht anders.«

Lopez antwortete: »Ich weiß.«

Sie beide kannten diesen Punkt, an dem keine Rückkehr, Wiedergutmachung oder Neuanfang noch möglich schien. Sie beide hatten diesen Punkt mehrfach überwunden. Weil sie es mussten, weil es möglich war, weil es nicht anders ging.

»Was sagt Gunnar?«, wollte Viktor wissen.

Lopez berichtete, was Gunnar ihr erzählt hatte. Dass Muchtari einen schwarzen Motorradanzug besaß. Dass er ihn in der Garage aufbewahrte. Dass dieses Kleidungsstück genauso wie das Motorrad fehlte. Manchmal galt nicht nur die Existenz eines Gegenstandes als Beweis, auch sein Fehlen war ein Hinweis, den sie nicht ignorierten.

»Muchtari ist klein«, stellte Lopez fest.

Viktor nickte. »Ich weiß.«

»Du hast einen Verdacht.«

Viktor schwieg. Stattdessen fragte er: »Wie geht es dir?«

Lopez überlegte. »Ich schaffe das nicht mehr. Hab es eigentlich noch nie geschafft, eher überlebt als gelebt. Ich komme nicht mehr klar.«

Viktor hörte zu. Er hörte, dass Lopez die Situation mit Bernhard nicht mehr ertrug. Ihre Entfremdung von der Familie, dass er, Bernhard, ihr fehlte. Dass Tessa sie hasste, ablehnte. Dass sogar das Baby Bernhard vorzog. Dass die Kinder die Spannung zwischen ihren Eltern spiegelten. Dass sie, Lopez, jetzt die Rechnung dafür zahlte, dass sie Bernhard die Erziehung überlassen hatte. Dass Lopez ihr Zuhause vermisste, dass es nichts gab, was ihr das ersetzte. Dass sie auf der Arbeit zunehmend versagte, sich den Anforderungen nicht mehr gewachsen fühlte. Dass ihr Hansen ständig einen Strich durch die Rechnung machte. Dass ihr ständig Fehler unterliefen. Dass sich langsam alle gegen sie verschworen.

Viktor nickte. Als sie kurz innehielt, sagte er: »Du bist wie ich geworden.«

Lopez sagte: »Ich bin ich. Ich bin müde. Ich bin leer.« Sie schob die Teetasse von sich weg. Der Tee, der mittlerweile kalt geworden war.

Viktor wusste, dass sie auf Hilfe hoffte. Seine Hilfe. Aber er konnte nicht einmal sich selbst helfen. Er sagte: »Einer, der am Boden liegt, kann dich nicht hinaufziehen.«

Viktor bemerkte, wie sehr sie seine Worte trafen. Er hätte ihr Hoffnung machen können. Er hätte ihr gern seine Hand gereicht. Aber er war selbst am Ende. Wie hätte er ihr da von Nutzen sein können? Lopez sah krank aus. Und verletzt. Eine Verletzung, äußerlich und innerlich. Viktor sagte: »Du musst schlafen.« Er schaute auf die

Uhr, die in der Küche hing. »Ich wecke dich, wenn Trixi wiederkommt.«

Lopez schüttelte den Kopf, als sei sie maßlos enttäuscht. Als gäbe es nichts, was noch zu sagen wäre. Weshalb sie besser schwieg.

Sie hörten, wie sich die Haustür öffnete. Sie vernahmen Schritte im Korridor. Trixi öffnete die Küchentür. Ihre Wangen waren gerötet. Sie trug noch Jacke, Mütze und Schal. Aus ihrer Umhängetasche zog sie den Laptop, platzierte ihn auf dem Tisch. »Glück gehabt.«

37
FRIEREN

Ich wollte nie hier sein, jetzt bin ich doch vor Ort, dachte Hansen.

Silvains Vater stand neben ihr und weinte. Ein Stück weiter floss die Saône ruhig dahin. Der Schneeregen hatte aufgehört, aber der Geruch nach Feuchtigkeit lag immer noch in der Luft. Sie standen an einem mit Kieseln bedeckten Ufer, das flach auslief. Eine ideale Badestelle. Wenn es heiß und drückend war. Hansen atmete tief ein. Silvains Vater hatte verlangt, dass sie sich hier trafen. Er besuchte täglich diesen Ort.

Silvain. Emmanuelles Ehemann. Der Vater konnte nicht aufhören, den Namen seines Sohnes zu sagen. Als sei sein Name alles, was ihm noch geblieben war.

Hansen hatte seine Nummer gewählt, nachdem sie ins Auto gestiegen war. Vom Küchenfenster aus beobachtete sie die Nachbarin. Hansen kannte diese Neugierde. Den Reflex. Die Polizei stocherte in alten Wunden. Die Leute wollten reden. Gleichzeitig sollten tote Hunde lieber begraben bleiben. Traumatisierte Menschen plagten widersprüchliche Gefühle. Die Polizei scheuchte Betroffene und Zeugen auf. Manchmal reichte das Auftauchen eines Dienstwagens, um die Menschen zu verunsichern. Man musste kein schlechtes Gewissen haben, um nach dem Erscheinen der Polizei einen Fluchtinstinkt zu verspüren. Jeder fühlte sich schuldig. Irgendwie. Manchmal war es aber genau das, was das Fass zum Überlaufen brachte: der Anblick der Ordnungsmacht.

Es half Hansen, dass sie Französisch sprach. Nie würde sie den überraschten Blick vergessen, den Lopez ihr zugeworfen hatte.

Der Zeuge am Alexanderplatz. Lopez traute ihr nichts zu. Hansen hatte viel über die Berliner Kollegen gehört, bevor sie sich als Hospitantin beworben hatte. Außergewöhnliche Typen, zwischen die kein Blatt passte. Mit einer sechsundneunzigprozentigen Ermittlungsquote, was beinahe übermenschlich war. Verbrecher nutzten immer schlauere Methoden. Darin bestand der Wettlauf, dem anderen voraus zu sein. Nicht immer half die Tatsache, schneller, besser und findiger als diejenigen zu sein, die sie jagten. Manchmal kam der Zufall ins Spiel. Ein Zeuge, ein Anruf oder ein anonymer Tipp. Sachkenntnis und das Unberechenbare hielten sich die Waage. Das Team, dass Hansen kennengelernt hatte, war keines mehr. Kaputte Typen, die mehr eigene Probleme hatten, als ratsam für eine erfolgreiche Karriere war.

Hansen reichte Monsieur Martineaux ein Taschentuch. Der bedankte sich, um sich lautstark die Nase damit zu putzen. Hansen betrachtete derweil das andere Ufer. Diesseits erstreckten sich Felder. Jenseits bedeckten Bäume die Landschaft. Ein grüner Urwald, der sich am Fluss entlang hinzog, so weit das Auge reichte.

»Es tut mir leid.«

»Ich mochte Isabelle.«

Hansen überraschte es, dass die Todesnachricht noch nicht zu ihm durchgedrungen war. Dass sie diejenige war, die sie ihm überbrachte. »Sie sah Ihrer Schwiegertochter sehr ähnlich.«

»Nur äußerlich. Ansonsten hätten die beiden nicht unterschiedlicher sein können.«

Er schwieg kurz. Hansen wartete.

»Ich frage mich, wie viele Tode man in einem Leben verkraften kann.«

Hansen deutete auf ein einfaches Holzkreuz am Rand der Flussbank. »Haben Sie das aufgestellt?«

Monsieur Martineaux bestätigte, indem er nickte und etwas äußerte, das als Krächzen seinen Mund verließ. Er räusperte sich, danach klang seine Stimme wieder klar. »Silvain war unser einziges Kind. Wissen Sie, wie das ist?«

Hansen hatte keine Ahnung. Sie wollte selbst keine Kinder, nachdem ihre eigene Kindheit eher trostlos gewesen war. Hansens Mutter stammte aus Rouen. Die Landessprache hatte sie ihre Tochter gelehrt. Die Mutter lernte ihren zukünftigen Mann kennen, als er in der Stadt Urlaub machte. Zwei Jahre später folgte sie ihm nach Kopenhagen. Sie hatte nicht studiert. Die Ausbildung zur Kauffrau, die sie besaß, wurde in Dänemark nicht anerkannt. Sie wartete zu Hause. Bald war sie schwanger, gebar ein Kind. Sie zog es groß. Am Tag nach Hansens zehntem Geburtstag begann ihre Mutter, in einer Metall verarbeitenden Fabrik zu arbeiten. Dort bediente sie in Schichten eine große Maschine, die Bauteile presste. Wenn sie nach Hause kam, fühlte sie sich müde. Elan brachte sie nur noch auf, um mit ihrem Mann, Mettes Vater, zu streiten. Er unterrichtete als Professor für Geschichte an einem Kolleg. Was ihm früher an seiner Frau begehrenswert erschienen war, ihr Pragmatismus, ihr einfacher Verstand, ihre handwerklichen Fähigkeiten, die seine bei Weitem überstiegen, stieß ihn nun ab. Hansen lernte früh, die Wohnung zu verlassen, wenn ihre Eltern diskutierten. Sie verabredete sich mit Freundinnen, verbrachte viel Zeit auf Spielplätzen und in der Stadtteilbibliothek. Wenn sie spät zurückkehrte, schlief die Mutter, oder sie befand sich schon wieder in der Fabrik. Ihr Vater schimpfte mit ihr, aber er schimpfte halbherzig. Hansen übernahm es, das Essen für sie zuzubereiten, wenn die Mutter fehlte. Sie kaufte ein, putzte und öffnete die Post. Rechnungen legte sie ihrem Vater zur Erledigung vor. Ihr Vater verfügte über wenig praktischen Verstand. Er konnte kaum ein Bett beziehen. Hansen und ihr Erzeuger tauschten früh die Rollen. Eher erzog sie ihn als umgekehrt.

Monsieur Martineaux entschuldigte sich und holte Hansen damit wieder in die Wirklichkeit zurück. Es gehe immer wieder mit ihm durch. Silvains Tod, das Verschwinden seiner Enkel, das sei ein böser Dämon, der ihn immer wieder verschlinge.

»Wie war der Kontakt zu Ihren Enkeln?«, fragte Hansen. »Gut?«

»Hervorragend. Wir leben im Nachbarort. Ich und meine Frau, wir haben immer gern ausgeholfen.«

»Mussten Sie oft einspringen?«

Monsieur Martineaux schüttelte energisch den Kopf. »Silvain war eigen. Er hat sich liebevoll um die drei gekümmert. Deshalb hat er uns nicht oft um Hilfe gebeten.«

»Als Journalist, worauf hatte sich Silvain spezialisiert?«

Sein Vater überlegte. »Er war sehr engagiert. Er war von einem Gerechtigkeitssinn beseelt, der mir in diesem Maße fehlt.«

Hansen unterbrach ihn nicht. Sie wartete noch auf die Antwort, der sich Monsieur Martineaux gerade näherte.

»Silvain schrieb über Umweltschutz, über wissenschaftliche Themen.«

»Wissen Sie, woran er arbeitete, bevor er starb?«

Monsieur Martineaux verneinte. »Wir sprachen über die Kinder. Wenn wir uns über seine Arbeit unterhielten, war es eher allgemein. Ob er als freier Journalist zurechtkommt. Er hatte einige Semester Jura studiert, aber zügig abgebrochen. Das nachfolgende Chemiestudium hat ihm Spaß gemacht, aber er wollte auf keinen Fall promovieren. Zu akademisch, hatte er sich oft beschwert. Er kannte sich mit Patentrecht aus. Oft schrieb er über Pharmazie. Wenn Sie darüber Informationen brauchen, versuchen Sie es bei *Le Jour*. Für diese Tageszeitung in Lyon hat er viele Artikel geschrieben.«

Hansen versuchte, alles aufzunehmen. Etwas kam ihr bekannt vor, sie wollte nachfragen. »Seine Frau arbeitete in dieser Sparte. Gab es Konflikte?«

Silvains Vater überlegte. »Nicht dass ich wüsste.«

»Wie haben Sie sich mit seiner Frau Emmanuelle verstanden?«

Monsieur Martineaux lächelte minimal. »Sie war distanziert. Silvain war herzlich. Deshalb haben sie sich so gut ergänzt.«

»Das klingt sehr positiv«, sagte Hansen.

Monsieur Martineaux warf einen Kiesel in den Fluss. Wo er auftraf, bildeten sich konzentrische Kreise. Aber die Strömung zerstörte das Schauspiel schnell. »Ist die Partnerin für das eigene Kind je gut genug?«, fragte er.

»Sie wollen nicht unfair urteilen«, mutmaßte Hansen.

»Jeder wählt sein Leben. Unser Sohn hatte sich für Emmanuelle entschieden. Das mussten wir akzeptieren.«

»Haben Sie noch Kontakt zu der Frau Ihres Sohnes?«

Monsieur Martineaux sagte: »Wir telefonieren einmal im Jahr zu Weihnachten. An den Geburtstagen gelegentlich.«

»Was ist Ihr Eindruck? Erst ihre Kinder, danach ihr Mann? Wie hat sie diese Verluste verkraftet?«

»Sie können den Menschen nur vor die Stirn sehen«, wich Monsieur Martineaux aus. »Heute würde ich sagen: ausgezeichnet.«

»Ausgezeichnet?«, fragte Hansen interessiert.

»Sie hat wieder geheiratet. Drei Jahre nach Silvains Tod.«

Hansens Kopf ruckte hoch. Wieso erfuhr sie das erst jetzt? Hansen bemerkte, dass sie in der nasskalten Luft fror. Sie fragte: »Wen?«

»Ihren ehemaligen Chef. Den Eigentümer und Vorstand von *Salvacon*.«

*

Viktor saß an seinem alten Tisch in seinem alten Zimmer. Die Möbel hatte Siska ihm zur Verfügung gestellt. Sie hatte ihn als Mieter geworben und gleichzeitig verführt.

Er und Siska auf der Matratze am Boden.

Er und Siska im Flur.

Er und Siska in der Dusche.

Die Erinnerungen kehrten mit einer Wucht zurück, die Viktor das Luftholen schwer machte. *Ich weiß, was mit mir passiert. Ich muss nur atmen,* dachte Viktor.

Die Panik zeigte sich als dunkle Macht. Sie überfiel ihre Opfer hinterrücks. Sie kannte Viktors Leben in- und auswendig. Sie erinnerte sich besser als er selbst. Sie quälte ihn damit. Die wenigen Möbel rückten in seinem Zimmer näher. *Ich muss atmen,* dachte er. Es dauerte einige Minuten, dann wichen Matratze und Schrank wieder an ihren Platz zurück. Viktor starrte auf den Laptop, der vor ihm stand. Er hatte eine Aufgabe. Er durfte nicht länger zögern. Wenn sie ihn suchen würden, kämen sie zuerst hierher.

Lopez hatte sich auf die Matratze gesetzt und war eingeschlafen. Ihre Kleidung hatte sie nicht abgelegt. Viktor wollte sie zudecken, aber es erschien ihm falsch, sich ihr zu nähern. Es gab eine Distanz, die sie stets wahrten. Einen unausgesprochenen Pakt, der Abstand forderte. Sie brachen diesen Pakt nur, wenn es nicht anders ging. Wenn einer von ihnen in Gefahr war. In Lebensgefahr. Unwillkürlich griff sich Viktor an die Brust, wo ihn vor Jahren die Kugel aus Lopez' Waffe getroffen hatte. In einer Nacht, in der das Schicksal sie verbunden hatte. *Nur ein Unfall.* So lautete der Pakt. Lopez, die auf dem Boden ihrer Küche hockte, die geladene Dienstwaffe in der Hand. Lopez hatte sich und das Leben aufgegeben. Aber kam es nicht immer anders, als man dachte? Als der Tod umging. Damals in jener Nacht.

Der Computer summte, und Viktor begann, sich umzusehen. Den Anfang machten Muchtaris E-Mails. Er scrollte durch die letzten Tage, Wochen. Muchtari war ein ordentlicher Mann. Er bereinigte sein Mailfach regelmäßig. Viktor fand keinen Spam, nur Korrespondenz, die Muchtari systematisch abarbeitete. Für jeden Vorgang, jeden, mit dem er kommunizierte, hatte er einen Ordner angelegt. In einem Ordner tauchte auch sein Name auf. Viktor mied diese Korrespondenz jedoch. Er wollte keiner Bewertung seiner Person begegnen, die er nicht verwunden hätte. So oder so.

Danach durchsuchte Viktor weiter die Festplatte. Forschte unter Dokumenten nach. Auch hier hatte Muchtari für jeden Patienten einen Ordner angelegt. Viktor fand seinen eigenen Namen. Als er die Liste betrachtete, fiel ihm auf, dass es viele russische, mindestens genauso viele türkische und nur wenige deutsche Namen gab. Der Maßregelvollzug schien einen Migrationshintergrund zu haben. Viktors Schicksal erfüllte sich nach so vielen Jahren hier.

Viktor schaute auf die Uhr. Danach brach er die Suche ab. Er überlegte kurz, weil er zu viel Zeit verlor. Er tippte in die Suchleiste das Wort Motorrad. Die Dokumente und Mails, die ihm angezeigt wurden, ging er systematisch durch. Als er wieder aufsah, war es mitten in der Nacht. Draußen schien nur noch in wenigen Fenstern Licht. Jemand hatte Pech über die Stadt gegossen. Es hüllte alle Häuser, den Park, alles bis auf Straßenlampen und Lichtquellen ein. Viktor hatte die Zeit vergessen. Er hatte sie schlicht verloren, wie einem etwas abhandenkam, das aus der Tasche gefallen war. Viktor fühlte sich erschöpft und gleichzeitig hellwach und animiert. Er fühlte das Gewicht seines Körpers, das Gewicht seiner eigenen Existenz.

»Lopez!«, sagte er. Sie schien tief und fest zu schlafen. Viktor erhob sich, streckte sich, bis seine Gelenke knackten. Er fuhr sich mit den Händen über seinen vernarbten Kopf. Danach ging er zu der Matratze. Leise, dann etwas lauter sagte er Lopez' Namen. Ihr dunkles Haar lag wie hingeworfen auf dem Kissen. Sie atmete regelmäßig. Selbst in Ruhe wirkte sie wie jemand, der litt. Nicht einmal der Tiefschlaf konnte verhindern, dass Sorge durch ihre Gesichtszüge hindurch diffundierte. Viktor legte ihr vorsichtig die Hand auf den Arm. Nochmals sagte er ihren Namen.

Lopez schreckte hoch. Für einen Moment schaute sie Viktor an, als sei er ein Feind. Dann glättete sich ihr Ausdruck, wurde wieder weich. Wortlos setzte sie sich auf, strich sich die Haare aus dem Gesicht. Viktor trat zurück. »Was hast du?«, wollte sie von ihm wissen.

»Das solltest du dir ansehen«, sagte Viktor. Mit dem Finger deutete er auf den Laptop, dessen Bildschirm das Zimmer fahl beleuchtete.

38
VERSTÄRKUNG ANFORDERN

Es muss sein«, sagte Lopez.

Viktor hatte vieles ertragen. Wahrnehmungsstörungen. Die Verwirrung, die ihn überkam, wenn er vor einem Anfall noch in einem Zimmer gestanden hatte und nach einem Anfall am Boden lag. Den Geschmack von Blut, weil er sich auf die Zunge gebissen hatte, ohne etwas davon zu merken. Das Stottern, als er mit vernarbtem Schädel in einem Bett der Charité lag und sein Mund nur falsche Worte produzierte. Milas Verzweiflung in Sankt Petersburg. Trixis vorwurfsvollen Blick in Berlin. Siskas Angst vor dem Tod, danach ihr Sterben. Dass Lopez ihm jetzt Fußfesseln anlegte, erschien ihm passend und unpassend zugleich. Wie eine boshafte Fußnote des Schicksals. Wie eine dunkle Ecke, die in ihrer beider Vergangenheit noch nie beleuchtet worden war. Es war eine der wenigen Grenzüberschreitungen, die noch ausstanden. Er, Lopez' Ausbilder, Respektsperson, später Kollege, ein Teil des Teams. Jetzt nicht mehr als ein Verbrecher, den sie zurück hinter Gitter brachte.

»Positiv zu vermerken ist«, sagte Lopez, »dass du noch nicht als Aufmacher in den Nachrichten erschienen bist.«

Es ging immer noch schlimmer. Es wunderte Viktor, wie er das überhaupt hatte vergessen können. Er saß wie eingepfercht auf dem Beifahrersitz von Muchtaris Wagen. Lopez forderte ihn auf, seine Hände auszustrecken. Viktor wusste, dass sie recht hatte. Es musste sein. Einen Moment später legte er seine gefesselten Hände in den Schoß. »Verlier den Schlüssel nicht!«, sagte er zu Lopez.

»Bring mich nicht auf Ideen!« Sie sah ihn lange an. Zumindest wollte es Viktor so erscheinen. »Ich weiß nicht …«, sagte sie zögerlich.

»Fahr schon!«, befahl ihr Viktor. Sie hatten lange darüber gesprochen, wie realistisch es war, in Muchtaris Auto bei *Psomavital* aufzutauchen. Es war Wahnsinn. Aber der Wagen musste zurück an seinen angestammten Ort. Das Verwischen von Viktors Flucht konnte nur gelingen, wenn sie alles vertuschten. Sie konnten das Auto nicht einfach in Friedrichshain parken und dort stehen lassen. Es war fünf Uhr am Morgen. Die Stadt schlief. Die Berliner schliefen. Was Lopez Wahnsinn nannte, nannte Viktor Überraschungseffekt. Ein Tag und eine Nacht.

Lopez warf die Tür ins Schloss und stieg auf der Fahrerseite ein. Auf der Rückbank stand Muchtaris Aktentasche. Man konnte sie nicht auf Anhieb erkennen, weil eine andere Tragetasche sie umhüllte. Jeder bei *Psomavital* würde Muchtaris Tasche erkennen. Er benutzte sie jeden Tag. Man sah ihr die regelmäßige Nutzung an. Aber für dieses Objekt galt das Gleiche wie für das Auto. Und den Laptop. Und die Parkkarte.

Lopez startete den Wagen. Sie trug Uniform. Hatte die Haare zu einem Pferdeschwanz zusammengefasst. Sie erschien im weichen Licht der Straßenlampen weniger gequält als am Tag zuvor. Sie drehte den Kopf und lächelte schwach.

»Bereit?«, fragte sie.

Viktor fühlte das Gewicht der Fußfesseln. Die Enge der Handfesseln. Er sagte: »Ja.«

Auf der Fahrt durch die Stadt schwiegen sie. Gebäude, Parks, Ampeln und Schilder zogen an ihnen vorbei. Irgendwann bremste Lopez. Ein Fuchs schlich vor ihnen über die Straße. Ungerührt. Als gäbe es nur ihn in diesem Großstadtdschungel. Ein Jäger außer Dienst. Viktor dachte an Jäger und Gejagte. Lopez schüttelte widerspenstig den Kopf und zog das Tempo wieder an. Als sie durch Falkensee fuhren, bemerkte Viktor, wie Lopez ihre Schultern straffte. Wie sie das Kinn leicht hob. *Ritter senkten ihre Lanze, Krieger zogen ihr Schwert.* Lopez hielt an der Schranke des Parkplatzes. Viktor hielt ganz bewusst nicht nach Kameras Ausschau, die ihre Ankunft aufzeichnen würden. Er saß gefesselt in diesem Auto. Er wiederholte innerlich: *Das ist völlig normal.* Lopez benutzte Muchtaris Parkkarte, die der Automat wie selbstverständlich akzeptierte.

Viktor sagte: »Da vorn rechts!«

Lopez folgte seinem Hinweis. Ein Nummernschild, auf dem jemand die Buchstaben ARZT geprägt hatte. Lopez stoppte, machte den Motor aus, zog den Schlüssel.

Lopez griff nach der Tragetasche auf der Rückbank, stieg aus. Sie öffnete Viktor die Tür. Wie bei anderen Gefangenen, die überstellt wurden, griff sie nach seinem Oberarm. Jetzt schaute sie starr nach vorn. Sie spielte ihre Rolle gut. Er schlurfte wortlos neben ihr her zum Eingang. *Psomavital.* Lopez sah auf die Uhr. Sie klingelte. Es dauerte einen Moment, bis die Scheiben auseinanderglitten. Sie betraten den Empfangsbereich. Ein dicker Mann mit Halbglatze, den Viktor noch nie gesehen hatte, schaute sie mit großen Augen hinter seiner Glasscheibe an. Viktor hörte, wie Lopez mit ruhiger Stimme verkündete, dass sie den Patienten Viktor Saizew überstellte. Er sei befragt worden. Jetzt komme er zurück. Viktor fiel auf, dass sie die Worte Dienststelle oder LKA vermied. Der Mann hinter der Scheibe schüttelte den Kopf. Davon sei ihm nichts bekannt. Patienten würden nie um diese Zeit überstellt.

Lopez fragte ihn: »Kennen Sie diesen Mann?«

Der Wärter verneinte.

Lopez befahl ihm: »Sehen Sie nach!« Sie wiederholte Viktors Vor- und Familiennamen.

Der Dicke gab eilig Buchstaben in seinen Computer ein. Der Bildschirm warf Licht auf sein Gesicht.

Lopez zog ihr Diensthandy aus der Tasche. »Geht das etwas schneller?«, fragte sie.

Viktor musste sich bemühen, nicht den Mund zu verziehen. Der Moment verging schnell. Der Dicke griff zum Telefon. Sie hörten zu, wie er Verstärkung anforderte. Er legte auf und bat Lopez, kurz zu warten. Lopez nickte. Sie tat unbeteiligt. Angst bemächtigte sich Viktors. Eine nicht abzustreifende Furcht. Er würde lange Zeit ins Gefängnis wandern. Diesmal keine Psychiatrie, keine Therapie. Eine Justizvollzugsanstalt. Kein Mensch würde ihm mehr vertrauen. *Ich habe Angst,* stellte Viktor überrascht fest. *Ich wusste gar nicht, dass ich mich so fürchten kann.*

Zwei Sicherheitsleute traten von der anderen Seite in die Schleuse. Sie wirkten, als habe sie etwas aufgeschreckt. Aber sie waren weder bewaffnet, noch agierten sie alarmiert. Sie sahen wie Menschen aus, die man geweckt hatte. Die sich eilig angezogen hatten.

Der Dicke wollte wissen, wo Lopez die Papiere hatte.

Lopez sagte, dass Viktor gestern ohne Papiere mitgekommen sei. Dass sie ihn auch ohne wieder zurückbrächte. Sie erwähnte das Durcheinander, das nach Muchtaris Festnahme entstanden sei. Die Eile. Gefahr im Verzug.

Der Dicke betonte den Amtsweg, schüttelte den Kopf.

Als könne er es nicht fassen. Als habe er resigniert. Er telefonierte erneut. Nicht mit Muchtari. Der war nicht da. Viktor bekam nur Fetzen des Gesprächs mit, weil er auf dem einen Ohr kaum noch etwas hörte. Die Kette, die seine Füße zusammenband, begann an ihm zu ziehen. Sie zog ihn hinab. Der Boden unter ihm gab nach. Viktor atmete schwer. Ein Reflex, dem er bisher keinerlei Beachtung geschenkt hatte. Eine natürliche Tätigkeit, die ihm jedoch zunehmend schwerer fiel. Lopez' Körper entfernte sich, der Glaskasten und die Wände rückten auf. Die Decke hing nur noch einige Millimeter über Viktors Kopf. Er drängte sie mit Macht zurück. Seine Beine steckten in der Erde fest. Er sah, dass Lopez ihm aus der Ferne einen besorgten Blick zuwarf. Seine Hände schwitzten. Er zwang sich, ruhig ein- und auszuatmen. Bis sich Wände und Decke wieder entfernten. Bis sie Viktor nicht mehr bedrängten.

Der Dicke hatte aufgelegt. Er instruierte Lopez, ihr Handy und ihre Wertsachen einzuschließen. Die Sicherheitsleute nahmen Viktor in Gewahrsam. Lopez nahm einen Schlüssel in Empfang, der ein Fach öffnete. Viktor begrüßte die Sicherheitsmänner. Er kannte sie, und sie kannten ihn. Er stellte belanglose Fragen, machte einen Witz, nach dem ihm nicht zumute war. Keiner registrierte, dass Lopez in der Zwischenzeit nicht nur ihr Fach, sondern auch das mit der Nummer eins aufschloss, um Muchtaris Parkkarte und Autoschlüssel zurückzulegen. Es konnten höchstens Sekunden vergangen sein, als sie dem Dicken ihre Tragetasche vorlegte, der sie durchsuchte. Der Beamte zog einen Laptop aus der Tasche. Viktor hörte, wie Lopez »meiner« sagte. Viktor wurde es erst heiß, danach wieder kalt. Einer der Sicherheitsmänner roch nach Schweiß. Die Gesichtsporen des anderen wirkten so groß wie Vulkankrater. Als Viktor wieder aufsah, hatte Lopez die Tasche unter dem Arm. Ein Ausweis klemmte an ihrem Revers. Die Schleuse öffnete sich vor ihnen. Lopez ließ sich abtasten. Viktor ließ das gleiche Prozedere über sich ergehen. Nachdem sich die Schleuse hinter ihnen geschlossen hatte, schritten sie gemeinsam den Korridor entlang. Nichts wirkte unnatürlich. Was sollten die Angestellten tun? Einen ihrer Patienten nicht mehr zurücknehmen? Viktor konnte es kaum glauben, dass es ihnen tatsächlich gelungen war. Falls sie seine Flucht nicht bemerkt hatten, ignorierten sie jetzt sogar die Tatsache, dass er zurückkehrte.

*

»Was soll das?«, fragte Gunnar.

»Das LKA erschien mir nicht mehr sicher.«

Gunnar Scholz lachte. Er lachte wie jemand, der schon lange nicht mehr viel zu lachen hatte. Sein Lachen klang ungläubig und gleichzeitig so, als ob es ihm im Halse stecken blieb. »Deshalb hast du mich hierher bestellt?«

Hansen wollte antworten. Aber die Bedienung, ein jugendlich wirkender Mann mit Vollbart und Muskelshirt, fragte nach ihren Wünschen. Gunnar bestellte schwarzen Kaffee, Hansen Tee. Erst als sich der Kellner abwandte, beugte sie sich vor. »Dieser Fall ist groß. Größer als wir.«

Unwillkürlich sah sich Gunnar um. In seiner Zeit als Abteilungsleiter hatte er schon vieles gehört und mindestens genauso viel gesehen. Erst vor einem Jahr hatte ein Skandal das LKA erschüttert. Die Vermisstenstelle war neu besetzt worden. Nur noch das Blut an der Wand erzählte von dem Verbrecher in ihren eigenen Reihen. Was um Himmels willen meinte Hansen mit »Größer als wir«? Sie war eine Praktikantin. Nicht mehr und nicht weniger. Attraktiver und engagierter als die meisten. Manche redeten über sie. Trotz allem war sie nur ein Mensch, der in der Abteilung hospitierte. Was Gunnar daran erinnerte, dass seine besten Leute absent waren. Krank. Er musste über die Arbeitsbedingungen in seiner Abteilung nachdenken. Oder beschäftigte er nur scheinbar geistig Gesunde, die früher oder später verrückt wurden? Realistisch gesehen blieb ihm nur diese Praktikantin, eine Dänin, ortsfremd, Fachfrau für Daktyloskopie. Sie bestellte ihn in ein Berliner Hipster-Café. Die Wahrscheinlichkeit war groß, dort keinen Polizisten zu treffen. Darin bestand der Plan. Gunnar seufzte. »Ich hoffe, dass nach dieser Einleitung etwas Gewichtiges folgt.«

Hansen sprach leise. Als befürchte sie Lauscher.

Gunnar war sich nicht mehr sicher, ob Hansen vielleicht auch langsam den Verstand verlor. Diese Abteilung war von einem Fluch befallen.

»Es war gut, nach Frankreich zu fahren.«

»Jaja, schon gut«, wiegelte Gunnar ab. »Aber wir müssen hier Morde aufklären. Sechs Tote am Alexanderplatz.«

»Der Ursprung dieser Verbrechen liegt nicht in Berlin.«

»Hast du Beweise?«, fragte Gunnar. Die Frage aller Fragen, deren Beantwortung über Erfolg oder Scheitern entschied.

»Eher einen Teilabdruck.«

Gunnar runzelte die Stirn. Er brauchte einen Augenblick, um die Metaphorik zu begreifen. Der Vollbart servierte Kaffee und Tee. Schweigen begleitete die Zeremonie.

»Der Journalist …«

»Welcher?«, unterbrach Gunnar.

»Emmanuelle Martineaux' Mann. Der, der Selbstmord beging.«

»Deren drei Kinder verschwanden.« Gunnar stellte es fest wie ein Rätsel, dessen Ergebnis noch offen war. Was hatte das mit den Morden am Alexanderplatz zu tun?

»Genau. Er schrieb unter anderem Artikel über die Pharmaindustrie. Er war sehr kritisch, was das Patentrecht anging. Und die Produktion.«

Gunnar hob die Hand. »Patentrecht. Warte! Das sagt mir was.«

»Genau. Der tote Inder. Er war unter den Opfern. Ein Anwalt. Patentrecht war sein Spezialgebiet. Dazu sollte er auf dem Kongress einen Vortrag halten.«

»Und deshalb wurde er umgebracht? Könnte auch ein Zufall sein.«

»Könnte. Ja. Aber nur bedingt. Emmanuelle Martineaux sitzt bei *Salvacon* im Aufsichtsrat. Ich habe mir ihren Lebenslauf angesehen. Sie ist stetig aufgestiegen.«

»Ist doch gut. Ihr beschwert euch doch immer, dass zu wenig Frauen Führungspositionen bekleiden«, wandte Gunnar ein.

Hansen zog die Augenbrauen zusammen. »Stimmt. Hat aber nichts mit unserem Fall zu tun.«

Gunnar spürte den Stich, den sie ihm mit diesem Urteil versetzte. Für eine Praktikantin verhielt sie sich nicht unbedingt devot.

»Was wäre, wenn sich Silvain Martineaux gegen seine Frau gewandt hätte. Gegen ihre Firma?«

Gunnar sah Hansen an. Ihre Stimme klang eindringlich.

»Was wäre, wenn er ihr gefährlich geworden wäre? Wenn er über ihre Tätigkeit oder die ihrer Firma kritisch berichten wollte. Was wäre, wenn nur sie gewusst hätte, womit sie ihn am meisten treffen konnte? Was wäre, wenn …«

»Wenn sie die Kinder entführt hätte?« Gunnar erwischte sich dabei, dass er flüsterte.

Hansen lehnte sich zurück. Sie nickte. »Sie hat alle überlebt. Ihre Kinder. Ihren Ehemann. Ihre Schwester. Sie hat ihr Vermögen vermehrt, sich beruflich verbessert, dass es kaum noch besser geht.«

Gunnar schluckte. »Traust du ihr das zu?«

Hansen verschränkte die Arme vor der Brust. »Ich traue Frauen alles zu.«

39
KEINE PAPIERE

Tja«, sagte Melanie Wisser. Die Gestalttherapeutin, wie Viktor Lopez informiert hatte. »Der stellvertretende Leiter ist krank. Herr Muchtari unabkömmlich.«

Lopez musste kurz husten. *Unabkömmlich.* So konnte man es auch formulieren. Es gab Leute, die genau dafür studierten. Um Dinge nicht beim Namen nennen zu müssen. Lopez nahm Platz und stellte die Tragetasche neben sich am Boden ab. Viktor war bereits wieder auf dem Weg zu seiner Station. Die Sache entwickelte sich gut. Bis jetzt.

»Danke, dass Sie mich empfangen.«

»Ich vertrete den Ärztlichen Direktor.« Sie pausierte. »Eine muss es tun.«

Lopez wusste, dass jetzt der schwierige Teil der Übung anfing. »Herr Saizew hat uns nach bestem Wissen Auskunft gegeben. Er war sehr kooperativ«, sagte sie.

Melanie Wisser saß hinter Muchtaris Prunkschreibtisch und wirkte verloren. Nervös. »Laut Protokoll gab es keine Absprache. Sie hatten keine Genehmigung, Viktor Saizew zu befragen. Er befindet sich im geschlossenen Vollzug.«

»Es geht um Mord. Wir sind angehalten, alle Hebel in Bewegung zu setzen, soweit es der Aufklärung dient.« Lopez war sich der schwammigen Formulierung bewusst. Ein Eiertanz war nichts gegen das, was sie gerade tat. Sie richtete sich auf. Drückte den Rücken durch. Pokerface.

»Wir haben keinerlei Papiere«, wandte Wisser ein. Ihre

drahtigen Hände waren ineinander verkrampft. Sie wirkte angespannt.

»Ich mag mich irren, aber wir konnten keine Vermisstenanzeige Ihrerseits verzeichnen. Wo ist also das Problem?«

Melanie Wisser, eine agile, tatkräftige Person, rang mit sich. »Es war«, sie stockte, »ist eine ungewöhnliche Situation. Konnten Sie Doktor Muchtari etwas nachweisen?«

»Sie wissen, dass ich Ihnen darüber keine Auskunft geben darf. Aber seien Sie versichert, dass wir nicht ohne Grund ermitteln. Er wird zum Zeitpunkt jedoch nur befragt.«

»Wir hatten vor Einführung des neuen Sicherheitssystems Ausbrüche zu beklagen«, versuchte Melanie Wisser zu erklären. »Sie können sich vorstellen, wie unangenehm es wäre, wenn sich herausstellt, dass das neue System versagt. Ausbrüche von Patienten sind …« Sie suchte nach Worten.

»Keine gute PR?«, mutmaßte Lopez.

Melanie Wisser lächelte leicht. Sie nickte.

»Nun«, Lopez beschrieb mit ihrer Hand einen Bogen, »es scheint, als würden Sie Herrn Muchtari derweil in seinen Räumlichkeiten gut vertreten.«

Melanie Wisser folgte Lopez' Geste mit den Augen. Das Telefon klingelte, Melanie Wisser überprüfte mit einem kurzen Blick die Nummer auf dem Display, dann nahm sie seufzend ab. Einen Moment, den Lopez nutzte, um Muchtaris Aktentasche aus ihrer Stoffhülle unter den Schreibtisch zu schieben. Sie hatte alle Fingerabdrücke sorgsam entfernt. Lopez war sich sicher, dass selbst Hansen als Expertin nichts Brauchbares mehr finden würde. Melanie Wisser wirkte kurz angebunden, legte den Hörer wieder auf. Lopez griff nach der jetzt leeren Tragetasche und erhob sich. »Wenn ich Sie richtig verstehe, können Sie froh sein, dass es keine Papiere gibt. Und Herr Saizew ist wieder da.«

Melanie Wisser sah Lopez an wie eine Frau, die wusste, dass sie etwas tat, was sie bereuen würde. Sie stand ebenfalls auf, lächelte unsicher.

Lopez griff nach der Türklinke. »Wissen Sie, welcher Tag heute ist?«

Nur ein kleines Runzeln ihrer Stirn verriet Melanie Wissers Irritation. »Donnerstag.« Ihr Handy klingelte. Sie überprüfte kurz die Nachricht auf dem Display.

»Frau Lopez!« Melanie Wisser stand hinter Muchtaris Schreibtisch. Das Möbelstück ließ sie kleiner wirken, als sie eigentlich war. »Ihr Kollege wird es schaffen. Er leidet, aber er kämpft dagegen an.«

Lopez schwieg.

»Er modelliert außergewöhnliche Objekte aus Ton. Er besitzt Talent.«

»Er ist Polizist. Kein Künstler«, sagte Lopez. Ihre Stimme klang erstickt, weil ein Kloß im Hals ihr das Sprechen erschwerte.

»Sie unterschätzen ihn vielleicht. Warum sollte er nicht beides sein?«

Lopez sagte: »Weil ich den Polizisten zurückhaben will.«

40
GULLIVER AUF REISEN

Lopez betrat das *Luxury* wie eine Buchhalterin einen Sexshop: interessiert, aber mit leichter Befremdung. Ein paar junge Menschen, die Banken noch als kreditwürdig einstuften, hatten das Café in der Burggrafenstraße eröffnet. Rosafarbener Plüsch und paradiesvogelartige Dekoration überwogen. Dazwischen eine Mischung aus weiß lasierter Schwedenkiefer und Ökomöbelpop. Keiner ihrer Kollegen verirrte sich hierher. Nicht einmal Detlev, bei dem alle bisexuelle Tendenzen vermuteten, der ausgefallenes Interieur wie Kleidung schätzte.

Gut gebaute, bärtige Männer servierten angeblich an die hundert ausgewählte Kaffeesorten und selbst gemachte Limonaden, in denen Zutaten wie Ingwer, Jackfrucht und Chiasamen schwammen. Ihren Chef Gunnar Scholz hier am Tisch mit Hansen zu sehen wirkte, als habe sie die beiden in flagranti ertappt. Sie tuschelten. Wäre Lopez nicht persönlich von Gunnar hierher bestellt worden, hätte sie sich peinlich berührt wieder zurückgezogen. Vielleicht hätte sie vorher noch Fotos geschossen. Wie eine Privatdetektivin. Nur um auf Nummer sicher zu gehen. So umging sie die von Studenten besetzten Tische, bis Hansen und Gunnar aufsahen: Gunnar erleichtert, Hansen mit ernstem Blick.

Lopez zog sich einen Stuhl heran. Als ein Mann mit Bart ihre Bestellung aufnehmen wollte, winkte sie ab.

»Wie geht es dir?«, fragte Gunnar. Er musterte ihre Uniform.

»Haben sie dich schon wieder entlassen?«, wollte Hansen wissen.

»So ähnlich«, antwortete Lopez ausweichend. Sie dachte an Viktor und seine Art, unliebsame Fragen nicht zu beantworten. »Warum bin ich hier?«

»Während du krank warst, ist sie«, Gunnar nickte Hansen zu, »nach Frankreich gereist. Genauer gesagt nach Lyon.«

»Und Dommartin«, ergänzte Hansen.

»Emmanuelle Martineaux«, sagte Lopez.

Gunnar und Hansen reagierten genau so überrascht, wie Lopez es vorausgesehen hatte.

»Woher weißt du das?«, fragte Hansen. Skeptisch, wie Lopez sie kannte. Sie traute ihr nicht über den Weg.

»Befindet sich Muchtari noch im LKA?«

Hansen runzelte die Stirn. »Das Stadtpanorama in Muchtaris Büro. Du hast mit Viktor gesprochen.«

Lopez nickte. Irgendwie stimmte das. Wenn auch nicht so, wie sich Hansen die Situation vermutlich vorstellte. »Ich weiß nicht, ob es so einfach ist.«

Gunnar schaute hin und her. »Kann nicht behaupten, dass ich auch nur ein Wort von dem, was ihr sagt, verstehe.«

»Ich habe in Lyon und Dommartin keine Hinweise auf Muchtari gefunden«, erklärte Hansen. »Wir wissen aber, dass er Verwandte hat, die in Lyon leben.«

Gunnar rieb sich die Stirn. »Wie kommt es, dass alles ständig auf diesen Arzt hindeutet? Er hat Beziehungen zu der Stadt, in der eines der Opfer arbeitete. Er fährt ein Motorrad, das vielleicht das Fluchtfahrzeug ist. Er hat die richtige Größe. Er hat über Kannibalismus promoviert. Die Indizien sind erdrückend. Obwohl direkte Beweise fehlen.«

»Es ist fast zu gut, um wahr zu sein?«, fragte Lopez.

Gunnar schüttelte den Kopf. »Ich kann in ihm einfach nicht den Täter sehen.«

»Was daran liegt, dass er es nicht war.«

»Woher willst du das wissen?«, wollten Gunnar und Hansen gleichzeitig wissen.

»Viktor verdächtigt jemanden.«

Gunnar richtete sich auf. »Nicht dein Ernst.«

Hansen sagte: »Viktor ist doch inhaftiert.«

Lopez fand, dass sie gekränkt aussah. Warum, konnte sie sich nicht erklären.

»Er ist krank, unzurechnungsfähig. Wollen wir den Bock zum Gärtner machen? Ich glaube nicht, dass sein Urteil für uns irgendeine Rolle spielen darf.«

Lopez wunderte es, wie die Raumtemperatur nach ein paar Worten sinken konnte.

»Du hast recht«, sagte Lopez, obwohl es sie Mühe kostete. »Konzentrieren wir uns ganz auf uns.«

Hansen schaute sie skeptisch an. Als traue sie dem Braten nicht. »Bist du noch in Gefahr?«

»Schwer zu sagen«, urteilte Lopez. Sie wusste, dass Viktor alles daransetzen würde, dass etwas Derartiges nicht mehr geschah. Es konnte misslingen. Nicht alles lag in Viktors großen Händen. »Was ist, wenn Muchtari nicht der Kannibale ist? Was ist, wenn er den Kannibalen deckt?«

Gunnar sagte: »Es würde die Dissertation erklären.«

»Und die tote Katze so nahe bei *Psomavital*«, fügte Hansen hinzu. »Kein Menschenfleisch, aber vielleicht ein Ersatz dafür.«

»Vergessen wir nicht die Bisswunde bei Martineaux' Schwester.«

Hansen lehnte sich zurück: »Das ist krank.«

Gunnar zuckte mit den Schultern. »Es ist unser Job. Irgendjemand muss sich damit beschäftigen.«

»Also ein Patient? Wenn er aus der Klinik ausgebrochen ist, tut er es vielleicht noch ein weiteres Mal«, kombinierte Hansen.

»Muchtari ist nicht da, um ihm zu helfen.« Gunnars Stimme klang fest und überzeugend.

Aber Hansen wollte sich nicht fügen. »Und wenn das keine Rolle spielt? Wenn er schon einen Weg gefunden hat? Wenn das neue Sicherheitssystem gar nicht so sicher ist, wie alle behaupten?«

Lopez musste husten. Für eine Lügnerin verstand sie erbärmlich wenig vom Lügen.

Gunnar beugte sich vertraulich nach vorn: »Das ist undenkbar. Wenn ein Kannibale Nacht für Nacht in Berlin spazieren ginge, das wäre …« Gunnar fand einfach keine Worte mehr.

»Eine Katastrophe«, beendete Lopez den Satz für ihn. Sie kannte einen Patienten von *Psomavital,* dem das gelungen war.

»Wenn das durch die Medien ginge.« Gunnar sah aus, als hätte er einen Geist gesehen. Die Urangst eines Abteilungsleiters, der sich mit Delikten am Menschen beschäftigte.

»Ich möchte Muchtari nochmals befragen«, sagte Lopez.

Gunnar stand auf. »Lass uns gehen. Ich kann diese rosafarbenen Stuhlhussen nicht mehr sehen.«

»Moment«, warf Hansen ein. »Was ist mit Emmanuelle Martineaux?«

»Wir haben sie ohnehin gebeten, noch in der Stadt zu bleiben. Auch unter dem Vorwand, bis der Leichnam ihrer Schwester für die Überführung freigegeben wird.«

»Das Risiko ist hoch. Was ist, wenn sie flieht?«

Gunnar fuhr sich mit den Fingern durch die hellen Haare. Er fixierte einen Punkt an der Wand. Lopez schwieg, weil ihr Chef nachdachte. Diese Entscheidung oblag nicht ihr.

»Wir werden sie verhaften, wenn sie etwas damit zu tun hat. Dafür fehlen uns aber noch Beweise.« Er schwieg. Lopez sah, wie seine Pupillen hin und her huschten. »Wir machen unsere Arbeit. Erst wenn wir etwas Konkretes gegen sie in der Hand haben, konfrontieren wir sie damit.«

Lopez schob ihren Stuhl zurück. Deutete nach draußen, wo Plakattafeln im Wind schlackerten. »In drei Tagen ist Europawahl.«

Gunnar: »Europa. Die Kandidaten sind mir fremd. Genauso wie ihr Programm.«

»Es wird einen Rechtsruck geben«, sagte Lopez.

»Der ist doch längst passiert.« Hansen strebte zum Ausgang.

Als sie die Tür öffnete, gab sie gleichzeitig den Weg für Detlev frei. Der riss die Augen in gespielter Überraschung auf. »Betriebsausflug?«

Der Wind suchte seinen Weg. An ihnen vorbei rauschte er in das Gebäude. Die Temperaturen in Berlin bewegten sich um null Grad. Umständlich standen sie alle halb drinnen, halb draußen. Lopez fröstelte. Gunnar machte große Augen: »Detlev! Was machst du denn hier?«

Ungerührt drängte er an ihnen vorbei. »Ich komme ständig her. Natürlich nur wegen des Kaffees.«

*

»Ich möchte das verstehen.«

»Einmal Bulle, immer Bulle, was?«

Zidane hockte auf seinem Bett. Den schmalen Körper unter einem schlabberigen Sweatshirt verdeckt. Seine Augen wirkten unnatürlich groß in dem hellen Gesicht. Viktor saß neben ihm. Fast berührten sich ihre Ellbogen. Im Vergleich zu Viktor wirkte Zidane hellwach. Normalerweise hätte er bei einer Befragung einen anderen Platz gewählt. Aber es gab keinen besseren Ort hier in diesem völlig von Papier überfüllten Zimmer: Papageien, Tiger und Enten, Blumen und Bäume hatten jeden Quadratzentimeter okkupiert. Viktor fühlte sich mit seinem riesigen Körper in dieser Welt aus Papier wie Gulliver auf Reisen. Dieses ungeschlachte Ich, das hier so gar nicht hineinpasste. Viktor wusste: Man konnte auch gegen kleine Menschen verlieren. »Seit wann bist du in Deutschland?«, fragte er.

»Seit einigen Jahren.«

»Du hast nie erzählst, dass du in Frankreich geboren wurdest.«

»Komisch. Ich wusste sofort, dass du aus Russland kommst.«

»Mein Akzent hat mich verraten, was?«

Zidane grinste. »Mal überlegt, warum sie mich Zidane nennen?«

Viktor musste an den WM-Auftritt des französischen Fußballers denken. An den Kopfstoß, der sich hartnäckiger in den Köpfen hielt als jeder erfolgreiche Elfmeter, als jedes andere Tor. »Ich habe das nie mit deiner Herkunft kombiniert.«

»Weil du nicht mit voller Leistung läufst.«

Bei jedem anderen hätte Viktor diese Beleidigung sofort pariert. Aber Zidane hatte recht. Viktor hatte seinen Zenit längst überschritten.

»Ich war in unzähligen Kinderheimen.«

»Immer Stress?«, fragte Viktor.

»Nicht vermittelbar. Mit achtzehn oft auf der Straße.«

»Weil man dort seine Ruhe hat?«, fragte Viktor.

»Ruhe gibt es nicht«, sagte Zidane.

»Wo hast du so gut Deutsch gelernt?«

»Wo könnte man das besser als auf deutschen Schulen lernen?«

Viktor wusste, was Zidane meinte. Ihre Erfahrungen glichen sich. Er verspürte einen Juckreiz. Viktor zwinkerte, presste Zeigefinger und Daumen auf die Nase.

»Pass bloß auf!«, sagte Zidane.

Er wirkte alarmiert. Viktor unterdrückte den Reiz. Er durfte hier nicht niesen. Jeder Luftzug konnte Zidanes Papierwesen durcheinanderwirbeln. Kein gefaltetes Objekt stünde danach mehr am selben Ort. Viktor hatte nicht vor, Zidane in Aufruhr zu versetzen. Zumindest nicht auf diese Art.

»Irgendwann habe ich konsumiert. Ich habe einen Kumpel halb totgeschlagen.«

Es klang für Viktor, als entrolle sich vor ihm seine eigene Geschichte. Nur in Berlin, nicht in Sankt Petersburg.

»Ich kann nicht im Knast sein«, sagte Zidane, »nicht in einer Zelle. Das halte ich nicht aus.«

Auch hier hatte Viktor das Gefühl, sich selbst gegenüberzustehen. Nur in einer jüngeren Version.

»Sie boten mir den Maßregelvollzug an. Ich musste nicht lange überlegen.«

»Und dort«, sagte Viktor, »hat Muchtari dich erkannt.«

»Nein.« Zidane schüttelte den Kopf. »Da noch nicht.«

Viktor dachte an das, was er und Lopez die ganze Nacht getan hatten. »Ich habe die Audiofiles gehört.«

Ich kann verstehen, dass Sie nicht mehr mitschreiben. Aber das Aufnahmegerät läuft ja noch. Ich war ein Kind. Wenn du als Kind neben Leichen sitzt, wirst du nicht mehr normal. Normal sind nur die anderen.

Viktors angeschlagenes Gehirn erinnerte sich auf Anhieb an jedes Wort.

»Das ist ein Verbrechen«, sagte Zidane.

»Nein«, widersprach Viktor. »Es war der einzige Weg, ein Verbrechen aufzuklären.«

Zidane sah Viktor an. »Für einen Bullen nimmst du es mit den Gesetzen nicht so genau.«

»De facto«, sagte Viktor, »bin ich ein Ex-Bulle. Obwohl ich mich in der Geschlossenen aufhalte, bin ich frei.«

Zidane lachte kurz auf. »Du? Frei? Du kommst aus deinem eigenen Gefängnis nicht mehr raus.«

»Im Gegensatz zu dir«, sagte Viktor. Er drehte sich leicht ein, um Zidane besser ansehen zu können. Noch immer war er auf Abstand bedacht. »Du hast immer wieder das Unmögliche geschafft.«

»Wir sind beide in ein tiefes Loch gefallen.« Zidane sprach langsam. So als denke er noch während des Sprechens nach.

Viktor fragte sich, was genau er meinte. Das Loch in Siskas Stirn, sein Leben mit und nach dem Gehirntumor oder der Sprung vom Dach, der ihm misslungen war.

»Genau genommen«, sagte Zidane, »unterscheiden wir uns nicht.«

»Doch«, sagte Viktor, »wir sind nicht gleich. Ich habe niemanden ermordet.«

»Und ich die Falschen«, sagte Zidane.

41
ÜBERLEBENDE FINDEN

Ich habe das Richtige getan«, behauptete Muchtari.

Lopez war sich nicht sicher, ob sie widersprechen wollte, aber sie musste es. »Diese Menschen sind labil.«

»Sie sind alles Mögliche: suchtgefährdet, dominant, rezessiv, kriminell, reuig, geständig, schlau oder resigniert.«

Lopez betonte, dass alle seine Patienten ihm anvertraut waren. Dass er sich herausgenommen hatte, besondere Fälle bei *Psomavital* zu sammeln. Wie ein Schmetterlingssammler außergewöhnliche Exemplare mit Nadeln aufspießte.

Muchtari trug keine Krawatte. Die obersten Knöpfe seines Hemdes waren geöffnet. Die makellose Ordnung seiner Kleidung vom ersten Tag war wie weggewischt. Er hatte Ringe um die Augen.

Als Lopez ihn um dieses Gespräch unter vier Augen bat, hatte er abgelehnt. Erst als sie sagte, über wen sie sprechen wollte, hatte er eingelenkt. Wollen Sie Ihre Anwältin dazubitten?, hatte Lopez den Arzt gefragt. Muchtari hatte nachgedacht. Die Tatsache, dass er sich mit der Entscheidung quälte, zeigte Lopez viel. Er würde seinen Patienten schützen. Er würde vieles, vielleicht sogar alles für ihn riskieren. Lopez wusste in etwa, wie es abgelaufen war, aber sie hatte noch nicht verstanden, warum sich Muchtari so verhielt.

Nein. Aber Sie dürfen dieses Gespräch nicht aufzeichnen, hatte Muchtari schließlich gesagt.

Etwas später saßen sie im Verhörraum. Vor Muchtari stand eine Tasse Tee. Lopez hatte genug Kaffee getrunken. Sie fragte also, wie Muchtari auf diesen Patienten aufmerksam geworden sei.

Der Arzt besann sich kurz. Nur selten gebe es derart interessante Fälle. Ein noch junger Mann.

Lopez wollte ihn unterbrechen, aber Muchtari verbat es sich mit einer Geste. Ein noch junger Mann, der Mischkonsum betrieb. Der trank und kokste, spritzte und kiffte, der immer wieder den Ort wechselte, aber nicht, um seinen Konsum zu verschleiern oder aus Gründen der Beschaffungskriminalität, sondern weil er nach etwas suchte. Dazu die Gerüchte im Knast, davor die Heime, dann die Herkunft. Natürlich seien die Ursprünge maßgeblich.

Welche Gerüchte?, wollte Lopez wissen.

Schon im Gefängnis habe es Schlägereien gegeben. Es passiere nicht oft, dass ein Gefangener einen anderen beiße. Kannibalismus passiere immer heimlich. Es sei eines der letzten Tabus auf dieser Welt. Es sei sein Thema schon seit Studienzeiten.

Lopez fragte: »Hat es Sie gereizt?«

Muchtari zuckte mit den Schultern. Natürlich, ja.

Wie habe er erfahren, dass Zidane aus der Nähe von Lyon stammte?

Die Aktenlage habe sich unübersichtlich präsentiert. Viele, die konsumierten, lebten teilweise auf der Straße. Sie zogen in den Süden, kamen zurück. Rumtreiber, Freigeister, Unangepasste, Systemsprenger. Einen lückenlosen Lebenslauf gebe es bei solchen Menschen keineswegs. Er habe in Heimen angerufen. Eines lag in der Nähe der französischen Grenze. Dort erfuhr er, dass dieser Junge Französisch gesprochen habe. Dass er schnell

Deutsch gelernt habe. Dass er trotz hoher Intelligenz eine genauso hohe Gewaltanfälligkeit besitze. Dass er andere Kinder drangsalierte.

Kinder?, wollte Lopez wissen.

Muchtari bestätigte. Zidane sei damals noch sehr jung gewesen. Vierzehn oder fünfzehn Jahre.

»Ihre Verwandten leben in Lyon.«

Muchtari nickte. »Ich habe sie viel zu lange schon nicht mehr gesehen.«

»Haben Sie so von dem Fall erfahren?«

»Es war eine unglaubliche Geschichte. Alle sprachen dort davon. Wir telefonierten oft. Damals war es für mich nur eine traurige Nachricht von vielen.«

»Und dann finden ausgerechnet Sie einen der Überlebenden.«

»Zu Beginn war es nicht mehr als eine Vermutung, ein Verdacht.«

»Warum haben Sie niemandem davon erzählt?«

Muchtari richtete sich auf: »Aber das habe ich.«

Eine halbe Minute musste vergangen sein, bevor Lopez reagierte. Die Luft im Raum wirkte auf einmal schal. »Wie bitte?«

»Ich habe natürlich die Behörde davon unterrichtet. Wir sind ein Teil des Strafvollzugs. Die Hierarchien sind sehr klar.«

»Wen haben Sie davon unterrichtet?« Lopez war sich bewusst, wie ungläubig sie klang.

»Sandra Wagner beim BKA. Wir spielen manchmal zusammen Squash.«

42
WEGSEHEN IM RICHTIGEN MOMENT

Ich muss mal.« Zidane war aufgestanden und hatte sich an Viktor vorbeigedrängt. Als er die Tür seines Zimmers öffnete, gerieten die Papierwesen durch den Luftzug in Bewegung. Nur ein leiser Hauch, der das Material rascheln ließ.

»Warte«, sagte Viktor. Er deutete auf einen kleinen, akkuraten Ring. Er konnte weder Tier noch Pflanze in dem Objekt erkennen. Das Papier schien uralt zu sein. Es war teilweise bedruckt. An manchen Stellen war das Material dünn, beinahe durchgewetzt. »Was ist das?«

Zidane wandte sich um und folgte Viktors Fingerzeig. Er ging zurück und nahm den Ring vorsichtig vom Regal. Zwischen den anderen prunkvolleren Faltobjekten ging es unter und stach gleichzeitig heraus. Auf seiner ausgestreckten Hand reichte er Viktor die Faltarbeit. »Willst du es haben?«, fragte er.

Eine eigenartige Faszination ging von diesem Stück Papier aus. Viktor wusste nicht, warum er sich ausgerechnet dafür interessierte. Er zögerte. »Was ist es?«, wiederholte er.

Zidane betrachtete es interessiert, als sähe er es zum ersten Mal. »Es ist ein Loch.«

Viktor runzelte die Stirn. Vorsichtig pickte er das Papier von Zidanes Handfläche. »Du irrst dich«, sagte er. »Es ist ein Ring.« Damit zog er sich den Reifen über den kleinen Finger. Er passte gerade über sein erstes Fingerglied.

Zidane lächelte. »Steht dir«, sagte er und ging.

Viktor wartete einen Moment, verlor sich in der Betrachtung dieses ungewöhnlichen Schmuckstücks. *Ich muss wirklich verrückt sein,* dachte er. Nach fünf Minuten wurde ihm klar, dass er einen Fehler gemacht hatte. Dass Zidane nicht wiederkommen würde.

*

»Jungbestände«, sagte Hansen fast träumerisch. »Ich habe ewig gebraucht, um das zu kapieren.«

»Darum geht es jetzt wirklich nicht«, beschwerte sich Gunnar. Über hundert Leute arbeiteten in verschiedenen Behörden an diesem Fall. Aber im Endeffekt kam es immer wieder auf Lopez an. Und Hansen. Und Viktor. Auch wenn es Gunnar Scholz schwerfiel, sich das immer wieder einzugestehen.

»Die Machete«, sagte Lopez. »Wir hätten früher darauf kommen können.«

»Ihr macht mich wahnsinnig«, konstatierte ihr Chef. »Hat der Arzt gerade BKA gesagt?!«

Ja, das hatte er. Sie standen auf dem Korridor vor dem Verhörzimmer und raunten sich die Worte zu. Lopez ignorierte Gunnar. »Detlevs Bericht. *Psomavital* hat einen großen Park, der an den Wald angrenzt. Ich wette, dass dem Gärtner, falls es einen gibt, eine Machete fehlt.«

»Müssen wir überprüfen«, antwortete Hansen mechanisch.

»Schön und gut.« Gunnars Gesicht war rot angelaufen. Er erhob die Stimme. »Noch mal: Hat er tatsächlich BKA gesagt?!« Jetzt hörten ihm seine Angestellten zu.

»Sandra Wagner«, wiederholte Hansen.

»Was nicht viel besser ist«, fügte Lopez hinzu.

»Wer hat noch mal gesagt, dass diese Sache größer ist als wir?«

»Ich.« Hansen klang wie jemand, der es immer schon gewusst hatte. Der vor dem Ausmaß dieses Verbrechens jetzt schon resignierte.

»Chef«, sagte Lopez, »deshalb wollte Wagner die Lage führen.«

»Schon klar«, behauptete Gunnar, »aber warum hat sie nicht mit offenen Karten gespielt?«

»Als hätte irgendjemand das jemals getan«, unkte Lopez.

»Das wäre eine völlig neue Kategorie«, warf Hansen ein. »Strafvereitelung oder sogar Beteiligung an einer Straftat.« Sie wirkte wie ein Untergangsprediger, dessen Mahnungen niemand Gehör schenkte.

Gunnar schwieg. Lopez und Hansen sahen ihn an, als erwarteten sie jeden Augenblick, dass er platzte. Er schien heftig zu überlegen. In einem Comic hätte Lopez Rauchwolken über seinem Kopf gesehen. Sie lehnte sich mit dem Rücken an die Wand. Fühlte sich erschöpft. Auf der anderen Seite wartete Muchtari, dass sie seine Befragung wiederaufnahmen. Er fragte sich vermutlich, was mit ihm geschehen würde. Jetzt, da die Wahrheit ans Licht kam. Ans Licht drängte. Licht reiste schnell. Es umging alle Hindernisse.

Als Gunnar endlich redete, war es eher ein Flüstern. Eine Stimme, die wie das elektrische Licht über ihnen flackerte. »Ich weiß nicht, ob ihr es mitbekommen habt. Aber Sandra Wagner ist eine heiße Anwärterin auf den Führungsposten bei Interpol.«

»Die Schwester von Emmanuelle …«, erinnerte sich Lopez. »Sie hat dort gearbeitet. Dennoch unmöglich, dass Sandra Wagner aktiv an den Morden beteiligt war.« Vor nicht allzu langer Zeit hatte sie das auch von einem korrupten Kollegen behauptet. Und sich geirrt.

»Geschickte Lobbyisten fallen nicht unbedingt durch aktives Verhalten auf. Sondern durch passive Unterstützung. Oder durch Wegsehen im richtigen Moment.« Gunnar verhielt sich in Lopez' Augen zu oft wie jemand, der Ränke schmiedete. Er wusste, wovon er sprach.

Lopez seufzte. Die Kopfschmerzen kehrten zurück. »Was ist das für eine Scheiße?«

»Wir stecken bis zum Hals darin«, sagte Hansen.

*

Viktor kannte den Weg. Er nickte Finn zu. Nelson Fuhrmann saß bandagiert in einem Sessel auf der Station. Er musste den Kliniktrakt erst vor Kurzem verlassen haben. Sein böser Blick folgte Viktor. Sobald Viktor hinschaute, wich Giga seinem Blick jedoch aus. Unbeteiligt. Viktor erlebte das, was er immer in Gegenwart anderer Menschen erfuhr: Die einen mieden, die anderen fürchteten ihn.

Siska hatte Viktor das letzte Mal wie ein Schatten auf seinem Weg begleitet. Seine tote Mutter hatte mit ihm gesprochen. In ihrer ruhigen, stets vor dem Bösen mahnenden Art. Jetzt schwiegen die Toten. Sie wollten nicht mehr sprechen. Er ging allein. Die Tür zum Dachgarten stand auf. Viktor dachte an die Schlüsselkarte in seiner Hosentasche. An Trixis Handy. Daran, dass er sich gleich wie ein Verräter verhalten würde.

Viktor wunderte sich, dass der Wind nicht mit dem üblichen Heulen auf sich aufmerksam machte. Es war still, mucksmäuschenstill. Als er auf das Dach trat, war der Himmel von einem bleiernen Grau. Kein Lüftchen regte sich. Die Kälte setzte ihm nicht zu. Viktor erschien die Temperatur beinahe angenehm, obwohl er keine Jacke trug. Am Horizont ballten sich Wolken. Eine Mischung aus Schwarz und Gelb. Ein ungesundes Gemisch, das sich der Stadt näherte.

Rauch zog in einer geraden Linie aus einem Schornstein in die Luft. Nicht weit entfernt von dem Ort, wo Viktor vor einiger Zeit gestanden hatte, wartete Zidane. Viktor erkannte seine schmale, hoch aufgerichtete Gestalt. Er sah nach Westen über die Häuser der Stadt. Die Richtung, aus der das Unwetter kommen würde. Viktor spürte, wie sich die Haare an seinen Armen aufrichteten. In der Luft konnte Viktor Funken spüren. Irgendwann würde sich die Elektrizität entladen.

»Hey!«, rief Viktor.

Zidane drehte sich nicht einmal um. Viktor hörte ein »Was ist?«. Er näherte sich der Dachkante. Hatte er es vor Tagen noch bereitwillig in Kauf genommen, die Situation gesucht, war Siskas Ruf regelrecht gefolgt, schien ihn jetzt etwas abzuhalten. Viktor kannte das Unheil und seine Vorboten. Das Unheil liebte Viktor. Es suchte seine Nähe, wollte sich stets mit ihm vermählen. Aber Viktor war ein widerspenstiger Bräutigam. Er neigte zur Flucht im letzten Moment.

Nur einen Augenschlag später stand er neben Zidane. Nur ein kleiner Schritt nach oben hatte ihn auf den Sims gebracht. Keine zehn Zentimeter trennten sie voneinander.

»Du kannst Springer nicht aufhalten«, sagte Zidane. »Sie finden immer wieder ein Dach, von dem sie fliegen können.«

Viktor antwortete zunächst nichts. Was hätte er darauf erwidern sollen? Er war das beste Beispiel für Zidanes These. Er dachte an den Sturz, der misslungen war. An die Hämatome und die Scham. Mit Daumen und Zeigefinger spielte er an dem Ring aus Papier. Ein fragiles Konstrukt. Die einen sprangen, die anderen wurden gestoßen.

»Wie hast du es aus dem Loch wieder herausgeschafft?«

Zidane sah zu ihm hinüber. »Du hast doch alles gehört.«

»Mein Job. Alte Gewohnheit.« Er meinte die Therapiegespräche mit Muchtari. Die Audiofiles auf Muchtaris Laptop, die Zidanes Vergangenheit entrollten.

Als ein Deckel über das Loch geschoben wurde, ahnte ich, dass es das Ende war.

Schon der erste Satz hatte Viktor elektrisiert.

Da war ein Gitter. Das war die letzte Sitzung.

»Das Gitter. Irgendwann gab es nach. Dahinter lag ein Kanal. Er führt an Dommartin vorbei. Ich watete durch Dreckwasser. Ich trank es, bis ich mich übergeben musste. Als es dunkel war, krabbelte ich aus einem Rohr. Tagsüber konnte ich im Hellen nichts mehr sehen. Also floh ich bei Nacht. Ich schlief, ich fraß. Insekten, Beeren, manchmal Gras. Klaute Klamotten aus der Altkleidersammlung. Tag und Nacht flossen ineinander. Zeit war relativ. Etwas, das nicht mehr für mich galt. Erst nach Wochen blendete mich das Tageslicht nicht mehr.«

Viktor hörte zu. Er sagte nichts. Beobachtete die Wetterfront, die näher kam.

»Ich ernährte mich aus Mülleimern. Bettelte und stahl gelegentlich an Bahnhöfen. Ich wollte weg. Das Weite suchen. Ich schlug mich bis nach Deutschland durch. Dort wurde ich zum ersten Mal aufgegriffen. Danach kamen die Heime, aus denen ich wieder floh.«

»Was wurde aus deinen Geschwistern?«

Zidanes Sweatshirt hing an seiner drahtigen Gestalt wie an einer Vogelscheuche. »Was soll schon aus ihnen geworden sein? Sie lebten weiter.«

Viktors Hände zuckten. Er wusste, was Zidane damit meinte. Manche Tote wollten diese Erde nicht verlassen. Er fragte: »In dir?« Normalerweise meinte man damit, dass Tote nicht vergessen wurden. Zidane trug in sich das Fleisch seiner Geschwister. Es hatte ihn ernährt. Damit hatte er sie unsterblich gemacht.

Zidane nickte. »Muchtari sagte, niemand würde mir das vorwerfen. Es ist schon oft passiert.«

Er überlegte, während er nach Worten suchte. Nach Worten oder einer Absolution.

»Wenn Flugzeuge abstürzen. Wenn Menschen im Dschungel oder der Wüste zurückbleiben. Wenn Menschen überleben müssen.« Ein Schauder überlief seinen Körper. Wie ein Zucken, wie ein Signal. »Wenn du Hunger hast, großen Hunger, dann musst du essen.«

Zidanes Sätze hatten eine Eindringlichkeit, die Viktor mehr zusetzten, als seine Arbeit es normalerweise vermochte. Viktor hatte keine Vorstellung davon, was man bereit war, zu tun, bevor man verhungerte. Aber Viktor war nichts Menschliches fremd.

»Das Problem ist«, sagte Zidane, »dass du den Geschmack nie vergessen kannst. Der Ekel, der dich überkommt. Danach. Ein mächtiges Gefühl. Das Zwingende und das Falsche daran. Es ist wie eine Sucht.«

»Hast du noch andere … verzehrt?« Viktor suchte nach Worten. Jedes fühlte sich falsch an. Als gäbe es keine Bezeichnung für das, was geschehen war. Sprache genügte nicht für das, was Viktor fragen wollte.

Zidane bewegte sich, was Viktor sofort alarmierte. Aber er suchte nur einen besseren Stand. »Wenn du einmal damit anfängst … wirklich. Ich wollte nicht.«

Viktor hätte gern geschwiegen. Es dabei bewenden lassen. Wie bei jeder Ermittlung gab es einen Punkt, wo er sich lieber umgedreht hätte. *Mich umdrehen und gehen,* dachte Viktor. Nie schien ihm das unmöglicher als jetzt. Aus einer Vielzahl von Gründen.

»Du hast meine Kollegin angefahren.«

»Hast du die Pressekonferenz gesehen? Kannibale hat sie gesagt.«

Viktor ergänzte: »Und Falkensee.«

»Mir wurde klar, ich hatte die Falsche erwischt. Meine Mutter lebte noch, und diese Polizistin stand im Weg.«

»Die Falsche, das war Isabelle Meunier?«, wollte Viktor wissen.

»In den Nachrichten wurde der Kongress angekündigt. Als ich Freigang hatte, habe ich recherchiert. Ich sah ihr Bild.«

»Ihres?«

»Nein. Das meiner Mutter.«

Viktor wartete.

»Ich wusste nicht, dass beide bei der Tagung sprechen würden.«

»Du hast Isabelle mit deiner Mutter verwechselt.« Eine Feststellung, keine Frage.

»Dort, auf dem Alexanderplatz …« Zidane suchte nach Worten. »Sie sah genauso aus wie sie.« Kein Name. Das Pronomen stand für das, was unsagbar geworden war.

»Aber«, unterbrach ihn Viktor, »woher wusstest du, dass deine Mutter euch …«

»Verrotten ließ? In diesem Loch? Manche Dinge weißt du. Manche Dinge werden dir klar.«

»Bis heute gibt es keine eindeutigen Beweise«, widersprach Viktor. »De facto hat bis heute nie jemand gegen deine Mutter ermittelt.«

»Was weißt du schon? Ich erfuhr erst viel später, dass sich Vater umgebracht hat. Das war sie.«

Viktor dachte an das, was Lopez ihm erzählt hatte. »Ich verstehe das nicht. Sie ist eine kleine Frau. Glaubst du, sie hat euch damals in das Loch gestoßen?«

»Nein. Dort war ein Mann. Er trug schwarze Kleidung, Handschuhe, einen Motorradhelm. Meine Schwester hat uns dorthin gelockt. Zu dem Schacht, der zugewachsen war. Sie muss den Mann gekannt haben. Zugegeben hat sie es dort unten nie.« Zidane sprach nur noch in Fetzen.

Viktor fand das, was er erfuhr, so abartig, dass es ihm schwerfiel, darauf zu reagieren. Das hier war unmöglich. Und dennoch war es jemandem geschehen.

»Aber du warst der schwarze Mann in Berlin. Du hast Muchtaris Motorradmontur und sein Fahrzeug gestohlen.«

»Ich bin nicht der schwarze Mann. Ich habe ihn nur wiederauferstehen lassen.«

»Du bist zu ihm geworden.«

»Ich bin seine Reinkarnation. Der Gedanke kam in mir auf, meine Mutter zu töten. Nach all dieser Zeit. Sie muss ihn damals geschickt haben. Jetzt würde er, den sie beauftragt hat, zurückkommen, um sie zu holen.« Zidane presste die Lippen aufeinander. Leise sagte er: »Unschuldige zu treffen hat mir nichts mehr ausgemacht.«

»Du warst nicht mehr unschuldig«, warf Viktor ein und bereute es im selben Atemzug.

Zidane überlegte. »Manchmal musst du dich schuldig machen, um zu überleben.«

Viktor rang mit sich, aber manche Sätze wollten gesagt werden. Sie ließen sich nicht länger unterdrücken. »Deine Mutter lebt noch.«

»Ich weiß«, sagte Zidane. »Medea überlebt uns alle.«

Viktor bewegte sich vorsichtig auf der Dachkante. Unter ihm fuhren Spielzeugautos, gingen Spielzeugmenschen ihres Weges. Ein Spielzeugbus bog ab. »Warum? Warum tut eine Mutter das?«

»Muchtari nannte es eine Deviation. Aus Abweichung folgt Abweichendes.«

Viktor wartete, weil er das meiste, was Zidane sagte, nur schwer begriff. Er verstand es, aber er wollte es nicht wahrhaben.

»Sie ist eine machthungrige Frau. Sie sitzt im Vorstand von *Salvacon*. Vater stand ihr im Weg. Sie wusste, wenn sie ihm seine Kinder wegnehmen würde, wäre das Leben sinnlos für ihn. Er hat uns sehr geliebt.«

Viktor hatte andere grausame Frauen kennengelernt. Er kannte kluge Frauen. Frauen, die ihr Schicksal in die Hand nahmen. Die sich nicht mehr unterdrücken oder lenken ließen. Frauen waren Opfer. Keine Täterinnen. Das besagte die Statistik. Viktor hatte das an der Akademie gelehrt. Es stimmte auch. Jeder, der in Berlin eine Polizeiwache besuchte, verstand, dass Mädchen und Frauen missbraucht, vergewaltigt, geschlagen und ermordet wurden. Steckbriefe, Suchmeldungen und Anzeigen erzählten davon. Aber die Zeiten änderten sich. Vielleicht gab es einen neuen Frauentyp. Täterinnen. Vielleicht hatte man die Frauen viel zu lange schon unterschätzt.

»Irgendwer muss ihr geholfen haben«, sagte Viktor.

»Das herauszufinden ist jetzt deine Aufgabe«, antwortete Zidane.

»Ich bin zu nichts mehr zu gebrauchen«, sagte Viktor. Eine Windböe streifte sie. Zidanes Sweatshirt schlackerte an seinem dürren Körper. Ein Grollen ertönte aus der gelb-schwarzen Wetterfront, die sich näherte. Blitze zuckten grell vor ihren Augen, bis sie den Erdboden berührten und sich dort entluden. Er spürte Zidanes Hand, die spontan nach seiner griff. Viktor bemerkte, wie Zidanes Finger den Papierring an seinem kleinen Finger berührten.

»Was ist das für ein Material?«, fragte er.

Zidane erhob jetzt die Stimme, damit Viktor ihn überhaupt noch verstand. »Wir hatten dieses eine Bonbon dort unten. Wir haben es uns geteilt.«

Viktor erschauderte. Zidanes Hand griff fester nach seiner. Der Wind heulte jetzt, er wechselte willkürlich die Richtung. Wie ein launisches Kind.

Viktor sagte: »Ich habe Angst.«

Viktors Gehör versagte. Er las von Zidanes Lippen Worte ab. *Ich passe auf dich auf*.

Viktor wusste nicht, ob die Furcht ihn schreien ließ, aber er schrie: »Ihr wart drei Geschwister. Zwei Mädchen und ein Junge. Wer bist du?«

Zidane sah ihn von der Seite an, und Viktor fragte sich, wie er es hatte übersehen können. »Du weißt, wer ich bin.«

Viktor schalt sich selbst. Die Glatze hatte ihn getäuscht. Die harten, ausgemergelten Gesichtszüge. Das männliche Gehabe. Zidane war kein Mann. »Muchtari hat nur Männer in seine Gruppe aufgenommen. Warum hat er für dich eine Ausnahme gemacht?« Viktors Körper zitterte. Er kannte es von den Anfällen. Seine Gliedmaßen, Körperfunktionen, nichts gehorchte ihm mehr.

Zidane rief: »Ich bin von den Toten auferstanden. Ich habe Menschenfleisch gegessen. Ich bin ein Mann im Körper einer Frau. Mein Leben war beschissen. Aber leichter wurde es als Mann. Muchtari fand, ich sei ein sehr interessanter Fall.«

»Ein Mann in was …?«

Aber Zidane lachte nur.

»Wie heißt du?« Namen. Sie machten Menschen aus.

Zidane tat, als müsste er überlegen. Als sei ihm ausgerechnet dieses eine Wort entfallen. Vor allzu langer Zeit. »Élodie.«

Viktor schwankte. Um das Gleichgewicht zu halten, ließ er Zidanes Hand los. Der Papierring löste sich von Viktors Finger, wurde vom Wind fortgerissen. Viktor versuchte vergeblich, danach zu greifen. Das Leichtgewicht flog vor seinen Augen erst nach oben, dann trudelte es davon.

Aber Zidane rief ihm zu: »Macht nichts. Alles vergeht.« Sein Gesichtsausdruck wirkte beinahe heiter.

Der nahende Orkan rüttelte jetzt an ihrer Kleidung. Der Wind wechselte erneut die Richtung. Mal kam er von vorn, drückte gegen sie, dann wieder von hinten, als wolle er sie beide in die Tiefe wehen. In der Luft lag ein Geruch nach Rauch und Benzin. Donner hallte in Viktors Ohren. Viktor drehte sich noch einmal um. In Filmen tauchten in diesem Moment Menschen auf dem Dach auf. Sie redeten den Springern gut zu, bis sie bereit waren, sich retten zu lassen. Aber niemand stand hinter Viktor. Keiner kam auf dieses Dach hinauf. Die Tür zur rettenden Treppe schlug im Wind hin und her. Unter ihm fuhren kaum noch Spielzeugautos. Die Straßen auf diesem Berliner Spielteppich waren auf einmal menschenleer.

Viktor rief in seiner Verzweiflung: »Du musst nicht springen.«

»Was ist«, brüllte Zidane zurück, »wenn ich nicht springen, sondern fallen will?«

Viktors Schrei begleitete ihren Fall. Genauso wie das Bonbonpapier hatte er ihre Hand verfehlt.

43
ZWISCHEN WUT UND HEITERKEIT

»Bist du bewaffnet?«, fragte Hansen.
»Immer«, entgegnete Lopez kühl.

Der Himmel hatte sich verdunkelt. Im Radio lösten sich die Sender mit Sturmwarnungen gegenseitig ab.

»Wirst du sie benutzen?«

»Wäre nicht das erste Mal.«

Hansen fuhr den Dienstwagen, Hagelkörner prasselten mittlerweile auf die Windschutzscheibe. »Warum bist du immer so eiskalt?«

Lopez sah starr nach vorn.

»Was habe ich dir getan?«

Lopez schwieg, sagte dann: »Wir sollten uns jetzt konzentrieren.«

Hansen kniff die Lippen zusammen.

Lopez' Handy summte. Sie fischte es aus ihrer Tasche, presste es ans Ohr, antwortete mit Ja. Sie lauschte, stellte danach auf Lautsprecher. Gunnars Stimme ertönte. Sie klang höher als normal, was entweder der technischen Übertragung oder seiner Aufregung geschuldet war. Er nannte ihnen eine Adresse. Lopez und Hansen kannten das Hotel. Er sagte ihnen, dass die Gesuchte nicht allein sein würde.

Lopez unterbrach das kurze Schweigen. Sie forderte Verstärkung an. »Zwei Zielpersonen, ist das eine Nummer zu groß für uns?«, fragte sie. »Wie schnell bekommst du den Haftbefehl?«

»Ist gerade in der Mache«, sagte Gunnar. »Ich fordere ein Sondereinsatzkommando an.«

»Warte!«, sagte Lopez. »Die Spezialeinheiten sind dem Land Berlin unterstellt. Wagner sitzt beim BKA.«

Hansen bremste unvermittelt. Ein lauter Knall. Etwas rutschte vom Autodach. Ein Ast rumpelte über die Windschutzscheibe vor ihnen auf die Straße. Hansen setzte kurz zurück, gab dann Gas, um das Hindernis zu umfahren. Gegenverkehr gab es keinen. Berlin war vom Sturm wie leer gefegt. Sie hörten Gunnars Stimme: »Seid ihr noch da?«

Lopez zog den Sicherheitsgurt zurecht. Sie sagte: »Hansen macht gerade ihren Führerschein.«

Hansen sah aus, als ob sie sich nicht zwischen Wut und Heiterkeit entscheiden konnte. Es gefiel Lopez, dass die Kollegin sie immer noch nicht einzuschätzen vermochte.

»Wir machen das allein«, sagte Lopez.

»Hansen traut sich das zu«, setzte Lopez nach. Tatsachen schaffen, wo noch keine waren.

Hansen öffnete den Mund, machte ihn aber wieder zu. Es hatte ihr die Sprache verschlagen, was nicht oft passierte.

»Sie hospitiert bei uns«, gab Gunnar zu bedenken.

»Sie war eine gute Polizistin in ihrem Heimatland«, gab Lopez zurück.

»Aber hier ist sie unbewaffnet.« Gunnar erinnerte an das, was sie ohnehin alle wussten.

»Willst du das SEK?«, fragte Lopez skeptisch. Ihre Stimme klang wie die einer Verführerin. Sie betonte, was Gunnar zu verlieren hatte. Schnell fügte sie hinzu: »Du bist der Boss.« Lopez wusste, dass er Sandra Wagner auf keinen Fall in die Ermittlungen hineinziehen wollte. Wenn die Lösung eines Falles zum Greifen nahe war, benahm sich Gunnar wie ein Platzhirsch. Als ein natürlicher Despot. Er duldete niemanden neben sich. Er wollte den Ruhm nicht teilen. Besonders nicht in diesem Fall, in dem er zu den Guten gehören wollte. Lopez wusste, dass er in diesem Moment erwog, ob es ein Happy End geben würde. Gunnar stand am Scheideweg. Ob er im Kopf wohl schon die eigene Belobigung formulierte?

»Hast du deine Waffe?«

»Bin ich jemals unbewaffnet zu einem Einsatz ausgerückt?«, fragte Lopez rhetorisch. *Kopfschuss.* Er hatte einen Menschenhändler getroffen. Einen Kollegen, der dem Ruf des Geldes folgen wollte. Für Lopez war diese Situation nicht neu.

Statisches Rauschen über den Lautsprecher. Außerhalb des Wagens das Pfeifen des Sturms.

»Ich gebe euch eine halbe Stunde«, sagte Gunnar. »Danach fordere ich Einheiten aus der Umgebung an.«

Lopez schaute auf die Uhr: »Das passt. Wir sind in fünf Minuten da.«

»Noch was. Detlev hat den Gärtner ausfindig gemacht.«

»Seit wann verlässt Detlev sein Labor?«

»Außer um Kleidung zu kaufen?«, witzelte Gunnar. »Dreimal darfst du raten«, sagte er.

Lopez hatte es eilig. Für drei Versuche hatte sie keine Zeit. »Der Gärtner von *Psomavital* vermisst eine Machete aus seinem Bestand?«

»Volltreffer.«

Lopez dachte, dass solche Treffer einfacher als die mit einer Waffe waren.

Gunnar blieb in der Leitung. Er verabschiedete sich nicht.

Lopez kannte ihren Chef. »Du solltest dir mehr Sorgen machen, ob wir lebend durch diesen Sturm kommen.« Passend dazu riss die Verbindung ab. Lopez steckte das Handy ein. »Bei dir alles klar?«

Hansen stellte die Scheibenwischer auf die höchste Stufe. Lopez erkannte, dass schon allein die Fahrt zum Hotel *Babe Berlin* kein Zuckerschlecken war. Die Sirenen. Sie hatten sich schon Odysseus in den Weg gestellt. Der Orkan riss am Wagen. Presste ihn über die Mittellinie. Hansen musste ständig gegensteuern.

Hansen antwortete mit einer Gegenfrage: »Hast du Angst?«

Lopez sagte: »Warum?«

»Was ist mit deiner Familie? Deinen Kindern?«

»Ich habe sie seit Tagen nicht gesehen.«

Auf Hansens Gesicht stellte sich ein Ausdruck von Ekel ein. Oder Verständnislosigkeit. Oder wilder Entschlossenheit. Lopez konnte es nicht genau deuten. Sie hielten mitten auf dem Bürgersteig. Hansen zog die Handbremse an. Der Wind wirbelte Abfall auf. Äste und Laubreste flogen durch die Luft. Sie öffneten die Türen. Der Orkan riss sie ihnen beinahe aus der Hand. Sofort prasselte Regen auf ihre Gesichter. Lopez berührte mit den Fingerspitzen ihre Waffe, löste danach den Druckknopf des Lederriemens, der die Waffe in ihrem Holster hielt.

Als sich die Flügeltür des Hotels hinter ihnen schloss, drangen die Geräusche des wirbelnden Sturms nur noch gedämpft zu ihnen. Das Rauschen, Heulen, das Knallen, Seufzen, Ächzen blieben außen vor. Zügig, aber nicht überhastet ging Lopez zur Rezeption. Der Eingangsbereich des *Babe Berlin* war wie leer gefegt. Der Shabby Chic erschien wie abgelegte Spielsachen abgespielt. Das übliche Gewusel der Gäste blieb aus. Ohne die Menschen wirkte das *Babe Berlin* wie jedes andere Hotel. Unbelebt. Lopez zeigte Marke und Ausweis vor. Hansen strebte derweil zur Treppe. Lopez würde den Aufzug nehmen. Sie sagte den Namen und fragte nach der Zimmernummer. Nur zur Bestätigung. Eine hübsche Mittzwanzigerin mit dunklem Haar überprüfte Lopez' Angaben und nannte Lopez eine Zahl. »Sie waren draußen bei diesem Orkan?«

Lopez bejahte.

Zugleich dachte sie an die Hitze in Berlin.

An Gewitter in Berlin.

An Eiseskälte in Berlin.

Diese Stadt machte keine halben Sachen. Sie neigte zum Extrem. Lopez würde sich nie dem Wetter fügen. Oder der Stadt. »Bitte bleiben Sie der dritten Etage fern.«

»Was ist da oben passiert?«, fragte die dunkelhaarige Frau. Sie hatte schwarze Augenbrauen und einen üppigen Mund. Ihre sorgfältig geschminkten Augen riss sie jetzt auf. Die Angst vor dem Unbekannten. Die Furcht vor dem Sichtbaren war immer größer.

Beinahe hätte Lopez »das Böse« gesagt. Das Böse war in Lopez' Welt immer Maßarbeit von Menschenhand. »Ich weiß es nicht genau«, antwortete sie wahrheitsgemäß. Sie hielt nicht viel von Dämonisierung. Vielleicht war gar nichts passiert. Vielleicht würde es erst geschehen. Lopez klopfte mit den Fingerknöcheln kurz auf den Tresen. Als Zeichen des Aufbruchs. Danach wandte sie sich ab, ging zielstrebig auf den Aufzug zu.

Dachte an Viktor, der mit einem Mörder sprechen würde. Dachte an Viktor, der von diesen Ermittlungen nicht loskam.

Dachte an Viktor als Freund, als Mensch, als Mann.

Viktor. Wieder einmal war er nicht da.

Lopez presste den Knopf, der den Aufzug rief, beobachtete die Anzeige, auf der die Zahl der Stockwerke langsam wechselte. Lopez beschlich ein ungutes Gefühl. Eine Vorahnung. Sie betrat die Aufzugkabine, die verspiegelt war. Ein müdes Gesicht sah ihr entgegen. Darin ernste Augen, der Mund ein Strich. Ein fremder Mensch und doch vertraut. In den Gesichtszügen konnte sie ihre Tochter Tessa entdecken. Das Baby war noch etwas anderes. Es wollte weder ihr noch Bernhard ähnlich sehen. Lopez hatte Bernhard seit Tagen nicht kontaktiert. Sie hatte weder angerufen noch über andere nach ihren Kindern fragen lassen. Lopez vermochte es nicht. Bernhards Eltern mied sie genauso wie früher. Den Einfluss, den Bernhards Vater in der Stadt besaß, fand Lopez unheimlich. Obwohl auch sie schon davon profitiert hatte. Diese Kontaktaufnahme hätte einen Kraftakt dargestellt, der sie gerade jetzt überforderte. Lopez zog sich immer mehr zurück. Ihre Muschel war das LKA. Mittlerweile hatte sie Angst davor, Bernhard anzurufen. Es überwog die Scham. Lopez kämpfte einen einsamen Kampf. Als Frau, als Beamtin. Insgesamt. Sie wischte sich über die Augen. Sie hatte sich selbst isoliert. Fühlte sich angeschlagen. Wie eine auf der Matte angezählte Ringerin. Gleichzeitig wusste sie, dass ihr diese Gedanken nicht in die Quere kommen durften. Denn was ihr immer blieb, war dieser Job, den sie beherrschte.

Eine halbe Stunde. Das hatte Gunnar gesagt. Ein helles Geräusch ertönte. Der Aufzug hielt, die Türen glitten auseinander. Lopez betrat den Korridor. Sie sah nach links und dann nach rechts. Eine Kugellampe an der Decke schwankte leicht an ihrem Messingstab. Auch das Licht bewegte sich über die Wände hin und her. Woher kam der Luftzug in einem fensterlosen Raum? Mit den Augen überflog Lopez die Hinweisschilder, ging dann nach links. Lopez fragte sich, wo Hansen war.

44
ABDRÜCKEN

Lopez hörte zuerst das Geräusch: ein dumpfer Schlag. Danach ein Schleifen, ein Schaben. Lopez zog ihre Waffe. Eine Heckler und Koch. Dank an das Land Berlin. Sie lag anders als ihre ehemalige Dienstwaffe, die P6, in ihrer Hand. Mit beiden Händen hielt sie die Waffe vor sich. Die Berliner Polizei hatte über tausend Waffen wegen mangelnder Treffsicherheit an Heckler und Koch zurückgeschickt. Lopez erschien das fast wie Ironie. Aber sie mochte ihre Waffe. Gute Pistolen waren wie sie. Präzise und akkurat. Lopez hatte etliche Übungsschüsse mit der neuen Waffe abgegeben. Sie hatte damit getroffen, nie versagt. Der Korridor war menschenleer. Der Teppichboden dämpfte ihre Schritte. An den Wänden hingen Leuchter. Lopez fühlte sich wie im Inneren einer Höhle. Wo war Hansen? Etwas stimmte nicht.

Sie bewegte sich vorwärts, Schritt für Schritt. Überprüfte die Zimmernummern. Entdeckte auf einmal einen Lichtstreifen auf dem Korridor. Lopez presste sich an die Wand. Sie bemerkte, wie sich ihr Körper versteifte. Wie sich ihre Wahrnehmung verschärfte. Wie sie genauer hörte und präziser roch. Ein metallischer Duft erreichte sie. Ein Geruch, den sie kannte, der sie mehr als alles andere alarmierte. Ihre Körpertemperatur schien sich zu senken, alles an ihr fror ein. Ihr Atem verlangsamte sich. Wie in Zeitlupe. Lopez kannte das Gefühl, wenn sich die Realität schärfte und verlangsamte. Sie atmete ein, dann wieder aus. Ein Hauch. Danach machte sie einen Schritt nach vorn, drehte sich ein. Die

Tür mit der Nummer 303 stand auf. Über ihre ausgestreckten Arme hinweg sah sie Hansen am Boden liegen. Daneben eine Frau, die mit erhobenem Messer über ihr kniete. Ein weiterer lebloser Körper im Hintergrund. Ausgeleuchtet von dem Blitz, der vor dem Fenster über den grauen Berliner Himmel zuckte. Die Scheiben klirrten, sirrten. Blut auf dem Teppich, Blutspritzer an der Wand. Arterielles Blut. Davor zeichnete sich Emmanuelle Martineaux' Profil überdeutlich ab. Die Klinge zitterte in der Luft. Oder gaukelte Lopez' Gehirn ihr diese Bewegung vor? Sie nahm den Kopf der Französin ins Visier, zielte genau.

*

Mila schreckte hoch. Sie war kurz in der Küche eingenickt. Den Kopf im Nacken. Es schmerzte jeder ihrer Muskeln. Ihr war kalt, gleichzeitig schwitzte sie. Sie hatte ein klagendes Geräusch vernommen. Sie zweifelte, ob es ihr nicht selbst im Schlaf entfleucht war. Draußen flogen Gegenstände durch die Luft. Papier und Blätter, Äste und Stofffetzen. Dinge, die am Boden liegen sollten. Der Sturm setzte die Gravitation einfach außer Kraft. Der Himmel bestand aus einem tiefgrauen Wolkengemisch. Mila vernahm ein Tosen. Sie empfand eine Dunkelheit, die über das fehlende Sonnenlicht hinausging. Erhob sich schwerfällig, ging durch die Küche bis zum Lichtschalter. Es kostete sie unnatürlich viel Kraft, ihn zu betätigen. Mila wurde das ungute Gefühl nicht los, dass etwas Verheerendes geschehen war. Sie wischte sich mit dem Handrücken über die Augen. Aber die Geister ließen sich nicht vertreiben. Sie rief Trixis Namen. Hörte eine kurze Replik. Mila überlegte kurz, entschloss sich dann, ihren Ängsten nachzugehen. Sie klopfte an Trixis Tür. »Zieh dich bitte an!«

Trixi lag unter ihrer Bettdecke. Langsam legte sie ihr Smartphone beiseite. »Ich bin angezogen.«

»Gut«, kommentierte Mila, »wir müssen gehen.«

Trixi deutete auf das Fenster. »Wir können nirgendwohin gehen. Hast du mal rausgeschaut?«

»Natürlich. Aber das ändert nichts daran.«

Trixi stützte sich auf einen Ellbogen. »Bist du wahnsinnig geworden? Es gibt Unwetterwarnungen. Die Berliner Bürger sind angehalten, ihre Häuser nicht zu verlassen.«

»Ich habe mir noch nie von anderen etwas sagen lassen.« Mila klang bestimmt.

Trixi stöhnte. »Schon klar. Aber was habe ich damit zu tun?«

»Wir sind eine Familie.«

»Wäre mir neu.«

Mila seufzte. »Du kommst mit.«

Trixi wartete einen Augenblick, aber Mila stand immer noch in der Tür. Sie wollte nicht nachgeben. Trixi schlug ihre Bettdecke zurück. »Warum?« Sie dehnte das Wort auf jeder Silbe. Sie klang entnervt.

»Etwas stimmt nicht mit Viktor.«

»Erzähl mir was Neues!«, unkte Trixi.

»Du willst mich nicht verstehen.« Milas Stimme wurde scharf. »Ich habe ein ungutes Gefühl.«

»Was bist du jetzt? Ein Medium?«

»Zieh dich warm an!« Damit verließ Mila Trixis Zimmer. Die Tür stand offen. Trixi fluchte leise und stand auf.

45
ZIMMER 303

Lopez stürzte zu Hansen. Sie lag immer noch auf dem Boden, die Augen in Panik aufgerissen, eine Hand auf den Hals gepresst. Zwischen den Fingern quoll Blut hervor. Hellrotes Blut. Daneben lag Emmanuelle Martineaux. Eine Kugel hatte ihren Schädel seitlich durchschlagen. Lopez hatte exakt einen Schuss abgegeben. Ein Schuss, ein Treffer. Das Ende des Versagens. Neben Martineaux' Hand lag das Messer. Die Schneide so rot wie das Blut, das Lopez überall hier in diesem Zimmer mit der Nummer 303 sah.

Der Mann, der neben dem Bett vor dem Fenster lag, registrierte Lopez. Aber er rührte sich nicht, weshalb Lopez beschloss, ihn zunächst zu ignorieren. Lopez wollte die retten, die noch zu retten waren. Sie sagte etwas Beruhigendes zu Hansen. Und Hansen antwortete. Aber nur ein Röcheln erreichte Lopez' Ohr. Stattdessen sickerte noch mehr Blut zwischen Hansens Fingern hervor. Lopez schob die Hand vorsichtig beiseite. Sie war nicht vorbereitet auf das Ausmaß der Wunde. Das Messer war in den Hals eingedrungen. Die Ränder der Wunde waren roh und aufgeworfen. Mit jedem Atemzug quoll Blut hervor. Die Dänin würde sterben, wenn Lopez nicht etwas unternahm.

Lopez suchte das Bad, erhob sich, hastete durch das Zimmer, griff nach einem Handtuch, das neben dem Waschbecken hing, eilte zurück und presste den Stoff auf die Verletzung. Im Hintergrund hörte sie Sirenen. War das die Verstärkung, von der Gunnar gesprochen hatte?

Unzählige Geschichten wollten es, dass die Nachhut zu spät eintraf. Kein gutes Timing. Kein Happy End. Stattdessen: Eskalation. In Hansens Mund gurgelte es, ihre Hände verkrampften sich. Der Ausdruck in ihren Augen schrie Lopez an, etwas zu unternehmen. Lopez dachte, *sie erstickt an ihrem Blut.* Mit klebrigen Fingern suchte sie nach dem Handy in ihrer Tasche, wählte die 110. Ließ sich verbinden, Hansen sackte weg, lag still. Lopez schrie Kommandos ins Telefon. Jemand sagte etwas, verband sie weiter, eine andere Frau gab Anweisungen. Lopez schaltete auf Lautsprecher. Kaum mehr sickerte Blut durch das Handtuch. Lopez begann mit den Wiederbelebungsmaßnahmen. Jemand diktierte ihr Takt und Handgriffe. Dass sich die Tür hinter ihr öffnete, nahm Lopez wie etwas wahr, das in einem anderen Leben geschah. Menschen in Uniformen betraten das Zimmer. Etwas später betraten rot gekleidete Männer den Raum. Neonstreifen leuchteten auf ihrer Kleidung. Einer von ihnen sprach Lopez an. Seine Stimme drang an ihr Ohr. Er öffnete einen Koffer, entnahm ihm Gegenstände, schob sie vorsichtig beiseite, übernahm dann das, was Lopez getan hatte. Lopez erhob sich, trat zwei Schritte zurück. Betrachtete das Schlachtfeld. Zog sich zurück. Träumte, sie sei in einem Traum. Erwachte wieder, als jemand verlangte, dass sie ihm ihre Waffe übergab. Lopez zog sie aus dem Gürtelholster. Betrachtete sie wie einen Gegenstand, der ihr nicht gehörte. Der Lauf ihrer Pistole war noch warm.

46
DREI TAGE SPÄTER

Es gab eine Untersuchung. Es gab immer eine Untersuchung, wenn ein Beamter eine Waffe abfeuerte. Lopez' Akte beim LKA war dicker als das Strafregister einer schießwütigen Gewohnheitsverbrecherin. Mit dem einen Unterschied, dass sie sich auf der richtigen Seite befand. Obwohl sich diese Grenzen in den vergangenen Tagen mehr und mehr verwischt hatten. *Ich musste diese Waffe abfeuern,* wiederholte Lopez mantraartig. Laut und leise zu sich selbst. Hansen würde nicht mehr leben, wenn Lopez in der entscheidenden Situation nicht perfekt getroffen hätte, wiederholte Gunnar Scholz, ihr Chef. Laut und leise zu sich selbst. Zumindest vermutete Lopez das. Es gab kein Zurück. Wer eine Waffe trug, musste auch bereit sein, sie abzufeuern. Lopez hatte für diesen Moment trainiert. Hart und viel trainiert. Sie galt als eine der Besten. Dass dieser Augenblick in ihrem Leben bereits mehrmals vorgekommen war, sah Lopez als Bestätigung an. Sie gehörte nicht zu den Polizistinnen, die haderten. Die an sich zweifelten, die im Nachhinein nicht mehr an sich glaubten. Die an den Fakten zweifelten, die den Schuss oder die Schüsse bedingt hatten. Ob sie sich so begeben hatten oder nicht. Rosa Lopez kannte die Verunsicherung, die nach dem Abfeuern einer Waffe um sich griff. Eine Untersuchungskommission evaluierte genau diese Fakten. Fragte nach. Lopez fand das nur richtig und gut. Sie wich nie ab. Weder von der Faktenlage noch von ihrer Motivation. Es gab wenige Handlungen in Lopez' Leben, bei denen sie sich so sicher fühlte wie beim Betätigen des Abzugshahns.

Für Hervé Hugo war Lopez zu spät gekommen. Er hatte sich als Ehemann und Handlanger von Emmanuelle Martineaux bereits einen Namen beim LKA gemacht. Was Handlanger zu oft vergaßen: Wenn es eng wurde, schützte sie keiner mehr. Auch die nicht, denen sie dienten. Vielleicht war Lopez nicht zu spät in diesem Hotelzimmer aufgetaucht, sondern in dem vom Schicksal genau abgemessenen richtigen Moment.

Gunnar Scholz musste sich ebenfalls Fragen gefallen lassen. Aber Gunnar hatte schon ganz andere Stürme überstanden. Man konnte viele Dinge über Gunnar Scholz beim LKA 1 sagen. Dass er kein Profil besaß, dass er die ihm unterstellten Beamten ausbeutete, dass er einen Hang zu unkonventionellen Ermittlungsmethoden hatte. Aber Lopez wusste, wenn ihr Hals schon in der Schlinge lag, würde Gunnar so lange reden und taktieren, bis sich der Knoten in der Schlinge wieder löste. Wenn sich Lopez intuitiv auf das Schießen verstand, lag es in Gunnars Naturell, jeden Behördensturm zu überleben. So funktionierten sie beide schon ihr Leben lang. Sie waren da, um zu bleiben. Sie waren Überlebende in einem System, dessen Regeln sie besser als alle anderen beherrschten. Wer die Regeln kannte, wusste auch um die Lücken im System. Lopez hatte immer ein linientreues Leben geführt. Viktor war der Ausreißer, derjenige, der die Regeln bog und zur Not auch brach. Der die Gesetze der Matrix für sich nutzte. Der nichts darauf gab, ob das, was er tat, in den Rahmen passte oder nicht. Lopez war die gute Beamtin. *Ich bin die gute Beamtin,* dachte Lopez. *Ich war nie etwas anderes.*

Gunnar Scholz saß ihr gegenüber. »Kaffee?«, fragte er.

Lopez verneinte. Niemand verstand es wie ihr Chef, prekäre Situationen wie ein Kaffeekränzchen aussehen zu lassen.

Gunnar rührte beinahe schmerzhaft lange in seiner Tasse. Lopez hasste das Geräusch. Ihr Blick wanderte nach draußen, um sich abzulenken. Gunnars Fenster stand halb offen, und erst jetzt bemerkte Lopez, dass es absolut windstill war. »Ist das die Sonne?«

Gunnar folgte ihrem Blick. »Keine Ahnung. Ich habe sie zu lange nicht gesehen.«

Lopez hätte gelächelt, wenn sie nicht geahnt, nein, mit Sicherheit gewusst hätte, dass ihr Chef Vertraulichkeiten nur in den seltensten Momenten zuließ. Dies war kein solcher Moment.

»Wir sind am Arsch«, sagte er. Wie zur Bestätigung nippte er an seinem Kaffee. Er klang wie ein Jugendlicher aus Marzahn.

»Das waren wir schon oft.« Lopez wusste, wovon sie sprach. Ein Leben ohne Probleme, ohne Not führten andere.

»Genau«, sagte Gunnar. Er nickte überdeutlich. Stellte seine Tasse ab. Der Unterteller klirrte. Als er zu reden begann, hörte Lopez genau zu. Ihr Chef verdeutlichte, dass diese Situation sie alle in Bedrängnis brachte. Aber – er betonte den Widerspruch – beim BKA sei es nicht besser. Er habe einen Termin bei Sandra Wagner wahrgenommen. Und – Gunnar lehnte sich in seinem Bürostuhl bequem zurück – er habe beileibe noch nie jemanden mehr bei einem Gespräch schwitzen sehen. Nicht dass es sich um eine Befragung gehandelt habe. Aber Wagners Ambitionen bei Interpol seien offenkundig und ihre Rolle in dieser Angelegenheit nicht die beste. Gunnar machte eine dramatische Pause. Muchtari sei auf freiem Fuß. Er wolle sich gar nicht ausmalen, wie viele Dienstvergehen er auf seinen Rücken geladen hatte. Wie oft er weggesehen, Verbrechen begünstigt habe. Wie er Zidane Freigang ermöglicht hatte. Mehr als nur ein Mal. Wie er selbst nach dem Attentat nicht reagiert hatte. Dem LKA keine Hilfe war. Muchtari hatte eine verhängnisvolle Beziehung zu der Frau aufgebaut, die wie ein Mann aussah. Die als Kind Erfahrungen gemacht hatte, die unvorstellbar waren. Als Arzt hatte er sich von Élodie verführen lassen. Nicht von ihr als Frau, sondern von ihr als Fall. Eine Kannibalin, deren Flucht aus Frankreich seiner glich. Er hatte sie in seiner Klinik regelrecht versteckt. Ihr dort eine Nische zur Verfügung gestellt. Er hatte sie gleichzeitig ausgebeutet. Für ihre Lebensgeschichte, die sicherlich noch Schlagzeilen machen würde. Auch wenn Gunnar und Lopez das verhindern wollten, wenn die Presse nicht schneller war. Vielleicht hatte sich Muchtari in naher Zukunft mit den Erkenntnissen, die er über Élodies Psyche gewann, in einer Fachzeitschrift glänzen sehen. Muchtari war als Arzt erledigt. Aus dieser Geschichte gingen nur Verlierer hervor. Es würde ein Verfahren geben. Und Gunnar war sich sicher, dass es nicht ohne Konsequenzen bleiben würde, wie der Leitende Arzt Zidanes Prognose erstellt hatte. Er rechnete fest mit dem Entzug der Approbation. Dem Verlust aller Rentenansprüche. Vielleicht war es das, was ihn, Gunnar, als Beamten am meisten daran erschrak.

»Élodies Prognose«, korrigierte Lopez.

Gunnar seufzte, als setze ihm nichts mehr zu als Lopez' stete Einmischung. »Wenn ich zurückschaue«, sagte er nachdenklich, »war es einfacher, als es nur zwei Geschlechter gab.«

»Es war vielleicht einfacher«, sagte Lopez, »aber es war nicht gerecht.«

Gunnar stieß einen verächtlichen Laut aus. »Gerechtigkeit ist etwas für Richter. Und selbst diese verstehen oft nichts davon.«

»Nein«, widersprach Lopez. »Gerechtigkeit ist unser Geschäft.«

»So kategorisch kenne ich dich gar nicht«, sagte Gunnar. Lopez wusste nicht, ob er überrascht oder zynisch wirkte.

»Nur wenige kennen mich so genau wie du«, sagte Lopez ernst.

Gunnar war es sichtlich unangenehm, dass eine seiner Mitarbeiterinnen ihm gegenüber so persönlich wurde.

»Nein«, widersprach er, »der Einzige, der dich gut kannte, war Viktor. Und Viktor ist …«

Dass Gunnar nach Worten suchte, war typisch für ihre gemeinsame Situation. Nichts war klar, alles offen. Das Leben mochte keine Satzzeichen, keine Punkte. Außer nach dem Tod.

*

Wo ist er?, schrieb Hansen auf einen Notizblock. Sie lag in einem Bett in der Charité. Ein Verband leuchtete an ihrem Hals. Lopez versuchte, nicht auf das Pflaster zu starren, das unter dem Krankenhaushemd sichtbar war. Hansen konnte nicht sprechen, weil ihre Stimmbänder durch den Messerstich durchtrennt worden waren. Noch ein bis zwei Operationen, hatte die jugendlich wirkende Ärztin Lopez auf dem Korridor prognostiziert. Mit einer Selbstverständlichkeit, als sei es ein Kinderspiel. Bis dahin würde sich die Polizistin schriftlich äußern. Aber man könne alles reparieren. Was auch immer die Ärztin damit meinte, Lopez hatte andere Erfahrungen gemacht.

Wo war Viktor? Lopez wusste es nicht. »Verschwunden«, antwortete sie. Immer noch plagte sie die Tatsache, dass sich Viktor ihr nicht anvertraut hatte. Dass sie nichts wusste. Dass er es gewagt hatte, diese Flucht ein zweites Mal zu wagen. Obwohl das erste Mal doch auf unglaubliche Weise ungesühnt vonstattengegangen war. Warum sich Viktor immer für das Unmögliche entschied? Den schlimmstmöglichen Schaden in Kauf nahm? In letzter Konsequenz würde er sich dadurch immer von Lopez unterscheiden. Lopez dachte an ihre Ehe und musste sich eingestehen, dass Viktor und sie sich doch glichen.

Hansen zog die Augenbrauen hoch. *Heißt was?*, notierte sie mit dem Bleistift. Unwillkürlich berührte sie mit den Fingern ihren Verband. Ohne ihre modische Brille wirkte Hansen kurzsichtig.

Lopez wusste nur das, was Gunnar in Erfahrung gebracht hatte. Was Detlev und andere Kollegen ihr erzählten. Wenn es um Klatsch und Tratsch ging, war das LKA ein Männerclub, in dem stets an neuen Legenden gestrickt wurde. Élodie Martineaux' Körper war zerschmettert vor dem Haupteingang von *Psomavital* auf der Straße gefunden worden. Nachdem der Sturm über Berlin weggerast war, hatte sich der Sicherheitsdienst nach draußen getraut. Dort hatten sie den traurigen Fund gemacht. Einer der Sicherheitsbeamten hatte behauptet, Viktor auf dem Dach gesehen zu haben. *Ein Riese habe auf der Dachkante gesessen und heruntergestarrt.* Das waren seine Worte gewesen. Ein erwachsener Karlsson vom Dach. Lopez wusste, dass selbst diejenigen, die Viktor gut kannten, dazu neigten, seine enorme Gestalt zu mystifizieren. Viktor schien hart an seinem Mythos zu arbeiten. Er blieb unauffindbar. Er hatte sich nicht in seiner Wohngruppe aufgehalten, auch auf dem Dach fand sich keine Spur von ihm. Man durchkämmte *Psomavital*. Es gab die üblichen Suchmeldungen im Fernsehen, im Radio. Flüchtiger Insasse. Die Schlagzeile eines überregionalen TV-Senders nannte Viktor gefährlich. In der Presse fand der bekannte Abgesang über das neue Schließsystem statt. Lopez kannte die Lücken dieser Anlage sehr genau, aber sie wurde von niemandem danach gefragt. Im richtigen Moment zu schweigen galt als unterschätzte Qualität.

Ein Unfall, erinnerte sich Lopez. Bis heute konnte sie sich nicht klar an den Moment erinnern, als sie mit einer Waffe auf Viktor gezielt hatte. Als sich der Schuss löste. Ein Bild aus grauer Vorzeit, in der sich auch das Leben der Dinosaurier abgespielt haben musste. Nur ein Fall von vielen, in dem Legendenbildung die Realität überholt hatte. Man fand Muchtaris Wagen in der Nähe des Tempelhofer Flughafens. Detlev, der die kriminaltechnische Auswertung federführend übernahm, hatte die Schließkarte des Leitenden Arztes untersucht, die ein paar Meter weiter neben dem Auto gefunden worden war. Lopez wusste, dass mindestens zwei Mitarbeiter die Passagierlisten der Fluglinien nach Viktor Saizew durchkämmten. Sein Fahndungsfoto lag nicht zum ersten Mal den Grenzbeamten am Flughafen vor. Lopez kannte Viktor. Wer glaubte, dass er den ersten Flug nehmen würde, unterschätzte ihn. Es gab eine Sonderkommission »Saizew«. Hatte es je etwas anderes als Sonderkommissionen gegeben? Viktors Leben war nie über einen Spießrutenlauf hinausgekommen. Er würde immer Gesuchter bleiben. Fremder. Russe. Fern der Heimat. Auf der Flucht. Kreise mussten sich schließen, weil Halbkreise nie die ganze Wahrheit beinhalteten.

»Wie geht es dir?«, fragte Lopez Hansen.

Gut. Dank dir. Geschriebene Worte auf einem Blatt Papier.

Lopez schaute von dem Notizblock zurück auf ihre eigenen Hände. Das Warten in Krankenhäusern. Lopez kannte diesen Zustand besser, als ihr lieb war. »Hätte jeder so gemacht«, wiegelte sie ab.

Nicht jeder schießt wie du, schrieb Hansen.

Lopez antwortete nichts, weil sie ohnehin nicht wusste, was sie sagen sollte.

Hansen erhob sich. Ihr schlanker Körper zeichnete sich unter dem bedruckten Krankenhaushemd deutlich ab. Ihre Beine waren nackt. Selbst jetzt umgab sie ein gewisser Sex-Appeal. Lopez wollte wegsehen, aber sie vermochte es nicht. Etwas hielt sie fest. Hier, auf diesem Besucherstuhl. Hansen kam auf sie zu, ging vor ihr auf die Knie. Lopez wollte flüchten, hatte jedoch den richtigen Zeitpunkt verpasst. Hansen umfasste ihre Beine. Lopez zuckte bei der Berührung. Einen Augenblick später lag Hansens Kopf in ihrem Schoß. Lopez wollte es nicht, aber ihre Finger fuhren durch Hansens Haar. Der Duft machte sie fast verrückt. Hansen flüsterte etwas. Eher ein Röcheln. Lopez' Gedanken spielten verrückt. Nur Wortfragmente rauschten durch ihr Gehirn. Was hatte Hansen gesagt? Lopez hatte das Wort Liebe ewig nicht gehört. Sie hatte fast vergessen, was Liebe überhaupt war.

Sie schob Hansen von sich weg. Stand auf. Sah in Hansens Augen.

Hansens Mund formulierte lautlos: Bleib!

Lopez las es von ihren Lippen ab. Aber Lopez konnte

nicht hierbleiben. Sie zitterte am ganzen Körper. Ihre eigenen Worte schienen ihr unnatürlich laut, als sie sagte: »Ich kann das nicht.«

*

Bis zu diesem Zeitpunkt hatte Bernhard noch die Form gewahrt. Er lehnte an der Wand neben dem Kühlschrank, an der unter dem weißen Anstrich noch Viktors Blut klebte. Die Erinnerung ließ sich nicht überstreichen. Die Vergangenheit stahl sich immer wieder in die Gegenwart. Sie wollte nicht vergessen werden. Lopez stand im Türrahmen der Küche, diesem fensterlosen Raum in der Mitte ihrer Wohnung in Friedrichshain. Eine Tasche ruhte zu ihren Füßen. Sie hatte Kleidung und Schuhe eingepackt. Ein paar Kinderfotos hatte sie heimlich aus den Rahmen im Wohnzimmer entfernt. Bernhard hatte es noch nicht bemerkt. Das zunächst noch ruhige Gespräch entglitt ihnen. Bernhard zeigte mit dem Zeigefinger auf sie. Lopez fühlte sich trotz der Entfernung, die zwischen ihnen lag, wie durchbohrt. Bernhard wiederholte das Wort *Du* mindestens zehn oder fünfzehn Mal. Du stand für Schuld. Für Lopez' Schuld. Lopez antwortete nur: »Ich weiß.«

»Ich weiß?! Ich weiß?! Mensch, Rosa! Wann hat dich das Leben eigentlich derart abgefuckt?«

Die Anschuldigungen wandelten sich jetzt von Ausrufe- in Frageform. Sie wollte »Ich weiß nicht« sagen. Aber Bernhard hätte es vermutlich nicht verkraftet. Also schwieg sie. Aber sie wusste, dass sie es ihm nie mehr recht machen konnte. Sie sagte: »Ich gehe jetzt.«

Bernhard fuhr sich mit beiden Händen durch die blonden Haare. Eine Geste der Verzweiflung, ein urzeitlicher

Laut entfleuchte seinem Mund. Er schien tief aus seinem Inneren zu kommen.

Lopez konnte nicht anders. Ihre Gedanken führten ein Eigenleben. Sie dachte: *Wenn es um alles geht, sind wir nicht mehr als Tiere.*

»Du bist doch längst gegangen«, sagte er. Er wirkte müde, ausgelaugt. Langsam sank er an der Wand herab. Bis er auf dem Boden hockte. Als habe das Gewicht des Schicksals ihn beschwert. Als habe er der Erdanziehung endlich nachgegeben. »Was soll nur aus uns werden?«, fragte er.

Aber Lopez wusste, dass er keine Antwort erwartete. Weil es keine Antwort gab. Bernhards Augen füllten sich mit Tränen. Wie das Wasser endlich überlief. Wie er leise weinte.

»Du kannst nichts dafür«, sagte sie. »Es ist meine Schuld.«

Früher hätte sie Bernhard getröstet. Sie hätte ihn umarmt. Sie hätte ihm Heilendes eingeflüstert. Jetzt stand sie wie eine Fremde in ihrer eigenen Küche, die doch immer eher ihm gehört hatte. Lopez hätte gern ein Fenster geöffnet, sie brauchte Sauerstoff. *Ich muss hier raus,* dachte sie. Sie griff nach ihrer Tasche, die schwerer zu wiegen schien als das, was sie enthielt. Und als ob sich die Situation nicht schon unerträglich genug präsentierte, fing das Baby an zu schreien. Erst leise, dann mit der Macht und Lautstärke, die nur die Schutzbedürftigsten beherrschten. Bernhard wischte sich über das Gesicht. Danach stemmte er sich an der Wand hoch. Lopez stand passiv da, beobachtete. Bernhard drängte sich an ihr vorbei und verschwand im Zimmer des kleinen Viktors. Langsam ging sie den Gang entlang. Bernhard erschien mit dem Baby. Der weiße Body, der an Beinen und Armen spannte. Das feuchte Haar. Es hatte ein hochrotes Gesicht. Wie Bernhard hatte das Baby geweint. Es streckte seine Hände nach Lopez aus. Ein Verlangen, das sonst Bernhard galt.

Lopez spürte die Anziehung, aber sie durfte ihr nicht nachgeben. Dieses Ende musste geschrieben werden. Langsam ging sie an den beiden vorbei. Dachte an Tessa, die schlief. Dachte daran, dass nichts und niemand auf sie wartete. Dass sie einen Fehler beging. Dass sie nicht anders konnte.

47
FRAUEN

Morris stand im Türrahmen. Unwillkürlich erhob sich Lopez. Aber Morris machte eine beschwichtigende Handbewegung. »Stay, bitte!«

Lopez sackte in den Besucherstuhl vor Gunnars Schreibtisch zurück.

Morris überreichte Gunnar eine graue Handakte. Mit der Stimme eines Bestatters, der schlechte Nachrichten überbrachte, sagte er: »Hervé Hugo.«

Gunnar nickte und betrachtete die Akte in seiner Hand wie der Verlierer eines Weltkrieges den Versailler Vertrag. Gunnar nickte Morris huldvoll zu. Morris salutierte zwar nicht, aber er war kurz davor, es zu tun. Stattdessen grüßte er und wandte sich ab. Lopez hörte noch für einen Augenblick seine Schritte auf dem Korridor, die sich entfernten.

Gunnar schlug die Handakte auf und blätterte darin. Lopez sah dem guten Wetter vor dem Fenster zu und schwieg.

»Du warst dir sicher, und du hattest recht.«

Nicht dass es Lopez Genugtuung verschaffte. Aber nicht jeder Schuss löste einen Fall. Nicht mit jeder Leiche wurde eine Ermittlung geschlossen. »Emmanuelles neuer Mann?«

Gunnar nickte. Geschäftsführer bei *Salvacon*.

»Dir ist klar, was das bedeutet?«, fragte Lopez.

»Mir ist klar, was das bedeuten kann«, relativierte Gunnar. »Für ein eindeutiges Urteil fehlen uns noch Beweise.«

»Nein«, widersprach Lopez. »Die Situation ist klar.« Sie erklärte Gunnar, wie *Salvacon* Interpol mit riesigen Summen gefördert hatte. Gunnar wusste, dass Interpol nur unzureichend durch die Mitgliedsstaaten finanziert wurde. Weshalb sich die Behörde für die Finanzierung von Großkonzernen geöffnet hatte. Wie Emmanuelles Schwester diese Interessenkonflikte ignoriert hatte. Wie Interpol im Gegenzug Generika aus Drittländern abfing. Lopez beugte sich nach vorn. »Erinnerst du dich an den Inder?«

»Das Opfer, der Spezialist für Patentrecht war?«

Lopez nickte. »Genau. In Indien gelten westliche Patente nicht. Generika werden dort kostengünstig produziert und ohne Lizenzgebühren verkauft. Was *Salvacon* nicht gefallen hat.«

»Emmanuelle hatte Kontakte zu Interpol. Sie hatte die besten Kontakte innerhalb *Salvacons*.«

»Heißt was?«, fragte Gunnar.

»Während Interpol eine große Lieferung eines Aids-Medikamentes in einem Hafen festhielt, füllte *Salvacon* die Lücken mit den eigenen, kostspieligeren Arzneimitteln. Am Ende geht es immer um das bessere Geschäft.«

»Das ist ein Skandal.«

»Könnte auch ein Mittel gegen Depressionen gewesen sein.«

»Viktor könnte davon betroffen gewesen sein?«, fragte Gunnar.

»Genauso wie jeder andere.«

Gunnars Augen weiteten sich.

»Erinnerst du dich noch daran, als korrupte FIFA-Funktionäre verhaftet wurden? Es ist diese Größenordnung. Mindestens.«

»Aber wenn diese Allianz so gut funktionierte, warum hat Martineaux ihren Ehemann umgebracht?«

»Welchen?«, fragte Lopez mit Sarkasmus.

»Hervé Hugo.«

»Emmanuelle wusste, dass wir ihr auf die Schliche kommen würden. Sie kapierte schneller als wir, dass der Täter am Alexanderplatz sie verwechselt hatte. Dass die Vergangenheit sie einholte.«

»Das reicht mir nicht«, sagte Gunnar. »Sie hätte ihren Ehemann schon früher umbringen können.«

»Ich denke«, sagte Lopez, »wir sollten die Verbindungsnachweise des Anschlusses in ihrem Hotelzimmer und ihres Handys auswerten.« Lopez hatte die Ermittlungen der vergangenen Tage wegen der anstehenden Untersuchungen verpasst. Ihr war der Zugang dazu einfach untersagt.

»Warte!«, sagte Gunnar. Er wählte eine Nummer. Sagte: »Hallo«, unterhielt sich kurz, reichte den Hörer an Lopez weiter.

Lopez griff danach. Detlev aus der Kriminaltechnik erklärte sich kurz. Berichtete von seinen Ergebnissen. Lopez lauschte. Sie reichte den Hörer Gunnar zurück, der auflegte.

»Ihr wart schnell.«

Gunnar lächelte. »Wir müssen lernen, auch ohne Viktor erfolgreich zu sein.«

Und ohne mich, dachte Lopez. Sie sagte es aber nicht. Was sie jedoch laut äußerte, war: »Viktor kommt zurück.«

»Bestimmt.« Aber Lopez sah Gunnar an, dass er nicht daran glaubte. An manchen Tagen war das Leben mehr als eine Glaubensfrage.

»Sandra Wagner. Sie wusste, dass wir Muchtari befragen.«

»Ihre Nummer tauchte auf den Verbindungsnachweisen auf.« Gunnar nickte beinahe selbstgefällig. »Könnte schwer werden, jetzt noch bei Interpol Karriere zu machen.«

»Du solltest den Drang von Frauen, sich Geltung und Einfluss zu verschaffen, nicht unterschätzen.«

»Meinst du dich damit?« Gunnar grinste auf eine fast unanständige Art.

»Nein«, sagte Lopez schlicht. »Gehst du wählen?«

Gunnar blinzelte, als folge er dem Themenwechsel nicht.

»Europawahl.«

»Ach so. Natürlich.«

»Berlichinger will das Patentrecht verschärfen.«

»Ist er wählbar oder nicht?«

»Nach diesem Fall? Das musst du dein Gewissen fragen.«

»Vielleicht wähle ich einfach nicht.«

»Du wählst immer die Gewinner«, sagte Lopez. »Wenn du nicht zur Urne gehst, bemerkst du es bloß nicht.«

Gunnar wirkte belustigt. »Ich habe kein Gewissen. Aber Hunger. Mittagstisch?«

»Nein, danke. Mir ist der Appetit vergangen.«

Fragend hob Gunnar die Augenbrauen.

»Bernhard möchte das alleinige Sorgerecht. Er hat es gerichtlich eingeklagt.«

»Scheiße«, sagte Gunnar. »Das tut mir leid.«

»Muss es nicht«, sagte Lopez.

»Wirst du für die Kinder über Leichen gehen?«

Lopez überlegte. Manchmal wurde der ständige Kontakt mit dem Tod auch bei der Wortwahl zum Problem. Aber sie wusste, was Gunnar meinte. »So wie Emmanuelle Martineaux?«

»Na ja«, druckste Gunnar herum. »Vielleicht nicht in letzter Konsequenz.«

»Ich bin nicht Medea«, sagte Lopez. »Ich fresse meine Kinder nicht.«

*

»Fahndung«, sagte Mila.

Lopez nickte.

Mila schwieg. Das Schweigen dehnte sich aus. Es füllte die Küche, in der sie saßen, völlig aus. Siska Mohns Küche. Die Wohnung, die sie alle teilten. Mila, Trixi und Lopez. Eine Schicksalsgemeinschaft, die nicht mehr um ihren Orbit kreiste. Viktor war und blieb verschwunden. Sein Foto hing bei Tayfun Acay auf der Vermisstenstelle. Jede Polizeidirektion in Deutschland kannte es. Aber wer wusste besser um die Lücken im Netz als ein Bulle? Als einer, der selbst gefahndet und gesucht hatte? Viktor war einer der Besten. Wenn er nicht mehr psychisch labil war, vertraute Lopez drauf, dass er es denen, die nach ihm suchten, nicht leicht machen würde.

»Wann hört das endlich auf?«, fragte Mila. »Diese Flucht.«

Viktors Flucht.

Muchtaris Flucht.

Élodies Flucht.

»Gar nicht«, antwortete Lopez. »Menschen fliehen immer.«

»Willst du ihn in Schutz nehmen?«, fragte Mila.

»Viktor wird einen Grund haben.«

Milas schnaubte empört. »Er hat mir ein Kind hinterlassen. Da flieht man leicht.«

Trixi, die an der Tastatur ihres Laptops herumspielte, sah empört auf. »Ich bin kein Kind mehr.«

»Schlimmer als eine alte Frau«, kommentierte Mila trocken. »Hört immer nur das, was sie hören will.«

Aber Trixi hatte sich schon wieder ihrem Bildschirm zugewandt. Konzentriert tippte sie Buchstabenkombinationen.

»Am Ende des Tages wirst du seine Rettung sein.« Lopez wunderte sich, wie leicht ihr dieser Satz über die Lippen ging. »Weil du es immer schon warst.«

»Will ich das?« Mila klang wütend.

»Wenn andere in Gefahr sind, haben wir keine Wahl.«

Mila seufzte, lehnte sich in ihrem Stuhl zurück. Sie kam Lopez heute älter und zerbrechlicher vor, als sie eigentlich war. »Ich frage mich, wo ich bleibe. Wo ich geblieben bin?«

Lopez sagte: »Wir halten zusammen.«

Trixi stand auf, griff nach ihrem Laptop und stellte ihn zwischen Lopez und Mila auf den Tisch. Sie deutete auf eine Nachricht. »Wenn ihr euch genug bemitleidet habt, könnt ihr euch das hier anschauen.«

Mila und Lopez beugten sich gleichzeitig vor, um zu lesen.

»Schöne Grüße von Viktor!«, sagte Trixi.

48
NAMEN AUF EINEM KREUZ

Lopez hatte zwei Tage freigenommen. Sonderurlaub, den Gunnar ihr bereitwillig gewährt hatte. In zwei Wochen würde ein Gericht über das Sorgerecht für ihre Kinder entscheiden. Lopez hatte diese Reise zu dem ungünstigsten Zeitpunkt angetreten: Termine mit der Anwältin. Termine mit Bernhard. Sie war vom Flughafen direkt nach Dommartin gefahren. Die Landschaft flog an ihr vorbei. Der Friedhof befand sich am Stadtrand in guter Lage. Lopez schlug die Tür des Mietwagens zu. Ging durch das schmiedeeiserne Tor. In der Ferne konnte sie eine Ansammlung von Menschen erkennen. Sie ging den Weg hinab, der fein geschottert war. Die Gräber, die sie passierte, waren grau und die Grabsteine verwittert. Bäume standen zwischen den Gräbern. Sie hatten ihr Laub verloren und schienen auf den Frühling zu warten. Lopez sah verwelkte Blumen und rote Plastikkerzen, die schon seit Monaten nicht mehr angezündet worden waren.

Ein Priester in einem schwarzen Gewand breitete gerade die Hände aus. Lopez nickte den Anwesenden zu. Sie kam zu spät, aber noch rechtzeitig. Sie stellte sich neben Hansen, die sie mit einem Lächeln begrüßte. Lopez bemerkte, dass sie keinen Verband mehr trug. Nur noch ein Pflaster ragte aus dem Kragen ihres Pullovers. Auf dem provisorischen Holzkreuz standen drei Namen.

Noel.

Celine.

Élodie.

Hansen hatte Lopez von Silvain Martineaux' Vater erzählt. Das LKA hatte Muchtaris Gesprächsbänder ausgewertet. Der alte Schacht war gefunden worden. Der Nachlass alter Gasbohrungen. Darin hatte man Überreste der Kinder gefunden. Knochen und Kleidungsfetzen, die vom Schicksal der Geschwister an diesem Ort zeugten. Hervé Hugo musste Celine dorthin gelockt haben. Die Geschwister waren den Versprechen der großen Schwester gefolgt. Man hatte ihre Mutter Emmanuelle nie mehr befragen können. Hatte sie die Kinder geopfert? Silvain, ihr Mann, war der Verbindung zwischen *Salvacon* und Interpol auf die Spur gekommen. Er hatte über Jahre sorgfältig recherchiert. Die Verantwortlichen waren Mitglieder seiner Familie. Aber Emmanuelle wollte Karriere machen. Sie würde sich ihre Zukunft nicht durch die Arbeit ihres Mannes ruinieren lassen. Sie genoss den Einfluss einer erfolgreichen Frau. Die Bande zu Hervé Hugo hatte sie schon länger geknüpft, als Silvain ahnte. Eine Teufelin hatte Gunnar sie genannt.

Eine ehrgeizige Frau, hatte Lopez abgewiegelt.

Durchtriebener als jeder Mann, hatte Gunnar ergänzt.

Klüger, intelligenter, korrigierte Lopez.

Mit pathologischem Geltungsdrang, fügte Gunnar hinzu.

So wie Ted Bundy oder Charles Manson?, fragte Lopez.

Jetzt wollen wir mal nicht übertreiben, hatte Gunnar abgewiegelt. So weit sind die Frauen noch lange nicht.

Als der Pfarrer Erde auf den Sarg warf, weinte Silvains Vater, Monsieur Martineaux.

Lopez unterdrückte den Drang. Erde zu Erde, Asche zu Asche, Staub zu Staub. Sie standen am Grab der Kinder. Nicht an Medeas Grab. Eine Familie wurde beerdigt. Lopez erkannte neben dem offenen Grab einen Stein, auf dem der Name Silvain zu erkennen war. Vater und Kinder vereint im Tod. Lopez konnte nichts Gutes daran erkennen. Aber Beerdigungen stellten einen Schlussstrich dar. Er musste gezogen werden. Sie schaute auf. Zwischen den Bäumen stand ein Mann. Lopez hätte seine markante Figur überall erkannt. Einen Wimpernschlag später war dort niemand mehr zu sehen. Eine Leerstelle. Lopez murmelte zusammen mit den anderen ein Amen. Hansens Finger berührte ihren Arm.

DANKSAGUNG

Ich danke

den Menschen, die noch lesen,
denjenigen, die noch Literatur veröffentlichen,
denen, die Lesungen veranstalten und besuchen,
den eins plus drei, die die Quadratmeter um meinen Schreibtisch herum bevölkern,
meiner Freundin Conny, die alles liest und weiß,
meiner Freundin Nette, die alles gestaltet,
meiner Freundin Edda für ein Dach über dem Kopf,
dem Erstleser: meinem Vater,
der treusten Unterstützerin: meiner Mutter,
meiner Agentin Petra Hermanns,
den Lektoren Peter Hammans und Alexandra Löhr,
Erik Lins und Michael Reimann, Herren über meine digitale Schreibmaschine,
Harun Danaci,
Ralf Wilhelm Wolf von der Vitos Klinik für forensische Psychiatrie,
Miriam Knapp, Max Weiß und vielen Kolleg*innen vom Hessischen Landeskriminalamt,
den Freund*innen im virtuellen Raum, die ich kenne, schätze, aber noch nie getroffen habe,
den vielen, die mich in meinem Schreiben fördern und unterstützen,
Berlin, dieser bösen, aufregenden, weiten Stadt,

der Tatsache, dass Geschichten nicht nur anfangen, sondern auch enden – und umgekehrt –,
mutigen Frauen,
klugen Schriftstellerinnen,
dem wohltuenden Einfluss von Gegenwind, Schokolade und Erfolg.

Dieser Thriller wird Ihnen den Schlaf rauben – und das Herz stehlen

HAZEL FROST

LAST SHOT

THRILLER

Der smarte Russe Dima war nur mal kurz für kleine Jungs. Als er zum Wagen seiner Familie zurückkommt, sind sein Vater und seine Schwestern tot – durch Kopfschüsse aus nächster Nähe eiskalt hingerichtet. Vom jüngsten Familienmitglied, der sechsjährigen Mathilda, fehlt jede Spur. Dima hat nicht die leiseste Ahnung, in was seine Familie verwickelt war. Er weiß nur, dass er Mathilda finden muss – und den Mörder.
Eine gnadenlose wie halsbrecherische Verfolgungsjagd durchs bayrische Voralpenland nach München beginnt, an deren Ende für Dima alles, was ihm noch geblieben ist, auf dem Spiel steht … Atemloser Thrill vom Feinsten!

»Hazel Frost baut Höllen von heute – gewalttätig, bizarr, riskant, aber vor allem: sehr originell!« *Thomas Wörtche*